솔리튜드 [고독:]

솔리튜드[고독:]

로버트 컬 지음 | 정연희 옮김

1판 1쇄 발행 | 2011. 3. 21

발행처 | **Human & Books**
발행인 | 하응백
출판등록 | 2002년 6월 5일 제2002-113호
서울특별시 종로구 경운동 88 수운회관 1009호
기획 홍보부 | 02-6327-3535, 편집부 | 02-6327-3537, 팩시밀리 | 02-6327-5353
이메일 | hbooks@empal.com

값은 뒤표지에 있습니다.
ISBN 978-89-6078-114-6 03840

솔리튜드

[고독]

로버트 컬 지음 | 정연희 옮김

Human & Books

2001년 2월 5일, 나는 칠레 남부 태평양 연안의 작고 외딴 무인도로 떠났다. 안데스 산맥의 바로 서쪽이며 가장 가까운 변두리 도시에서도 160킬로미터나 떨어져 있는 곳이다. 비바람이 몰아치고 피오르드가 펼쳐져 있는 황무지. 쓸쓸하고 황량한 야생의 섬. 배도, 비행기도 다니지 않고, 인적이라고는 가끔씩 먼 데서 어렴풋이 들려오는 소리가 전부인 섬.

캠프를 세우고 1년 동안 혼자 지내는 데 필요한 장비와 물자를 전부 준비해 갔다. 힘들었지만 매혹적인 경험이었고, 고통스러웠지만 경이로움으로 가득 차 있었다. 육체적인 모험과 살아남기 위한 도전이 이어졌다. 나는 내 마음의 변화를 관찰하기 시작했다. 내 마음속에서 철학적 성찰과 깨달음이 서로 맞물리면서 엮여져 나갔다.

이야기라면 으레 시작과 중간과 끝이 있으며, 다른 시간과 다른 공간으로 우리를 데려가게 마련이다. 하지만 이 이야기는 다르다. 오로지 중간이 있을 뿐이다. 확실한 시작도, 결정적인 결말도 없다. 시간에서 미끄러져 나와 영원한 현재로 들어간다. 섬에서 보낸 1년은 지구상에서 가장 외진 장소로 떠난 여행이자, 인간 정신의 가장 어둡고 구석진 곳과 가장 환한 입구로 동시에 들어갔던 여행이었다.

고독에는 의식의 이동을 촉진시키는 힘이 있다. 그래서 그 1년의 고독에 대해, 내 목소리가 아니라, 황무지에서 기록한 단어와 침묵을 통해 고독이 제 목소리로 직접 말하게 했다. 역설적이지만 고독의 목소리는 침묵이다. 설령 상상의 독자를 염두에 두었다 하더라도 고독자가 말을 시작하면 진정한 의미에서 더 이상 혼자가 아니기 때문이다.

통찰의 깊이를 더하기 위하여 일지 중간 중간에 성찰적인 담론들을 끼워 넣었다. 그 글들은 나중에 쓴 것이다. 직접적이고 집중적이었던 고독의 경험에서 한 걸음 물러나 그 한 해 동안 고민한 중요한 생각이나 관점들을 정리한 것이다. 그러나 전체 글의 심장은 일지의 하루하루 속에서 온전히 박동하고 있다. 일지를 쓸 때는 내 진실을 살았던 그대로, 감추고 싶은 고통스런 부분까지도 숨김없이 말하려고 애썼다. 책에는 사진을 싣지 않았지만 홈페이지에 많이 올려두었다.

많은 문화권에서 고독은 내면 여행의 기회로 여겨진다. 하지만 서구 문화에서는 일반적으로 생의 의미를 타인과의 관계를 통해서만 찾을 수 있다고 믿는다. 혼자 시간을 보내는 것은 종종 건강에 해롭다고까지 여겨진다. 하지만 성숙한 인간이 되기 위해서는 타인과의 관계뿐 아니라, 비인간

(nonhuman)의 세상, 우리 자신의 더 깊은 내면, 그리고 더 큰 존재와의 관계도 필요하다. 나는 정신적인 존재를 신비하고 신성하게 느낀다. 그 존재는 경험할 수는 있지만 정의할 수는 없다. 또한 나 자신의 내면을 더 관조할수록 포용력이 생겨 타인과 더 깊이 연결될 수 있다.

고독의 도전 과제 중 하나는 자기 자신과 대면해야 한다는 사실이다. 안일한 탈출구는 없다. 그 1년 동안 나는 저항과 포기 사이에서 끊임없이 씨름했다. 폭풍우와 고요가 서로 뒤따르듯이 긴장이 해소될 때마다 새로운 긴장이 생겨났다. 근원적인 긴장은 감정적이고 정신적인 것이었으며, 해답의 순간은 세상을 변화시킬 때가 아니라 세상과 나 자신을 있는 그대로의 모습으로 받아들일 때 찾아왔다.

이 글은 단순히 야생지에서 혼자 보낸 1년을 기술하기 위해 쓴 것이 아니다. 간접 경험을 통해 독자들을 고독의 길로 안내하고 싶은 마음 때문에 이 글을 썼다는 게 보다 정확한 말일 것이다. 또한 이 모험 이야기는, 공감과 평정의 마음으로 매일의 도전을 마주하고 충만하게 살아가기 위해 노력하는 우리들 각자의 평범한 삶을 성찰할 기회도 줄 것이다.

나의 글에는 확실한 정답 같은 것은 없다. 다만 잠시 멈춰, 우리 역시 이곳에 속해 있음을 일깨워주는, 삶이 삶을 부르는 소리를 들을, 그런 공간이 있을 뿐이다.

차례

고독의 부름

삶이 우리를 잡아채서 미지의 장소로 데려간다고 느껴지는 순간이 있다. 깊은 내면의 부름이 들리는데, 그에 응답하지 않으면 텅 빈 조가비 같은 존재로 시들게 된다. 나는 그 부름을 1970년대 중반에 들었고, 그것이 내 인생을 바꾸어놓았다. 20대 후반이었고, 캐나다의 밴쿠버 섬 서쪽 해안에서 벌목꾼으로 일하고 있을 때였다. 나는 그때 술집에서 술을 퍼마시며 지독한 마초가 되어가고 있었다. 혼자 있어야 할 절실한 필요성이 슬슬 들고 일어나기 시작했다. 일을 그만둔 뒤 카누와 석 달간 버틸 물자를 구입해 브리티시 컬럼비아 주 북부의 산간지역으로 들어가는 나를, 마치 내가 관객인 것처럼 지켜보았다.

나는 언제나 자연에서 홀로 시간을 보내곤 했다. 맨 처음 기억은 어느 덥고 희뿌연 아침, 바위 위에 앉아 있었던 기억이다. 장난감 권총이 든 권총집을 옆구리에 찬 채 구름과 말똥가리 떼가 남부 캘리포니아 하늘을 가로지르는 풍경을 바라보고 있었다. 우리 집에도, 우리와 이웃 사이에도 팽팽한 긴장감이 감돌고 있었고, 어쩌면 그래서 마음의 평화를 얻고 나 자신으로 있을 수 있는 장소를 찾아 숲속 풀밭으로 도피했던 것 같다. 그 이유를 그 무렵의 내가 알고 있었는지는 잘 모르겠다. 하지만 지금의 나 역시 떠나는 이유를 정말 아는 건지 여전히 잘 모르겠다. 그럴싸한 이유를 댈 수도 있겠지만, 결국은 사회를 떠나 있고 싶은 알 수 없는 충동을 이따금 느낀다는 말밖에는 못하겠다.

깊은 고독은 낯설고 강력하며 때로는 두렵다. 십 대와 이십 대를 지나는 동안 야생지로 떠나 혼자 며칠씩 보낸 적은 종종 있었지만, 석 달은 비약적으로 늘어난 기간이라 심리적 준비가 되어 있지 않았다. 브리티시컬럼비아주 북부에서 보낸 그 기간 동안 거의 갈팡질팡하며 살았다. 제대로 생활도 못했다. 6~7주가 지나자 자율적인 자급자족의 생활이 무너지기 시작했다. 잠에서 깨, 거대하고 위협적인 우주 속에서 내가 얼마나 작고 나약한 존재인가를 생각하면 두려움이 밀려들었다. 생활은 위태롭기 그지없었고 죽음은 당장에라도 가능한 일이었다.

고독의 마음속에서 곰들은 더욱 거대한 모습으로 다가왔다. 저만치 있는 어둠의 위험으로부터 몸을 숨긴 채 안전한 모닥불 옆에서 웅크리고 지내다 보면 하루하루가 더욱 끔찍하게 느껴졌다. 마침내 나는 문명의 소란함과 허울뿐인 안전함으로 돌아가든지, 아니면 혼자 어둠을 대면하든지 양단간에 결정을 내려야 한다는 사실을 깨달았다.

모닥불을 박차고 일어나 어둠 속을 더듬거리며 숲속으로 걸어 들어갔다. 바닥에 드러누워 기다렸다. 시간이 흘러 가장 멀리서 어른거리던 불빛마저 사라졌을 무렵 곰 한 마리가 나를 향해 다가오는 소리가 들렸다. 공포가 몰아쳤다. 손가락 하나만 움직여도 나는 사라진 몸이 될 것이다. 나는 이성을 잃고 미친 듯이 도와달라고 소리쳤다.

그 내맡김의 순간 몸이 들려 올라가는 것 같더니 나는 어느새 투명한 빛의 웅덩이 속에 떠 있었다. 아래를 내려다보자 내 몸이 숲 바닥에 평화롭게 누워 있는 것이 느껴졌다. 세상은 더 이상 적의를 품은 생소한 장소가 아니라 나의 집이었다. 나와 세상 사이에 진정한 구별은 없었다. (현실적으로 말한다면 아마도 나는 공포로 인해 기절했을 것이고, 곰은 그런 나를 내버려두고 지나쳤을 것이다).

내면의 전환을 경험한 그날 밤 이후 온 세상이 살아나며 생동감으로 가득 찼다. 그 뒤로 몇 주 동안 산들과 호수와 하늘의 아름다움을 한껏 즐기며 나 자신이 우주 속와 합일되는 느낌을 체험했다. 나 또한 우주의 일부라서, 그 속에서 평온함을 느꼈다. 그 기간 동안 누렸던 기쁨과 경이 때문에 언젠가 혼자 1년 동안 야생지에서 살아보겠다는 결심을 하게 된 것이다.

카리브 해 생활

마법의 숲을 떠나 혼돈스러운 인간 세상으로 되돌아오자 나는 길을 잃고 말았다. 사랑하는 여자를 만나, 그녀와 함께 멕시코로 여행을 가서 해변에서 긴 시간을 보냈지만, 내 삶을 언제나 채워줄 것으로 생각했던 기쁨과 경이는 순간순간 스치고 지나가는 느낌이 되어버리고 말았다. 뭘 잘못했는지 는 모르겠지만 뭔가 중대한 정신적 시험을 통과하지 못한 기분이었다. 나는 점점 어둠 속으로 가라앉았다. 그녀는 나를 이해하려고 노력했지만, 나는 내 심정을 제대로 설명할 수 없었고, 결국 그녀는 떠났다.

다시 혼자가 된 나는 캘리포니아를 향해 북쪽으로 정처 없이 떠돌았고, 한동안은 데스밸리의 어느 동굴에서 살기도 했다. 우울과 상실의 슬픔은 불 교 명상 수행을 접한 뒤에 사그라졌다. 마음이 맑아지자 야생지에서 했던 생각들이 떠오르기 시작했다. 스무 살 때 나는 베트남전에 끌려가 싸우기가 싫어서 미국을 떠나 캐나다로 갔다. 윤리적인 선택이긴 했으나, 고독 속에서 몇 달을 보내는 동안 중대한 사회적 책임을 회피했다는 사실을 깨닫게 되었 다. 참전을 하지 않은 데 대한 것이 아니라, 2년간 지역사회에 긍정적인 봉사 를 하지 않은 데 대한 책임이었다.

친구 하나가 카리브 해 근처 농민들에게 유기농 채소 농법을 가르칠 자원 자들을 찾는 기관이 있다는 말을 해주었다. 마땅한 교통편도, 전기도, 수도 도 없는 도미니카공화국의 산간 마을에서 2년간 머물기로 계약했다. 도착하 고 한 달이 지났을 때 그 기관으로부터 자금원이 사라졌다며 왕복 티켓으 로 다시 미국으로 돌아오라는 전갈을 받았다.

하지만 나는 그 일에 대한 믿음이 있었고, 그래서 머물기로 결심했다. 작 은 오두막을 짓고 살면서 시범경작을 계속하고 스페인어를 공부했다. 경작 한 채소를 기본 식료품과 맞바꾸었다. 생계비를 벌기 위해 자질구레한 목수 일도 했다. 1년이 지났을 때 허리케인 데이비드가 강타해 가난한 사람들의 집들이 대부분 휩쓸려가 버렸다. 경작은 포기했지만, 대신 구호물자를 들여오고 집을 재건하는 일에 힘을 쏟았다.

그때 한 여자를 사랑하게 되었다. 복구현장을 필름에 담고자 찾아온 미국 여성이었다. 그녀는 오두막에서 나와 함께 살았다. 그녀에게 주는 선물로 흙바닥에는 콘크리트를 발랐고 희미한 오일 램프는 밝은 프로판가스 램프로 교체했다. 그 산간 마을에서 2년간 함께 살다가 바닷가로 거처를 옮겼다.

해변에서는 리조트호텔의 수상스포츠 부서에서 일자리를 구했다. 거기서 윈드서핑과 스쿠버다이빙을 배워서 가르쳤다. 카리브 해의 파티 분위기는 산간 마을의 조용한 생활과는 딴판이었다. 그녀와 나는 각자 원하는 대로 행동했고, 결국에는 관계가 깨어지고 말았다. 끊임없이 밀려드는 여성 관광객을 빼면, 나는 또다시 혼자가 되었다. 그 후 4년 동안 섹스와 술, 스쿠버다이빙에 빠져 흥청망청 지냈고, 내면의 빛은 점점 소멸되어 갔다.

그러던 어느 아침, 흑등고래들 사이에서 다이빙을 즐기기 위해 모터사이클을 타고 섬을 가로질러 달리다가 술 취한 농부의 트럭에 치이고 말았다. 오른쪽 발이 잘려나갔다. 의사들이 접합하려고 노력했지만 결국 실패했다. 1년 뒤에 의족을 달고 퇴원하자 더는 스쿠버다이빙 일을 할 수 없게 되었고, 제대로 걸을 수조차 없었다. 카리브 해 생활은 끝이 났다.

박사학위 프로젝트

몸이 예전과 다르다는 사실을 받아들이기는 어려웠지만 잃은 것에 집착하는 대신 마음을 닦는 일에 집중했다. 다시 공부를 해보기로 했다. 캘리포니아대학교 버클리 캠퍼스를 다니다가 강의실에 앉아 있을 수도 없을 만큼 불안감에 시달려 결국 중퇴를 결심한 게 열아홉 살 때였다. 학위가 보장해주리라 생각한 9시 출근 5시 퇴근의 사무직 대신 온몸으로 부딪치는 모험의 삶을 살고 싶었다. 마흔의 나이로 생물학과 심리학을 공부하기 위해 맥길대학교에 입학했다. 늦깎이 학생으로 과학을 공부한다는 것은 도전이었으며, 가끔은 우스운 해프닝도 있었다. 개강 첫날 강의실로 들어가면…… 학생들 틈에 자리를 비집고 앉을 때까지 학생들이 종종 말을 멈추고 자세를 바로잡았던 것이다. 교수로 착각한 것이었다.

바짝 마른 스펀지처럼 지성의 세상에 몸을 담그고 새로운 지식을 흠뻑 빨아들였다. 책은 혼자서도 읽어왔지만 이제는 체계와 방향을 잡고 공부할 수 있었다. 처음에는 그게 좋았다. 하지만 서서히 학문적 접근법에 대한 흥미가 줄어들었고, 졸업할 무렵에는 내 삶에서 뭔가 아주 중요한 것이 빠져 있다는 기분이 들었다. 가슴이나 실제 경험과는 별 상관없는 추상적인 사실과 이론들로 채워진 빈껍데기가 된 기분이었다. 살아 있는 우주 속에 존재한다는 느낌은 대학에서는 경험할 수 없는 것이었다.

대학원은 단념하고 1년간 목수 일을 해서 번 돈으로 석 달간 머물 작정으로 멕시코로 떠났다. 그로부터 1년 반 뒤, 멕시코의 산 크리스토발 데 라스 카사스와 아르헨티나의 티에라 델 푸에고에서 어슬렁거리다가 배를 타고 칠레 남부의 외떨어진 야생 해안을 돌아다니고 있을 때였다. 더없이 아름다운 경치였다. 그 사흘의 페리 여행 중에 내 인생에서 표면적으로는 아무 연관 없어 보이는 두 가닥 실을 묶어줄 흥미진진한 프로젝트가 떠올랐다. 대학원에 진학해서 생물학 연구장학금으로 받는 돈으로 손상되지 않은 원시의 자연에서 1년간 혼자 생활하는 것이 가능할 것도 같았다.

캐나다로 돌아가 밴쿠버에 있는 브리티시컬럼비아대학교에서 석사공부를 시작했지만, 더 깊이 들어갈수록 내 주된 관심사는 생물학이 아님을 절실히 깨달을 뿐이었다. 내가 정말 원한 것은 깊은 야생지의 고독이 인간에게, 이 경우에는 나에게 미치는 영향을 탐구하는 것이었다. 나는 연구자이면서 동시에 연구대상이 된다. 이 비정통적인 접근법을 보수적인 교수들이 반길 리가 없다고 생각했지만 한번 도전해보기로 했다.

대학에서 연구 가설이나 방법론에 대한 질문을 자주 받았다. 그러면 내 프로젝트는 연구와 명상 수련을 융합한 거라고 설명했다. 명확한 가설은 거부했고, 방법론은 1년 동안 고독 속에서 살면서 어떤 일이 일어나더라도 의식적으로 현재에 머무는 것이었다. 심지어 일지 형식으로 데이터를 남기는 것도 내키지 않았다. 일지를 쓸 수밖에 없을 거라고 생각은 했지만, 경험이 가능한 한 자연스럽게 전개되도록 하고 싶었다.

그들은 야생지에서 1년을 혼자 지내며 나 자신을 연구하겠다는 내 연구제안서에 흥미를 보였다. 하지만 두 가지 확실한 단서를 달았다. 추가 지원금은 없다는 것과 그 모험적인 프로젝트로 박사학위는 보장할 수 없다는 내용이었다. 나는 그 조건들을 기꺼이 수락했다.

교수들이 나를 대하는 태도는 존중이나 무시라기보다, 어떻게 하나 한번 지켜보자는 흥미에 가까웠다. 나처럼 정통적이지 않은 연구를 하던 어느 대학원생은 내 프로젝트 덕분에 다른 모두의 프로젝트가 정통적으로 보인다면서 내가 있어서 기쁘다고 말했다.

대학에서 중요한 깨달음을 얻었다. 저항의 벽은 참을성을 갖고 꾸준히 밀면 열린 문으로 변할 수 있다는 사실이다. 신입 대학원생들에게 조언을 해달라는 요청을 받았을 때 학위를 받으려면 되도록 시간을 길게 끌라고 말했다. 처음에는 논문지도위원회가 이런저런 트집을 잡겠지만 결국에는 얼른 쫓아버리고 싶어서라도 거의 뭐든지 지원할 것이기 때문이다.

떠날 준비

1998년 초반에 패티 쿠친스키로부터 뜻밖의 이메일을 받았다. 12년 전 뉴햄프셔 주 불교단체에서 기거하고 있을 때 잠시 알고 지냈던 여자였다. 시간이 지나면서 우리는 친밀한 영혼의 친구이자 파트너가 되어갔다. 학업을 계속하면서 고독 속으로 여행을 떠나기 위해 이런저런 준비를 하는 동안, 패티는 상담자이자 에디터이며 정신적 지주가 되어주었다. 현재 패티는 텍사스에, 나는 캐나다에 살지만, 서로 친밀한 관계를 유지하면서 거의 해마다 2~3주간 카누를 타고 캠핑이나 낚시를 떠난다.

2000년 여름, 나는 수전을 만나 불같은 '사랑'에 빠졌다. 야생지에서 혼자 1년을 보내는 데 필요한 준비물 목록에는 명백히 없던 일이었다. 둘 다 머리로는 받아들이기가 어려웠지만 어느 쪽도 그 관계를 깨지 못했고 그러고 싶은 마음도 없었다. 살면서 이런 일은 자주 일어났다. 누군가에게 몰두하게 되고 한동안 욕망이 생각과 감정을 압도하는 것이다.

떠날 준비에 착수하면서 외딴섬 어딘가에서 숨어 지내는 나 자신을 상상했다. 완전한 고독을 경험하려면 적도에서 멀리 떨어진 험악한 장소를 찾아야 했다. 또한 경험상 문명과의 철저한 단절을 원한다면 인근 소도시에서 적어도 100마일은 떨어져 있어야 했다.

해안을 택한 것은 세 가지 이유에서였다. 우선 나는 바다를 사랑한다. 또 해안의 겨울은 내륙의 겨울만큼 혹독하지 않을 것이다. 게다가 의족 때문에 해상으로 물자와 장작을 옮기는 편이 더 나았다. 운반에는 소형 고무보트를 이용할 생각이었으므로 안전한 수로가 있는 장소여야 했다.

캐나다의 어딘가를 선택하는 것이 칠레 남부까지 이동하고 짐을 실어 보내는 것보다 돈도 훨씬 덜 들고 간편하겠지만, 더 많이 노력하지 않은 나 자신에게 실망할 것 같았다. 예전에 페리를 탔을 때 지나쳤던 남쪽으로 시선을 돌렸고, 그쪽으로 장소를 결정하면서 말 그대로, 또 한편으론 상징적으로 바람 앞에 운명을 던졌다. 칠레 남부에서 가장 큰 단 하나의 도시 푼타아레나스를 임시 정착지로 정했다.

고독을 위한 준비물

외부로 물자를 구하러 나갈 필요 없이 1년간 야생지에서 생활하려면 준비할 것이 엄청나다. 1999년 가을에 캠프를 세우고 살아가는 데 필요한 온갖 준비물의 목록을 만들기 시작했다. 보통은 떠나기 전에 미리미리 준비하는 편이 아니지만, 이번에는 직전까지 미루다가는 뭔가 중요한 것을 빠뜨릴 것이 분명해 보였다.

2000년 9월부터 본격적인 준비에 착수했다. 원래 계획대로라면 이 날짜에는 벌써 떠나고 없어야 했지만, 나만 눈치를 못 챘을 뿐 주변 사람들은 내가 결코 떠나지 못할 거라고 생각했던 모양이다. 하지만 정작 나 자신은 포기한 다는 생각을 한 번도 심각하게 한 적이 없었다. 여기저기 흩어져 있는 목록들을 합치고 품목에 따라 그룹을 나누었다. 용구, 건축자재, 캠핑과 낚시 장비, 보트와 모터, 가재도구, 옷과 세면도구, 전기용품과 전자제품, 수리도구, 구급상자, 식량으로 분류했다.

다 취합하니 목록은 끝이 없어 보였다. 예전에 혼자 야생지로 떠났을 때는 짐을 최소한으로 간소화했다. 카누, 텐트, 취침용 패드와 침낭, 낚시도구와 몇 가지 장비, 식량, 그릴, 냄비 두 개, 옷, 비옷, 구급상자, 그리고 몇 가지 책이 전부였다. 하지만 이번에는 좀 더 하이테크적으로 준비했다. 부분적으로는 꼬박 1년을 살면서 극한의 겨울을 견뎌야 한다는 이유도 있었다. 텐트로는 충분치 않았다. 좀 더 튼튼한 거처가 필요했고, 나무를 자르고 장작을 나르려면 도끼와 카누만으로는 부족했다. 목록이 복잡해진 두 번째 이유는 매달 학교와 가족, 패티에게 짤막한 생존확인 이메일을 보내기로 약속했기 때문이었다. 그러려면 노트북과 위성전화뿐 아니라 배터리를 충전시킬 방법도 필요했다.

또한 이메일 코드 시스템도 만들어야 했다. 디폴트 코드는 녹색, 만사 오케이라는 뜻이었다. 매달 1일에 이 코드를 전송하기로 했고, 3일에도 도착하지 않으면 와서 나를 찾기로 했다. 위험한 상황이라고 느낄 때는 황색 코드를 보내고 상황을 설명한다. 또한 다음에는 며칠에 이메일을 보낼지 알려준다. 심각한 부상이나 질병으로 생명에 직접적인 위험을 느낄 때는 적색 코드를 보내 상태를 설명하고 다음 이메일을 보낼 시간을 알려준다. 지정된 시간에 아무 소식이 없으면 와서 나를 구출하거나 시신을 수습한다.

매달 1일에 정기적으로 이메일을 보내기로 한 것은 무엇보다 마음의 평화를 위한 것이었다. 심각한 사고를 당해 연락을 취할 수 없게 되었을 경우, 그들이 내가 죽고 난 뒤에야 생존확인 이메일을 받지 않았다는 사실을 깨달을 수도 있는 것이다.

필요한 대부분의 용구나 낚시장비, 캠핑도구는 이미 보유하고 있었고, 다른 모든 물품은 대부분 중고로 구입할 수 있었다. 프로젝트 경비는 내가 조교로 일하면서 모은 돈으로 충당해야 했기 때문에 되도록 싸게 구입하는 것이 중요했다. 뜻밖에도 학교에서 1만 달러를 지원해주었다.

3개월 동안 물품을 구입하고, 목적지에 대한 상세한 정보를 조사하고, 칠레 비자를 신청하고, 예방주사를 맞고, 1년 반의 부재에 뒤따르는 여러 가지 문제들을 처리했다. 10월에는 수년에 걸쳐 건강이 악화된 어머니가 세상을 떠났고, 나는 캘리포니아로 가서 임종 때까지 어머니와 함께했다.

칠레 남부로 짐을 포장하고 보내는 것이 큰일이었다. 집 안팎에 여기저기 흩어 놓았던 물품을 가로, 세로, 높이가 각각 3, 3, 5피트인 궤짝 두 개에 어찌어찌 전부 쑤셔 넣었다. 궤짝들을 운송회사로 가져가 내 이름과 지구 반대편 푼타아레나스의 칠레국립공원관리국 주소를 써넣은 뒤, 이 궤짝들을 과연 다시 볼 수 있을까 하는 심정으로 돌아왔다. 궤짝들이 없어지기라도 하면 이 물건들을 다시 장만할 돈은 없었다.

칠레 정부로부터 외진 남부 해안에서 혼자 1년을 살아도 좋다는 허가를 받는 일은 흥미로웠지만 때로는 골이 지끈거렸다. 2000년 초반에 신청서를 보내놓고 답장을 기다리면서도 큰 걱정은 없었다. 신청한 출발 날짜까지는 1년 가까이 남아 있었기 때문이다. 몇 달이 흘렀고 다시 이메일을 보냈다. 여전히 답이 없었다. 슬슬 걱정이 되기 시작했다.

11월이 되었고, 결국 나는 칠레 정부에서 일한 경험이 있는 친구 후안 파블로 세르다에게 장벽에 부딪친 것 같다고 말했다. 좀 더 서둘렀으면 좋았을 일을 그제야 하기 시작했다. 후안이 한 친구에게 전화를 걸었다. 그 친구가 푼타아레나스 국립공원관리국에 근무하는 누군가를 알고 있었다. 그 친구를 통해 그 사람에게 허가받는 문제를 도와달라고 부탁했다.

알레한드라 실바는 칠레 전역의 국립공원관리국에 대한 책임을 맡은 사람인 것 같았다. 상냥하고 협조적이며 믿음직하고 매우 유능한 사람이었다. 그녀가 이메일로 남부 해안에 대한 정보를 보내주면서 그곳 기후가 극도로 험악하다는 사실을 알려주었다. 하지만 물건의 파손이나 부상, 사망에 있어서 관리국은 책임이 없다는 사실을 공증한 서류만 있으면 프로젝트 허가에 대해서는 걱정하지 않아도 좋을 거라고 했다. 3주 만에 허가서를 손에 쥘 수 있었고, 나는 곧바로 밴쿠버 소재의 칠레 영사관으로 달려갔다.

영사 말로는 사나흘이면 비자가 나올 거라고 했지만 직원의 전망은 그다지 낙관적이지 않았다. 직원은 영사가 비현실적인 낙관주의자라고 하면서 발급까지 적어도 2주는 걸릴 거라고 했다. 불길한 소식이었고, 스트레스 수치는 더욱 올라갔다. 다행히도 영사가 옳았다. 사흘 뒤에 비자를 손에 넣을 수 있었고, 그 이틀 뒤인 12월 15일에는 칠레의 산티아고로 떠나는 비행기에

탑승할 수 있었다.

남쪽으로 가는 길

그로부터 1주일 뒤, 잠에서 깨니 비가 내리고 있었고 나는 산티아고의 태양과 더위로부터 멀어져 구름과 바람과 추위 속으로 향하는 남행 버스에 몸을 싣고 있었다. 어쩌자고 그랬을까? 극한의 날씨라는 경고를 무시하고 칠레 남부로 가겠다고 결심한 이유는 무엇이었을까? 인생의 큰 결정을 내릴 때 대체로 그랬던 것처럼 논리적인 대답은 없었다. 단지 내면의 부름이 있었을 뿐.

버스 여행은 이틀 밤낮 동안 계속되었고, 익숙한 것과 낯선 것 그리고 반쯤 익숙한 것이 뒤죽박죽으로 섞여 있었다. 칠레 해안은 끊어진 곳이 너무 많아 안데스 산맥에서 태평양으로 내려가는 쪽은 길이 없었다. 버스는 아르헨티나로 들어가서 내가 4년 전에 티에라 델 푸에고로 가는 도중 히치하이킹을 했던 그 길을 따라갔다. 히치하이킹을 했을 때는 9일이 걸렸다. 배낭을 메고 돌아다니며 캠핑을 했고, 길가에 앉아 야생 블랙베리를 먹으며 몇 시간이고 기다렸다. 국경에서는 이틀간 꼼짝 못하다가 장거리 운행 트럭을 얻어 타고 겨우 남은 길을 갈 수 있었다.

이번에는 짐을 먼저 보냈으니 걱정할 건 없었다. 창밖을 바라보거나 잠을 잤고, 비가 올 때는 아늑해서 좋았다. 버스는 파타고니아 목초지의 언덕을 끊임없이 오르내렸고, 갈색과 녹색, 황금색과 은색의 끝없는 물결 속에 이따금 찬란한 붉은색과 오렌지색이 들이쳤다. 그리고 언제나 바람이 있었다. 나는 캐나다의 삶으로부터 점점 멀어져 남아메리카 속으로 더욱 깊숙이 흘러들었고, 바람은 바다에서 맞이할 나 자신의 앞날을 더욱 궁금하게 했다.

마지막 준비

긴 버스 여행에 지친 몸으로 푼타아레나스에 도착했지만 통증은 심하지 않았다. 여행의 새로운 국면은 새로운 걱정들과 함께 시작되었다. 짐은 잘 도착할까? 육로로 150마일 떨어진 푸에르토나탈레스까지 그 짐을 어떻게 옮길까? 그곳에서 나를 야생지로 데려다줄 배는 어떻게 구할 수 있을까? 캠프는 어디에다 세울까? 지금까지 어려운 일이 닥칠 때마다 문제 해결을 도와준 도움의 손길이 있었기에, 믿는다는 것에 대해 배우게 된 것 같았다. 깊은 마음속에는 믿음이 버티고 있었고, 그렇지 않았다면 시작도 못했겠지만, 그래도 불안한 마음을 감출 수는 없었다.

다음 날 경찰에 신원을 등록하고 신분증을 신청했다. 경찰관은 서류를 검토하더니 인상을 찌푸리며 심각한 문제가 있다고 말했다. 나는 지나간 죄악을 돌이켜보며 인터폴과 FBI 앞에서 마음의 고개를 주억거렸지만 물론 그것들을 고백하는 어리석음은 저지르지 않았다. 그의 지적은 여권 이름은 프랭크 R. 컬로 되어 있는데 비자에는 프랭크 로버트 컬로 되어 있다는 것이었다. 참으로 심각한 문제가 아닐 수 없었다! 밴쿠버의 음울한 (그리고 어쩌면 악의를 품었을) 영사관 직원에게 속으로 불평하면서 나는 캐나다에서 중간이름은 이니셜로 쓰기도 한다고 설명했다. 여전히 불신하는 표정이기에 그 말을 힘주어 몇 번 더 되풀이했다. 경험상 반복은 언제나 좋은 기술이다. 그는 마침내 내 말이 거짓말이 아니라는 결론을 내린 뒤 산티아고에 연락을 취해 그 불일치를 바로잡겠다고 했다. 단언컨대 답변을 받지는 못했을 것이다.

다음에는 칠레국립공원관리국을 찾아갔다. 매우 친절한 사람들이었지만 나를 쳐다보는 눈빛에는 의심이 가득했다. 1년간 혼자 살러 떠날 만큼 미친 사람은 상상할 수조차 없다는 표정이었다. 그들은 몇 가지 나쁜 소식도 알려주었다. 12월을 선택한 것은 칠레 남부의 여름이 브리티시컬럼비아 주 북부의 여름과 비슷할 거라는 전제 하에서였다. 내가 예상한 것은 온화한 나날과 적당히 고요한 날씨였다. 틀렸다. 이곳의 여름은 연중 바람이 가장 심한 때였고, 내 작은 보트로는 푸에르토나탈레스에서 해안을 따라 짐을 나르는 일이 불가능해 보였다. 국립공원관리국에서는 연료비로 1천 달러를 내면 자기네 배로 데려다주겠다고 했다. 예산을 훌쩍 뛰어넘는 액수라 처음으로 계획에 큰 차질이 생겼다. 관리국에서는 자기네 배의 선장인 헤르만 코로나도와 의논해보라고 권했다. 어쩌면 타협안을 찾을 수 있을 거라고 했다.

다음 날 아침, 가는 방법을 의논하고 캠프를 세울 적당한 장소에 대한 조언을 구하려고 헤르만을 만났다. 그는 그곳에서 배로 30시간 떨어진 북쪽의 조그마한 어촌 푸에르토에덴에서 대부분의 시간을 보냈으므로 그 해안에 대해 빠삭하게 알고 있었다. 함께 해도를 펼쳐놓고 보았다. 헤르만이 멀리 떨어진 좁은 해협의 끝에 위치한 자그마한 만을 가리켰다. 안데스 산맥의 산기슭 지대에 숨어 있는, 뱃길로 푸에르토나탈레스의 북서쪽으로 대략 100마일 떨어진 곳이었다. 그쪽으로 가는 사람은 아무도 없다는 말에, 그곳으로 결정을 내렸다.

헤르만은 1월 말에 정기 순찰을 돌면서 그 좁은 해협의 25마일 범위를 지날 텐데, 그때까지 기다릴 수 있겠느냐고 했다. 1천 달러보다 적은 비용으로 갈 수 있을 거라고 했다. 그 제안에 응하기로 했다. 다음 두 달 동안 날씨가 더 악화되지는 않을 거라니, 무리해서 서두를 이유는 없었다. 게다가 짐이 도착하기를 기다려야 했고, 음식과 목재, 그 밖에 너무 무거워서 밴쿠버에서 부칠 수 없었던 다른 물품들도 구입해야 했다.

푼타아레나스는 멋진 곳이었다. 사람들은 따뜻하고 개방적이고 정직했다. 밴쿠버에서는 칠레 남부가 지구 반대편에 있는 미지의 장소라는 느낌뿐이었지만 얼마간의 시간이 지나자 그곳이 세계의 중심처럼 느껴졌다. 그곳에서 지내는 6주 동안 개인주택의 큰 방을 세냈다.

밴쿠버에서 이미 구입한 장비나 물품도 많았지만, 푼타아레나스에서도 계속 물건을 사들였다. 눈에 띌 때까지는 생각조차 못했던 근사한 물건들을 많이 발견했다. 기발하고 굉장한 컬렉션을 갖춘 상점들도 제법 있어서 길을 걸을 때는 항상 쇼윈도를 쳐다보는 버릇이 생겼다. 상류층 여성을 위한 부티크의 작은 선반 하나에는 전기공구가 진열되어 있었고, 자동차 부품상은 가정에서 만든 잼과 수채화를 팔았다. 필요한 것의 대부분을 비교적 쉽게 찾을 수 있었지만 아무리 찾아도 보이지 않는 것들도 있었다. 밴쿠버에서 구입한 장작난로에 맞는 파이프는 결국 찾지 못해서 제작을 의뢰해야 했다.

칠레국립공원관리국에서는 당장은 자기네 배와 헤르만 코로나도 선장이 그쪽으로 항해할 예정이 없다고 알려왔다. 다른 배편을 알아보려고 했지만 무산되었고, 끊임없이 바뀌는 불확실한 상황 속에서 심신이 지쳐갔다. 긴장을 늦추고 상황이 흘러가는 대로 따르려고 노력했지만, 자꾸만 이렇게 되었으면 좋겠다, 혹은 이렇게 되어야 한다는 기대감이 생겼다. 마음은 떠날 준비가 다 되어 있었지만 짐을 전부 싣고 목적지까지 배를 타고 갈 방법에 대해서는 여전히 묘책이 없었다. 하지만 어떻게든 일이 풀려나갈 거라고 믿었다.

떠나기 전, 도시에서 보낸 마지막 이메일

— 2001년 2월 4일, 푸에르토나탈레스

정신없이 보낸 이틀이었다. 어제는, 지난주에 드디어 이송된 짐을 찾는 데 필요한 서류를 작성하기 위해 푼타아레나스 세관창고로 갔다. 세관 책임자는 내 프로젝트에 흥미를 보이면서 관세 없이 물품을 찾도록 허가하는 서류에 서명해주었다. 물론 칠레를 떠날 때 전부 갖고 나간다는 조건이 붙었다. 보관료를 포함하여 전체 절차를 밟는 데 25달러밖에 들지 않았다.

주초에 칠레 해군이 내가 캠프를 세울 장소로 점찍은 작은 만까지 데려다준다는 데 마침내 동의했지만 어제 장교들을 만나 보니 목적지까지는 아니었다. 그곳까지는 너무 먼 데다 해도에 심해측심에 대한 정보가 없어서 암초에 배가 좌초될 수도 있다는 이유에서였다. 해군이 만에서 북쪽으로 14마일 떨어진 해변에 내 몸과 짐을 내려놓고 떠나면 남은 길은 나 혼자 그 짐을 운반해야 했다. 장교들은 공손하고 예의 바르며 친절했다. 그들은 내 안전에 책임을 느꼈고, 다달이 보내는 확인 이메일 명단에 자기네도 포함시켜 달라고 했다. 더구나 그들은 심각한 위기에 처했을 때 위성전화로 연락할 수 있는

24시간 핫라인을 가동하고 있었다. 안전망이 있다는 사실에 적잖이 안심이 되었다.

운송트럭은 제시간에 도착했고, 운전사와 나는 함께 세관창고로 가서 짐이 든 궤짝들을 찾아왔다. 목재와 기계류, 식량 등을 싣자 트럭이 꽉 찼다.

운전사가 떠나자마자 칠레국립공원관리국의 한 여직원이 뒤뜰에서 고양이 두 마리를 잡았다며 전화를 걸어왔다. 혼자 사는 즐거움의 하나는 다른 누군가의 욕구와 욕망을 고려할 필요 없이 순간의 흐름을 자유로이 따를 수 있다는 것이다. 그래서 애당초 고독 속으로 들어갈 때 애완동물을 데려갈 계획 따위는 없었다.

관리국에서는 조개를 먹을 거라면 고양이를 데려가야 한다고 강력히 권유했다. 칠레 남부는 적조 현상이 잦아서 대합이나 홍합 따위의 쌍각류 조개에 독소가 들어 있을 수 있다고 했다. 지역 주민들은 고양이를 실험용으로 쓴다고 했다. 고양이가 미심쩍은 조개를 먹고 토하거나 죽으면 그들도 먹지 않는다는 것이다. 나도 그렇게 해야 한다고 했다.

기진맥진한 몸으로 시내에 있는 관리국으로 걸음을 옮겼다. 고양이 두 마리가 여직원의 사무실 안을 돌아다니고 있었다. 심지어 사납기까지 한 야생 고양이들이었다. 간신히 한 마리를 잡았다. 암컷이었는데 박스 안에 들어가지 않으려고 발버둥을 쳤다. 으르렁거리고 발톱으로 할퀴며 나를 물었다. 그런 다음 수컷을 잡아넣었다. 암컷은 여전히 박스 밖으로 빠져나오려고 안간힘을 쓰면서 그르렁거리고 있었다. 암컷이 정말 가기 싫어한다면 억지로 데려갈 마음은 없었다. 그래서 수컷만 데리고 가기로 했다.

오늘 아침 8시 30분, 비바람이 치는 날, 트럭이 우리를 데리러 왔다. 고양이는 차에 타는 것이 싫은지 가는 내내 보채며 울었다. 짐을 너무 많이 실은 탓에 어느 지점에 이르자 트럭이 앞뒤로 쏠렸다.

푸에르토나탈레스에 도착하자 해군 두 명이 짐 부리는 것을 도와주었다. 나는 운전사와 함께 철물점으로 갔다. 어제 전화 통화를 할 때 주인이 오늘은 일요일이라 원래 문을 닫는 날이지만 55갤런들이 드럼통 두 개를 가져갈 수 있도록 해주겠다고 했다.

펜실베이니아 주의 프로판가스 회사 담당자는 나를 대신해 프로판가스 탱크 세 개를 주문해주면서 푸에르토나탈레스에 가면 언제라도 찾을 수 있을 거라고 장담했다. 하지만 우리가 도착했을 때 프로판가스 판매점은 문이 닫혀 있었다. 바로 그때 놀랍게도 보조 관리자의 차가 나타났다.

"그래요. 그 탱크 우리한테 있어요. 나를 만난 게 천만다행인데요. 낚시하러 가던 참이었거든요." 우리는 프로판가스를 실은 뒤 주유소로 가서 55갤런들이 드럼통 두 개와 5갤런들이 깡통 여섯 개를 채웠다. 그러고는 다시 부두로 돌아왔다.

돌아오자 짐의 대부분이 이미 배에 실려 있었다. 내 고무보트를 꺼내 부풀린 후 그것과 드럼통, 프로판가스 탱크들을 실었다. 온종일 바람이 심하게 불었지만 일을 다 마칠 때까지 비는 내리지 않았다. 만사가 잘 진행되어 이제 정말로 떠난다는 사실이 여전히 믿기지 않았다. 해군 선원들이 커피 한 잔을 권했는데, 받고 보니 큼직한 스테이크 저녁 식사였다. 나더러 배에서 자겠느냐고 물었지만, 고양이도 있고 지칠 대로 지쳐서 시내에 있는 펜션에서 하룻밤 묵기로 했다.

지금은 10시가 넘었다. 도시에서의 마지막 이메일을 보내려고 이곳 인터넷 카페에 와 있다. 내일 새벽이면 고독 속으로 떠난다. 드디어. 하지만 준비는 저 알아서 된 것 같고 나는 이만치 떨어져 있다. 먼 길을 달려와 녹초가 되었으니 이제 오두막을 짓고 쉴 차례다. 맨 먼저 할 일은 해군이 짐을 내려준 곳에서 다시 보트로 목적지까지 짐을 운반하는 것과 오두막을 짓는 것이다. 운이 좋으면 3주 정도 걸릴 것이다. 그러므로 이번 이메일이 내년이 올 때까지, 달마다 보내는 짧은 확인 이메일을 제외하고는, 내게서 받는 마지막 소식이 될 것이다. 모든 일이 순리대로 흘러가도록 내버려둘 생각이다. 당신도 당신의 삶에서 멋진 1년을 보내기 바란다. 건강하기를. 당신의 격려와 관심에 감사한다. 내게 큰 도움이 되었다. 로버트로부터.

2
0
0
1
년

2
월

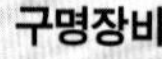

구명장비
식량, 물, 난로, 냄비, 컵, 알루미늄 코팅 담요,
담요, 방수천, 밧줄, 벌채용 만도, 위성전화,
GPS, 나침반, 배터리, 점프수트, 구명조끼, 카약,
발펌프, 닻, 노, 패들, 가슴장화.
— 오두막 문에 붙여놓은 메모

2001 | 2
나는 머나먼 이곳에 있다

2001년 2월 6일

어제 새벽 칠레의 해군 경비정 야간호를 타고 푸에르토나탈레스를 떠났다. 수로를 따라 내려가면서 뒤를 돌아보자 도시의 모습이 자연의 풍경 속으로 잦아들고 있었다. 모든 일이 뜻대로 된다면 지금이 1년 동안 도시를 바라보는 마지막 순간이 될 것이다. 이른 태양은 유리창과 양철지붕에 햇빛을 튕겨내고, 저 멀리 잔설이 남은 산봉우리들의 윤곽을 비추고 있었다. 무지개가 육지에서 바다까지 활 모양을 그리고 있었는데, 나는 그것을 좋은 일이 생길 징조로 받아들였다. 그러지 않을 이유가 어디에 있는가? 그러고는 북서쪽으로 돌아서서 저만치 보이는 야생지로 눈길을 돌렸다. 앞으로 1년 동안 캠프를 세우고 혼자 살아갈 장소였다. 그곳 하늘은 폭풍우를 머금고 있었고 바다는 바람에 출렁였다.

해군이 내려주기로 한 반도의 끄트머리까지 100마일을 가는 데 10시간이 걸렸다. 일부 선원들이 해군의 조그마한 조디악 호에 짐을 싣고 바닷가로 나르기 시작했고, 나머지 선원들은 거친 바다에 내 고무보트를 띄웠다. 보트에 올라타자 바람이 일으킨 4.4℃의 물보라가 들이쳤다. 가만히 보니 그들은 전부 구명복을 입었는데 나만 입지 않고 있었다. 흠. 구명복을 잊은 것은 내 계획에서 꽤 중대한 실수 같다.

날씨는 계속 악화되었고, 선장은 선원들과 내가 작은 보트로 그곳까지 움직이는 것은 너무 위험하다는 결론을 내렸다. 그러고는 좀 더 잔잔한 바다로 나아가 지금 내가 글을 쓰고 있는 이 작은 섬에 나머지 짐을 내려주었다. 그들은 바위 위에 짐을 쌓아올리면서 서두르는 기색이 역력했고, 그래서 나는 오두막을 짓기 위해 가져온 목재는 그냥 해변에 두라고 말했다. 밴쿠버에서 부친 무거운 궤짝들과 55갤런들이 가솔린 드럼통들을 보트에서 덤불숲까지 옮겨 나르는 일은 신음이 절로 날 만큼 고생스러운 일이었다. 어둠살이 내리기 시작해서야 가져온 짐을 모조리 바닷가에 내려놓을 수 있었다. 그들은 점점 다가오는 폭풍우를 피해 안전한 항구로 즉시 떠났다.

이 작은 후미의 아래쪽 해변은 온통 바위밭이다. 조금 위로 올라가면 풀밭과 무성한 덤불숲, 그리고 나무들이 있다. 어둠 속에서 헤드램프 불빛으로 풀밭에 규격 2×4 목재들을 놓고 편편한 합판을 올려 깔판으로 삼은 다음 그 위에 텐트를 세웠다.

풀밭이 만조선보다 높은 위치라고 생각했지만 예상은 빗나갔다. 다시 보니 풀로 생각했던 것은 거머리말이었고, 새벽 1시가 되자 파도가 깔판 아래를 찰싹찰싹 때리기 시작했다. 텐트를 더 위쪽으로 옮겨야 했다. 그 무렵에는 목재들이 1피트 높이의 물속에서 둥둥 떠다니고 있었는데, 나는 그것들이 떠밀려가지 않도록 허우적허우적 붙잡아 덤불숲에 쌓아올렸다.

밀물이 정점에 다다랐나 싶었을 때 바람이 다시 힘을 받더니 파도를 몰아 합판 밑을 세차게 때렸다. 비바람에 두들겨 맞고 사람들로부터 멀리 떨어져, 지치고 춥고 배고프고 낙담한 채, 나는 이 어두컴컴한 작은 섬에서 막막한 심정으로 웅크리고 있었다. 젠장, 버려진 기분에 휩싸이면서 여기서 내가 뭘 하나 하는 생각이 들었다. 비닐 쓰레기봉투에 넣은 골판지 상자 안에서 울어대는 고양이 역시 행복하지 않기는 마찬가지인 것 같았다. 드디어 조수가 빠지기 시작하자 겨우 잠을 청했다. 온몸이 쑤시지 않는 데가 없었다.

오늘은 온종일 비가 오고 바람이 불다 말다 했지만, 여기 바람이 닿지 않는 곳에서는 북서풍에서 남서풍으로 풍향이 바뀌지 않는 한, 나를 덮칠 수 있을 것이다. 풍향이 바뀌면 끝장이다. 텐트 깔판을 조금 더 높여서 지면에서 2피트 높이가 되게 했다. 지금까지 내 몸은 젖지 않았지만 바닷가에 두고 온 식량이 걱정이다. 만조선 위쪽에 두었다고 믿고 싶지만, 바람이 잦아들 때까지는 확인할 길이 없다.

바람은 여전했다. 목적지로 삼은 작은 만까지 14마일 남쪽으로 짐을 옮기는 일은 무척 고생스러울 것이다. 이곳은 더할 나위 없이 아름답지만 바람이 잦아들기를 기다리는 동안 좌절감이 밀려온다. 해협 건너 서쪽을 바라보

니 스테인즈 반도의 절벽에서 바다로 떨어지는 폭포가 30개는 훨씬 넘는 것
같다. 구름이 걷히자 반대 방향으로 안데스 산맥 남쪽의 눈 덮인 산과 빙하
들이 서서히 모습을 드러낸다.

이곳의 날씨는 결코 온화해지지 않을 것이다. 바람은 잦아들었지만 비는
그치지 않았다. 아까 식량과 프로판가스 탱크를 확인하러 갔다 왔다. 떠밀려
간 것은 없었지만 탱크들은 둥둥 떠 있었고 식량 자루들은 바닷가 여기저기
에 흩어져 있었다. 구급상자와 피넛버터 한 병을 들고 왔고 나머지는 좀 더
높은 지대로 옮겨두었다.

고양이에게 바깥에서 용변 보는 훈련을 시키는 중이다. 취침용 패드와 담
요는 물론이고 온갖 짐이 어질러져 있는 텐트 바닥은 용변에 적합지 않다.
이전에는 이런 종류의 훈련으로 힘들었던 적이 없는데, 아마도 따뜻한 열대
지방에서 키운 데다 고양이들이 마음대로 드나들게끔 문에 구멍을 뚫어두
었기 때문일 것이다. 고양이가 텐트를 드나들게 하려면 지퍼를 여닫아야 한
다. 녀석이 이 안에 똥을 싼 것이 여섯 번은 족히 될 텐데, 고양이 똥냄새는
아무래도 좋아할 수가 없다. 규칙을 만들었다. "안 돼! 밖으로 나가!" 그러고
는 살짝 때려준 다음 들어 올려 바깥에 내어놓는다. 불을 켠 캠프 스토브나
식량 근처에서 멀리 쫓아낼 때도 찰싹 때려준다. 안으로 들어오겠다고 발톱

36

으로 모기장을 할퀼 때는 몹시 당황스럽다. 하지만 대체로는 녀석이 이곳에
함께 있는 것이 기쁘다.

목적지로 삼았던 만에 가지 못해 뭔가 가로막힌 기분을 느끼기보다는 그
냥 여기 있으려고 노력한다. 기다리는 것도 과정의 일부다. 내가 세상을 통
제하는 것이 아니다.

이게 여름인가? 이곳에서 닷새를 보냈지만 해를 본 것은 다 합쳐도 고작
20분이다. 지금은 바람이 그칠 새 없이 불지만 아마도 겨울은 그렇지 않을
것이다. 돌고래 네 마리(칠레돌고래 아니면 남방낫돌고래)가 오늘 아침 캠프 앞
에서 두 시간 헤엄치다 갔다. 나는 바위밭으로 가서 돌고래들에게 소리치며
노래를 불러주었다. 오후에는 만까지 가보려고 보트를 타고 좁은 해협을 5마
일 내려가다가 물살이 거세어 되돌아왔다. 가보고 싶어 죽겠지만 어리석은
모험을 하고 싶지는 않았다.

GPS는 며칠 전만 해도 훌륭하게 작동했다. 전혀 문제없이 위성을 찾아냈
고, 위치와 이동방향, 그리고 속도도 제대로 읽어냈다. 그런데 오늘은 작동할
생각도 안 한다. 빌어먹을! 원래 방수가 된 것인데 불량한 부분이 있는 모양
이다. 다행히 하나 더 가져오긴 했지만 이게 고장 났으니 작동하는 것은 하
나뿐인 셈이고 그것마저 고장 나면 끝장이다. 섬들을 돌아다니며 긴 여행을
해볼 생각인데, 어딘가를 떠돌고 있을 때 그 GPS마저 고장 나면 캠프로 돌
아가는 일이 결코 쉽지는 않을 것이다.

오두막이 완성될 때까지는 오리털 침낭을 비닐에 싸둘 생각이다. 눅눅해지면 보온효과가 떨어지고 말리기도 힘들다. 그 동안은 긴 내의와 티셔츠, 플란넬 셔츠, 울 조끼, 홀로필 조끼, 후드 달린 스웨트 셔츠, 방한복을 입고 잘 생각이다. 그리고 담요 두 장이 있다. 간밤에는 텐트를 단단히 닫고 잤는데도 으슬으슬했다. 여름 날씨가 이렇게 지독하고 눅눅한데 하물며 겨울 날씨는 어떨까? 단언컨대 이곳에서의 삶이 쉽지는 않을 것이다.

2001년 2월 11일

오늘은 늦게까지 텐트 안에 있었다. 나를 둘러싼 광활한 습기 속에서 텐트는 작은 거품처럼 유일하게 메마른 공간이다. 물기 어린 세상에서 나는 외계인이다. 나와 고양이만 빼고 이곳의 모든 생물이 수중의 존재들 같다. 오늘 아침엔 희미한 공포감의 촉수가 슬금슬금 몸속으로 기어들었다. 혼자다. 나를 소멸하려는 우주의 무한한 의지 앞에 완전히 무방비로 노출된 고독한 반점이다. 궁극에 이르면 나도 존재하기를 멈추겠지만 언제라도 가능한 것이 죽음이다. 지금 당장일 수도 있다. 하지만 나는 다른 고독의 경험을 통해 공포 이면에는 빛과 평화가 있음을 안다.

이곳에 온 지 1주일이 지났다. 떠나기 전에는 이렇게 한 곳에만 붙잡혀 있을 줄은 생각도 못했다. 정말 붙잡혀 있긴 한 건지 그것조차 모르겠다. 짐을 절반만 실으면 만까지 문제없이 운반할 수 있을 것 같다. 걱정은 바람과 파도, 물안개에 맞서서 돌아와야 한다는 것이다. 날씨가 좋아지기를 참을성 있게 기다리고 있지만 한편으로는 그런 때가 정말 오기는 할까 의심스럽다. 바람이 하루 이틀 정도는 멎을지 모르지만 이 짐을 전부 옮기려면 1주일은 족히 걸릴 것이다.

아까 GPS를 다시 켜보았는데 몇 초 동안 작동했다. 습기가 차 있었던 것이 분명하다. 그래서 품질보증서에 쓰인 경고의 말에도 불구하고 수밀봉 장치를 돌려서 연 다음 난로 위에서 몇 분간 말렸다. 다시 켜보았다. 작동했다! 아주 훌륭하다. 이제부터 비올 때는 비닐 봉투에 넣어두어야겠다.

어제는 여러 가지 잡다한 일을 했다. 2—사이클 엔진오일과 가솔린을 혼합하여 체인톱을 작동시켜 보았고, 만약의 경우를 대비해 준비한 4마력짜리 선외모터용 마운트브래킷을 장착했다. 쓸 일이 없기를 바라지만 15마력 모터가 고장 나면 4마력 모터로 느릿느릿 돌아와야 할 것이다. 텐트를 청소하고 방수천을 다시 손봤다. 깔판과 텐트, 요리하고 밥 먹는 데 주로 쓰는 텐트 앞 공간을 보호하기 위해 A자 구조물을 세우고 그 위에 방수천을 덮어씌워 두었었다. 그리고 보트를 타고 나갔다가 바다가 너무 거칠어져 밤이 되기 전에 돌아오지 못할 경우에 대비해 비상식량과 다른 짐들은 미리 꾸려두었다.

얼른 만으로 옮겨가서 오두막을 짓고 싶은 생각에 조바심이 난다. 여기서는 무방비 상태로 노출된 느낌이지만, 지도에서 보면 만은 바람의 공격으로부터 훨씬 안전해 보인다. 게다가 더 숨어 있고 더 외진 곳이다. 그런 일이 일어날 것 같지는 않지만 이곳은 이따금 어부들이 지나갈지도 모른다.

오늘 날씨는 약간 더 따뜻했고 날벌레들이 처음으로 등장했다. 굶주린 벌레들. 주변에 뜯어먹을 살이 많지 않으리라. 고양이는 이제 더 이상 텐트 안에서 배변하지 않지만 내 치즈를 자꾸만 집적거린다. 고양이를 벌주는 문제에 있어서는 인내심도 없고 심지어 공격적이기까지 한 내 모습을 본다. 소리치는 정도가 아니라 흔들거나 때리고 심지어 공중으로 집어던지기도 한다. 더는 화가 나서 때리는 일은 없도록, 때리기 전에 적어도 잠시 멈춰 생각하기로 결심했다.

《지혜의 마음을 찾아서(Seeking the Heart of Wisdom)》에서 근심을 다스리는 부분을 읽기 시작했다. 조지프 골드스타인(Joseph Goldstein)과 잭 콘필드(Jack Kornfield)가 저술한 불교 명상에 대한 가르침이다. 명확하고 실용적인 그들의 접근법이 나의 두려움을 걷어가기를 희망한다. 하지만 불교 철학과 명상이 이곳에서 내가 따라야 할 유일한 길은 아니다.

2001년 2월 14일

드디어 푸른 하늘이 군데군데 보이는 고즈넉한 아침이다. 만에 가보았지만 오두막을 지을 마땅한 장소는 눈에 띄지 않았다. 돌아오는 길에 해변에 들러 식량과 프로판가스 탱크를 가져왔다. 이렇게 하면 내일 아침 곧장 만으로 갈 수 있을 것이다. 하지만 이 작은 섬으로 돌아오자, 원하면 여기 있어도 괜찮겠다는 생각이 들었다. 개울은 없었지만 도착한 뒤로 하루도 거르지 않고 비가 왔다. 오두막 지붕에 고인 빗물을 모으면 식수는 문제없을 것이다. 인근 숲속에 죽은 나무들이 있어서 썩지만 않았다면 장작으로 쓸 수 있다. 햇볕이 나무들 뒤로 내리쬐는 6, 7월을 제외하면 태양전지판들도 제 역할을 해낼 것이다.

이곳 경치는 장관이다. 저 아래 만에 비해 탁 트였으며 좀 더 야생의 느낌으로 다가온다. 또 다른 근사한 점은 이곳에는 돌고래들이 지나다닌다는 것이다. 만에서는 어떤지 모르겠다. 가장 큰 이점은 무엇보다 짐을 옮길 필요가 없다는 사실이다. 잠재적으로 생각하면 가장 큰 문제가 남서풍이다. 그 풍향으로부터는 안전한 곳이 아니다. 어떻게 해야 할지 잘 모르겠다.

시계를 아침 7시에 맞춰두고 잤다. 비가 온다. 바다를 보고 왔다. 거칠지는 않지만 보트에 짐을 싣고 만까지 가는 모험을 감행할 만큼 잔잔하지는 않다. 작은 보트에 이 짐을 전부 싣고 변덕스러운 바람을 무릅쓰며 바다로 나가는 일이 내키지 않는다. 짐의 절반을 만으로 옮긴 뒤에 몇 주 동안 날씨가 계속 고약할지도 모르고, 텐트와 침낭은 여기 있는데 나는 저기 만에서 꼼짝달싹 못할 수도 있다. 그런 생각을 하면 엄두가 나지 않는다.

이번에도 이상적이리라 생각했던 계획을 단념하고 생의 선물을 받아들여야 할 것 같다. 둘러보면 해군이 내려준 이곳이 가장 좋은 장소일 수도 있겠다는 생각이 든다. 상상 속의 더 나은 것을 찾느라 이미 가진 좋은 것을 진지하게 쳐다보지 않았는지도 모른다. 이곳에 있을지 묻기 위해 주역의 도움을 청했다. '방랑'에서 '은둔'으로 바뀌는 괘가 나왔다. 머물기로 한 결심을 굳혔다.

보트에서 짐을 내린 뒤 바위 위로 전부 옮겼고 식량 자루들에는 방수천을 덮었다. 몇 자루의 속을 살펴보니 젖은 것 같지는 않다. 참으로 다행스런 일이다. 푼타아레나스에 있을 때 한 현지 가이드가 이곳 날씨를 감안해서 식량은 몽땅 방수되는 큰 통에 넣어가야 한다고 강력하게 권고했었다. 큰 통은 감당할 수 없었지만 그 충고를 진지하게 받아들여 짐 전부를 비닐 자루와 나일론 자루 두 겹으로 봉해서 왔다. 그렇게 하기를 정말 잘했다.

준비물을 챙기는 과정에서 배운 것 한 가지는 혼자 만사를 다 아는 척하지 말고 타인의 충고에 진심으로 귀 기울이라는 것이다. 많은 사람들이 정보와 도움을 주는 데 관대하므로 그들의 조언을 새겨들으면 훗날의 근심을 크게 덜 수 있다.

짐을 내리면서 이곳에 도착한 이후 처음으로 마음이 가뿐하고 행복했다. 겨우 열흘이 지났을 뿐이지만 시간이 한참 흐른 것 같다. 어제까지만 해도 여름이 끝나기 전에 오두막을 완성하겠다는 생각에 조바심이 났지만, 이제 는 당장에라도 시작할 수 있으니 급할 것 없었다. 늘 이런 식이다.

2001년 2월 16일

나무들 사이로 비바람이 몰아친 사나운 밤이었다. 바람은 이따금 거대한 존재처럼 울부짖으며 내리 덮쳤고, 심지어 안전하고 구석진 이곳에도 텐트를 덮은 방수천이 바람의 습격을 받아 무섭게 펄럭이며 찢기는 소리를 냈다. 어 제 시간을 내서 더 단단히 묶어둔 것이 천만다행이다.

고양이와 나는 폭풍우 속에서 안절부절못했다. 적어도 여섯 번은 내보냈다 들였다 한 뒤에야 겨우 녀석을 진정시킬 수 있었다. 녀석이 안에 있을 때는 용변을 볼까봐 걱정이 되어 내보냈다. 바깥에 있을 때는 들어오려고 모기장을 할퀼까봐 얼른 텐트 지퍼를 열어주었다. 저녁 식사로 인스턴트 치킨수프를 먹은 것이 잘못되었는지 설사를 했다. 대체로는 썰물의 바닷가에서 용변을 본다. 어쨌거나 이곳에서는 나 혼자뿐이니 나무들 사이에 변소를 만들 때까지는 그것이 최상의 방법이라고 생각한다.

어제는 해군이 짐을 내린 곳에서 가져온 커다란 프로판가스 탱크를 2화구 버너에 장착했다. 소형 부탄가스 버너는 탐사를 나갈 때 쓸 생각이다. 하지만 이런 기후에 작은 보트로 바다에 나가 밤을 새고 돌아온다는 것은 썩 내키는 일이 아니다. 캠핑할 장소를 찾기 어려울 것이다. 사방이 울퉁불퉁한 데다 덤불숲이며 만조 때는 물에 잠긴다. 한 가지 방법은 보트에 임시로 비닐을 치고 그 안에서 자는 것이다.

캐나다 해안이었다면 볼 수 있었을 풍부한 종류의 동물들이 그리울 것 같다. 칠레 남부에는 육지 포유류가 몇 종밖에 없다. 우에물(사슴의 일종), 구아나코(야마), 퓨마(쿠거), 여우, 그리고 작은 설치류 동물이 전부다. 이 작은 섬에는 아예 없을지도 모른다. 하지만 곰이 그립지는 않을 것 같다. 캐나다보다 여기가 좋은 한 가지 이유는 곰의 습격에 대비한 식량 저장소를 만들 필요도 없고, 행여 곰이 내가 잡은 물고기 냄새를 맡고 오두막을 습격할 걱정도 없다는 것이다.

하지만 이곳엔 개구리들이 있다. 소란스럽기가 견줄 데 없는 이웃인 이 개구리들은 그 레퍼토리도 얼마나 다양한지 모른다. 이제껏 들어본 어떤 개구리 울음소리와도 다르다. 개구리와 귀뚜라미 소리의 중간쯤이랄까. 금속성에 가까운 소리나 전자장치가 딸각거리는 소리 같다. 게다가 시끄럽다! 저마다 바위 아래 웅덩이에서 뭔가를 축하하고 있는 것 같은데, 그 소리가 바위에 메아리친다. 몇 마리인지도 알 수 없다. 어떤 때는 한 마리 같고, 또 어떤 때는 뉴에이지 재즈 앙상블이 교대로 리프를 연주하는 것 같다.

지금은 잠시 비가 그쳐 또 한차례 아름다운 무지개가 떴다. 색의 경계를 나누어 지정하려는 인간의 노력은 흥미롭다. 언덕들의 옆구리와 바다의 얼굴을 쓰다듬는 햇살이 높다란 구름을 찌른다. 이전에는 이 움직이는 빛살의 궤적을 한 번도 쫓아간 적이 없었다. 하지만 지금 나는 그 빛살들이 형태를 만들고 모양을 바꾸고 다시 사라지는 모습을 지켜본다.

이곳은 시선의 호사다. 동쪽 해협과 울퉁불퉁한 바위 언덕들을 가로질러 저 멀리로는 뾰족한 봉우리가 솟은, 눈과 빙하로 덮인 산들이 보인다. 서쪽에서 불어오는 약한 바람은 1.5마일 떨어진 암벽 폭포의 포효를 데려온다. 오후 내내 바다는 더없이 잔잔했다. 이틀 전에 이런 날씨였다면 지금쯤 만으로 짐을 옮기고 있을 것이다. 하지만 이곳에 오두막을 짓기로 결심했고, 지금은 그 사실이 기쁘다.

오늘은 일이 순조로웠다. 오전에는 비가 세차게 내려서 내내 빈둥거렸다. 오후 1시쯤 비가 멎자 본격적으로 일에 착수했다. 덤불을 쳐내 뚫린 공간을 만든 뒤 오두막을 구상했다. 지하수면이 지표면에서 겨우 5인치 밑이라 토양이 습하다. 하부 받침목으로는 근처에서 베어낸, 아직 뿌리가 달려 있는 작은 나무 네 그루의 밑동을 쓸 작정이다. 거기다 4×4인치 목재도 11개 박아넣을 작정이다. 오두막의 한쪽 귀퉁이는 이 작은 후미의 한 면을 이루는, 바다로 튀어나온 바위마루에 세울 생각이다. 또 다른 모서리는 진흙땅 속에 가로로 박아 넣은 통나무 위에 세울 것이다. 또다시 비가 내리고, 고양이는 방금 일어났다. 개구리가 울기 시작한다. 커피 물은 뜨겁고, 나는 머나먼 이곳에 있다.

어쩌면 오두막에 못을 더 많이 쳐야 할 것 같다. 원래 마음은 1년 뒤에 허물어야 할 테니 필요 이상으로 튼튼하게 짓는 평소의 습성을 자제하는 것이었다. 하지만 맙소사, 간밤의 폭풍우를 생각하면! 그에 비하면 그젯밤의 폭풍우는 아무것도 아니었다. 새벽 2시경부터 지옥이 따로 없었다. 끊임없이 포효하는 바람이 몰고 온 빗줄기는 연신 망치질을 해댔고, 맹렬한 광풍은 이따금 뒤쪽 나무들 위에서 비명을 지르며 텐트와 방수천을 흔들어댔다.

고개를 텐트 밖으로 내밀고 손전등을 비추며 사태를 점검하는데, 고양이가 칠흑 같은 어둠 속에 앉아 이 모든 상황을 즐기고 있는 것처럼 보였다. 이 피신처가 무너질 염려만 없다면, 닻이 이리저리 끌리고 보트가 밀려가 바위에 부딪칠 염려만 없다면, 나도 마찬가지였으리라.

온 우주가 소음으로 가득하다. 바람이 내는 신음, 포효, 속삭임, 그리고 비명. 바위에 세차게 부딪치는 파도와 방수천에 떨어지는 빗줄기. 이따금 적막한 고요 속에서 개구리 울음 소리가 들린다. 용감하기도 해라. 바위 밑 웅덩이에 있는 개구리는 이 성난 폭풍우를, 자신의 목소리가 그 요란함 속에 묻히는 것을 알고나 있을까.

새벽 3시 30분경, 드디어 폭풍우가 잦아들었고, 나는 다시 바깥을 내다보았다. A자 구조물은 흐트러져 있었고 방수천은 제멋대로 펄럭이고 있었다. 옷을 다 벗은 다음 비옷과 고무부츠 차림으로 밖에 나가서 A자 구조물을 손보고 방수천을 더 튼튼한 밧줄로 묶었다. 보트를 비끄러맨 밧줄도 더 조어 맸다. 고양이는 바깥에 널려 있는 일거리를 보더니 텐트 안으로 들어가 잠들어 버렸다.

텐트에서 6피트 떨어진 후미에 보트와 모터들이 떠 있다. 그것과 더불어 난로, 체인톱, 태양전지판, 손전등 같은 것이 없었다면 나는 지금 여기 없을지도 모른다. 삶의 질을 향상시키는 유용한 것들이다. 하지만 그 제조공정과 유지관리가 암시하는 것, 그러니까 자원의 소모와 공해, 공장 노동자들의 생활조건을 생각하면 갈등이 된다.

'공유지의 비극'은 어쩌면 우리 문화의 가장 중요한 메타포일 것이다. 우리는 집단적으로 지구를 심각하게 파괴하고 있지만, 환경 악화의 주된 원천인 테크놀로지와 소비재 제품이 우리 각자의 삶을 개선하고 있다고 느낀다. 개인적으로는 이 사실을 부정하려는 사람이 거의 없을 것이므로 우리는 대안의 해결책들을 찾아나서야 한다. 재활용, 대기업 타도, 지속가능한 개발 등이 답이 될 수 있겠다. 하지만 나는 결국 우리가 쓰는 물질적 상품의 일부를 포기해야 한다는 결론에 도달했다. 나는 그럴 수 있을까? 이전의 야생지 생활에 비하면 지금의 나는 얼마나 하이테크적이 되었는가?

다쳤다. 양손이 베여 부어오른 데다 통증이 심하고, 양쪽 엄지손가락 끝이 갈라지기 시작한다. 춥고 습한 날씨에는 언제나 말썽이다. 어깨와 팔이 욱신거리고, 환상통(신체의 절단 등으로 인한 신경병성 통증―옮긴이 주) 때문에 잘려나간 발이 쿡쿡 쑤시는 것 같다. 자꾸만 정신 나간 짓을 한다. 텐트 밖으로 나갈 때는 네오프렌 소재의 가슴장화를 신거나, 펠트 라이너를 신고 그 위에 고무부츠를 신는다(의족은 발이 시리지 않기 때문에 한쪽 발에만 펠트 라이너를 신는다). 요전 날은 텐트 깔판에서 펄쩍 뛰어내렸다가 늘 그 자리에 버티고 있는 웅덩이에 빠졌는데, 펠트 라이너만 신고 부츠를 신지 않은 것을 깨달았다. 펠트 라이너가 얼마나 물기를 잘 흡수하는지, 말리는 데는 또 얼마나 시간이 많이 걸리는지 처음 알았다. 좀 더 정신 차려야겠다. 여기서는 멍하니 굴다가 곤란한 일을 당해도 어쩔 수가 없다.

아름다운 하루였다. 비가 흩뿌렸고 미풍이 불었다. 이곳의 새들은 겁이 없고, 고양이는 계속 새들을 뒤쫓는다. 나는 녀석을 보며 소리친다. "안 돼!" 고양이도 이제 그 말뜻을 배웠다. 사냥은 녀석의 본능적 충동이지만 죽게 내버려두기에는 새들이 너무 사랑스럽다. 오늘은 스파이크 머리 모양의 볏을 한 작은 새 한 마리(Thorn-tailed Rayadito)가 내 머리 위 나뭇가지에 앉았다. 손가락을 내밀었더니 날아와 잠시 앉았다가 다시 제 갈 길을 갔다. (남아메리카의 새들에 대해 설명해줄 현장 가이드가 없어서 처음 보는 새들은 그 모습에 걸맞게 내가 이름을 지어 붙였다. 일지에는 그 이름을 그대로 썼지만, 나중에 메모나 사진, 기억에 의거해 알아낸 일반적인 명칭을 괄호 안에 써넣었다.)

어제는 일이 엄청나게 많았다. 기둥을 박아 넣기 위해 바위에 18인치 깊이로 구멍을 뚫었다. 구멍은 물과 질퍽한 진흙으로 금세 들어찼다. 물가로 내려가 돌맹이들을 자루에 담아 날라 기둥 주위를 채워 넣었다. 오두막 밑에 수직으로 2피트 정도의 공간을 만들어 그곳에 장작을—구할 수만 있다면—쌓아둘 생각이다. 또한 세 개의 수평 받침목 중 하나에 못질을 했다. 각각 20피트 길이로 해서 기둥 다섯 개로 받칠 것이다.

작업은 큰 실수나 실패 없이 순조롭게 진행되었다. 서두르지 않고 천천히 일했다. 물론 길이를 잘못 맞춰 자른 때도 많았지만 금세 수습할 수 있었고 나 자신에게 화를 내지도 않았다. 몇 번이나 자로 재서 잘랐는데도 판자 길이가 터무니없이 짧을 때는 번번이 놀라곤 한다. 실수를 깨닫고 이유를 알아내려 하지만 도무지 알 수가 없다. 알다가도 모를 노릇이다.

준비 과정에서 또 다른 실수를 발견했다. 원래 계획은 오두막 외벽에는 스테이플 심을 박아 방수천을 고정하고 내벽에는 비닐을 씌우는 것이었다. 계획은 훌륭했다. 스테이플 건도, 스테이플 심도 2천 개나 챙겨왔다. 스테이플 심을 구입할 때 길이는 꼼꼼히 살폈지만, 멍청하게도 폭에 대해서는 신경 쓰지 않았다. 가져온 스테이플 건에 맞는 심이 하나도 없었다. 어처구니없는 일이다. 아아아! 밴쿠버에서 너무 서두르는 통에 박스와 색깔만 확인하고는 덜컥 집어든 것이다. 다행히 1인치 규격의 못을 1파운드 사왔으니 그걸 사용하면 될 것이다. 하지만 그걸로 방수천과 비닐을 고정하려면 시간이 훨씬 많이 걸릴 것이다.

피곤한 데다 몸까지 아파서 글을 쓸 기분이 영 내키지 않는다. 오후 내내 비가 오락가락한 긴 하루였다. 그래도 날벌레들은 사라졌다. 텐트 방수천에서 떨어지는 빗물을 물통에 받았다. 커피를 마신 뒤 저녁 끼니로 밥을 지을 예정이다. 계량용 컵은 하나만 가져왔다. 밥 짓는 솜씨는 형편없다. 간단한 일 같지만 언제나 망친다.

오늘 산들은 더할 나위 없이 선명하고, 나는 그 산들을 쌍안경으로 바라본다. 남파타고니아 빙원의 손가락 빙하들이 아름다운 첨탑 모양의 꼭대기들과 삐죽빼죽한 바위 등성이 사이로 쏟아져 내린다. 아직은 그 위로 완전한 태양이 비치는 것을 보지 못했고, 압축된 빙하의 얼음에서 나온다는 푸른 불꽃의 섬광도 보지 못했다. 언젠가는 이곳과 그 산들 사이에 놓인 언덕들을 오를 것이다. 하지만 가을을 보지 못하게 될지도 모른다. 혼자라 어떤 일이 생길지 모른다.

바다가 지척이라 무슨 일을 당할지 모르겠다. 방수천에 내리치는 빗줄기는 망치로 나를 때리는 것 같고, 초승달이 뜬 어젯밤은 폭풍이 파도를 더 높이 밀어 올려 텐트 밑을 생각보다 훨씬 깊숙이 파고들었다. 깔판의 높이는 밀물이 최고조에 달했을 때보다 18인치 더 높긴 하지만, 보트가 무사한지 보려고 손전등으로 어둠 속을 비추자 보이는 것은 사방팔방 날뛰는 파도뿐이었다.

역시 피로한 하루였다. 장선과 마룻바닥, 귀퉁이 받침목, 지붕을 지탱할 위깔도리를 모두 준비했다. 벽을 합판으로 하면 건물이 튼튼하겠지만, 나는 방수천으로 할 생각이니 귀퉁이를 삼각형 모양의 버팀대로 보강해야 한다. 각을 주어 자르는 일은 까다로워서 속도가 나지 않는다. 실내용으로 지붕까지 닿는 발판사다리를, 실외용으로 높다란 일반 사다리를 만들었다. 게다가 조수표(潮水表)를 보니 오늘밤 심한 밀물이 예상되었으므로 만반의 대비를 해두었다.

2001년 2월 21일

빗방울이 떨어지는 추운 날이었다. 여기서 우세한 북서풍에 비교적 무사했던 동쪽 해협이 온종일 거칠었던 것을 보면, 오늘 바람은 북동쪽에서 불어온 것 같다. 이 섬 바로 뒤에 작은 섬이 하나 더 있는데, 거기서 반 마일 더 북쪽으로 가면 훨씬 크고 높은 섬이 있어서 이 지역을 어느 정도 보호해준다. 내 앞쪽으로 대략 2백 야드 남쪽에는 세 번째로 작은 섬이 있고, 남서쪽으로 더 가까이 들어가면 아주 작은 섬이 또 하나 있다. 이 작은 섬 두 개와 아주 작은 섬 하나가 대체로 잔잔한 캠프 앞쪽에 비교적 안전한 해구(海口)를 형성한다. 커다란 잠수 오리들과 가마우지들(Olivaceous Cormorant)이 그곳에서 물고기를 잡는데, 나도 곧 가담할 작정이다.

보트는 대략 6피트 폭의 작은 후미 안에 묶여 있는데, 조수에 따라 해변에서 그 어귀까지 거리는 6피트에서 50피트 사이다. 썰물 때는 보트가 거의 바닥에 닿으므로 거기까지 걸어가기가 쉽다. 밀물에 보트를 사용하고 싶으면 해안에 묶어둔 밧줄을 풀고 후미 저편에 있는 보트를 바위밭을 가로질러 끌어당긴다. 괜찮은 방법이지만 더 안전하고 손쉬운 방법을 찾고 싶다.

오후 1시가 되어서야 오두막 일을 시작했지만, 나는 원래 늦게 발동이 걸리는 타입인 데다 거의 10시까지 빛이 있기 때문에 8시 넘어서까지도 일할 수 있다. 일이 착착 진행되어 간다. 기둥을 전부 세웠고 창문을 낼 구멍을 세 개 만들었다. 애초에 이렇게 튼튼하게 지을 생각은 없었지만 '이 정도면 됐어' 하는 생각이 들 때마다 요전 날의 사나운 폭풍우가 떠올라 못을 또 하나 더 박게 된다.

이제 바다는 잠잠해졌고, 조수가 밀려들어 온다. 비는 멎었다. 언덕들은 보이지만 산들은 보이지 않는다. 고양이가 무릎 위에 웅크리고 앉아 있다. 상황은 지금보다 더 안 좋을 수도 있었다.

2001년 2월 22일

비와 고통과 꿈의 밤이 지나고, 지금은 춥고 흐리고 바람 부는 아침이다. 이곳에 와서 지금까지 뭘 한 건가? 내면의 뭔가가 이처럼 극단적인 장소로 나를 부른 것 같다. 오기 전에는, 많은 시간을 야외에서 보내면서 다시 한번 자연의 세계와 융화될 거라고 생각했다. 하지만 이 기후는 자꾸만 안으로 떠민다. 오두막 속으로, 나 자신 속으로.

2001년 2월 23일

세로 10피트, 가로 16피트로 오두막을 짓고 있는데, 그중 5피트는 바다와 산들을 마주한 남동쪽을 바라보는 포치가 차지하게 될 것이다. 앞벽과 뒷벽의 높이는 각각 7.5피트와 5피트다. 측벽은 앞에서 뒤로 살짝 기울었다. 방수천은 흰색이며 빛을 통과시키므로 흐린 겨울날에도 어느 정도 오두막을 환하게 만들어줄 것이다. 비용 문제도 있지만 그 점이 벽에 합판을 쓰지 않은 주된 이유다.

오늘 벽으로 쓸 방수천들을 측정하여 자르다가 그중 하나가 라벨에 쓰인 크기가 아니라는 사실을 알게 되었다. 젠장. 상점이 근처에 있으면 가서 바꿔오면 되니까 크게 불편한 일이 아니다. 하지만 여기서는 문제가 다르다. 물이 새지 않게 하려면 벽의 아래쪽으로 다른 방수천 조각을 잇대야 한다.

평온하고 아름다운 저녁. 구름이 끼었지만 일몰의 하늘에는 옅은 오렌지빛이 감돈다. 여기서 처음 보는 색깔이다. 아까 하루 일을 끝내고 바다에 눈길을 주며 쉬고 있는데 처음 보는 큰 새 한 마리가 내게서 꼭 10피트 떨어진 앞벽 위에 내려앉았다. 기다랗고 살짝 휘어진 검은색의 뾰족한 부리, 뭉툭한 꼬리, 회색 바탕에 흰색 얼룩이 있는 몸통, 회색빛이 도는 검은색의 다리와 발. 새는 한동안 앉아 있다 날아가 버렸다.

하루 종일 더할 나위 없이 고요했고, 이따금 약한 남동풍이 불어와 바다에 잔물결을 일으켰다. 날씨에 변화가 생기려나? 빛도 달라졌다. 회색보다는 은색에 가깝다. 바다에 비친 언덕들은 연푸른색이다. 눈 덮인 산들도 보인다. 청명한 가을날 같지만 아직은 이곳의 날씨를 모르겠다. 아, 다시 가는 비가 내리기 시작했다. 잘됐다. 먼지를 가라앉혀줄 것이다. 24시간 걷기가 지속되어도 힘들다. 밥 짓는 새로운 방법을 개발했다. 불에 올려놓고 타는 냄새가 날 때까지 내버려두는 것이다. 썩 괜찮은 방법인 것 같다.

긴 일과의 하루였다. 방수천 벽을 마무리했고, 모서리와 이음새 부분에 실리콘을 발랐다. 겉은 멀쩡해 보이는데, 바람과 비도 잘 막아주면 좋겠다. 이 고요가 계속될지, 아니면 심술궂은 폭풍우가 또 한차례 오는 도중일지 알 수 없다. 폭풍우는 올 수도, 오지 않을 수도 있지만, 어느 쪽이든 나는 이곳에 있을 것이다.

한낮. 끝없이 내리는 비가 마음을 불안하게 만드는 것 같다. 내가 느끼는 불안은 캐나다 야생지에서 곰에 대해 느낀 두려움과 비슷하다. 뭔가 위험한 것이 다가오고 있는 기분. 하지만 이곳에 무서운 동물은 없고, 있는 것은 바람과 비뿐이다. 두려운 건 주로 나 자신의 침울한 기분 같다. 저녁에 30~40분씩 명상을 하기 시작했다. 육체적 감각이나 감정, 그리고 사고과정을 단순히 인식하기보다는 생각에 빠진 채 더 많은 시간을 보낸다. 주로 집중하는 것은 소리다. 빗소리, 바람 소리, 바위에 부딪치는 파도 소리, 개구리 울음소리, 새 울음소리, 바다 소리가 내 주위를 감싼다.

내가 알기로는 지난밤부터 가는 비가 끊임없이 내리고 있다. 텐트 앞쪽의 방수천 아래서 작업하지만 이제는 비옷을 껴입을 시간이다. 또한 더 원대한 계획이 펼쳐 보이는 길을 걸어가야 할 시간이다. 앞에서도 종종 내맡김에 대해 말했다. 이곳에 오기까지의 준비 과정에서도 미리 구상한 계획을 단념하고 실제로 일어나는 일에 나를 내맡길 필요에 수차례 부딪쳤었다. 지금은 비가 온다. 비는 비다. 비는 가버리지 않을 것이고 나도 마찬가지다. 비뿐만 아니라 생을 있는 그대로 받아들이는 연습을 하지 않으면 이곳에서 힘겨운 시간을 보내게 될 것이다.

우리의 마음을 우리가 어떻게 훼손해왔는지 이해하기란 아주 쉽다. 탐욕. 아주 조금 더 원하는 것. 충분히 이해가 된다. 해악은 어떤 것이 있는가? 손을 뻗어 뭔가를 잡으려고 하면 원하는 마음과 붙잡으려는 마음이 동요를 일으키며 심장의 혈류 속으로 녹아 들어간다. 쓰윽. 사라졌다. 조금씩 천천히 심장이 탐욕으로 채워질 때까지, 생은 독소로 오염되고, 세상을 더는—있는 그대로—즐기지 못하게 된다.

저녁. 늦게까지 일했다. 목재를 자르고 서까래를 박아 넣으니 오두막이 훨씬 아담해졌다. 6인치만 더 높으면 좋으련만 방수천이 맞지 않을 것이다. 오두막을 이렇게 튼튼히 지을 생각은 없었기에 못이 점점 부족해진다. 내일은 지붕에 쓸 판자 석 장을 텐트에서 빼내야 한다. 음악적 소리를 내는 자재를 사용해야 하는 이 작업은 무척 힘들다. 요 며칠 동안 2×4인치 규격 목재를 뒤져 휘지 않은 것들을 찾아냈고, 오두막 벽에 쓸 방수천이 더 필요해서 텐트에 친 방수천을 비닐로 교체했다. 비닐로는 버티기 힘들기 때문에 큰 폭풍우가 또 몰아치지는 않았으면 좋겠다. 저녁 식사로 계속해서 같은 것을 먹고 있는데, 고양이가 불만인 것 같다.

찬란한 오후였다. 잠시 푸른 하늘이 나타났고 5분가량 직사광선도 내리쬤다. 사다리에 올라서서 서까래에 못질을 하고 있는데 돌고래들이 물 뿜는 소리가 들리기에 그쪽을 쳐다보았다. 위에서 내려다보는 세상은 새로웠다. 어둑해지자 공기 중에 불길한 기운이 감돈다. ……아니면 그냥 기분이 그런 걸까? 바다가 방금 출렁이기 시작했는데, 뭔가 안절부절못하는 것처럼 보인다. 외부의, 혹은 내면의 폭풍이 몰아칠 전조인가?

2001년 2월 26일

해다! 글을 쓰는 이 순간 나는 햇볕 속에 앉아 있다. 아, 조금 전에 나는 행복했다. 아아, 그렇다. 지금 다시 행복하다. 군데군데 보이는 푸른 하늘. 굉장하다. 물기 없는 아침, 들리는 소리라곤 오로지 바다 소리. 바위를 부드럽게 때리는 파도 소리는 더없이 아름답고 평화롭다. 구름은 짙은 회색, 은색, 옅은 노란색으로 들쑥날쑥 층을 이루어 산들 위로 빠르게 흘러간다. 햇살은 폭포에 부딪쳐 빛을 뿌리고, 절벽을 가로질러 서쪽으로 미끄러진다. 물총새 한 마리가 근처 나무에 내려앉았다. 녹슨 빛깔의 찬란한 주황색이 죽어버려 딱딱한 짙은 색 나뭇가지에 아늑히 자리를 잡았다. 이른 아침, 빗소리가 들리지 않기에 얼른 일어나 텐트를 치우고 그 밑에서 판자 석 장을 꺼냈다. 그리고 짐을 다시 텐트 안으로 옮겼다. 아직 비는 내리지 않는다. 기적이다.

저녁. 서풍이 거세게 분다. 밧줄로 묶어둔 보트가 이리저리 삐걱거리는데 그 소리는 언제나 불안하다. 텐트 위에 친 비닐이 격렬하게 펄럭거린다. 제발 버텨주기를. 비가 흩뿌리기 시작했지만 지붕 작업이 끝날 때까지는 쏟아지지 않았다. 그래서 오두막을 짓기 시작한 이래 처음으로 비옷을 입지 않고 일할 수 있었다. 비가 오지 않았어도 쉬운 일은 아니었다. 한번은 사다리에서 떨어진 적도 있었다. 사다리가 휘청하는 바람에 내가 뛰어내렸다는 말이 더 맞겠다. 그 뒤로는 사다리를 고정시켜 놓았다.

그 사다리가 오늘은 머리를 내리쳤고, 며칠 전에는 2×2인치 목재가—지금은 사다리의 일부가 되었지만—머리 위로 떨어졌다. 아마 나를 싫어하는 것 같다. 한편 나는 부츠 안에 신는 펠트 라이너를 사랑한다. 하나는 일할 때 신고(땀 때문에 약간 축축해진다), 또 하나는 잘 때 신는다. 그렇게 하지 않으면 발이 시리다. 흠, 소위 생명 없는 사물들에 대한 인식과 태도가 변하기 시작하는 것 같다. 고독은 변화를 일으킬 수 있다. 이곳에 온 지 오늘로 3주째다. 믿기지 않는다.

바깥은 습하다. 오늘 아침 1시간 동안은 날씨가 상당히 좋았지만, 지금 또 빗방울이 떨어지기 시작한다. 하루만이라도 비가 내리지 않았으면 하고 바라다가, 그 일수가 이틀, 사흘, 그렇게 자꾸만 길어진다. 탐욕이다. 모레는 처음으로 '오케이' 메일을 보내야 하고, 그 전에 시스템을 작동시켜 봐야 한다. GPS는 아직 말썽이다. 따뜻한 날씨에만 작동하는 것 같으니 안에 남은 습기 때문인 것 같다. 벌새(Green-back Firecrown) 한 마리가 방금 날아왔다. 아, 비가 멎었다. 날씨가 따뜻하고 쾌청해질 수도 있다. 암!

흐리지만 비는 내리지 않는다. 일찍 일어나서 그런지 피곤하고 찌뿌듯하다. 일도 많고 아픈 곳도 많고 잠도 충분치 않다. 하지만 텐트 안에 누워서 책을 읽는다 해도 마음이 편하지는 않을 테니 하루를 쉴 이유는 없다. 성욕이나 초콜릿 아이스크림에 대한 욕구는 생기지 않지만, 뜨거운 물 목욕만 하면…… 그것으로 충분할 텐데, 하는 욕구가 인다. 캐나다에 있을 때는 이곳에 욕조를 만들고 태양열을 받아 따뜻해진 물에 몸을 담그는 꿈을 꾸었지만 그만큼의 햇볕이 내리쬘 것 같지는 않다.

고양이가 새들을 뒤쫓고 있다. "안 돼!" 소리친다. 하지만 본능은 강하다. 오트밀을 내려놓고는 의족과 고무부츠를 신고 녀석을 잡으러 간다. 녀석이 나이를 먹으면서 내 알레르기가 도지기 시작한다. 종종 성가시게 굴지만 갈수록 정이 들어서, 과연 적조 때 조개 유독성 여부를 테스트하는 용도로 쓸 수 있을지 모르겠다. 퇴근하고 돌아와 냉장고에 든 남은 음식이 미심쩍어 보인다고 아이나 동생에게 먼저 먹여보는 것과 비슷할 것 같다.

저녁. 위성전화를 작동시키기 위해 오후 내내 씨름했다. 위성전화와 노트북이 비에 젖지 않으려면 위성전화를 텐트에서 사용할 수 있어야 하므로 안테나 위치를 찾는 데 한참 걸렸다. 위성을 찾는다고 위성전화를 너무 오래 켜놓고 있었더니 배터리가 나가버렸다. 그래서 어쩔 수 없이 12볼트 트럭배터리 하나를 꺼내서 온갖 전기배선이 되어 있는 방수 실린더를 연 다음 배터리 커넥터를 찾아야 했다. 내일에 대한 준비는 며칠 전에 시작했어야 하는데 참으로 어처구니없다.

당장에라도 전기장치에 비가 내리면 어쩌나 노심초사하며 열중해 있는데 캣(저자는 여기서부터 고양이cat를 캣Cat이라는 이름으로 부른다—옮긴이 주)이 달려와 방해했다. 밀쳐냈더니 다시 돌아왔다. 또 한 번 밀쳐냈더니 또다시 돌아왔다. 진흙 속에 패대기치자 그제야 그만 오기로 결심한 것 같았다. 고양이란 세상에서 제일 고집 센 동물이다!

하지만 눈부신 오후였다. 쌍무지개가 떴고, 돌고래 세 마리가 해안 근처를 지나갔다. 분명 켈프 서식지에서 사랑을 나누고 있었을 것이다. 두 마리는 뒹굴며 등을 맞댄 채 헤엄쳤고, 나머지 한 마리는 그 두 마리 위로 번갈아 헤엄쳤다. 그러자 두 마리가 배를 맞대고 나란히 헤엄쳤다. 매우 에로틱하고 비현실적인 장면이었다.

2
0
0
1
년

3
월

가슴이 부르는 노래를 들을 때

우리도 생각해주세요

— 칠레로 떠나기 직전, 패티가 보낸 이메일

2001 | 3
내 안에 깃든 불안의 정체를 알고 싶다

2001년 3월 1일

바람이 불고, 바다가 출렁이고, 산들이 바라보이는 초조한 하루다. 아침에 확인 이메일을 보냈다. 처음에는 위성이 잡히지 않았지만 마침내 AORW FRANCE와 연결되었다. 브라질 상공에 위치한 위성으로, 이곳에서 접근 가능한 두 개의 위성 중 하나다. 완벽하다! 통신 시스템은 제대로 작동하는 것 같다. 제대로 전송되었는지 확인하려고 오후에 답장이 왔는지 확인했다. 없다. 다시 보냈는데 이번에는 제대로 간 것 같다. 패티가 며칠 전에 보낸 메일이 와 있었다. 정착할 장소를 찾는 즉시 위도와 경도를 알아내서 알려주겠다는 약속을 했는데 아직 소식이 없어 걱정된다는 내용이었다. 하루하루 정신없이 보내느라 깜박 잊고 있었다. 하지만 걱정을 심하게 한 것 같지는 않고, 또 이메일을 보내는 일이 이렇게 번잡한 걸 감안하면, 그다지 미안한 기분은 들지 않았다.

저녁. 또다시 비바람이 몰아친다. 이메일을 확인하려면 조수가 밀려나갈 때까지 기다려야 한다. 바람이 비와 물보라를 몰아 바다 전체에 자욱한 수평의 층을 쌓는다. 안전한 이곳 후미에까지 파도가 거세게 들이치고, 보트는 밧줄에 묶인 채 이리저리 흔들린다. 텐트 앞쪽 깔판에 발을 대롱거리며 앉아 있는데 잔물결이 발등 위에서 부서진다. 파도가 발아래까지 밀려오자 슬슬 불안감이 들지만, 조만간 오두막으로 옮기면 바다에서 좀 더 멀어질 수 있다. 빛이 있을 때라 다행이다. 아까 개구리 한 마리가 밀려드는 파도보다 앞서 더 위쪽 웅덩이로 뛰어가는 것을 보았다. 성공했기를 바란다. 나 역시 그럴 수 있기를 바란다.

늦은 밤. 맙소사, 굉장한 폭풍우다. 믿을 수 없을 정도다. 남서쪽에서 휘몰아치는데, 이곳에서는 안전하지 않은 방향이다. 지난번의 대단했던 폭풍우보다 더욱 심하다. 울부짖는 성난 바람소리는 사방을 압도하고, 비바람의 기세는 이루 말할 수 없을 정도다. 마음은 근심으로 가득 차고, 나는 이 작은 피신처에 누운 채 폭풍우의 청각적, 촉각적 에너지에서 두려움을 떼어내려고 애쓴다. 죽음을 수용하려고 몸부림친다. 지금까지는 성공하지 못했다. 쾅! 텐트가 광포한 질풍에 심하게 펄럭거린다. 보트를 확인하기 위해 헤드램프를 켜고 텐트 밖을 내다보지만, 비와 물보라의 소용돌이 때문에 간신히 보인다. 젠장! 있어야 할 자리에 보트가 없다. 밧줄이 느슨해져서 후미 저쪽 바위까지 밀려가 있다.

허둥지둥 입은 옷을 벗고 가슴장화와 부츠, 비옷 차림으로 칼을 움켜쥔 채 몸을 숙이고 폭풍우 속으로 돌진한다. 바람이 일으키는 물보라에 반쯤 눈이 먼 채로, 파도의 포말 속으로, 미끌미끌한 바위 위를 비틀거리며, 보트를 향해 나아간다. 아직 밧줄이 이물에 묶여 있긴 하지만 원래 묶어 놓았던 곳이 느슨히 풀려 있다. 밧줄을 잡고 보트를 다시 후미 가운데로 끌어당긴 뒤 튼튼한 나무에 비끄러맸다. 아침까지 무사했으면 좋겠다. 바위에 부딪쳤을 때 모터가 망가지지 않았기를 바란다. 바라는 것은…… 많고 많다. 내일은 파도가 밀려와도 괜찮게 보트를 더 위쪽으로 운반할 방법을 찾아봐야겠다. 더는 물속에서 이리저리 떠밀리게 놔두지 않을 것이다.

울부짖는 바람 속에서도 오두막은 바위처럼 들어앉아 있다. 그래, 나는 모험을 원했다.

새벽. 폭풍우가 밤새도록 몰아쳤다. 보트를 묶어둔 밧줄이 또 느슨해지지 않았는지 확인하려고 몇 번이나 바깥을 내다보았다. 뭔가 이상해 보였지만 어두컴컴해서 그 까닭을 알 수 없었다. 동이 트고 첫 햇살이 비치자 보트가 뒤집혀 있는 것이 보인다. 모터도 모두 물에 잠겨 있다.

최후처럼, 마지막 지푸라기처럼 느껴진다. 감당하기에는 너무 버겁다. 지난 몇 달 간의 긴장과 온갖 일들로 몸이 녹초가 되었고, 이제 더는 못하겠다. 보트를 묶은 채로 물에 띄워 놓으면서 불안하긴 했지만 뒤집힐 거라고는 꿈에도 생각 못했다.

몸이 다친 것도 아니고 어딘가 먼 바다에서 헤매고 있는 것도 아니지만,

이 또한 심각한 문제다. 불이 붙는 것을 제외하면, 바닷물에 잠긴다는 건 모터에 일어날 수 있는 최악의 일이다. 모터 없이도 살 수는 있을 것 같지만, 프로판가스 탱크 두 개가 아직 여기서 1마일 떨어진 해안에 있고, 옮겨온 탱크만으로는 1년을 버티지 못할 것이다. 모터 없이는 장작을 모아올 방법도, 낚시나 탐사를 나갈 방법도 없다. 더 미래를 내다보면 오두막을 덥힐 방법도 없고, 요리를 할 가스도 충분치 않다. 길고 모진 한 해가 될 수도 있다.

밤. 저녁 식사가 익어가고 있고, 날은 어둡다. 이제야 일이 끝났는데 너무 피곤해서 글을 길게 쓸 수는 없을 것 같다. 맨 처음 뒤집힌 보트를 보았을 때는 망연자실해서 어쩔 줄 모르고 앉아만 있었다. 무엇을 해야 할지 몰랐지만 뭔가 해야겠다는 생각에 다시 옷을 벗고 가슴장화를 신은 채 허우적거리며 보트로 걸어갔다. 조수가 빠져나간 뒤에 보트가 뒤집힐 때 처박혔던 4마력짜리 모터를 바닥에서 건져 올렸다. 그런 다음 선미판에 달려 있던 15마력짜리 모터를 떼어내서 해안으로 옮겼다.

해변에서 돌덩이들을 치우고 보트를 끌고 갈 길을 대충 만든 다음 덤불숲 한복판을 체인톱으로 쳐내 공터를 만들었다. 보트를 다시 뒤집어 만조선까지 끌고 가는 일은 욕이 나올 만큼 더디고 힘든 일이었다.

다음으로 처리해야 할 일은 선외모터였다. 지금까지 여러 종류의 모터를 다루어보기는 했지만 나는 결코 기술자가 아니다. 이번에는 무엇부터 시작해야 할지 모르겠지만, 다행히 매뉴얼과 부품들을 추가로 챙겨왔다. 목차를 훑으면서 이 상황에 조금이라도 해당되는 내용이 있는지 살펴보았는데, 매뉴얼 하단에, 우주가 보낸 선물처럼, '모터가 바닷물에 잠겼을 때'라는 항목이 있었다.

설명대로 모터를 깨끗한 물에 씻어낸 뒤 손댈 수 있는 전기 연결부는 모조리 닦아냈고 남은 습기는 알코올로 흡수했다. 점화플러그 구멍들을 통해 실린더에 기름을 흘려 넣었고, 연료선과 연료펌프, 카뷰레터를 해체한 다음 깨끗이 청소했다. 그러고는 다시 조립했는데 연료펌프가 샌다. 한 번 더 해체해서 새는 데를 겨우 막았다. 보트를 바다로 끌고 가서 선외모터를 장착한 뒤 크랭크를 돌렸다. 전혀 작동하지 않는다. 하지만 세 번째 시도에서 모터가 드디어 움직였다! 얼마나 마음이 놓이고 감사하던지.

문제는 닦아내지 못한 전기 연결부가 서서히 부식할 수도 있다는 점이다. 플라이휠을 빼낼 만큼 큰 소켓은 가져오지 않았고, 일부 전기 부속품들은 그 아래 손이 닿지 않는 곳에 있다. 플라이휠 풀러와 예비 부품들은 챙겨왔지만, 규격이 맞는 소켓은 깜박 잊었다. 어처구니가 없었다. 아무튼 모터는 작동되고, 그 사실이 참으로, 참으로 고맙다.

2001년 3월 3일

오전. 한 달 만에 처음으로 숙면을 취했다. 어제 이후로 완전히 녹초가 되었다. 그 전날은 폭풍우 때문에 잠을 설쳤고, 어제 일어나서는 뒤집힌 보트와 물에 잠긴 모터들을 보아야 했다. 그 때문에 온종일 쉴 틈 없이 일해야 했고, 아침에 커피를 좀 마신 것 말고는 아무것도 먹지 못했다. 어젯밤에는 통증을 완화하기 위해 갈라진 손톱에 덕테이프를 감았고, 바람과 파도 소리를 줄이려고 귀마개를 꽂았으며, 추위를 물리치고자 몸에 담요를 둘둘 말았다.

눈을 뜨니 하늘을 뒤덮은 구름 사이로 군데군데 푸른 하늘이 보인다. 산들의 윤곽은 제법 선명하고, 손에 쥔 펜은 희미한 그림자를 드리운다. 북서쪽에서 불어오는 미풍에 바다가 출렁이는 것을 보고 오늘은 탱크를 옮겨오지 않기로 했다. 어제는 날씨가 심한 변덕을 부렸지만, 다행히 오두막 안에서 모터를 고치고 있을 때만 비가 퍼부었다.

캐나다의 연락팀, 칠레의 해군과 국립공원관리국에서 보낸 이메일이 도착했다. 관리국 직원이 바람 때문에 고생하지 않았기를 바란다고 쓴 걸 보면 이번 폭풍우가 이곳에서도 이례적인 일이었나 보다.

종종 느끼는 이 불안의 정체를 알고 싶다. 불안은 깊고 내 삶에 독이 된다. 어떻게든 일이 풀려나가는 것을 거듭거듭 경험했지만—언제나 내 뜻대로는 아니었지만 어떤 때는 그보다 훨씬 더 잘 풀리기도 했다—앞일을 생각하면 여전히 두려움이 생긴다. 긴장을 풀고 삶 속으로 편안히 들어가는 대신, 쓸데없이 긴장하고 걱정한다. 이번 폭풍우가 그런 예였다. 오두막이 주저앉지는 않을까, 텐트에 친 비닐이 찢어지지는 않을까, 보트를 묶은 밧줄이 풀리지는 않을까, 혹은 예상치 못한 나쁜 일이 일어나지는 않을까 걱정했지만, 실제로 일어난 일에 대해서는 걱정한 적이 없었다. 실제 문제에 직면하면 그냥 감수했다. 상황이 정말 고약해져도—모터사이클 사고로 발을 절단해야 했을 때처럼—인생은 흘러간다. 그러니 시름을 내려놓지 않을 이유가 없지 않은가?

어제 저녁에 조그만 기러기 크기의 아름다운 새 두 마리(Kelp Goose)가 앞쪽 바위에 내려앉았다. 쌍안경을 들고 15피트 거리로 초점을 맞추었다. 한

마리는 몸통이 완전히 흰색이고 다리는 노란색, 눈동자와 부리는 검은색이
다. 수컷일 거라고 짐작하는데, 이유는 오로지 몸집이 제일 크다는 것뿐이
다. 다른 한 마리는 다리가 노랗고 눈 주위로 둥근 원이 둘러쳐져 있으며 부
리는 연분홍색이다. 가슴은 짙은 갈색 아니면 검은색인데 흰색 가로줄이 그
어져 있다. 배와 꼬리는 흰색이고, 날개 끝은 무지갯빛이 감도는 청록색이다.
날아가는 모습이 장관이다. 검은 선 하나가 흰 날개의 한복판까지 그어져
있다. 등과 꼬리는 흰색인데 두 개의 검은색 선이 그어져 있다.

2001년 3월 4일

내일이면 이곳에 온 지 한 달째가 되지만, 너무 바쁘게 지낸 탓에 고독의
영향은―적어도 의식적으로는―거의 없다. 아직은 오트밀, 피넛버터, 마카로
니 인스턴트 수프, 렌즈콩을 섞은 밥과 인스턴트커피를 먹고 마신다. 요리도
구와 식기로는 오기 전부터 쓰던 오래된 냄비가 두 개 있고, 컵, 작은 그릇,
테이블스푼, 티스푼이 하나씩 있다. 습하지 않은 오두막 안으로 옮기면 다른
식량 자루와 세간붙이도 꺼낼 것이다. 취사용 식수로는 텐트 비닐에서 떨어
지는 빗물을 2.5갤런들이 용기에 모아두었다가 쓴다. 예비용 식수로는 하늘
에서 빨래통에 떨어지는 빗물을 모아둔다.

간밤에는 허리 통증이 심해서 자다가 일어났다. 어깨 밑에 테니스공을 놓
고 팔을 돌려서 압박점을 마사지했는데 제법 도움이 되었다. 패티가 알려준
방법이다. 패티는 정말 좋은 친구이며, 시간이 지날수록 서로 얼마나 많은
것을 공유했는지 깨닫게 된다. 일을 하는 도중에 다른 사람이 내가 해놓은

일을 보고 어떻게 생각할지에 대해 많이 생각한다. 패티가 1년 뒤에 이 오두막에 온다면 뭐라고 할지 자꾸만 궁금해진다.

2001년 3월 5일

썰물이 빠져나간 자리에는 가녀린 풀들이 자란다. 키가 크고 가냘픈 줄기가 머리에 이삭을 인 채 우아한 곡선으로 몸을 구부리고는 약하게 살랑거리는 바람에도 바르르 몸을 떤다. 고요한 날에는 바다의 잔잔한 맥박이 그것들을 몇 시간이고 산들산들 흔든다. 폭풍우가 들이칠 때는 파도가 밀려와 풀들이 거의 수평이 되도록 한참을 이리저리 흔들어댄다. 그토록 가녀린 것이 어떻게 그토록 탄력적일까?

아직은 몹시 어수선하지만 오두막으로 거처를 옮겼다. 짐이 무더기로 쌓여 있고, 목재, 톱밥, 도구들도 여기저기 흩어져 있다. 침대와 탁자는 물론, 창문도 아직 만들지 않았지만 오늘 오후에 갑자기 옮기고 싶은 충동이 들었다. 요리는 발판사다리에서 하고, 잠은 마루에서 잘 생각이다.

아까는 다이앤이 이번 여행선물로 준 10년산 디럭스 위스키를 들고 바위로 나가서, 나를 이곳으로 이끈 정신적인 존재와 이 생활이 가능하도록 도와준 모두와 이 술을 선물한 다이앤에게 감사한 뒤, 이곳에 온 뒤 처음으로 술잔을 비웠다.

2001년 3월 6일

밀물 때는 여기가 유난히 시끄럽다. 파도는 넘실넘실 바위에 부딪치고, 바람은 나무들 사이에서 울부짖으며, 비는 지붕을 세차게 두드리고, 먼 폭포 소리는 풍향과 낙수의 양에 따라 커졌다 줄어들었다 한다. 평화와 고요가 예상되는 이 외지에서 이따금 귀마개를 하고 자야 하다니 참 기이한 일이다. 소음에 대한 이 저항은 명상에 대한 저항, 그러니까 때로는 불쾌하고 방해가 되더라도 세상을 있는 그대로 받아들이는 것에 대한 나의 저항과 연관되어 있는 것 같다.

기분은 날씨만큼 빠르고 무섭게 변한다. 기쁨, 감사, 평화, 분노, 두려움, 좌절, 그리고 침착함으로. 나는 계속 지켜보고 기다리면서 그 모든 기분과 함께하기 위해 노력한다.

캣과 또 대립했다. 녀석은 정말 제멋대로다. 내가 하는 일에는 뭐든지 훼방을 놓는다. 정말 화가 났거나 아프다는 것을 보여주어야만 포기하는 것 같다. 일전에 때리기 전에 잠시 멈춰 생각하기로 결심한 이후, 다시 때린 적은 없었지만, 비명을 지를 때까지 녀석의 목을 조르자 두 번이나 나를 할퀴려 들었다. 내가 녀석에게 하는 행위는 그냥 주의를 주는 것일까, 아니면 학대일까? 어젯밤에는 녀석이 포치에 붙은 큰 나방을 쫓아다녔는데, 새를 못잡게 한 걸 감안하면 충분히 있을 법한 일이다. 하지만 나방이 포치 지붕에 붙어서 팔랑거리자 그걸 잡겠다고 방수천 벽을 기어 올라갔다. 그런 식이라면 방수천에 물이 샐 날도 얼마 남지 않았다.

2001년 3월 7일

평화로운 썰물의 아침, 해변이 더 넓어질 때 나는 더 안전한 느낌을 받는다. 탁 트인 자유로운 공간. 오늘밤은 밀물이 심할 것이다. 아까는 저쪽 끝의 곳까지 걸어가서 죽은 나무들을 좀 살펴봤는데 장작용으로는 너무 많이 썩은 것 같다. 장작을 구하는 것이 문제가 될 것 같으니 불을 때는 것 또한 일상의 일이라기보다는 사치가 될 것이다.

고독의 삶에 대한 이야기를 하면 사람들은 으레 이런 질문을 한다. "거기서 혼자 하루 종일 뭘 하나요?" 신체적, 감정적, 정신적 고통에 빠져 있다면 시간은 영원히 끝나지 않을 것처럼 길게 느껴지고, 그렇지 않다면 하루하루가 쏜살같이 지나가는 법이다. 어제는 침대를 만들고 선반과 속옷을 넣을 서랍을 설계했다. 오두막이 좁으니 공간을 효율적으로 사용해야 한다. 프로판가스 탱크만 다른 해변에 있고 나머지 장비와 물품은 전부 오두막 근처의 조수가 미치지 않는 곳으로 옮겨두었다. 소금을 약간 꺼냈는데 쓴웃음이 나왔다. 소금을 15파운드나 챙겨온 것이다! 한 달에 1파운드 넘게 소비해도 충분할 분량이다. 지금까지 1온스 정도 썼을까. 무슨 생각을 했던 걸까?

오늘 온도계를 찾아냈는데 기온이 7.2°C였다. 요즘 쭉 이랬던 것 같다. 무슨 여름이 이런가. 이제는 정말로 불을 때야 할까 보다. 장작 문제가 슬며시 걱정이 된다. 캐나다 서쪽 해안에는 유목이 아주 많아서 장작으로 쓸 나무도 까다롭게 고를 수 있었다. 이곳에도 많을지 모르지만 아직은 어디에서 찾을 수 있을지 모르겠다. 유목은 거의 보이지 않고 숲속 나무들은 축축하거나 썩어가고 있다.

오늘밤 포치에서 저녁을 먹은 뒤 썰물의 바닷가로 나가서 밤의 정경을 바라보았다. 달빛이 검은 구름 뒤에서 어른거리며 바다와 언덕을 빛으로 연출하고 있었다. 이어서 보름달이 들쑥날쑥한 구름의 틈새로 잠시 얼굴을 내밀었다. 나는 아름다움으로 몸을 씻고, 달의 이름을 불렀다. 그곳에 깃발을 꽂고 싶은 마음을 상상해보라.

2001년 3월 9일

오른쪽 어깨의 회선건판(回旋腱板)을 심하게 다친 바람에 팔을 움직이는 것조차 힘들다. 젠장, 몹쓸 놈의 통증이 멎지를 않는다. 미끄러져 넘어졌는데, 순간의 부주의로 이런 꼴을 당한 것이다. 썰물의 바위들은 보기에만 멀쩡해 보일 뿐 미세한 해조류로 뒤덮여 있는데, 반드러운 얼음을 빼고는 이렇게 미끄러운 것은 본 적이 없다. 뉴트리아 한 마리가 물가에서 물고기 잡는 것을 보고는 더 가까이서 보려고 바위 위로 올라간 것이 화근이었다. 뉴트리아의 사냥에 반쯤 정신을 빼앗겨서—그것이 잠수할 때 걸음을 내디뎠고, 그것이 다시 올라왔을 때는 온몸이 얼어붙을 것 같았다—발밑을 쳐다보는 일을 소홀히 한 탓이다. 경고도 없이 세게 넘어지고 말았다.

통증은 몰려왔다 몰려간다. 팔을 지지하고 있으면 그럭저럭 괜찮지만, 조금만 삐끗해도, 젠장, 몹시 아프다. 하지만 팔을 움직이지 않고 가만히 두면 안 된다. 3년 전에도 같은 부위를 다쳤는데, 그 경험에 비추어 볼 때 통증 범위 안에서 가급적 미루지 말고 팔을 움직여주는 것이 좋다. 나를 기다리고 있을 괴로운 밤을 상상하니 끔찍하다. 지금은 차가운 빗물을 납작한 병 모양의 팩에 채웠고 소염제를 먹었다. 오두막을 완성하고 태양전지판과 풍력발전기를 설치하고 뒷간을 만들고 장작을 모으려면 아직도 한참 남았다. 앞으로 몇 주는 더 고생해야 할 것이다.

한동안 머리는 쓰지 않고 몸으로 부딪치며 살았으니 이제는 다시 머리를 쓰는 생활을 시작해야 할 것 같다. 박사 자격시험을 끝냈을 무렵에는 책이 지긋지긋해져서 얼른 이 프로젝트를 진행하고 싶었다. 그 후 지금까지 8개월 동안 논스톱으로 움직였고 이제는 지칠 대로 지쳤다. 그렇지 않았다면 잠시 휴식을 취하는 대신 캠프를 마무리했을 것이다. 아, 물론 세상은 있는 그대로 있을 뿐이다. 이따금 한밤중에 폭풍우가 휘몰아치면 이곳에 오면서 내 능력보다 더 많이 감당했다는 생각이 든다.

기어코 어깨를 못 쓰게 만들어야겠다면 뉴트리아를 지켜보는 것이 좋은 방법이 될 것이다. 스페인어로 뉴트리아는 바다 고양이를 뜻하므로 잘 지은 이름이다. 얼굴 생김새가 고양이를 쏙 빼닮았다. 무엇을 먹고 사는지는 잘 모르겠지만 만약 조개를 먹는다면 이곳은 적조로부터 안전하다는 말이다. 뉴트리아는 거듭거듭 물속으로 잠수했지만 수면 밖으로 나와서는 단 한 개의 조개도 깨뜨려 먹지 않았다. 나와 눈이 마주치자 동작을 멈추고 빤히 쳐다보았다. 나도 마주 쳐다보았다. 어떻게 생각하면 내가 넘어진 것은 욕심 때문이다. 얼마나 가까이 접근해도 괜찮은지 알고 싶었던 것이다.

뉴트리아가 해구로 헤엄쳐 갔을 때 오리 두 마리가 거기서 놀고 있었다. 이를 어쩌나. 오리들은 허둥지둥 바위 위로 올라갔다. 뉴트리아가 확실히 가버렸다고 생각될 때까지 오리들은 물속으로 되돌아가지 않았다. 아까는 콘도르(Andean Condor)를 보았다. 회색 하늘을 배경으로 높이 떠서 검은색의 커다란 원을 그리며 빙빙 돌았다.

유일하게 안전한 산책 장소는 요전 날 보트를 끌어올리면서 낸 해변의 좁은 길이다. 썰물에 바위에서 넘어졌다는 사실이 재미있다. 며칠 전만 해도 썰물 때는 얼마나 평화와 무사함이 느껴지는지, 밀물 때는 또 얼마나 무력해지는지에 대해 생각하지 않았던가. 겉모습이란 참.

팔과 어깨는 아직 욱신거리지만 찬물 팩으로 찜질을 하면 좀 낫다. 오늘부터 팔 운동을 시작해야 한다. 며칠 더 놔두었다가는 근육이 굳으면서 힘이 약해질 것이다. 힘을 잃으면 안 된다. 할 일이 너무 많다.

아침에는 아직 비닐봉투에 들어 있는 양파와 마늘, 감자를 확인했다. 잘한 일이었다. 몇 개가 벌써 썩기 시작했다. 다쳐서 좋은 점도 있는 게, 그러지 않았다면 몇 주 동안 확인하지 않고 내버려두었을 것이고, 그 무렵엔 다른 것도 따라 썩기 시작했을 테니까 말이다. 거울도 찾아냈는데, 그 덕분에 처음으로 내 모습을 비추어보았다. 헝클어진 머리와 잿빛 수염의 꾀죄죄한 모습. 눈은 고통으로 퀭하다. 고통은 지긋지긋하다. 지금까지 내게 주어진 몫보다 더 많은 고통을 경험한 것 같다. 육체적으로나 감정적으로나.

노래들이 계속 머릿속에서 맴돈다. 한 곡이 끈질기게 반복되다가 다른 곡에게 자리를 내준다. 한동안은 나바호 족의 기도곡인 〈이제 아름다움 속을 걷네(Now I Walk in Beauty)〉였다가, 옛날 팝송 〈지붕 위에서(Up on the Roof)〉

로 바뀌었고, 그 다음에는 컨트리 곡의 가사인 '마음씨 좋은 여자가 때맞춰 나타난 남자를 사랑하네'로 바뀌었다.

2001년 3월 11일

16.7℃. 햇빛과 흩어진 구름이 온 산들을 뒤덮은 눈부신 하루였다. 비가 하루 종일 한 방울도 오지 않은 건 처음이다. 아직 보온용 긴 내의와 스웨터 두 벌, 스웨트셔츠, 그리고 조끼를 껴입고 있다. 야릇하다. 아, 방금 돌고래들이 나타났고, 머리 위 3피트 높이에서 벌새들이 모이통을 짓고 있다. 벌새들은 근처에 내가 앉아 있으면 아직 긴장하는 것 같지만 점점 나에게 익숙해지고 있다. 오, 이 얼마나 멋진 장소인가. 여기 앉아 있으면 온갖 생물들이 저들의 생을 살러 이곳으로 온다.

운동과 찬물 팩이 도움이 된다. 어깨가 제법 좋아진 것 같고, 가벼운 일을 할 때 팔을 쓸 수 있게 되었다. 난로를 조립했고, 뒷간을 어디에 둘지 결정했고, 젖은 옷을 내다 말렸고, 양파와 마늘을 바깥에 걸어두었다.

2001년 3월 12일

이곳에서 이런 날은 오지 않을 거라고 확신하고 있었다. 맑고 푸른 하늘에 구름 몇 점만 빼면 하루 종일 화창하고 따뜻했다. 연중 며칠이나 이런 날일까 궁금하다. 지금은 이 하루로 충분하다. 햇빛을 보자 태양전지판들을 설치해야겠다는 생각이 들었다. 나무틀을 45° 각도로 북북동을 바라보게 세운 뒤, 바람에도 끄떡없도록 밑을 무거운 돌덩이들로 단단히 고정했다. 어깨

74

가 나으면 곳으로 옮길 생각이지만, 당분간은 오두막 앞쪽 바위마루에 세워 두었다. 나무 두 그루를 베면 매일 세 시간의 햇볕을 더 받겠지만, 나는 나무들이 좋고, 나무들은 바람으로부터 나를 보호해준다.

햇볕 속에서 스펀지 목욕도 했다! 이곳에 온 이후로 한 번도 목욕을 하지 않았지만 딱히 더럽다는 느낌은 없었다. 땀을 많이 흘리지 않는 편인 데다 이곳에는 먼지도 없다. 겨울에는 기온이 훨씬 떨어질 테니 오두막도 덥히고 목욕도 하고 빨래도 하려면 1주일에 한 번은·마음 놓고 불을 땔 만큼의 장작을 구해야 할 것이다.

어젯밤 명상 중에 눈을 뜨니 나무들 사이로 오렌지색 달이 환한 빛을 뿜어내고 있었다. 조심스레 바위밭으로 나가 그 고요한 아름다움에 몸을 담갔다. 이제 산들은 하루를 마감하는 빛으로 반짝이고 있다. 해는 졌지만 전기 시스템을 부분적으로 설치했으니 빛을 이용해 요리를 할 수 있게 되었다. 그래서 아직 저녁 준비를 시작조차 하지 않은 채 이곳에 앉아 저녁이 내리고 돌고래들이 해구에서 뛰노는 모습을 지켜보고 있다. 고즈넉한 저녁 풍경을 바라보고 있자니 지난 5주 동안 경험한 날씨를 상상하기 힘들다.

바위밭이 계속해서 나를 못살게 군다. 조심하느라고 했는데 오늘 또 미끄러져서 세게 넘어진 바람에 어깨를 다시 다치고 말았다. 통증이 심해서 차가운 팩을 어깨에 대고 있다. 캣이 끙끙거리는데 그게 무슨 뜻인지 모르겠다. 저녁으로 여느 때처럼 밥과 검은콩을 섞어 먹였다. 콩은 싫어하고 밥만 좋아하는 것 같지만, 단백질도 필요하므로 함께 으깨어 먹인다.

날씨는 충분히 좋았다. 어제 같지는 않았지만 그래도 상쾌했다. 방금 작은 폭풍우가 몰려왔다. 바람이 강하게 불고 비가 온다. 태양전지판들은 흔들림이 없었고, 임시 홈통에서 떨어지는 빗물을 받는 물통들은 오두막 지붕 뒤쪽에다 나란히 세워놓았다. 오늘 오후 전기시스템 설치를 마쳤다. 오두막 안은 여전히 엉망진창이지만 문을 달았다. 좀 더 안락한 장소가 될 것이다.

2001년 3월 14일

오늘은 시간이 보폭을 바꾸었는지 시계가 굼벵이처럼 느리게 움직인다. 분침이 아니라—1분 1분은 여전히 흘러가고 있다—시침이 그렇다. 이곳에서 아주 오랜 시간을 보낸 것 같고, 1년이 영원 같다. 이틀 전만 해도 한 주가 얼마나 빨리 흘러가는지 놀랄 정도였다. 지금은 어제가 먼 과거 속으로 들어가 버린 것 같다. 이것이 육체적 불편함과 상관이 있을까. 늙고 아프고 지쳤다. 어쩌면 어깨 때문에 일의 속도가 늦어지자 미친 듯이 바빴던 지난 몇 달이 나를 따라잡으려고 하는 건지도 모르겠다. 외롭고, 패티와 수전이 그립다. 비와 바람처럼 이런 기분도 오고 간다.

2001년 3월 15일

축하할 일이 생겼다. 다이앤의 위스키를 챙겨 나온다. 스카치, 드람뷔, 값이 싼 브랜디도 한 병씩 가져왔다. 밤에 홀짝거리기에는 충분하다. 축하의 명분으로 말하자면, 지금 모닥불 옆에 앉아 있다! 바깥에서 조그맣게 피워

본 것뿐이지만 장작이 타고 있다.

한 달 동안 보트를 타고 나가지 않았고, 이 작은 해변을 떠난 것도 딱 한 번뿐이었다. 오늘은 100미터를 걸어 곶까지 가서 죽은 나무들의 큰 가지와 잔가지들을 잘라왔다. 불이 아주 잘 붙었다. 푼타아레나스에 있을 때 성게를 잡으려고 이 해안에서 잠수를 하곤 했다는 한 남자와 이야기를 나눈 적이 있었는데, 그 사람 말로는 비가 그치는 일은 절대 없고 옷도 절대 마르지 않으며 장작은 불이 붙지 않는다고 했다. 전부 틀렸다. 비가 많이 오지만 매일 온종일 오는 것은 아니고 옷은 천천히 마르며 적어도 이 장작은 불이 붙는다. 잘못된 정보 때문에 근심에, 혹은 희망에 붙들리는 일이 얼마나 많은가.

오두막에서 곶까지의 거리를 재어보았더니 가져온 전선으로 간신히 된다. 축하할 또 하나의 명분! 태양전지판들과 풍력발전기, 배터리들을 바람에 노출된 곳에 설치할 생각이다. 그러면 겨울에도 태양전지판들이 온종일 햇볕을 받을 수 있을 것이다. 이곳의 겨울은 바람이 없다고 했는데, 아마 그 바람이란 성난 폭풍을 말하는 것인지도 모르겠다. 바람이 조금도 불지 않는 것은 상상조차 하기 힘들다.

마침내 치즈와 고기를 개봉했는데 예상대로 치즈에는 곰팡이가 잔뜩 슬어 있었다. 그것을 긁어내고 캣에게 주었다. 훈제고기는 괜찮았지만 베이컨은 곰팡이가 약간씩 보인다. 그래도 괜찮을 것이다. 캠핑을 가면 종종 맛이 간 살라미 소시지를 먹곤 했다. 뜨거운 소금물에 씻은 다음 널어서 말렸다. 상하기 쉬운 걸로는 이제 감자가 남았다. 몇 개 곰팡이가 보이는 것을 제외하면 멀쩡하다. 조금씩 일이 정돈되고 있다.

아까는 비가 왔지만, 지금은 해가 구름 사이로 빛나고 있다. 바람이 불자 바다가 출렁인다. 아, 돌고래들이 방금 지나갔다. 여전히 구애를 하는 중인가 보다. 어쩌면 나한테 인사를 한 것이었는지도 모른다. 저들은 인간이 무엇인지 알까. 나는 인간이 무엇인지 아나.

2001년 3월 16일

가는 비가 흩뿌린다. 산들바람과 흰 파도와 어슴푸레 보이는 산들. 작은 창문 두 개를 만들었다. 운이 좋으면 물이 새지 않을 것이다. 어깨가 아프지만 적어도 움직일 수는 있다. 특히 글을 쓸 때가 고통스럽다. 문을 열어놓는 걸 좋아하다 보니 수많은 벌레들이 안으로 날아 들어오지만 대체로는 투명한 벽에 붙어 있어서 성가시게 굴지 않는다.

2001년 3월 17일

6.1℃. 우박을 동반한 폭풍이 얼마나 대단했는지. 흰색의 두꺼운 벽이 바다를 가로지르며 다가오나 싶었다. 폭풍은 어느새 나를 향하고 있었다. 작은 구슬 크기의 돌멩이들이 바닥에 내리꽂히자 마음은 근심으로 가득 찼다. 포치 지붕은 무사할까? 가끔은 벽과 지붕이 나무로 된 오두막에서 살고 싶지만, 방수천 덕분에 날씨와 좀 더 친밀해질 수 있다. 어깨 때문에 잠을 설친 밤이었는데, 오늘은 쌀쌀한 공기 덕분에 찬물 팩이 더 차가워졌고, 그건 도움이 된다. 잠시라도 고통 없이 산다는 것은 얼마나 큰 축복인가.

어제 천장 비닐 작업을 거의 끝냈다. 보통 힘든 일이 아니라는 것은 진작부터 알고 있었지만 정말로 힘이 들었다. 사이드커터로 스테이플 심 천 개를 분리시킨 뒤 망치로 하나씩 박아 넣는 일이었다.

자꾸만 실수를 했다. 망치로 손을 내려치거나 스테이플 심을 떨어뜨렸고, 아니면 잡고 있던 비닐을 놓쳤다. 그 과정은 내 인내의 한계와 내 저주의 창의성을 시험하는 훌륭한 기회가 되었다. 내가, 세상 천지에 홀로 외떨어져 있는 분노한 미치광이가, 결백한 비닐에 욕을 퍼붓고 있었다. 평화로운 오후는 성난 저주의 말들이 바다 건너 스테인즈 반도의 암벽에 메아리치면서 산산조각 났다. 오늘 일은 그쯤에서 끝내기로 했다.

나중에 명상을 준비하는데 육체의 세계가 내게 다시 맞섰다. 여섯 겹으로 껴입은 옷 아래로 찬물 팩을 밀어 넣었지만 어깨에 고정이 되지 않았다. 그때 몸에 둘렀던 담요가 바닥에 떨어졌고, 그것을 잡으려고 손을 뻗치자 팔을 올려놓는 베개가 무릎에서 미끄러졌다. 그것을 잡으려고 하자 이번에는 찬물 팩이 움직였고, 그것을 다시 고정시키려고 하자 담요가 바닥에 또 떨어졌다. 물론 통증은 배경처럼 항상 머물러 있었다. 결국은 웃지 않을 수 없었다. 얼마 후에 별을 보러 나갔더니 은하수가 빛을 뿌리고 있었다.

2001년 3월 18일

거센 돌풍이 불었지만 전부 무사해 보인다. 죽은 듯이 고요한가 싶다가도 쾅 소리와 함께 온 오두막이 진동한다. 책장을 만들어 책을 꽂았다. 이제는 내가 지적으로 느껴진다. 가져온 책들의 제목을 보면 머리를 긁적거리게 되지만, 6개월 뒤에 내 마음의 어디가 근질거릴지 누가 알겠는가. 지쳐서 일이 느려진 건지, 그냥 손이 많이 가는 일이라 그런 건지는 모르겠지만, 책장을 만드는 데 생각보다 시간이 많이 걸렸다. 기분이 좋지 않은데, 내가 바람과 관련지은 근심이 육체적 증상으로 나타난 건 아닌가 싶다.

들어오면 안 되는 줄 알면서도, 캣이 울면서 자꾸만 오두막 안으로 들어오려고 한다. 조금 전에 이상한 소리가 들려서 내다보았더니 녀석의 박스가 흔들리고 있었다. 육체적인 고통 때문이 아니라 불안한 사춘기의 몽상이었으면 좋겠다.

내 좌절과 분노가 내면에 어떤 영향을 미치며, 그 감정을 나는 나 자신과 캣, 그리고 일에 어떻게 표출하는지 관찰하는 중이다. 나는 많은 것을 회피하며, 세상을 있는 그대로 보면서 만족하는 대신 까다롭게 굴고 판단하려 함으로써 나 자신과 주변 사람들을 불행하게 만든다. 문제는 근본 원인이 아니라, 분노를 키우고 표출하는 습관이다. 이 1년이 끝날 때 더 부드러운 태도와 더 큰 인내심을 가질 수 있게 된다면 이 여행은 충분히 가치 있는 것이 될 것이다.

2001년 3월 19일

고요하고 흐린 가운데 푸른 하늘이 군데군데 보였다. 만조선 위까지 보트를 끌어당기기 쉽도록 보트에 바퀴를 장착했다. 해변에서 부싯돌처럼 보이는 작은 돌멩이가 눈에 띄기에 강철 줄로 때려보았더니 불꽃이 일었다. 열두 살의 보이스카우트 대원이던 시절의 기억이 떠올랐다.

80

파닥, 파닥, 파닥. 평온한 저녁이 날갯짓 소리와 잔잔한 수면을 스치는 발소리로 일렁인다. 흩어져 있던 가마우지 떼가 일시에 이륙하자 그 검은색 등과 흰색 배가 저녁 햇살에 발갛게 달아오른다. 저 아래 매 한 마리가 지나가고, 독수리 두 마리(Crested Caracara)는 원을 그리며 높이 난다. 갈매기가 울면서 하강하자 캣이 끈질기게 쫓아다닌다.

갑자기 노르스름한 배와 밝은 오렌지색 부리를 가진, 날지 못하는 오리(Flightless Steamer-duck) 두 마리가 미친 듯이 날개를 퍼덕이기 시작하더니 꽥꽥거리며 해구를 가로질러 달아난다. 열띤 추격전을 시작한 뉴트리아가 저 먼 해협까지 오리들을 쫓아간다. 고개를 내밀고 숨을 쉰 다음 다시 처박고는 물밑에서 빠르게 헤엄친다. 한번은 돌멩이들을 내리치더니 다시 그러모으고는 재빨리 달려가 다시 바다로 뛰어 들었다. 오리들은 달아나는 데 가까스로 성공했지만 뉴트리아는 끈질긴 약탈자다. 캣도 물가에서는 조심해야 할 것이다. 뉴트리아가 뭍으로 올라와 베이컨을 채가지나 않을까 모르겠다. 만약의 경우를 대비해 높이 매달아두는 것이 좋겠다.

2001년 3월 20일

오전. 사방이 적요한 가운데 먼 곳의 폭포 소리만 희미하게 들린다. 이 고요가 이어진다면 프로판가스 탱크를 가지러 갈 것이다. 정적을 간절히 바라며, 겨울에는 조용한 날들이 더 많기를 희망한다. 바람은 종종 마음속에서 어마어마하게 위압적인 존재로 다가온다. 나는 바람을 예측할 수 없지만 바람은 순식간에 나를 덮칠 수 있어서, 보트 여행을 사전에 계획하는 것은 불가능하다.

저녁. 하지만 오늘은 감사해야 할 즐거운 날이었다. 하늘에는 하루 종일 해가 떠 있었고, 바다는 거울같이 잔잔했다. 덕분에 선외모터가 아직 작동한다는 것을 알았고, 이제는 1년간 버틸 프로판가스도 충분하다. 그리고 드디어 장작을 구하러 다니기 시작했다! 물론 어떤 상황에든 감사할 수 있어야 하겠지만 그것이 항상 쉬운 일은 아니다.

탱크들이 떠 있던 곳으로부터 멀지 않은 해변에서 세 개의 커다란 통나무 유목을 발견했다! 저번에 못 보았다고는 생각할 수 없다. 아마도 최근의 폭풍에 밀려온 것인가 보다. 불이 잘 붙을 것 같은 가볍고 건조한 통나무로는 20조각을, 더 단단하고 묵직하며 다소 축축해서 쪼개기 힘들 것 같은 통나무로는 좀 더 큼직하게 12조각을 둥글게 잘라 운반했다. 잘라내고 남은 부분으로는 장작 패는 받침나무 두 개를 멋지게 깎아냈다. 조수가 빠지고 나니 미끄러운 바위밭 위로 나뭇짐을 옮기는 것이 고역이 되고 말았지만 그래도 바다가 잔잔한 순간을 놓치고 싶지는 않았다. 통증 때문에 오늘밤 잠들 수 있을지, 내일 움직일 수는 있을지 잘 모르겠다.

지금은 너무 잔잔해서 바다에 별들이 비쳐 보일 정도다. 그중 두 개의 별—동쪽 산들 위로 나지막이 뜬 큰 별들—은 붉은색에서 녹색이 감도는 푸른색으로 변하며 반짝거리고 있다. 저 남쪽으로 보이는 별은 남십자성 같다. 다이앤의 위스키가 부르는 소리가 들린다.

햇살은 해구에 흩어져 나부끼는 켈프 줄기들을 뒤에서 찌르고, 해변의 서리 내린 풀밭 위로 그 빛을 반짝인다. 커다란 검은 나방 한 마리가 오두막의 흰 벽에 붙어 있다. 서쪽으로 보이는 암벽들은 황금 빛살 속에 반짝이고, 폭포수는 부글거리며 바다로 떨어진다. 먼 바다는 가벼운 바람에 잔물결이 일지만, 이곳의 바다는 거울처럼 잔잔하다. 바닷새들은 끼룩끼룩 웅숭깊은 목소리로 울고, 벌새들은 먹이를 먹고 있다. 캣은 잠들어 있고, 나는 이 글을 쓴다.

8시 전에 뻐근한 통증을 느끼며 눈을 떴는데, 스트레칭을 하고 나니 한결 낫다. 물고기를 잡고 장작을 또 한 짐 해올 생각이었지만, 바람이 불지 않는다면 동쪽 해협을 건너가 산들로 이어지는 좁은 해협을 탐사하기에 완벽한 날이다. 휴식을 취하면서 여유를 부리고 싶기도 하지만, 일에 대한 나의 윤리는 날씨가 평온할 때 장작을 더 해오라고 채근한다. 일단은 커피를 다 마신 후 보트를 준비하고 이 날씨를 누리리라.

저녁. 바람 한 점 없이 고요하다. 온종일 맑다가 지금은 산들 위로 구름이 몇 점 걸려 있다. 좁은 해협을 따라 수정처럼 맑은 강물이 바다로 합류하는 지점까지 5마일을 나아갔다. 가는 길에 아름다운 장소들과 마주칠 때마다 '이곳에 지을 걸' 하는 생각이 들었지만 오늘 같은 날씨라면 어디를 가더라도 매혹적일 것이다. 문제는 폭풍우가 휘몰아칠 때다.

다시 캠프로 돌아왔다가 서쪽 스테인즈 반도로 나아가서 통나무 유목 하나를 발견했다. 중간 크기로 20조각 잘라서 가져왔다. 밀물 때 물속에 잠겨 있던 것이라 건조시켜야 한다. 집으로 돌아오는 길에 또 다른 상쾌한 해변에 들러 일광욕을 했다. 보온내의와 비옷을 껴입고 있었지만, 그래도 일광욕을 했다. 오늘 아침 출발하기 전에 필요 없을 거라고 확신하면서도 비상용으로 여분의 가솔린을 실었다. 그런데 나뭇짐 무게 때문에 기름 소비량이 급격히 증가하더니 캠프를 1마일 남겨 놓고 본 탱크가 바닥나고 말았다. 이렇게 '만약의 경우'를 대비해서 행동한 것이 무척 다행스러울 때가 있다.

바다에 나갈 수 있어서 기분이 참 좋았다. 지금은 캠프로 돌아와 편히 쉬면서 난로 옆에서 책을 읽고 있는데 그 기분도 참 좋다. 오두막이 엉망진창이라 깨끗이 치우고 싶은 마음이 굴뚝같지만, 이런 날씨가 계속된다면 좀 더 기다려야 할 것이다.

2001년 3월 22일

오늘 아침에는 팔과 어깨가 욱신거렸지만 그래도 장작을 구하러 나갔다. 이미 패서 쌓아둔 것이 많았지만 한 해를 버티려면 더 많이 필요할 것이다. 난로에 불을 때기 시작하면 겹겹이 껴입은 옷을 벗어야 할 것이다. 이게 말이 되는 소리인가? 불을 때는 대신 그냥 보온내의와 스웨터, 방한복, 모자, 장갑을 계속 착용하고 있으면 안 되는가? 밭을 경작하기 위해 말을 이용하려면 말을 먹일 더 너른 땅이 필요하고 그 땅을 개간하려면 더 많은 노동이 필요하다는 식의, 《월든》에서 헨리 소로가 깨달은 것과 비슷하다.

통나무 조각들을 싣고 천천히 돌아오는데 돌고래 몇 마리가 다가와 보트와 놀기 시작했다. 보트 바로 밑에서 헤엄치고 맴을 돌면서 이물에 너무 가까이 스치는 바람에 그것들이 지나간 흔적까지 다 보일 정도였다. 40미터 떨어진 해안을 향해 소리 지르며 질주하더니 암벽 앞에서 휙 돌았다. 가끔은 세 마리가 내 쪽을 향해 나란히 달려오기도 했다. 그러고는 보트와 부딪치기 직전에 이물 밑으로 단숨에 잠수했다. 이물에 닿지 않으면서 얼마나 가깝게 접근할 수 있느냐를 서로 겨루는 것 같았다. 두 번 보트에 부딪쳤는데 돌고래들이 서투른 한 마리를 놀리는 소리가 들리는 듯했다. 그것이 돌고래들의 놀이라는 것을 몰랐다면 잔뜩 겁을 냈을 것이다.

이번 일지에는 심오한 깨달음에 앞서 있는 그대로의 아름다움과 경이에 대한 찬사에 많은 부분을 할애했다. 아름다움과 경이가 이곳에 있는 전부라면, 설령 대단한 깨달음이 없다 해도, 그것만으로 충분하다. 하지만 돌아갈 때 뭔가 공유할 것이 있어야 한다는 생각도 든다. 떠나기 전에 패티가 이런 말을 했다. "가슴이 부르는 노래를 들을 때 우리도 생각해주세요."

어제 먼 산 위로 제트기의 비행운을 처음으로 보았지만 특별한 감회는 없었다. 가까운 도시와 사람 사는 세상으로부터 100마일 남짓 떨어져 있지만 못 견디게 외롭다는 생각은 들지 않는다. 그저 이곳에 있다. 여기가 지금 내가 사는 곳이다.

뒷간을 세울 곳을 찾던 중에 미세한 양치류 식물과 이끼가 가득한 작은 왕국을 발견했다. 나무 아래 있는 작은 비밀 동굴들이었다. 여기서 나는 늘 바다와 산들과 하늘을 마주하며 산다. 거대하고 경이로운 일이지만, 조만간 내면으로 돌아서야 한다.

오늘밤 비가 오기를 희망한다. 뭐? 방금 내가 그런 말을 했단 말인가? 그렇다. 아껴 쓰면 며칠은 긁어 쓸 수 있겠지만 물이 필요하다. 나흘간 가뭄이 이어질 거라고 생각이나 했겠는가? 오늘 나를 사납게 공격한 날벌레들을 비가 익사시켜 줄지도 모른다. 투명한 방수천 근처에서 날벌레들이 무수히 날고 있지만, 포치에 앉아 있는 내 주위로는 한 마리도 오지 않는다. 입구 쪽으로 3피트만 옮겨가도 물릴 것이다. 하지만 이 자리는 평화롭다. 참 신기한 일이지만, 이 사실에 감사한다. 예전에 투명한 공간 속에 있으면 날벌레와 모기들이 벽과 천장 근처로만 날아다닌다는 사실을 발견했다. 오두막 안에 있을 때도 창문과 벽 주위에서 앵앵거릴 뿐 나를 건드리지는 않는다.

저녁 식사로는 물고기! 맛은 좋았지만 잔가시가 정말 많았다. 낚시를 한 것은 이번이 처음이었는데, 저녁거리를 잡아오긴 했지만 물고기가 잘 잡히지는 않았다. 또 거기서 폭풍에 휩쓸려온 낚시용 찌와 비닐봉지 같은 사람의 흔적을 발견해서 깨끗이 치우고 돌아왔다.

바람이 살랑거리고 파도는 해변을 찰싹거린다. 별들은 더할 나위 없이 밝게 빛난다. 별빛 속에 잠시 몸을 씻으러 나갈까 싶다. 여기서 밤늦도록 깨어 있는 것은 도시에서 그러는 것과는 아주 다르다. 어두워졌으면 어두워진 것이고, 밤 10시나 새벽 3시나 거의 똑같은 느낌이다.

이건 정말 근사하다. 3×4피트의 플렉시글래스(광학적 특성이 뛰어나고 투명성과 안전성이 높은 유기유리─옮긴이 주) 창문을 통해 밖을 내다보고 있자니, 세상이 내 안으로 곧장 들어온다. 커튼을 치지 않는 한 우주의 거대함으로 부터 나를 숨길 수는 없다. 어쩌면 커튼의 목적은 타인이 안을 들여다보지 못하게 하려는 것이 아니라, 안에 있는 사람이 밖을 내다보지 못하게 하려는 것인지도 모른다.

3월은 2월보다 훨씬 온화했다. 2월은 이곳에 도착해서 캠프를 세우기에는 지랄 같이 나쁜 날씨였다. 나흘 내리 보트를 타고 나갔더니 오늘은 이곳에 있는 것이 좋다. 빗물받이를 연장해서 흩뿌리는 빗물 반 갤런을 받는 데 성공했다. 본격적으로 비가 올 때까지는 빨래할 때 쓰는 바위 웅덩이에 고인 물을 써야겠다. 저녁으로 생선과 감자를 먹었다. 모두 기름에 튀겨서, 쩝쩝! 머리와 뼈는 캣의 몫이다.

오전. 행복한 날, 비가 온다! 비가 온다고 감격하다니, 내가 미쳐가고 있는 건가? 약하게 흩뿌리기는 하지만, 물통에 빗물 담기는 소리가 빈 플라스틱 두드리는 소리에서 고인 물을 튕겨내는 소리로 바뀌었다. 이제 커피를 끓이고 포리지(오트밀에 우유나 물을 넣어 만든 죽─옮긴이 주)를 만들어 먹을 만큼은 모였다.

'걱정'의 위력은 정말 강하다. '만약 무슨 일이 일어나면 어쩌지?'라는 걱정을 밀어내기가 어렵다. 이곳은 너무 춥고 습하기 때문에 필요한 물은 극히 적다. 첫 주 동안은 텐트 방수천의 일부에 고인 빗물을 큰 냄비에 채워 썼다.

지금은 한 5갤런을 모아 두었고, 이걸로 열흘은 거뜬히 버틸 수 있을 것이다. 게다가 오두막 지붕의 절반을 이용해 물을 모으는 집수 시스템까지 마련해두었다. 하지만 마음은 여전히 '어쩌지?'의 시나리오를 쓰고 있다.

결국 죄다 얼빠진 짓이다. 생존을 위해서는 유능한 에고가 필요하지만, 에고가 제멋대로 통제력을 휘두르게 되면, 더 이상 기쁨과 평화를 갈구하는 온전한 존재의 친구로 남을 수 없다. 오만한 에고는 존재를 지배하려 들고, 당장에라도 벌어질 듯한 거짓 문제들을 만들어내 자신의 위상을 보다 강화하려 들게 마련이다.

저물녘. 바다는 잔잔해졌지만 아직 가벼운 미풍에 뒤척이고 있다. 조수는 밀려들고 산들은 구름 속에 숨었다. 물총새 한 마리가 남쪽으로 200야드 떨어져 있는, 해구 저편의 섬에서 운다. 온종일 외로움이 밀려오고 밀려나가기를 반복한다. 패티와 수전이 그립고, 누군가와 어울려 살아가는 생활 자체가 그립다. 방금 캣이 애정을 바라며 내게로 뛰어올랐다. 서로 정이 들어서, 여기를 떠나야할 때 녀석을 어떻게 해야 할지 모르겠다.

2001년 3월 26일

아이러니는 이것이다. 요리할 때 문을 열지 않으면 창문에 김이 서려 밖을 내다볼 수 없다. 오두막이 완전히 방수되도록 그 많은 시간과 노력과 코킹 재료를 썼는데, 이제는 환기를 위해서 작은 통풍구들을 내야 한다. 날벌레들은 지금까지는 잠잠하지만, 바람이 불지 않는다면 이따가 설쳐댈 것이다. 캣은 이른 햇볕 속에 꾸벅꾸벅 존다. 오리들은 해구에서 논다. 그것들을 이웃으로 두어 기쁘다. 겨울 내내 머물러주면 좋겠다.

매일 아침 일어날 때면 뻐근한 통증을 느끼는데, 그때마다 그 통증에서 영원히 벗어날 수 없을 거라는 생각이 든다. 하루를 하루로 산다는 것, 육체적 고통을 공포와 분노가 아닌, 인내와 연민으로 받아들인다는 것은 또 하나의 도전이다. 어젯밤 늦게, 고통이란 육체적으로든, 심리적으로든, 감정적으로든, 정신적으로든, 붙잡은 것을 놓지 않는 데서 오는 것임을 분명히 깨달았다. 그것을 처리하거나 말하는 방법은 여러 가지가 있겠지만, 기본적으로는 붙잡든가 놓아주든가 양단간의 문제다. 의심, 증오, 확신은 붙잡기 위한 방법이다. 믿음, 사랑, 호기심은 열고 풀기 위한 방법이다. 하지만 목적 없는 표류는 고통을 부를 수 있다. 요령은 풀어야 한다는 생각에 얽매이지 않으면서 열려 있는 것이다.

저녁. 지금은 가을이지만, 오늘 처음으로 여름날 같은 느낌이 들었다. 13.9℃. 가벼운 구름이 드높이 떠 있었고, 산들은 선명했다. 바람은 날벌레들을 나지막이 날게 할 만큼만 불었고, 나는 잠시 햇볕 속에서 게으름을 피웠다. 하지만 일하기에 완벽한 날이라 오래 여유를 즐기지는 못했고, 대신 곳까지 전선을 연결했다. 해변 위쪽의 울창한 덤불숲을 헤치면서 대략 15피트 간격으로 전선을 나무에 둘러맸다. 태양전지판들을 설치할 작은 구덩이들을 파냈고, 풍력발전탑을 어디에 어떤 식으로 세울지 고민했다. 통증 때문에 차츰 일의 속도가 느려지고, 한 가지 일을 하는 데 시간이 점점 더 많이 걸린다.

여름은 이제 그만. 싸늘하고 눅눅하고 바람 부는 회색의 날씨다. 바다가 봉기했다. 어깨도 봉기했다. 쑤시고 아프다. 이곳을 떠나면, 아마도 햇볕에 몸을 담그러 저 북쪽 아타카마 사막으로 가게 될 것 같다. 그건 그렇고, 보트 땜질용 자재와 슈구(신발 밑바닥을 닳지 않도록 보호해주는 방수접착제—옮긴이 주)로 찬물 팩을 하나 더 만들어야겠다.

조금 전에 콘도르가 날아가기에 얼른 쌍안경을 들고 쳐다보았다. 지금까지 그렇게 가까이서 본 적은 없었다. 기다란 날개의 끝부분은 여러 가닥으로 갈라졌고 머리는 흰색이다. 바람에 맞서 저공비행하다가 한쪽 날개를 감아올리며 날아가 버렸다.

늦은 오후. 푸른색과 회색으로 갈라진 하늘. 한 차례 비바람이 지나갔다. 갈매기 한 마리가 우아한 몸짓으로 급강하하여 잠수 오리 세 마리가 잡은 물고기를 가로챘다. 그 네 마리가 검은색, 흰색으로 선명한 대조를 이룬다. 이건 무슨 의미일까? 오리들이 물고기를 잡은 것도 먹기 위해서였는데 그 정경은 지극히 평화로워 보였다. 그런데 갈매기가 그것을 가로채니 평화가 사라지고 말았다. 어쩌면 나는 스스로를 물고기보다 새와 더 동일시하는지도 모른다. 아니면 내가 물속의 야단법석을 볼 수 없기 때문인지도 모른다. 눈에 보이지 않으면 마음에도 보이지 않는 법이다.

오늘 열망과 외로움이 밀려들었지만 도시의 레스토랑에서 혼자 밥 먹는 고통과 별로 다르지는 않았다. 정말로 원하는 것은 초콜릿과 피스타치오가 포함된 아이스크림이다. 이곳에 살면서 지방이 녹아나갔는지 갈비뼈가 앙상하게 드러났다. 충분히 먹고 있는데도, 추위 속에서 일하느라 10킬로그램은 족히 빠진 것 같다.

오는 봄까지 바람이 완전히 숨어버린 게 아닐까 싶었는데, 오늘 다시 돌아와 활개를 치자 온 바다가 들썩거리며 포효한다. 나무는 잎들을 떨어뜨리고, 잎들은 색깔을 바꾼다. 색깔이 얼마나 짙게 변할지 궁금하다. 한두 달쯤 지나면 알게 될 것이다.

이곳에 온 지 두 달이 다 되어 가는데 아직도 완전히 정착하지 못했다는 사실이 믿기지 않는다. 어깨 때문에 일하는 속도가 느려진 데다, 오두막으로 옮겨가자 남은 일을 서둘러 끝내야 한다는 다급함도 사라졌기 때문이다. 하지만 이제는 마무리해야 할 때다. 식량 정리가 끝나면 난로와 태양전지판, 풍력발전기를 설치해야 한다. 물통과 프로판가스 램프도 연결해야 하고, 보트를 옮길 더 좋은 방법도 생각해야 한다. 뒷간과 포치, 계단, 차양도 만들어야 하고, 장작도 더 구해야 한다. 할 일은 끝이 없다. 그러다 미처 깨닫기도 전에, 그 전부를 다시 허무는 서글픈 작업을 해야 할 때가 찾아올 것이다.

회색 하늘에 비가 온다. 산들은 모습을 감추고, 바람은 강하며, 바다는 잔잔하지도 거칠지도 않다. 그저 또 다른 하루다. 돌이켜 보면 이곳에 온 이후로, 푸른 하늘과 고요한 나날이 짧게 이어진 마법 같은 며칠을 제외한다면,

대부분의 날들이 오늘 같았다.

오늘 다시 식량을 정리하고 남은 양을 파악했다. 모든 품목을 넷으로 나누었다. 석 달마다 하나씩 먹으면 된다. 품목마다 먹을 달을 써두었다. 과거의 경험에 비추어 보면, 그렇게 하지 않을 경우 매주 얼마나 먹어도 되는지 떠올리려고 애쓰면서 계산을 거듭하게 된다. 분말우유 같은 것은 큰 캔으로 된 것이니, 작은 캔의 양으로 환산해 열흘간 먹을 수 있다고 계산한다. 치즈 덩어리에도 매직마커로 선을 그어 매달 먹을 만큼의 분량을 표시해두었다. 만약 이곳에서 죽게 되면 사람들은 이렇게 생각할지도 모른다. "이야, 정리정돈을 정말 잘하는 사람인걸. 발작으로 죽다니(또는 익사하다니, 또는…… 하다니) 정말 안 됐어."

캣이 먹는 양이 내가 먹는 양의 20퍼센트 정도나 된다는 사실을 감안하지 못했다는 점만 빼면 식량 소비량은 그럭저럭 괜찮은 것 같다. 아껴 먹어야 할 유일한 품목은 오트밀이다. 이곳에서 1년간 지낸 뒤 곧바로 나를 데리러 오지 않을 수도 있으므로 한 달 정도 더 버틸 식량을 떼어놓았다. 이곳에 올 때는, 온다는 사실에 너무 몰두한 나머지 1년이 지난 뒤에 돌아가는 문제에 대해서는 거의 생각해보지 않았다. 해군이나 어선의 도움으로 어떻게든 나갈 수는 있을 것 같지만 이메일로 약속을 정하는 것이 생각보다 쉽지 않을 수도 있다.

주식은 아침으로는 오트밀, 저녁으로는 렌즈콩, 검은콩, 핀토콩, 혹은 완두를 섞은 밥이다. 그리고 수프를 만들 고형 부용(고기나 뼈를 우려낸 국물을 고체로 만든 것—옮긴이 주)과 파스타, 매일 작은 프라이브레드 한 개를 만들어

먹을 만큼의 밀가루, 그리고 감자―몇 개는 벌써 싹이 나기 시작했다―가 있다. 물고기를 꾸준히 잡을 수 있다면 좋겠지만, 파도가 거셀 때가 많아서 베이컨이나 훈제고기를 챙겨온 것이 천만다행이었다. 주식과 더불어 조미료, 전통풍의 라드(돼지 비계를 녹여 정제한 반고체의 기름―옮긴이 주), 그리고 다양한 간식거리를 가져왔다. 팝콘, 말린 과일, 벌꿀, 피넛버터와 잼, 초콜릿, 초콜릿 푸딩, 커피, 코코아, 설탕, 분말우유 등이다. 이 식단을 종합비타민, 비타민 C, 포타슘, 칼슘, 그리고 철분으로 보충한다. 이곳에 온 이후로 줄곧 인스턴트커피만 마셨지만 모닝커피용으로 원두커피 7파운드도 가져왔다. 그리고 잘한 일 하나! 초콜릿바를 13개나 가져왔다는 사실!

푼타아레나스에서 식량을 넣어온 자루를 개고 있자니 시작이 아니라 끝이라는 기분이 든다. 그새 아주 많은 일들이 일어났다. 푼타아레나스에서 6주간 머물면서 필요한 물건은 전부 구입했다. 모든 짐과 식량을 꾸리고 방수처리를 했다. 푸에르토나탈레스로 가는 교통편과 이곳으로 오는 교통편을 찾았다. 열흘 동안 비와 바람과 폭풍우가 몰아쳤고, 그사이 여기서 1마일 떨어진 해변에 식량을 두었다. 원래 정착하려고 했던 만에 갔다가 이곳에 있기로 마음을 바꾸었다. 오두막을 지었고, 보트가 뒤집혔고, 선외모터를 수리했고, 어깨를 다쳤고, 경이로운 아름다움이 존재하는 곳에서 지내고 있다.

고양이의 발톱을 벗 삼아 보트를 타고 있으려니 하루 종일 외로움과 열망의 물결이 나를 몰아쳤다. 누구를, 혹은 무엇을 향한 것일까? 수전, 패티, 가족, 브리티시컬럼비아와 무지개송어, 바하칼리포르니아, 방어, 태양, 그리고 따뜻함을 향한 걸까? 어쩌면 열망의 본질은 인생에서 중요했던 사람들이

나 장소의 부재를 인식하는 것인지도 모른다. 그리고 내가 경험하도록 축복받은 경이를 기억하는 것이다. 언젠가 이곳 또한 그리워할 내 모습을 상상한다. 회색의 하늘, 비, 바람, 하얀 물마루, 먹이를 먹는 벌새들, 무릎에 앉은 캣, 가슴에서 뛰는 심장―콩닥콩닥. 이거면 충분하다.

2001년 3월 30일

구름이 잔뜩 끼었지만 바람은 불지 않고 바다는 끊임없이 뒤척인다. 중간 규모의 조수가 밀려온다. 간밤에는 어깨를 운동할 기분이 나지 않아 그냥 내버려두었는데, 지금의 느낌을 기억한다면 다음번에는 그런 기분이 들더라도 내버려두진 않을 것이다. 구리로 팔찌를 만들어 착용할 생각이다. 손 관절염에 도움이 되기를 바란다.

오늘 불안감이 나를 엄습했다. 오직 고통과 죽음에 나를 온전히 내맡김으로써, 세상이 내 안으로 흘러들어오게 하고 세상을 만나기 위해 밖으로 흘러나감으로써, 나를 옭아맨 두려움을 해결할 수 있을 것이다. 불안은 인간 조건의 일부이므로 오랜 친구처럼, 적어도 잘 아는 지인처럼 대하는 법을 배워야 한다. 많은 치료사들이 불안을 피하기 위해 뭔가를 하라고 말하지만, 끝없는 회피의 행위 속에서는 경험의 상당 부분이―즐거운 것이든 고통스런 것이든―소실된다. 어려운 흥정 같다.

2001년 3월 31일

날씨가 기분에 강한 영향을 미친다. 아침에 깨어났을 때 빗소리가 들리지 않아서 하루 종일 기분이 좋았다. 동남동쪽에서 불어오는 산들바람이 제법 잔잔한 바다에 가벼운 파도를 일으켜 내 앞으로 밀어낸다. 산들은 갈라진 구름 아래 베일을 드리운 채 꼭대기만 살짝 보여준다. 높이 뜬 구름이 태양을 고리처럼 두르고 있는 걸 보면 금세라도 비가 올 것 같지만, 지금 당장은 대기가 가볍게 느껴진다. 내일은 4월 1일(북반구의 10월 1일에 해당한다), 난방을 위해 난로를 설치해야 할 때다. 태양전지판들을 곳으로 옮길 생각인데, 모레 날씨가 평온하기를 바란다. 날씨야, 좋아져라!

오늘은 생산적인 날이었다. 프로판가스 램프를 설치했는데 작동은 잘되지만 생각보다 소음이 심하다. 감자를 보관할 때 싹이 나거나 썩는 것을 방지하기 위해 물이끼를 한 자루 모았고, 굴뚝을 오두막 벽 밖으로 빼낸 뒤 바깥쪽에서 버팀대로 받쳤다. 그 작업을 하기 위해 지붕 위에 올라가야 했다. 뒤쪽 모퉁이는 진흙땅인 데다 평평하지 않아서 위험했다. 난로를 파이프에 연결시키는 일이 아직 남아 있긴 하지만 힘든 일은 끝났다. 다음으로 할 큰일은 뒷간이다. 비를 피해 편한 자세로 앉아 볼일을 볼 수 있다는 것은 큰 행복이다.

또한 위성전화 안테나 탑을 케이블이 닿는 오두막과 충분히 가까운 곳에 세울 수 있어서, 안에서 비를 맞지 않고도 위성전화를 쓸 수 있게 되었다. 멋진 일이다. 오로지 그 한 지점에서만 위성에 연결되는 걸 보면, 정확히 오른쪽 방향으로 만의 후미를 가로지른 곳에 있는 나무들 사이에 조그만 간극이 있는 모양이다. 안테나를 아무 쪽으로나 18인치만 옮겨도 수신 신호가 사라진다.

2
0
0
1
년

4
월

작은 일까지 모두 잘될 거야.

— 밥 말리

2001 | 4

해처럼, 비처럼, 부단한 바다의 움직임처럼

오전. 태양은 흔들리는 켈프 줄기들 사이에서 황금색으로 빛나며 그 줄기들을 수면 위로 흔들어 올리는데, 마치 바람에 흩날리는 가을날의 낙엽 같다. 해구 저 멀리에는, 등은 회색이고 배는 크림색인 오리들이 바다와 한데 섞여 있는데, 그 오렌지색 부리가 햇빛을 붙잡아 내 쪽으로 던지고 있다. 산들은 안개로 만든 요염한 잠옷을 입고 반쯤 몸을 숨긴 채, 내 상상력에 불을 지핀다.

새로운 달의 시작, 오케이 이메일을 보낼 시간이다. 통신 시스템을 다룰 때는 바짝 긴장하게 된다. 나는 여기서 나 자신과만 함께 있고 싶은데, 그것은 내 마음을 저 멀리 다른 장소, 다른 사람에게로 데려간다. 게다가 시스템이 제대로 가동되는지도 아직 확실치 않다. 이메일이 제대로 전달되지 않으면 해군이 나를 구조하러 올 것이다. 전혀 반길 일이 못 된다.

젠장, 바람이 이렇게 정면에서 불어오면 정말 춥다! 파도가 심하게 거친 것은 아니라서 낚시를 하러 가고 싶지만, 바람에 맞서서 보트를 띄우려면 한바탕 난리를 쳐야 할 것이다. 나가는 대신 빨래를 할지도 모르겠다.

오후. 이메일을 보냈고, 답장이 왔다. 패티는 어깨에 대한 의학적 충고를 써 보냈다. 새로운 내용은 없었지만, 교육 받은 간호사의 말을 들으니 한결 위안이 된다. 뒷간 만들 자리를 치우고 구멍을 팠는데 즉시 물이 들어찼다. 덤불을 자르고 흙을 헤집는 대신 썰물의 해변에서 비를 맞으며 쪼그리고 앉아 있는 편이, 편안하지는 않아도 생태학적으로는 훨씬 이로웠을 것이다.

육체 활동은 불안을 해소하지만(혹은 위장하지만), 이곳에 와서 정말 배우고 싶은 것 한 가지는 부단한 행위들 속에서 나 자신을 잃지 않으면서 편안함을 느끼는 방법이다. 내 생각에는, 우리가 살아남아 생을 즐기고 싶다면 우리의 문화 전체가 이 방법에 대해 연구를 해보아야 한다. 불안은 행동하지 않기 때문에 생기는 게 아니라, 행동하는 것 혹은 행동하지 않는 것에 대해 조바심을 갖기 때문에 일어난다. 이 순간 무엇을 하고 있어야 하는가에 대한 걱정 없이 현재의 순간에 존재할 때 마음은 편안해진다. 상상이 제멋대로 날뛸 때는 모든 일을 꼼꼼히 계획하려고 할 때다. 어떤 일이 일어날지 아는 것은 실제로 불가능하기 때문이다. 모든 것을 일일이 따져본다 하더라도, 실제 상황이 닥치면 대체로 일은 자연스레 제 갈 길을 찾아간다. 그렇지만 계획은 여전히 유용하다. 결국 요령은 불안감에 휩싸이지 않고 당면한 문제를 생각하는 것이다.

저녁. 바람 부는 곳에 와 있다. 태양은 스테인즈 반도 뒤로 지고, 바람은 서쪽에서 불어온다. 오두막이 햇볕을 직접 받지 못하는 것은 안타까운 일이 지만, 만약 그렇게 만들었다면 바람의 공격이 훨씬 심했을 것이다. 이렇게 바깥에 나와 있는 것이 좋다. 집에서 아주 멀리 떨어져 있는 느낌이다.

2001년 4월 2일

더없이 아름다운 아침. 푸른 하늘이 차츰 흐려지고, 잔잔하던 바다는 파도가 점점 커지고 있다. 날벌레들 몇 마리가 벌써 깨어 날아다니지만, 서리가 내렸으니 그 숫자가 좀 줄었으면 하는 바람이다. 해돋이를 보면서 커피를 마신다. 오전과 오후의 빛의 방향을 확인하고 태양전지판을 설치할 각도를 결정해야 한다. 햇볕이 내 몸에 내리쬐기를 기다리며 애니 딜러드(Annie Dillard)의 《돌에게 말하는 법 가르치기(Teaching a Stone to Talk)》를 읽고 있다. 위트 있고, 예리하고, 터치가 아주 가볍다. 나는 정신과 자연주의의 결합이 좋다. 그녀가 새로운 내용을 말하고 있진 않지만, 가치 있는 내용들을 새로운 방식으로 이야기하고 있다.

저녁. 날씨는 평온했고, 나는 온종일 일했다. 풍력발전탑으로 사용할 20피트 길이의 파이프에 목공용 돌림송곳으로 전선을 꽂을 구멍들을 뚫었다. 파이프의 쇠가 물러서 구멍이 아주 잘 뚫렸다. 가지고 있는 도구들을 임시변통으로 사용하는 것은 흥미로운 시도였다. 바람 빠진 보트에 펌프질로 공기를 주입한 뒤 태양전지판과 배터리, 파이프, 사다리, 전선, 목재와 용구를 실었고, 모터를 작동시켜 곶 근처의 해변으로 운반했다. 태양전지판들을 장착하고 배터리를 연결하는 일은 생각보다 시간이 많이 걸렸지만, 곶은 바람에 완전히 노출된 곳이므로 모든 일을 철저하게 하고 싶었다.

용구를 내려놓고 따뜻한 옷으로 갈아입은 다음, 낚시도구를 챙겨가려고 캠프에 들렀을 때는 잠시만 있을 생각이었다. 보트를 조금 끌어올려 놓았을 뿐 바위에 묶어두지도 않았다. 여태껏 한 번도 없었던 일이고, 앞으로 두 번 다시없을 일이다. 준비하는 데 생각보다 오래 걸렸다. 그러다 문득 바깥으로 시선을 돌렸는데 보트가 밀물에 떠내려가는 것이 아닌가. 빌어먹을! 허둥지둥 해변으로 뛰어들었고, 허리 깊이에서 간신히 보트를 붙잡을 수 있었다. 30초만 더 늦었다면 수영을 해야 했을 텐데, 그러기에는 물이 너무 차가웠다. 2분 더 늦었다면 카약에 펌프질을 한 뒤 패들을 저어 쫓아가야 했을 것이다. 바람이 약했던 것이 천만다행이다. 그 사실에 감사한다. 제대로 혼쭐난 경험이었다.

마른 옷으로 갈아입을 즈음에는 벌써 어둠이 깔려 있었지만, 그래도 낚시를 하러 갔다. 20분 동안 여덟 마리를 잡았는데 너무 작아서 어떻게 요리를 해야 할지 모르겠다. 캣이라면 그래도 좋아할 것이다.

이상하다. 캣이 발작을 하는 것 같다. 녀석의 박스가 흔들리기에 꿈을 꾸고 있나 보다 생각했다. 하지만 밖으로 기어 나온 캣은 온몸이 빳빳해지고 미친 듯이 날뛰면서 고통스런 울음을 울어대기 시작했다. 죽는 건 아닌가─어쩌면 독이 있는 홍합을 먹어서─생각했지만 결국 이겨냈다. 하지만 후유

중 때문에 오두막 안으로 기어 들어오기 시작했다. 문이 열려 있을 때도 포치에만 있어야 한다고 가르쳤건만, 지금은 그 사실을 까맣게 잊은 듯 자꾸만 슬금슬금 들어온다. 신경회로가 손상되었을지도 모른다. 정말 모를 일이다.

오늘 난로를 연결할 생각이다. 이곳에 온 지 두 달이나 되었고 그간 얼마나 춥고 아팠는지를 생각하면 왜 미뤄두었는지 나도 그 이유를 모르겠다. 연결시키고 나면 항상 불을 원할 것이고 언제나 장작을 구해 와야 한다고 느껴서일까? 아니면, 난로를 켜게 되면 정말로 정착을 하는 셈인데 아직 심리적으로 마음의 준비가 안 되어 있는 건가? 뭐라고? 준비는 무슨 준비? 말도 안 되지만, 기분은 그런 것 같다.

낮게 깔린 구름과 아침 비에 가려진 탓에 산들은 알 수 없는 목적지를 향해 떠나버린 것 같았다. 스테인즈 반도조차 실제 존재한다는 느낌이 거의 들지 않는다. 아직까지 가득 채워져 있는 물통들에 대해 미리부터 '어쩌지' 하고 걱정했던 것은 역시 시간과 기력을 소모시켰다.

몇 년 전에 같은 회선건판을 다쳤을 때 배운 운동을 꾸준히 하는데도 어깨의 통증은 가시지 않는다. 근육이 조여드는 게 얼마나 순식간인지 놀랄 정도다. 잠들기 전에 한 시간 동안 운동을 하다가 새벽 1시에야 잠이 들었다. 뻐근한 통증을 느끼며 새벽 3시 반에 다시 눈을 떴고, 일어나 운동을 좀 한 후에 다시 잠이 들었다. 아침 8시가 되니 다시 근육이 조여들면서 쑤셨다. 하지만 아, 아침에 마시는 모닝커피 한 잔이란.

어제는 프로판가스 램프의 위쪽과 뒤쪽의 비닐 벽과 천장에 알루미늄박을 덧댔다. 열기로부터 보호하기 위해서다. 불이 난다면 심각한 문제다. 프로판가스 램프의 성능이 너무 좋아서 난로가 필요 없을 정도다. 지난밤에 다시 폭풍우가 몰아쳤지만, 아늑한 느낌이 불안감을 완화시켜 주었다. 오두막을 믿어도 될 것 같다.

마음속 깊은 곳에서는 힘든 상황을 이겨내는 내 능력을 자신하고 있는 것 같다. 그렇지 않았다면 이곳에 오지도 못했을 것이다. 표면상으로는 고색창연한 자기신뢰, 심지어 오만으로 가득하다. 하지만 표면 아래로는 불안과 의심이 회오리치고 있다. 어쩌면 심층의 자신감은 내 속이 아니라 뭔가 더 큰 것 속에 있을 것이다. 그럴 용기를 가졌다면, 이곳에 내가 찾으러 온 것이 바로 그것이다. 어쩌면 그 무엇이 교감을 나누자며 나를 불렀고, 나는 그 부름에 응답한 것일 수도 있다.

해거름. 조금 전에 뉴트리아 두 마리가 100피트 떨어진 바위 위에 나타났다. 힘센 검은색 발톱과 강한 꼬리, 그리고 작고 뭉툭한 귀를 가졌다. 한 마리가 큰 의욕 없이 다른 한 마리에게서 뭔가를 낚아채려고 하더니, 두 마리가 함께 물속으로 잠수했다. 그러고는 자꾸만 자맥질을 하더니 마침내 한 마리가 수면으로 올라와 잡은 물고기를 우적우적 씹어 먹었다.

오렌지색 부리 오리들은 뉴트리아가 근처에 나타나면 으레 그러듯이, 걱정스런 표정으로 바위 위에 올라와 있다. 아까는 잠수를 하기에는 너무 얕고 바닥을 딛으려면 몸을 쭉 펴야 할 만큼 깊은 물속에서 먹이를 먹고 있었다. 몸을 노린재처럼 완전히 위아래로 뒤집어댔고, 자세를 잡기 위해 오렌지색 발을 정신없이 놀려댔다. 꼬리 깃털은 하늘로 곧추 뻗어 있었고, 크림색이 감도는 노란색 배와 궁둥이는 수면 위에서 이리저리 흔들거렸다.

아직 난로를 연결하지 않았다. 온종일 전기 작업을 했다. 노트북컴퓨터들을 충전시키는 것이 문제다. 부하를 받아서 오두막에 닿는 전압은 11볼트밖에 안 되고, 인버터는 계속 문제를 일으킨다. 충분한 전하를 받으려면 배터리를 풍력발전기 근처에 두어야 하겠지만, 충전을 하려면 노트북도 그 근처에 두어야 한다. 젠장.

10.5℃. 비가 내리고, 제법 고즈넉하다. 달은 거의 다 찼고, 조수는 썰물이다. 수프를 올려놓았고, 몸을 좀 녹여야 한다. 난로는 아직 설치하지 않았다. 문 위쪽 천장이 젖었다. 비가 개면 방수천에 땜질을 해야겠다. 아직 덕테이프 두 롤과 코킹 튜브 한 개, 슈구 방수접착제 튜브 두 개가 남았다.

하루를 곶에서 보냈다. 태양전지판에 그늘을 드리우는 죽은 나무 두 그루를 베어냈다. 저 아래에 땀막(북아메리카 원주민들이 주로 하는 일종의 사우나 시설—옮긴이 주)을 지을 생각인데, 베어낸 나무를 이용해서 땀막용 돌멩이들을 가열할 생각이다. 인버터를 배터리에 직접 연결해서 전선을 타고 오두막까지 12볼트 대신 110볼트가 흐르게 했다. 암페어도 적고 저항도 적고 전압강하도 덜하고 노트북을 충전하는 데도 아무 문제가 없다. 하지만 내가 가진 전구들은 전부 12볼트라서 컴퓨터를 쓰거나 전깃불을 쓰거나 둘 중 하나만 해야 한다. 빌어먹을! 곶까지 왔다 갔다 하면서 노트북 충전과 전깃불 중

하나를 선택해서 써야 한다. 하지만 폭풍우가 몰아치는 어두컴컴한 밀물의 밤에는 그 일이 엄청 성가신 일이 될 것이다. 인생 전체가 뒤죽박죽된 기분이다.

한낮. 코브라 머리의 잠수 오리들(King Cormorant)이 해구에 둥둥 떠 있다. 등과 목과 정수리가 새까맣다. 목과 가슴과 배는 새하얗다. 그 경계가 칼로 그은 듯 선명하다. 흰 눈을 덮어 쓴 나뭇가지, 그게 이 오리들의 겉모습이다. 어쨌거나 이 오리들은 평화로운 느낌을 강하게 발산한다. 어둠 속에서 그것들이 우는 소리는 두려운 마음을 달래주고 나를 멕시코의 해안과 도미니카공화국의 산들로 데려간다. 한 마리가 깊은 음으로 울자 근처에서 다른 한 마리가 화답한다. 그때 귀를 기울이면 해협에서 들려오는 희미한 대답을 들을 수 있다. 시골의 밤에 멀리 떨어진 천 개의 닭장에서 일제히 울려 퍼지는 수탉의 울음소리처럼.

하지만 몸통에서부터 뻗어 올라간, 그 흑백의 경계를 지닌 목과 머리는 시각적인 느낌이 위협적인 코브라와 비슷하다. 작은 물고기라면 아마도 본능적으로 느낄 것이다.

오후. 반쯤은 망각된 머나먼 시간과 공간에 와 있는 것처럼 이곳에 온 숭고한 이유를 떠올린다. 깊은 야생지의 고독이 주는 육체적, 심리적, 감정적, 정신적 효과를 생활 속에서 탐구하는 것이다. 지금 나의 세상은 이 작은 해변과 끝없이 펼쳐진 바다로, 점심으로 무엇을 먹을 것인지에 대한 고민으로,

난로와 빗물을 받는 큰 물통을 설치하는 것으로, 어깨와 손과 치아의 통증으로 축소되었다. 하지만 나 자신과 한 약속은 이곳에서 1년 동안 있으면서 무슨 일이 일어나든지 있는 그대로 경험하자는 것이었다. 뭔가 설정된 기대치와 같은 이해관계가 개입한다면 발견되는 것에 진정으로 열린 마음이 될 수는 없을 것이다. 육체적 과정뿐 아니라 감정적이고 정신적인 과정도 믿어야 한다.

캣이 오늘 자꾸만 귀찮게 군다. 특별한 이유 없이 찡얼거리고 내 몸에 기어오르려고 한다. 내가 외로움과 갈망을 온몸으로 느낄 때 특히 이런 식으로 구는 것 같다. 나한테서 그걸 감지하는 걸까, 아니면 다른 외부의 영향이 우리 둘 모두에게 미치는 걸까? 다른 감춰진 원인이 있을까, 아니면 아무 원인도 없을까? 어쩌면 캣은 언제나 이렇게 구는데 내가 침울해 있을 때 더 예민하게 느끼는 건지도 모른다.

라드에 튀긴 감자를 우적우적 먹으면서 여기를 떠나기 전에는 맛있는 음식을 많이 먹지 못할 거라는 생각을 하고 있었다. 도시에서 나를 기다리고 있을 맛난 음식들도 생각했다. 이곳에서 영원히 산다는 것은 얼마나 다른 문제인가? 여기서의 삶이 앞으로 남은 내 인생의 전부라고 상상하면.

오래 전 도미니카공화국의 산간마을에 살 때, 떠남에 대해 자주 생각하곤 했었다. 당시 거처는 형편없었다. 양철 지붕에 흙바닥, 판자들이 덜거덕거리는 창문들이 전부였다. 그래도 언제든 캐나다로 돌아갈 수 있었다. 떠나는 것은 자유로웠다. 하지만 그곳의 이웃들은 그러지 못했다.

하지만 지금 그 믿음의 허상을 깨닫고 있다. 탈출구는 없다. 전혀. 나는 매번의 바로 지금, 언제나 바로 여기에 있다. 물론 아이스크림과 뜨거운 샤워의 땅으로 돌아갈 수도 있다. 하지만 그곳에서 아이스크림을 먹는 동안은 바로 거기에 있는 것이다. 유일한 탈출구는 의식하지 않는 것인데, 너무 큰 대가가 요구되는 것 같다.

저녁. 난로를 들여놓았는데 자리를 잡으니 제법 근사해 보인다. 화재 예방을 위해 아래쪽에 보호막을 세우고 2인치 높이로 자갈을 깔았다. 자갈에 켈프가 묻어오면서 바다 냄새도 함께 따라왔다. 뒷간의 기초도 세웠다. 다음으로 필요한 것은 변기 좌석과 지붕이다. 주변 나무들이 비바람을 막아줄 테니 벽은 없어도 될 것이다. 기쁘다. 냄새나는 비좁은 공간에서 변을 보는 것은 문명화되지 않은 일이다. 내일은 보름달이 뜨니 불을 피우고 기념하리라. 뒷간을 완성한 데 대해 내리는 상이다. 드디어 불을 피운다. 그것이 내 세상을 바꾸어 놓을까? 나는 새로운 사람이 될까?

한밤. 저녁을 먹을 시간이다. 조금 전에는 나무들 사이로 비치는 둥그스름한 달에 시선을 빼앗겼다. 더 잘 보려고 쌍안경을 꺼내 들고 곶까지 걸어갔다. 달의 산과 분화구들도 시각적으로 흥미로웠지만, 가장 경이로웠던 것은 흩뿌려진 작고 밝은 점들이 우측 상단의 더 큰 밝은 점까지 반짝이는 빛의 곡선들로 연결되어 있는 것이었다. 마치 빛의 덩어리가 달에 부딪쳐 파편들이 튕겨나가면서 빛의 리본들로 화한 것 같았다.

2001년 4월 7일

구름이 낀 맑고 고요한 날씨. 산 위로 솟는 해는 오렌지색과 황금색으로 눈부셨다. 물이 많이 빠져나간 덕에 홍합 서식지를 가로질러 저만치 작은 섬까지 걸어갈 수 있었는데, 갯벌 위로 흩어져 있는 켈프는 진탕 먹고 논 다음 날 아침 여기저기 나뒹구는 우스꽝스러운 오렌지색 가발 같았다. 긴 곡선의 부리를 가진 새 한 마리의 늘씬한 실루엣이 물갈퀴가 보이지 않는 발로 곧추 서 있었다. 만물이 휴식을 취하고 있는 것 같지만, 나는 풍력발전기 작업을 해야 한다.

저녁. 일을 하기에 완벽한 날이었다. 더없이 평온했고 비도 내리지 않았다. 풍력발전기를 세워놓고 보니 제법 근사해 보였다.

오늘 아침 벌새 한 마리가 오두막으로 날아들었다. 벌새는 출구가 없는 플렉시글라스 창문 앞에서 탈출로를 찾고 있었다. 문 쪽으로 벌새를 몰아가려고 했지만 벌이나 파리처럼 창문에만 미친 듯이 몸을 부딪쳐댔다. 결국은 양손을 오므려 벌새를 잡아 밖에서 놓아주었다. 얼마나 깜찍한 보석인가.

2001년 4월 8일

바람은 사납고, 하늘은 달빛과 구름으로 환하고, 조수는 밀물이고, 파도는 높이 솟구치며 거센 콧김을 내뿜는다. 하지만 그것만 빼고는 판자에 부딪친 것처럼 뻐근하다. 어깨, 허리, 팔, 손, 아프지 않은 곳이 없다. 어깨 통증에도 불구하고 다시 며칠 연속으로 일을 해야 할 것 같다. 무엇보다 뜨거운 물로 샤워를 하고 싶다. 샤워는 근육통 완화에 언제나 도움이 된다.

풍력발전기는 한 번도 사용해본 경험이 없어서, 회전날개가 돌아가면 부드럽게 탁, 탁, 탁 소리가 날 거라고 생각하고 있었다. 그런데 맙소사, 얼마나

난동을 부리는지! 곶의 바람은 대략 시속 3마일이고, 이곳에서 특별한 일은
아니지만 돌풍이 불면 50마일까지 올라가는데, 풍력발전기는 꼭 귀신 곡성
처럼 울부짖는다. 이것이 내가 그토록 달아나고 싶어 한 소음의 일종이라고
생각하면 참 아이러니하다. 더는 그 소리를 참지 못하고 매뉴얼에 쓰인 대로
전선의 길이를 줄여 회전 속도를 늦추었다. 물론 이제는 배터리 충전을 못한
다. 이것을 판 사람에게 이메일을 보내 물어봐야겠다.

변기 좌석을 만들었고, 앉았을 때 부츠에 오줌이 튀는 것을 막기 위해 앞
쪽에 나일론 자루를 걸었다. 무엇을 담아온 자루였는지 모르겠지만 '캐나다
제'라는 상표가 붙어 있다. 특별히 기발하지는 않지만 화장실 유머는 이곳에
서도 존재한다. 아직 변기 좌석에 구멍을 뚫는 일이 남아 있다. 구멍은 '얼마
나 커야 할까?' 심사숙고가 필요한, 참으로 은유적인 질문이다.

문득 내가 잠시 여유를 가지고, 아무도 없는 곳에서 완전히 혼자 살고 있
음을 충분히 의식하는 일이 좀처럼 없다는 사실을 깨달았다. 하지만 그럴
때는 종종 이 세상 어딘가에서 고독의 삶을 살아가고 있을 또 다른 사람들
을 생각한다. 만날 일은 없겠지만 그들을 나와 같은 족속으로 느낀다. 내가
여기 어딘가에 있듯이, 그들이 저기 어딘가에 존재한다는 사실이 기쁘다.

2001년 4월 9일

어깨가 어떤지 보려고 장작을 패보았다. 3주 전만 해도 도끼를 들었을 때
어깨가 너무 약해져 있어서 통증이 심했다. 오늘은 많이 나아졌지만 아직
많이 패지는 않을 것이다. 이곳에 온 지 두 달밖에 안 됐나? 한참 지난 것 같

다. 참을 수 있다면 내일은 쉬어볼까 한다. 바쁘게 움직임으로써 강렬한 감정의 침입을 막고 있는 게 아닌가 싶다.

어젯밤엔 계획과 달리 늦게 잠자리에 들었다. 뒷간에 편하게 앉아서 나무들 사이로 하늘을 올려다보며 달빛의 기습을 받았다. 보름달이 뜨는 무렵은 얼마나 매력적인가. 몇 주 전만 해도 여기서 다시는 달을 못 볼 거라고 생각했던 기억이 난다. 한동안 날씨가 더할 나위 없이 좋았지만, 장담컨대 머지않아 큰비가 올 것이다.

날씨가 누그러지듯 마음도 서서히 느긋해진다. 적어도 바삐 움직여야 한다는 강박증 없이 하루의 시간들을 내려다볼 수 있게 되었다. 자잘한 일들은 아직 많이 남아 있었지만 큰일들은 다 끝냈다. 오늘 아침엔 쉬엄쉬엄 일했다. 풍력발전기에 대한 기술적 도움을 요청하는 이메일을 보냈다. 그것이 고독을 깨뜨린다는 생각도 들지만 괜찮은 것 같다. 오늘 오후 오두막을 치우고 물건들을 정리했다. 비로소 이사를 끝내고 정착한 기분이다. 빗물 저장 시스템은 완벽히 가동되는 것 같다. 물통 뚜껑에서 3인치 아래까지 채워지면 자동으로 멈춘다. 나는 이런 종류의 단순한 기계 문제를 해결하는 데 능숙하다. 100년 전에 태어났더라면 훨씬 행복했을 것이다.

이 얼마나 문명화된 생활인가. 난로에는 불이 활활 타오르고, 나는 작은 치즈 한 조각과 말린 무화과 두 개를 먹었고, 손에는 싱글 몰트 스카치 한 잔을 들었다. 장작이 축축해서 불을 계속 살리려면 뒤적거려 주어야 했지만 난로 자체에는 문제가 없다. 저녁이 되었고, 바깥은 화씨 4.4℃이다. 하지만 오두막 안은 18.3℃로 후끈하다. 옷을 벗고 지금은 보온내의와 티셔츠, 플란넬셔츠, 울 조끼, 홀로필 조끼와 바지만 입고 있다. 거의 벌거벗은 느낌이다.

지난 크리스마스 때 패티에게서 받은 선물 꾸러미에서 방금 찾아낸 촛불을 켜놓고 글을 쓰고 있다. 당시에는 산티아고에서 푼타아레나스로 떠나기 직전이라 풀어보는 것을 깜박했다. 멋진 축하 선물이다. 패티는 혼자 있을 때 이런 종류의 선물이 얼마나 큰 의미로 다가오는지 아는 현명함과 그것을 준비해주는 너른 마음을 가졌다. 지난 크리스마스와 올해 크리스마스 선물, 7월에 있는 내 생일 선물, 그리고 내년 새해를 위한 파티 용품 꾸러미가 들어 있다.

1년간 고독 속에서 살고 싶다는 생각을 처음으로 했을 때가 25년 전이다. 지금까지는 자연과 나의 관계가 과거에 그랬던 것처럼 깊어지지 않았지만, 모든 일은 일어나야 하는 대로 일어나게 마련이다. 할 수 있는 것은 나 자신을 열고 기다릴 용기와 인내를 달라고 청하는 것뿐이다.

2001년 4월 11일

아, 맛있다! 지난 12월 이후 처음으로 진짜 커피를 마셨더니 벌써 몸에 활기가 퍼진다. 아침도 그만큼 멋지다. 보트를 타고 바다로 탐험을 떠나고 싶다. 특히 바다와 곧장 합류하는 빙하에 가고 싶다. 하지만 지금은 긴 여행이 내키지 않는다. 바다가 계속 잔잔할 거라는 보장이 없고, 폭풍우가 지나가기를 기다리는 상황에 처한다면 캠프로 돌아올 때 마땅히 안전한 장소를 찾기 힘들 것이며, 보트를 묶어 놓고 그 안에서 자는 것도 쉽지는 않을 것이다.

조금 전에 캣을 밟았는데, 사흘 동안 세 번째다. 고통스럽게 울어댔지만 녀석의 고통이 측은하지도 않았고 그런 행동을 한 내가 어이없지도 않았다. 오히려 캣이 발밑에서 거치적거리는 것에 짜증이 났다. 포치에 소변을 보러 나갈 때 녀석이 앞장서서 걷곤 했으니, 만약 녀석을 보지 못했다가 나중에 안아 올렸다면 오줌발을 맞은 고양이를 쓰다듬을 뻔했다. 생각만 해도 불쾌하다. 해서는 안 될 짓을 제멋대로 배웠으니 발밑에 깔리지 않는 법도 저 혼자 터득할 수 있으리라 생각한다.

오두막에 정착한 이후로는 길게 펼쳐진 짙은 회색의 시간 동안—그 시간을 채워 넣을 아무 할 일도 없이—무엇을 해야 할지 모르겠다. 그것을 찾으러 이곳에 온 것이다. 그 모든 준비의 목적이 어떤 의미에서는 단지 그것뿐이었다. 물론 다른 관점에서 보면 그것은 무엇을 위한 준비도 아니었고, 다만 이 생활과 내 삶의 전체 과정 중 일부일 뿐이다.

한낮. 추위도, 불을 피우는 것도 지긋지긋하다. 장작을 갈라 나누는 일도 이제는 지친다. 몸은 따뜻하고 진짜 커피 두 번째 잔을 마시는 중인데, 첫 잔보다 훨씬 맛이 좋다. 진정 이것은 감각적인 즐거움이다. 더불어 처음으로 먹는 프라이브레드에 마지막 버터를 발라 먹고 있다. 야생지 생활을 좀 한 뒤부터는, 내가 가장 갈망하는 것이 버터 바른 빵이라는 걸 깨닫고 있다.

감각적 즐거움에 대해 말하겠다. 25년 전 야생지에서 처음으로 긴 고독의 생활을 했을 때, 성적 욕망이, 심지어 섹스에 관한 생각마저 완전히 사라져버려서, 바깥세상에 나가 여자를 보고 다시 욕망에 사로잡힐 때까지는 그 사실조차 깨닫지 못하고 있었다. 이번에는 욕망의 부재가 그때처럼 완전하지는 않지만 그래도 그때와 무척 비슷하다. 지난 두 달 동안 몇 번 자위행위에 대해 생각했지만 하지 않기로 결심했고, 그러자 욕망은 금세 지나갔다. 어쩌면 지금은, 따뜻한 오두막 안에서 옷을 몇 겹 입지 않고 있는 탓에 내 살을 좀 더 분명히 인식할 수 있는 데다, 일로 피곤하지도 않으니 욕망이 솟는 것일지도 모른다.

오후 4시. 또 한차례 폭풍우가 휘몰아치고, 스테인즈 암벽의 폭포들은 무서운 기세로 물줄기를 쏟아낸다. 북동풍에 떠밀린 바다는 해구 전역에서 소용돌이친다. 두렵고 외롭다. 오두막에 물이 새면 어쩌지? 장작이 바닥났는데 더 구할 수 없다면 어쩌지? 이런 기분이 영원히 지속되면 어쩌지?

오후 5시 15분. 고작 한 시간쯤 지난 건가? 높은 파도가 보트와 장작더미, 그리고 나를 향해 달려온다. 비와 바람이 내 보금자리를 후려친다. 폭풍우가 한 번도 멎은 적이 없었고 앞으로도 영원히 그럴 것 같은 기분이다. 내가 심상에 대해 뭐라고 생각하든, 불안과 외로움은 본능적으로 날씨와 연관이 있다. 내가 갈망하는 평화는 죽음에, 그리고 당면한 현재에 나를 내맡김으로써만 얻을 수 있는 것임을 안다. 행동보다는 말이 더 쉽다. 아, 지금은 누군가 곁에 있다면 좋겠다.

오후 5시 50분. 이 불안은 교활하다. 밴쿠버에서부터 한 가지 걱정이 끝나면 또 다른 걱정에 휘말린다. 비자가 제때 나오지 않으면 어쩌나, 캐나다에서 칠레로 보낸 짐짝들이 분실됐거나 도난당했으면 어쩌나, 야생지로 가는 수송편을 찾지 못하면 어쩌나. 이곳에 도착한 첫날은 조수에 휩쓸려가지나 않을까 걱정했고, 만조선 위에 임시 거처를 만든 뒤에는 바람에 날려가지 않을까 걱정했다. 1마일 거리의 해변에 둔 식량이 흠뻑 젖어 못 먹게 되지나 않을까 걱정했고, 보트가 뒤집힌 뒤에는 모터가 작동하지 않으면 어쩌나 걱정했다. 어깨를 다치자 오두막을 완성하지 못할 것 같았고, 닷새 동안 비가 오지 않자 물이 바닥날 것 같았다. 그런 걱정을 하는 동안에도 짐을 다 옮기고 장작을 구하고 물탱크를 설치하고 난로를 연결시키고 나면, 그때는 안전함과 무사함을 느낄 거라는 기대가 있었다. 하지만 지금 여기서 따뜻하고 아늑하게 잘 먹으며 지내는 데도 불안감과 두려움은 사라지지 않는다.

웃기는 일이다! 쓸데없는 고통을 만들어내 삶의 기쁨을 파괴하고 있다. 머리로는 충분히 이해하고 있고, 이미 그 과정을 겪기도 했지만 두려움은 계속된다. 할 수 있는 것은 세 가지다. 약을 먹는다(필요하면 복용하고 있다). 그런 느낌들로부터 달아나거나 싸운다. 불안을 오랜 친구처럼, 적어도 잘 아는 지인처럼 대하는 법을 배운다.

오후 7시. 조수가 절정에 달하더니 서서히 물러가기 시작한다. 바람의 기세는 적어도 지금은 수그러들었다. 풍향은 북서쪽이다. 비는 여전히 퍼붓고 있다. 회녹색의 서쪽 해협을 가로지르고 있는 스테인즈 반도의 거대한 바위는 하나의 패러독스다. 북쪽에서 남쪽으로 돔과 구렁을 교대로 연출하며 굽이치는데, 그곳에서 폭포수가 바다로 쏟아져 내린다. 저 멀리 동쪽으로 보이는 거대한 안데스 산맥보다 훨씬 실감나는 구체성을 지닌 스테인즈 반도는 웅장하고 견고하며 모호함이 없다. 또한 구렁들을 채우고 암벽 위를 부유하는 안개에 반쯤 가려져, 신비롭고 환상적인 느낌을 준다. 불완전하게 현실적이다.

의학은 위로가 된다. 정통 종교를 확신하는 만큼 의학의 세상도 확신한
다. 이 어두운 감정들의 원인을 화학적 불균형으로 보는 것은 그 감정들을
개인의 무의식적인 노이로제나 미스터리한 집단원형으로 보는 것보다 더 확
실하다. 의학은 일리가 있다. 내 몸속의 화학물질은 스테인즈 반도의 바위처
럼 리얼하다. 하지만 의학 이상의 것이 있는데, 바로 모호하고 역설적이고 직
접적인 경험이다. 이것을 잃으면 생은 밋밋하고 활기가 없어진다. 하지만 물
리적 세계라는 단단한 발판을 거부한다면 나는 목적 없이 유아주의적인 방
황에 빠져 떠돌게 될 것이다.

오후 11시 15분. 바람이 자고, 비가 그치고, 썰물이 빠져나가면, 아무 노력
없이도, 뱃속은 편안해지고, 심장은 진정되고, 영혼은 사랑과 함께 고요한
밤하늘로 날아오른다.

2001년 4월 12일

어제는 이곳에 온 이후 처음으로 진통제를 먹지 않았다. 따스함, 줄어든
작업량, 그리고 스트레칭을 자주 하는 것이 도움이 되는 것 같다. 오늘은 치
즈와 베이컨을 캣의 발길이 닿지 않는 포치 위쪽에 내걸었다. 매달 식초로
치즈를 닦을 생각이다. 내가 얼마나 아는 것이 없는지에 깜짝깜짝 놀란다.
방금 책에서 식초가 곰팡이를 방지한다는 내용을 읽었다. 공기 접촉을 차단
하려고 오일을 발라봤지만 허사였다. 필요한 것은 산이지 염기가 아니었던
것이다. 카리브 해에서 스쿠버다이빙을 가르칠 때 귀에 식초를 넣어 곰팡이

116

번식을 억제했던 적도 있었으니 더 빨리 깨달았어야 했다. 마음을 광범위한 영역에 자유롭게 놓아두면 모든 것은 서로 연관되어 있다.

《사막의 고독자(Desert Solitaire)》에서 에드워드 애비(Edward Abbey)는 기쁨은 진화하는 가치를 담고 있다고 주장한다. "기쁨이 없는 곳에 용기도 없다. 용기가 없다면 다른 모든 미덕은 무용하다." 내 기쁨은 어디에 있는가? 나는 정확히 내가 있고자 선택한 곳에 있다. 한 해를 버틸 식량과 물자도 있다. 추위를 선택할 수도 있고, 언제든 불을 피울 수도 있다. 마음만 먹으면 전화할 수 있고 이곳을 떠날 수도 있다. 나는 사랑과 격려와 존중을 받는다. 내 기쁨은 어디에 있고, 내가 '느끼는' 용기는 어디에 있는가? 옛날에는 용기가 두려움과 대면한 결과로 생기는 것이라 여겼다. 하지만 용기는 어쩌면 두려움 밑에, 혹은 그 안에 숨어 있으면서 그것과 함께 있을 때만 발견되는 것인지도 모른다.

겨울이 오는 것이 느껴진다. 물론 두 달 반 전이었던 한여름에도 느낄 수 있었다. 캐나다에서의 긴 야생지 생활은 두 번 다 겨울이 가까워질 무렵 끝났다. 하지만 용기와 건강이 허락한다면, 이번에는 계속 머물 것이다.

이런 제기랄! 넘어지는 것에는 이제 신물이 난다. 세상아, 좀 봐다오! 방금 미끄러져 넘어졌는데 여기저기 안 다친 데가 없다. 왼쪽 어깨의 회선건판을 또 다친 것 같다. 조심하고 또 조심하지만 약간만 균형이 무너져도 어이없이 넘어진다. 의족이나 고무 밑창 부츠에는 이끼, 진흙, 바위, 풀들이 표현할 수 없을 만큼 미끄럽다.

살면서 통증이 없던 때가 있었는지는 기억나지 않지만, 지금 고통은 더욱 악화되고 있으며 또 지속적이다. 통증을 치료하는 사람들은 긴장을 풀고 고통 속으로 들어가 평화와 아름다움의 장소를 그려본 다음 마음속에서 그곳으로 가라고 가르친다. 하지만 평화와 아름다움의 장소인 이곳에서 고통으로 가득한 나는 도대체 어디로 가야 하는가?

오후. 날은 아직 흐리고, 10℃도 되지 않는다. 바다는 회녹색으로 부단히 뒤척인다. 산들바람이 나무를 살랑살랑 흔든다. 아무것도 변한 것은 없다. 모든 것이 끝없는 움직임을 이어가고 있다. 하지만 마음은 평화롭다. 고통으로부터는 결코 자유롭지 못할 것이다. 그것은 생이라는 경험의 일부다. 내가 할 수 있는 것은 '왜 나여야 하는가' 하는 자기연민의 불만을 놓아버리면서 고통을 세상의 일부로 받아들이는 것이다. 해처럼, 비처럼, 부단한 바다의 움직임처럼.

밤. 불안이 다시 찾아왔다. 어째서? 어떻게? 어디서부터? 오두막에 환기구멍을 내다가 평온한 바다 소리가 어렴풋이 위협적으로 변하는 것을 느꼈다. 지금 수전이 몹시 그립다. 패티는 그런 느낌으로 그립지 않다. 아마도 패티는 여기서 많은 부분을 나와 함께하기 때문일 것이다. 아니면 이 특별한 고통이 이성의 친밀함을 갈망하는 건지도 모른다.

바람이 불고, 바다가 뒤척이고, 구름은 높이 떠 있고, 산들은 봉우리까지 선명하고 투명한 빛을 발한다. 조금 전 어떤 동물들이 빠른 속도로 헤엄쳐 지나갔다. 뉴트리아 같기도 했지만 몸집이 더 커 보였다.

시간을 초월한 자연의 경이에 몸을 담글 수 있기를 고대하면서 이 야생지 생활을 오랫동안 준비했다. 하지만 지금 나는 단절감과 외로움과 무서움을 느낀다. 하루하루 헤쳐 나가면서 과연 끝까지 버틸 수 있을지 궁금해진다. 불행하다는 느낌과 튀는 레코드판 같은 불평을 멈춘다는 마음가짐을 갖기 위해 애써야 한다. 인생은 흘러가는 대로 흘러가게 마련이다.

바람이 일고 바다가 출렁이지만 사납지는 않다. 갈라진 구름들 사이로 햇살이 스테인즈 반도의 얼굴을 건드린다. 힘든 밤이었다. 어깨 운동을 하느라 새벽 2시까지 깨어 있었다. 홈메이드 칠리페퍼 오일이 효과가 없어, 판매되는 관절염 크림을 발랐다. 다 써버리면 어쩌지? 걱정할 일이 또 하나 늘었다. 겨우 잠들었다가 4시에 뻐근하고 욱신거려서 깼다. 일어나서 운동하고 찬물 팩을 했다. 그러고는 다시 7시까지 잔 다음 또다시 일어나 운동했고 또다시 9시까지 잤다. 패턴이 돼버린 것 같다. 운동하고 두 시간 자고, 경련이 일어나면 또 일어나서 운동하고, 그러고 나서 다시 두 시간 더 잔다. 중간에 깨지 않는다면 얼마나 좋을까. 지난 두 달 반 동안 그런 밤은 딱 한 번이었던 것 같다. 이렇게 아프고 다치고 하는 것이 심한 스트레스 모드에서 벗어난 것에 대한 내 몸의 반응인지도 모른다. 이런 벗어남에 대한 반응으로 종종 감기나 몸살에 걸리곤 했지만 여기서는 나를 감염시킬 사람도 없다.

빨랫줄에 빨래가 한가득 걸려 있고, 또 물에도 한가득 담가 놓았다. 처음으로 빨래를 했을 때는 모두 더럽기 짝이 없었다. 가벼운 빨래 몇 점을 오전 내내 빨아야 했다. 이제는 큰 빨래다. 바지, 셔츠, 조끼, 스웨트셔츠, 그리고 담요들. 도미니카공화국 여인들이 강가에 모여 함께 빨래하던 모습이 떠오른다. 집단으로 일하면 일이 더 가벼워지는 것 같았다.

오늘 머리를 잘랐는데, 전력이 약해서 더디고 짜증나는 과정이었다. 머리카락 가닥가닥이 전기이발기에 걸려 완전히 잘려나가는 순간까지 잡아당기는 느낌이 들었다. 정말 불쾌했다. 또 처음으로 면도를 했다. 전에도 나쁘지는 않았지만 단정한 것이 더 좋다. 몸은 앙상하고 턱 밑과 팔죽지의 살은 물렁물렁하다. 나는 더 이상 청년이 아니다. 언제부터 그랬을까?

'터프하게 해치우자'는 마초 같은 태도를 버리고 몸과 감정과 정신과 영혼을 돌보기 시작해야 할 때다. 어떤 의미에서는 나 자신을 돌보고 있었지만, 내가 관심과 보호를 받을 만해서가 아니라, 살아남아야 했기 때문에 그랬다. 영적인 구도의 맥락에서 살아가는 일이 왜 이토록 힘들어야 하는지 모르겠다. 다른 사람들도 삶을 힘든 것으로 경험하는지 알고 싶다.

어제는 부활절 일요일이었다. 그리스도가 부활했다. 어제 깜박 잊고 기념하지 않은 것이 아쉽다. 내게 부활의 약속은 육체적 고통이 정신으로 전환될 수 있음을 의미한다. 죽음에 대해 이야기하는 것이 아니라, 몸이 의식을 지배할 필요가 없어진다는 뜻이다.

캣이 문가에 앉아 계속 찡얼거린다. 처음에는 입 다물라고 버럭 소리를 질렀다! 하지만 내가 불평을 글로써 해소한다면, 녀석에게도 저만의 방식이 있는 것이다. 꾹 참고 녀석의 목을 긁어주면서 그냥 찡얼거리도록 놔둔다.

오전. 5℃. 바람 한 점 없다. 바다는 동쪽으로는 은백색으로 반짝이고, 남쪽 섬을 비추는 곳에서는 녹갈색으로 빛난다. 푸른색과 회색이 얼금얼금 보이는 옅은 노란색 구름들이 산들 위로 높이 떠 있다. 저 남쪽으로는 바람이 구름 위에 곡선의 줄무늬들을 그려놓았다. 소리들은 마음을 어루만진다. 이따금 기러기 울음소리가 들리고, 돌고래들이 수면으로 솟구치며 만든 파문은 멀리멀리 퍼져나가 해안을 애무한다. 지난 두 달 동안 신문을 읽지 못했지만 아쉬움은 없다. 바깥세상에 대해 아예 모르는 것이 안도감을 준다. 장작을 구하거나 산책을 다니기에 완벽한 아침이지만, 이곳에 가만히 앉아 있는 기분도 나쁘지 않다.

관계는 필요하다. 관계가 없으면 죽은 인생이다. 이곳에서 맺어야 할 관계는 나 자신, 자연, 그리고 정신적인 것과의 관계다. 수전과의 관계를 갈망하고, 1년 뒤 우리의 관계가 어떻게 될 것인가를 그리며 시간을 보내는 것은 이 귀중한 기회를 낭비하는 것이다. 그러면 바깥세상으로 돌아가 수전과 진정한 관계를 맺는 데 필요한 일을 하지 않은 셈이 된다. 패티에 대해서는 이런 걱정이 없다. 우리의 삶은 아주 긴밀히 이어져 있다.

저녁. 선물 같은 하루였다. (이 글을 쓰면서 지난 한 주 동안 의심과 불안에 빠저 있었음을 깨닫는다. 나는 얼마나 쉽게, 얼마나 무의식적으로 믿음을 잃는가.) 처음으로 카약을 타고 바다로 나갔다. 앞쪽에 놓인 작은 섬의 서쪽으로 작은 해안을 발견했다. 그곳에서 사진을 찍고, 햇볕을 받으며 바다를 떠돌고, 캣에게 먹일 삿갓조개들을 따고, 낚시를 좀 했다. 작은 물고기 네 마리를 잡았다. 돌고래들과 뉴트리아들이 해구에서 노는 걸 보면 여기 어딘가에 더 큰 물고기들이 있을 텐데 지금으로선 어디 있는지, 어떻게 잡아야 할지 모르겠다.

이것이 내가 그렸던 생활이다. 고무보트로는 긴 여행을 떠나고 근처에서는 카약을 탄다. 바람이 갑자기 몰아칠지 모르고 바람에 맞서서 나아가기란 불가능하므로, 멀리까지 가지는 않을 생각이다. 이제부터 보트로 나갈 때는 카약도 가져갈 것이다. 15마력 모터가 꺼지고 4마력 모터가 작동하지 않으면 카약만이 유일한 대안이다. 겨울이 오면 카약을 타고 나가 즐겁게 태양을 맞으리라.

돌고래들과 친해져 함께 놀기를 바랐지만, 녀석들은 다가와 카약만 살펴보고는 그냥 가버렸다. 한번은 동쪽 해협에서 컹 하고 기침 같은 울음소리가 들리더니 깊은 물속에서 뉴트리아(내 생각에)가 튀어나왔다. 틀림없이 열기 아니면 발정기 때문이었을 것이다. 아니면 방금 교미를 마쳤거나.

2001년 4월 18일

이곳이 바다에서 아주 먼 호수 지방이 될 수도 있었다. 낮게 깔린 안개가 남쪽 해협을 뒤덮고, 저 푸른 하늘은 베일에 가려진 채 군데군데 햇빛의 입김과 줄무늬들로 환하다. 일출의 구름들은 장밋빛에서 옅은 노란색으로 색깔을 바꾸고 있다. 바다는 산들이 투명하게 비치는 은빛 유리로 된 모자이크이자, 섬세한 바람의 잔물결로 만든 불투명한 벨벳이다. 고요함이 가슴을 달래준다. 더 따뜻하고 건조한 곳에서 1년을 보내게 되었다면 경험은 어떻게 달라졌을까?

간밤에 멀리서 이상하고 음산한 소리가 들려왔다. 모터 소리 같은, 커다란 진동 소리였다. 등골이 오스스해져서 체인톱과 도끼를 들고 포치로 나갔다. 뉴트리아가 근처에 와서 물고기를 잡고 있었다. 이놈이 어제 해협에서 튀어나온 그 생물과 같은 종이라는 것이 믿기지 않는다. 그 짐승은 이놈보다 세 배는 더 컸다. 어쩌면 이놈은 새끼이고 어제 그놈은 나이 많은 할아버지인지도 모른다.

지금까지의 경험으로 보건대 오늘은 전형적으로 온화한 날이다. 기온은 10.5℃. 구름은 어중간한 높이로 걸려 있고, 산들의 모습은 정상을 제외하면 흐릿하다. 바람은 적당히 불고, 바다는 출렁이며 물마루를 솟구쳐 올린다. 춥고 컴컴한 빗속의 해구에서 물고기를 잡다가 방금 돌아왔다. 돌아오니 캣이 포치에 아늑하게 앉아서 물고기를 먹고 있다. '지금 이 그림이 뭐가 잘못된 거지?' 하고 생각하는 중이다.

간신히 요리할 만한 크기의 물고기 스무 마리를 잡았다. 일은 뜻대로 진행되었다. 몸은 젖지 않았고, 낚싯바늘에 미끼를 매달 때 잘 보려고 헤드램프도 챙겨왔다. 미끼로는 어제 잡은 물고기 부스러기들을 사용했고, 불을 쉽게 붙일 수 있도록 불쏘시개도 미리 준비해 두었다. 하지만 한 마리 한 마리 잡을 때마다 죽일 시간을 내지 않았기 때문에, 물고기들이 통 안에서 서서히 죽어갔다. 물고기들을 고통 가운데 방치하는 것은 바람직한 일이 아니다. 앞으로는 잡으면 곧장 죽일 생각이다.

어쩌다 하루 일정이 밤늦게 깨어 있는 형태로 변했는지 신기하다. 새벽 2시나 3시까지 깨어 있을 때도 종종 있다. 게다가 하루에 서너 시간은 운동만 한다. 저녁때 대여섯 시간 불을 피워서 그런 건지, 서서히 적응해가는 중이라 그런지 잘 모르겠지만, 이제는 다행스럽게도 감기에 잘 걸리지 않는다. 바다 소리와 고양이가 내는 소리에도 익숙해지고 있다.

2001년 4월 20일

나의 세상은 점점 작아진다. 포치, 박스 안의 고양이, 장작더미, 따스함에 대한 생각들이 전부다. 지금은 바위와 해초가 드러난 썰물의 해변, 왼쪽 암벽에 아슬아슬하게 서 있는 나무들을 기어오르는 이끼, 그리고 저 멀리 200야드 떨어진 곳에서 물에 잠긴 침대에 묵직하게 누워 있는 섬이 보인다. 서쪽을 둘러보다가 물의 기운 속에 어슴푸레 보이는 스테인즈 반도의 희미한 실루엣을 비로소 알아본다. 바람은 내 뒤쪽 나무들 사이를 휘젓고 다니기 시작했다. 아직 포효를 시작한 것은 아니고, 무르익은 폭풍의 미친 울부짖음도 전혀 아니지만, 그래도 다시 깨어나는 중이다.

구름이 걷히기 시작하면서 제법 환한 빛을 여과시킨다. 남동쪽으로는 언덕들이, 마치 마법에서 풀려난 듯, 다시 스르르 존재를 드러낸다. 또 한 조각의 푸른색이 흐러간다. 햇빛 한 줄기가 오두막 앞 작은 가지에 매달려 있던 투명한 은빛 물방울 속으로 비친다. 또 다른 빛줄기는 해협 속에 숨어 있던 흰 파도들을 드러낸다.

언덕들의 윤곽이 남동쪽으로 서서히 물러나 사라진다. 안개가 걷힐 때 보이는 풍경을 묘사할 단어를 모르는 것이 오히려 다행이다. 색깔들은 또 얼마나 부족한가. 회색, 검정색, 은색으로는 충분치 않다. 풍부한 흑백의 스펙트럼이 저 멀리서부터 펼쳐져 나온다. 가까운 언덕들은 농밀하며 뒤로 갈수록 옅고 성글다.

불교 명상에서 수행자들은 맑은 정신으로 중단 없이 마음을 살펴보기 위해서는 가급적 잠을 줄여야 한다는 말을 듣는다. 우리는 종종 의식으로부터 잠 속으로 혹은 행동과 물질 속으로 달아난다. 지금 이 순간 나는 '달아날 수 있는 먼 곳'은 없다는 사실을 분명히 깨닫는다. 달아나고 싶지만 잠은 오지 않고, 그 길을 따라갈 진통제나 술도 충분치 않다. 생각들의 쳇바퀴가 좀 더 분명해지기 시작하고, 끝없이 공허한 재잘거림의 결과들을 느끼기 시작한다. 생각이 나쁘다는 것이 아니다. 생각은 점점 중독성을 띨 뿐 기대하는 것처럼 고통을 멈추어주지는 않을 거라는 말이다.

어머니를 애도한다. 돌아가셨으니 이제 더는 함께할 수 없다는 사실에 대해서가 아니라, 살아계셨을 때 함께한 우리의 시간에 대해. 그리고 우리 사이를 가로막은 많은 것들 때문에 함께 나눌 수 없었던 모든 것들에 대해. 서로 최선을 다했다고 생각하지만, 어쩌면 내가 갈망한 화합은 어머니와 아들 사이에서는 언제나 좌절되는 것인지도 모른다. 하지만 내 가슴속에는, 나는 과거에도 외톨이였고 지금도 그렇다는—다른 사람과 사랑을 나누지 못하고 고립되어 있다는—깊은 상처가 있다.

육체의 날씨는 서남서 방향에서 오고, 감정의 날씨는 북쪽에서 온다. 내가 느끼는 것이 육신의 따뜻함과 웃음기 어린 눈망울을 그리워하는 외로움인가, 아니면 신과 내 영혼에 대한 갈망인가? 나는 심지어 그것의 정체조차 모르고 있다. 지난 며칠 동안 진통제를 하루 두 알로 줄였다. 주어지는 느낌 그대로를 느끼고 싶다. 고통으로부터 숨지 않으면서 그것을 완화할 다른 방법을 찾고 싶다.

하루하루의 글쓰기가 고독을 파괴하는 행위로 느껴진다. 누군가와 대화를 나누면서 스스로를 언어 차원의 경험으로 묶어놓는 것처럼. 일지는 직접적인 경험의 강도를 흐려놓을지 모르지만, 글을 쓰지 않는다고 생각하면 고립과 외로움의 물결에 휩쓸린다. 언젠가는 멈출 수 있을지 모르지만, 아직은 때가 아니다.

수선의 날이었다. 긴 내의와 방한복을 고쳤고, 탁자 높이를 수평으로 바로잡았으며, 마룻바닥의 뒤틀린 부분에 못을 박았다. 빗물 받는 물통도 비웠다. 물에서 계속 크레오소트 맛이 났다. 상쾌한 맛은 아니다. 빗물이 굴뚝 연기의 부유물을 통과하는 것만으로도 그렇게 강한 맛을 흡수하다니 놀랍다. 난로를 켜놓았을 때는 비를 받으면 곤란하겠다. 좋은 물과 상쾌한 공기를 누리는 것은 즐거운 일이다. 더러는 사람들과 함께 있고 싶은 간절한 마음도 생기지만, 푸에르토나탈레스에서는 사람들이 모인 곳이면 어디든 담배 냄새가 났다.

푸른 채소를 먹기 위해 렌즈콩을 키우기 시작했고, 삿갓조개를 두어 번 입에 댔다가 뱉어버렸다. 내일은 조금 삼켜볼 생각이다. 삿갓조개는 유해성분을 여과시키지 않는 동물이지만, 캣이 먹었는데도 아무 문제를 일으키지 않는다.

지금 캣은 어쩔 줄을 모른다. 물고기를 배불리 먹고 큰북처럼 배를 빵빵하게 부풀리고 있다. 그러고도 녀석의 앞에는 먹히기를 기다리는 물고기 대가리들이 산더미다. 불균형한 식사를 시키고 싶지는 않아서 녀석의 그릇에 밥과 콩을 놓아준다. 두 달 반 전에는 낑낑거리는 아기 고양이였다는 게 믿기지 않는다. 다행히도 지난 며칠간 우는 횟수가 줄어들었다. 지금은, 특히 내가 이곳에서 보내는 시간이 많아지니까, 포치에서 자는 걸 괜찮아 하는 것 같다. 겨울에는 아마 일과를 바꿔야 할 것이다.

또 한차례 폭풍우가 몰아치며 오두막을 마구 뒤흔든다. 내 몸과 감정과 영혼의 깊은 층위들에서 단단히 뭉친 근육의 긴장이 느껴진다. 나는 또한 두려움에 대해서도 이러한 매듭들로—사랑과 평화와 세상에의 참여로부터 고립되어—단단히 뭉쳐 있을 것이다. 캣이 포치에서 놀고 있는데, 쿵 하는 소리를 낼 때마다 망치질 소리로 들린다.

나를 얽어매고 있는 이것의 핵심은 무엇인가? 나는 어떤 고통의 상처를 싸고도는가? 아무것도 그 상처를 건드리지 않기를 바란다. 하지만 비와 바람과 추위와 캣은 내가 세우는 벽들을 자꾸만 두드린다. 약하거나 겁쟁이라서 이 경험을 감당할 수 없다면 그건 수치다. 무한하고 영원한 존재의 흐름 속에 들어가지 못하고 여전히 정신적 은둔처에 몸을 숨긴 채 웅크리고 있는 기분이다. 두려움과 고통, 무방비의 노출과 죽음에 나를 내맡기기가 겁난다. 또한 그러지 않으려는 두려움도 심장을 죈다. 이번 고독의 생활이 나에게는 마지막 기회가 될 수도 있다. 죽음은 얼마나 멀리에 있는 걸까?

이곳에서 볼 것은 전부 다 본 것 같다. 아마도 겨울의 눈만 제외한다면. 처음 보는 새나 동물들이 나타나는 일도 없을 것이고, 새로운 날씨도 없을 것이다. 지금까지의 풍경이 앞으로의 풍경이 될 것이다. 유일하게 놀랄 일이 생긴다면, 유쾌할 것 같지는 않지만, 사람들이 찾아오거나 모터가 고장 나거나, 바다에서 꼼짝없이 폭풍우에 붙들리거나, 오두막이 무너지거나, 치아가 빠지는 일 정도가 아닐까.

조금 전에 비옷을 입고 역수같이 쏟아지는 빗속으로 나갔다. 어머니가 더 이상 이 세상에 살아계시지 않다는 사실에 상실감을 느꼈다. 어머니를 찾아갈 수는 없지만, 어떤 경우라도 어머니는 나를 깊이, 그리고 영원히 사랑하신다는 것을 안다. 어머니하고만 나눌 수 있었던 이야기를 이제 함께 나눌 사람이 없다. 빗속에서 나는 심장의 아픔과 그리움을, 그리고 이곳에 사는 동식물들에 대한 친근감과 관심을 느꼈다. 종종 식물이 거치적거린다고 베어버리지만, 원래 이곳은 저들의 집이고 나는 손님일 뿐이라는 사실을 떠올릴 때면 나는 더 행복하고 평화로워진다.

2001년 4월 26일

첫눈. 젖은 눈송이들이 비와 뒤섞여 내린다. 겨울이 시작된 것 같으니 장작을 더 많이 구해와야겠다. 불교에서는 쾌락을 탐하면 고통이 뒤따른다고 가르친다. 내 속의 뭔가가 쾌락 없는 인생은 살아갈 가치가 없는 거라고 울부짖는다. 내가 갈망하는 쾌락은 지극히 결백하고 분별 있는 것이다. 모닝커피 한 잔, 폭풍우에도 아늑하고 튼튼한 오두막, 불의 따스함, 친구를 만나는 것과 스승의 명확한 가르침, 고통의 부재, 평화, 갈망으로부터의 자유.

매순간이 무언가를 원하거나 거부하는 강렬하거나 흐릿한 갈망들의 매트릭스다. 이런 것들로부터의 자유를 꿈꾸는 것은 얼마나 급진적인 일인가. 온갖 욕망들로부터 자유롭기 위해 진지하게 노력하는 사람이 정말로 있는지 의심스럽다. 욕망, 탐식, 증오 같은 저속한 쾌락들에 대한 갈망으로부터 벗어나는 자유는 좋은 자유다. 하지만 아름다움은? 분명함은? 사랑은? 평화는?

오래전에 야생지에서 고독의 생활을 할 때 신비한 빛이 내 영혼에 들어왔고, 나는 그 빛과 영원히 변치 않는 관계를 유지할 거라 믿었다. 그 빛이 이끄는 곳이면 어디든 따라가려 했다. 하지만 인간의 세상으로 돌아오자 이내 그 빛을 잃고 말았고, 나의 길도 잃었다. 그 경험은 어쩌면 내 인생에서 가장 고통스러운 것이었는지도 모른다. 그 느낌은 깊은 사랑에 빠졌다가 알지 못하는 이유로 연인을 잃는 것과 비슷하다. 그보다 더 고통스러웠다. 이제 나는 사랑에 나를 내맡겨야 한다는 것도 겁나고, 이곳을 떠난 뒤 사랑과 내면의 빛에 진실할 만큼 내가 강하지 않다고 느낄 때 오는 고통도 겁이 난다. 용기가 내 마음을 깨부숴 열어주기를 희망한다. 그것 말고 무엇을 바랄 수 있겠는가? 미지의 것들에 무방비로 노출된다는 사실이 두렵지만, 나 자신을 계속 방어하더라도 어쨌거나 그 안에서 죽게 될 것이다. 이전에도 이런 경험이 있었기에 안다. 일단 두려움을 마주하고 나 자신을 내맡기면 기쁨과 감사의 마음을 누리게 될 것이며, 그럼에도 왜 그토록 끈질기게 저항했는지를 의아해할 것임을.

2001년 4월 27일

하루가 내 앞에 펼쳐지고, 나는 이 시간을 무엇으로 채우고 어떻게 보낼지 생각한다. 될 수 있는 한 충만히 존재할 것인가, 아니면 시간이 지나가기를 게으르게 기다릴 것인가? 존재의 미스터리는 얼마나 놀라운지 모른다. 우리는 이곳에서 무엇을 하고 있는가? 왜 아무것도, 아예 아무것도 안 하는 대신…… 뭔가를 하려 하는가? 매순간 충만하게 사는 것을 피하려 하는 것은 또 얼마나 기이한 일인지.

오늘은 낚시를 하러 갔다. 이 섬의 서쪽 해안을 따라 펼쳐진 얕은 켈프 서식지로 갔는데, 입질은 많았지만 물고기는 한 마리도 잡히지 않았다. 그래서 카약을 타고 더 깊은 바다로 나갔다. 바다 밑바닥이 쑥 꺼지더니 대략 150피트에서 수평을 되찾았다. 미끼를 던지자 곧바로 가벼운 송어 낚싯대가 두 배로 휘어졌다. 바닥에 걸린 거라고 생각했는데 홱 당기는 느낌이 왔다. 무엇을 잡았을까 궁금해 하면서 양손으로 천천히 낚싯줄을 감아올렸다. 붉돔이다! 여기서 이토록 오랜 시간을 보낸 뒤에 이 얼마나 멋진 선물인가. 드디어 저녁에 제대로 물고기를 먹게 된 것이다. 더 튼튼한 낚싯줄과 더 큰 낚싯바늘, 더 무거운 낚시추가 달린 바다 낚싯대를 가지러 돌아왔다.

다시 깊은 바다로 나아가 첫 도미를 잡은 곳에 돌덩이로 닻을 내리고 아홉 마리를 더 잡았는데, 각각 1파운드는 족히 나가겠다. 날씨가 서늘하니 며칠은 괜찮을 것이다. 바람이 언제 또 낚시를 허용해줄지 누가 알겠는가.

카약을 타고 가만히 떠 있으면서 천 년 전에 태어났으면 어땠을까 생각한다. 장비는 달랐겠지만, 낚싯바늘과 낚싯줄, 인내심으로 양식을 구하는 과정을 생각하면 장비는 주변적인 것이다. 낚시는 나를 육지와 바다에 더 깊숙이 연결시켜준다. 나를 세상의 흐름에 편입시킨다. 살아갈 양식이라는 선물을 받을 때면 지구의 관대함에 언제나 무한한 감사를 느낀다.

어떤 의미에서 잡은 뒤에 방생하는 순수주의자 낚시꾼은 옳게 파악한 것이 아니다. 낚시는 취미가 아니다. 비인간의 세상과 친교를 나누는 것이다. 낚시를 취미라 말하는 것은 정원 가꾸기를 소일거리로, 교회를 사회활동이라고 말하는 것과 같다. 어떤 차원에서 보면 그렇게 말하는 것도 모두 맞지만, 그런 것들이 당신에게 그런 수준에 불과하다면 당신은 사물의 본질을 놓친 것이다. 당신이 있는 공간은 오로지 당신에 대한 것이 아니라 더 큰 무엇의 일부다. 친교. 이 빵을 받아먹으라. 이것은 내 몸이다. 이 잔을 받아마셔라. 이것은 내 피다. 이것을 먹고 마시면 한 몸, 한 피가 된다. 이 씨앗들을 뿌리고 그 열매를 먹고 땅과 하나가 되어라. 물고기를 잡은 뒤 놓아주는 것은 식물을 심고 돌보지만, 먹지 않고 수확물을 엎어버리는 것과 같다.

캣이 간밤에 토했다. 도미의 큰 가시들 때문에 위가 파손된 게 아닌가 걱정이다. 이제는 녀석이 죽으면 몹시 그리울 것 같지만, 내가 할 수 있는 일은 아무것도 없다. 오늘 아침 캣이 물통에서 죽은 생선을 꺼내서는 질질 끌고 다녔다. 녀석에게 그 회색의 덩어리를 사방팔방 끌고 다니지 말고 포치 한구석에 가서 맘대로 먹으라고 가르치는 중이다.

문득 이곳의 냄새가 궁금하다. 나는 면역이 되었지만, 누군가의 코에는 쩨시큼할 것이고, 나무 연기, 장작, 풀, 방수제, 베이컨, 크레오소트, 내 몸, 그리고 특히 물고기 냄새가 코를 찌를 것이다. 이곳에 곰이 있다면 나는 언제 죽을지 모르는 목숨이다.

어제 낚시를 하면서 다시 한 번, 어떻게 하면 두려움을 버리고 우주에 속한 채로 평화를 찾을 수 있을까 생각해보았다. 다시 한 번, 깨달았다. 내가 하나의 인간 개체로 머무는 한 두려움은 나와 함께할 것이다. 평화를 찾는 것은 두려움을 없앰으로써가 아니라 두려움과의 화해를 통해서다. 우주의 일부가 되기 위해서 특별히 뭔가를 할 필요는 없다. 우주의 일부가 되지 않는 것이 오히려 불가능한 일이다. 그저 나 자신으로 있으면서 나의 자리를 받아들이면 깊은 세상이 열릴 것이다.

어디엔가 사랑은 천 번의 실연에서 싹튼다는 말과 희망도 기대도 없는 기다림에 대한 내용을 적어두었다. 그 말을 문 앞에 붙여놓고 싶었다. 그 메모를 찾으면서 배낭에서 여권과 돈과 신분증을 꺼내 다른 중요한 서류들과 함께 두기로 했다. 그 순간 한 달 전쯤 달아나는 보트를 붙잡으려고 바다로 뛰어든 뒤 의족에 숨겨둔 소지품을 확인해보지 않았다는 사실이 떠올랐다. 전부 축축하게 젖어 있었다. 그래서 지금 여행자수표 영수증, 여권 복사본, 20달러와 50달러 한 뭉치씩을 빨래집게로 집어 난로 뒤에서 말리고 있다. 쌓아둔 재산을 쳐다보며 흐뭇해하는 구두쇠처럼 보이지만, 돈을 세고 식량이나 물자의 분량을 기록할 때면 안심이 되고 기쁜 마음이 생기는 것은 어쩔 수가 없다. 그 메모는 끝내 찾지 못했다.

세상과 나 사이에 어떤 완충지대도 없는 것처럼, 감정들은 날씨와 같은 주기를 타는 것 같다. 날씨가 화창하면 행복하고 즐겁다. 바람이 일면 불안하다. 흐리고 비가 오면 침울하다. 몇 년 동안 명상을 했지만 내면에 안정된 공간이 없는 것 같다. 원하지 않는 자극을 물리치려 할 때는 더 큰 긴장이 생긴다. 반항하고 싶지만 날씨와 나 자신의 고통 말고는 반항할 사람도, 대상도 없다. 투쟁을 멈추고 편한 마음으로 고통을 받아들이면 고통이 누그러지거나 이따금 사라지기도 하니, 분명 고통의 상당 부분은 나 자신의 저항 때문에 생기는 것 같다.

종종 탈출이 가능하다는 허상의 위안을 얻기 위해 고통과 두려움을 세상에 투사한다. "따뜻하고 건조한 기후에서 살면 고통이 멈출 거야. 바람이 그치면 두려움도 사라질 거야." 하지만 또 다른 고통과 두려움이 나타나고, 탈출에 대한 필요는 줄기차게 이어진다. 이곳에서 나의 과제는 고통이나 두려움과 화해하고, 세상과 나 사이에는 어떤 진정한 구별도 없기에 결국은 어떤 탈출의 가능성도 없다는 사실을 깨닫는 것이다.

이따금 나는 외부도 내부도 없다는 것을, 날씨와 감정은 서로 이어져 있다는 것을, 세상과 나 사이에는 어떤 구별도 없기에 세상은 내게 맞서지 않으며 그럴 수도 없다는 것을 실제로 경험한다. 나는 비이자 바람이다. 그러한 순간에는 평화와 기쁨을 느낀다.

내일은 5월 1일, 오케이 이메일을 보내는 날이다. 고통과 불확실함에도 불구하고 나는 괜찮은 것 같다. 인식의, 감정의, 정신의 기복은 모두 이 여행의 일부다. 무엇이 더 남아 있을지 궁금하다.

일지와 글쓰기에 대하여

오래전 처음으로 긴 야생지 생활을 했을 때는 글을 쓰는 것을 일상의 행위로 삼지 않았다. 고독의 시간이 끝나갈 즈음에야 그 경험의 표상이 될 만한 짤막한 시 몇 편을 써두었을 뿐이다. 시간이 흐른 후에야, 내가 경험했던 신비로운 내면세계로 돌아갈 수 있는 방법을 글로 기록해두었더라면, 하고 생각했다. 이번에는 의도했던 것보다 더 많은 분량을 썼는데, 이제 보니 내가 쓴 것은 야생지 생활의 단순한 기록이 아니라, 그곳에서 경험했던 아름다움과 광활한 경이로 나를 다시 데려가기 위한 흔적들을 기록한 것이었다.

말의 마법

매일 일지를 쓰는 일은 그 1년의 과정에서 중요한 부분이었지만, 그 행위가 마음과 정신에 어떤 영향을 미칠지에 대한 의문도 없지는 않았다. 생각이 그런 것처럼, 글쓰기 역시 마법의 힘과 부정적인 측면을 동시에 갖고 있다.

말 속에서는 길을 잃기 쉽다. 묘사와 분석에는 시간이 소요되기 때문에 경험을 '붙잡아 파악하는 것'은 경험이 사라져버렸을 때뿐이다. 따라서 자신이 글을 쓰는 실제 과정을 또렷이 인식하고 있지 않다면, 글쓰기는 나를 현재의 순간에서 끌어내고 경험의 강도를 약화시켜 버리기 쉽다. 그러므로 때로는 침묵하는 편이 더 바람직할 때도 있다.

사실 마음이 흐트러지는 원인은 일지를 기록하는 행위가 아니라, 무엇을 쓸 것인지 미리 고민하고 내가 보고 느낀 것을 나 자신에게 들려주는 행위에 있다. 그런 순간에는 고독 속에 있는 것이 아니라, 누군가가 내 글을 읽어줄 상상의 미래 속에 사는 것이다. 그럴 때는 내 심층의 정체성을 우주의 일부로서 자유롭게 경험하기보다는, 언어와 사회적으로 규정된 정체성 속에 머무르게 되는 셈이다.

하지만 글쓰기에는 긍정적인 측면도 있다. 때로는 경험을 말로 옮기는 과정에서 더 자세히 관찰하고 더 깊이 성찰하는 기회도 가질 수 있었다. 일지는 지금이라도 다시 그 고독의 나날들로 돌아갈 수 있도록 도와준다.

글의 구성

일지 원본은 상당한 분량이었지만, 글을 다듬으면서 하루치를 몽땅 빼버리는 일은 하지 않았다. 빠진 날이 있다면 애당초 쓰지 않은 것이다. 하지만 어느 부분을 다듬을 것인가를 놓고는 많은 고민을 했다. 어느 부분을 다듬는다는 것이 막연히 꺼림칙하게 느껴지기도 했지만, 곰곰이 생각해보면 원본이라고 해도 나날이 일어난 경험의 방대한 소용돌이 속에 흩어져 있는 편린들을 건져 올린 것에 지나지 않는다. 하지만 일지 원본에서도, 다듬는 과정에서도, 내가 살았던 대로의 진실을 말하려고 노력했다.

원본에서 반복되는 내용은 많이 삭제했지만 중요하다고 생각되는 것은 생략하지 않았다. 내면의 혼란을 기술한 부분은 더 많이 삭제하고 싶었지만, 즐거운 일들과 의미 있는 통찰만 제시한다면 탐구와 발견이라는 과정을 이상화하거나 왜곡하는 것이 될 것이다. 또한 원본 곳곳에 삽입되어 있던 불경스러운 표현을 부드럽게 바꾸었지만 전부 그러지는 않았다. 느낀 대로 꾸밈 없이 글을 쓸 때는 만족과 기쁨도 있지만 위험과 고통도 뒤따르는 법이다.

원본을 다듬기 시작했을 때는 전체 덩어리를 그 1년에 대해 단일하고 일관된 목소리로 조각해야 한다고 생각했다. 그 꿈은 몇 달 동안 전체적으로 잘 맞는 플랜을 구상하려고 노력하는 과정에서 서서히 사그라졌다. 결국은 그 꿈을 포기했고, 각각의 문단이 제각각의 방식으로 드러나게끔 했다. 그래서 이 글에는 하나의 목소리가 아닌, 여러 개의 목소리가 존재한다. 어떤 목소리는 문명화되고 통찰력 있으며, 분석적 비판과 미학적 애무로 가득하다. 하지만 어두컴컴하고 외떨어진 장소에서 울부짖는 소리처럼, 무서워하고 분노하며 문명화되지 않은 목소리도 있다. 각기 다른 관점들과 변덕스러운 감정들과 다양한 의식 상태가 때로 모순적으로 보일 수도 있고, 아마도 실제로 모순적일 것이다. 일지는 여기저기 거칠고 산만한 채로 남아 있으며, 그 귀퉁이들은 둥글지도 않고 깔끔하게 모나지도 않았다. 불완전하며 답을 얻지 못한 질문들로 가득하다.

인생 각본

고독 속에서 이따금 나는 나 자신에게 이야기하는 것에 몰두해 있으면서도, 결국에는 다른 사람에게 내가 경험한 것과 내가 누구인지에 대해 말하게 될 거라고 생각했다. 하지만 평화와 자기수용의 마음이 찾아들 때면 앞뒤가 맞는 이야기에 대한 필요성이 희미해지는 것 같았다. 과학이론이 흔히 심오한 신비의 세계에 대한 이야기인 것처럼, 우리 자신에 대한 개인의 이야기들도 마찬가지다. 말의 세상 너머로 들어갔을 때 나는 단지 현재의 순간에서 실재하는 신비로운 존재였을 뿐이다.

하지만 개인의 이야기는 종종 우리가 하루하루를 살아나가는 데 있어, 없어서는 안 될 것으로 보이며, 어떤 이야기들은 다른 이야기들보다 지금까지의 우리 경험에 더 근접하다. 우리가 우리의 경험을 의미 있게 만드는 이야기를 만들어낼 수 있을 뿐 아니라 우리가 하는 이야기 또한 우리의 경험을 구성한다는 사실을 인식할 때, 우리의 존재가 실로 순환적이라는 사실을 인정할 수밖에 없다.

영웅담

일지에서, 육체적 모험과 정신적 변화의 무용담은 표류하는 일상의 기록을 통해 나란히 짜여 들어간다. 이는 야생지에서 혼자 1년을 보낸 사람에게서 흔히 나타나는 (그리고 기대되는) 글쓰기 방식이다. 나는 글을 다듬는 과정에서 그 영웅적인 무용담을 더욱 품위 있는 것으로 만들 수도 있었다. 하지만 나는 '영웅의' 영혼이 지닌 거침없는 야생성이 단정한 내러티브를 방해하도록 그냥 내버려 두었다.

일지 가운데 더 헝클어진 어떤 부분에서는, 우울과 분노, 공포, 두려움, 사회에서의 자기 위치에 대한 의심, 정신적 발전의 결여 같이 주기적으로 반복되는 심적 동요 속에서, 개인의 성공이나 사회의 진보, 자유의지와 같이 영웅에게서 흔히 기대되는 문화적 이상에 의문을 제기하기도 한다.

야생지에서의 내 목표는 외부 세계를 정복하는 것도, 내면의 본성을 정복하는 것도 아니었다. 오히려 소유와 통제라는 환상을 단념하고, 나 자신을 더 큰 세계의 밀물과 썰물의 일부로서 경험하는 것이었다. 하지만 깨달음을 얻겠다는 목표는, 몇몇 순간을 제외하면, 그다지 손에 잡히지 않았다. 의식의 전환을 통해 가야 할 다른 곳도, 얻어야 할 다른 것도 없다는 사실을 깨닫자 나의 험난한 여정은 끝이 났다. 성배가 저 밖에 혹은 안에 있다는 생각은 미망에 불과했고, 내가 추구하던 것은 이미 내 손 안에 있었다. 나는 특별한 영웅이 아니었고, 다른 모든 생명과 마찬가지로 단지 한 점의 생명에 불과했다.

영적 구도자나 야생지의 고독자 이야기는 종종 영웅적 모험담으로 그려진다. 이런 글쓰기 방식에 빠져들지 않기란 쉬운 일이 아니었지만, 나는 그러지 않으려고 최대한 노력했다. 그런 이야기들은 물릴 정도로 접했지만, 아무리 야단스러운 영웅담이라 해도 슈퍼휴먼 스타들의 기상천외한 이야기를 번지르르하게 포장한 가판대 잡지보다 나을 것이 없었다. 내 생각에 이것은 우리 모두에게 해가 되는 것 같다. 그런 이야기를 읽고 그것을 우리 자신의 실제 생활과 비교하면 위축감만 생긴다. '내 인생은 이렇지 않아. 나는 뭐가 잘

못됐지?' 또한 나 자신의 인생이 아니라, 다른 사람의 인생을 가상으로 경험하며 살게 된다. 내 이야기는 좀 더 인간적인 것이어서, 아마도 우리는 야생지에 펼쳐진 고독의 공간과 침묵 속을 함께 돌아다닐 수 있을 것이다.

2
0
0
1
년

5
월

사사로운 감정으로 해석하지 말 것.

— 오두막에 붙여놓은 글귀

2001 | 5
하루하루 펼쳐지는 대로 살아가기

밤. 보슬비가 내리고, 사위는 고즈넉하다. '오케이' 이메일을 보냈고, 답장도 무사히 도착했다. 패티에게 짧은 글을 써 보냈더니 큰 의미가 되었다는 답장이 왔다.

《자연, 남자 그리고 여자(Nature, Man and Woman)》 중 '큰마음(Big Mind)'에 대한 부분을 읽으면서 내가 이곳에 온 주된 이유는 큰마음을 더욱 잘 깨닫는 상황에 몰입하는 것이었음을 상기한다. 하지만 테크놀로지 문제들에 몰두하면서 자꾸만 작은, 생각하는 마음에 닻을 내린다. 이제는 어느 정도 자리를 잡았으니 그대로 흘러가게 두고 마음을 편히 하여 지금 속으로 들어가야 할 때다.

오늘은 물고기가 잘 잡히지 않았고, 아아, 저 바깥의 바람은 정말 찼다. 드

디어 바다가 흰색으로 뒤덮인 것을 보았다. 그런 날씨라면 나갈 생각이 없
었기 때문에, 밖에 있지 않는 것이 좋겠다는 결론을 내렸다. 캠프로 돌아온
후, 다가올 석 달 치의 식량을 정리했다. 지난달로 미루어 짐작컨대 쌀과 우
유와 오트밀은 부족할 가능성이 높다.

2001년 5월 2일

온종일 카약에서 낚시를 했다. 어디서 어떻게 물고기를 잡아야 할지 아직
감이 안 잡힌다. 한번은 카약을 타고 이 섬 바로 북쪽에 있는 작은 섬까지
갔다. 울퉁불퉁한 해변 위쪽으로 키 작은 풀들이 촘촘한 융단을 이루고 있
었는데, 그곳에서 넘어질 염려 없이 백 걸음을 걸을 수 있었다. 빠르게 왕복
했더니 몸이 훈훈해지고 몇 년은 젊어진 것 같았다. 최근에는 내가 꼭 미끄
러져 넘어지지나 않을까 전전긍긍하며 기듯이 돌아다니는, 고물이 다 된 늙
은 병자가 된 기분이었다. 이 생활에도 기쁨과 즐거움은 있었지만, 마음이
가벼워지는 재미는 거의 없었다. 대부분의 일이 힘들었다. 몸으로 할 일이
없을 때는 대체로 정신적 탐구와 고통을 이겨내는 일에 골몰해 있었다.

오늘은 카약에 가만히 누운 채로 내 옷들에 대해 생각했다. 이번 여행을
위해 장만한 고무부츠, 밴쿠버의 굿윌에서 사온 바지, 마지막으로 함께 야영
할 때 패티가 선물한 긴 내의, 캘리포니아에서 가족과 크리스마스를 보내면
서 선물 받은 티셔츠, 몬트리올에서 살면서 입었던 플란넬셔츠, 아버지가 돌
아가시기 전에 주신 모직 조끼, 수전이 선물한 실크 목도리, 5년 전 페루에서
발견한 손으로 짠 모직 야구모자, 멕시코의 오랜 친구가 준 가죽벨트와 은제

144

버클, 지난 7년 동안 꾸준히 쓰고 다닌 챙 넓은 모자. 내 삶과 관계들의 모자이크.

아침. 캐나다는 지금 여름이라서 더 길어진 낮 시간과 더 따뜻해진 기온으로 생활이 확장되고 있는데, 나는 어두컴컴한 겨울의 뱃속에 웅크리고 있다고 생각하니 기분이 묘하다. 북반구와 남반구의 정치가들이 대화를 나눌 때 상반되는 계절이 쌍방에 미치는 영향에 대해서는 생각해본 적도, 읽어본 적도 없다. 심리적으로는 결코 조화를 이루지 못한다.

몸에 대해 더 많이 자각하려고 애쓴다. 무의식적으로 근육을 긴장시키는 시간이 많은 것 같은데, 이완시키는 유일한 방법은 그러고 있는 순간을 자각하는 것뿐이다. 뭔가를 붙잡기 위해, 혹은 예상되는 인생의 타격을 피하기 위해 언제나 바짝 긴장해 있는 것 같다. 이런 식이면 긴장은 완화되지 않고 고통만 심해진다.

또한 꿈들을 기억하기 위해 의식적으로 노력하고 있다. 꿈을 분석하거나 기록할 생각은 없지만, 억압이 습관화된 탓이 아닌가 싶다. 일어나면 뻐근하고 아픈 이유 중 하나가 그것인지도 모른다.

어머니의 죽음은 또 다른 꿈의 끝이었다. 언젠가는 어머니와 나도 서로의 사이에 자리 잡은 온갖 시시콜콜한 일을 잊고 교감을 나눌 수 있으리라는 꿈이었다. 슬픈 것은, 부분적으로, 나는 어떤 여자와도 그런 교감을 나눌 수 없을 거라고 믿는다는 사실이다. 아버지가 나한테 쏟아 부은 비판과 가혹한 판단으로 나 또한 나 자신을, 그리고 내가 만난 여자들을 얼마나 괴롭혀왔는지 명확히 이해하기 시작한다. 부모님은 세상을 떠났지만, 나는 내 현재의 삶에서 여전히 똑같은 시나리오에 따라 행동하고 있다.

내가 마음을 주는 것을 두려워한다는 사실은 분명한 것 같다. 인정할 수밖에 없다. 아마도 자유를 잃는 것에 대한 우려 때문이리라. 내가 피하고 싶은 것은 어쩌면 마음을 주는 것이 아니라, 약속을 깨뜨리는 것인지도 모른다. 오래가는 관계에 있어서 나는 불안정하며, 약속을 중시하기 때문에 약속하기를 회피한다. 패티와의 관계가 그런 점을 바꿔주기를 희망한다. 나는 패티에게 그녀의 인생에서 사라지는 일은 없을 거라고 말했고, 패티는 내게 나 자신으로 살아갈 자유를 주었다. 손쉬운 탈출구는 없다. 뿌리박힌 습관을 흔들기 위해서는 날마다 꾸준히 노력하는 방법밖에 없다. 고리타분하고 진부한 말이지만, 꾸준히 지켜보다가 궁극에는 떨쳐버릴 수 있어야 한다.

한밤. 벌써 몇 시간째 비가 내리며 마음을 두드린다. 내버려두고 저항하지 않으려 하지만, 초조하고 외롭고 어쩔 줄을 모르겠다. 내 삶은 나를 어디로 데려가고, 나는 인생길의 끝에서 외로이, 혹은 누구와 함께 생을 마감할 것인가? 있는 간식거리는 종류대로 먹어보았다. 치즈, 피넛버터, 말린 과일, 꿀 바른 빵, 팝콘, 초콜릿, 커피, 그리고 술. 하지만 뭔가가 더 필요하다. 영화를 보러 가거나 콜라를 마시는 것. 당분간 지금 여기에서 달아날 수 있는 뭔가가 필요하다. 몇 장 안 되는 사진들을 꺼내보았다. 가족, 패티, 수전, 그리고 내 얼굴. 쳐다보고 있으니 위로가 되고 즐거웠다. 이메일을 확인하고 싶었지만 그러지 않았다. 접촉에 굶주려 있다. 수전에 대해 느끼는 욕망은 캐나다로 돌아가면 더욱 악화될 것이다. 함께 있을 방법이 없으니 지금 여기보다 캐나다에서의 삶이 더 외로울 수도 있다. 그냥 여기에 머물러 있는 편이 나을지도…….

오늘은 날벌레들이 떼를 지어 날아다녔다. 포치에 적어도 백만 마리가 있었는데, 문을 열어 두었더니 거의 절반이 안으로 들어왔다. 그놈들을 박멸하기 위해 프로판가스 램프를 켰고, 나의 제단은 곧 희생된 벌레들의 시체로 뒤덮였다. 다행히 나쁜 업을 쌓은 것은 램프지 내가 아니다. 열반의 진주색 문 앞에서 붓다와 말을 주고받는 나를 상상한다. 큰 환상의 책을 들고 있는 엄격한 모습이다. "2001년 5월 4일에 날벌레들을 한 무더기 죽였다고 되어 있구나." "아닙니다, 아닙니다. 제가 아니라 램프가 그랬습니다." "하지만 살생의 마음을 품고 램프를 켠 것은 네가 아니더냐." "아, 아닙니다. 단지 투명한 노란 빛을 보고 싶었을 뿐입니다." "저런, 너를 파리채로 만들어 돌려보내겠다." 이런 글을 쓰고 있으려니 오싹하다.

마침내 꽤 효율적인 보트 운반 시스템을 고안해냈다. 보트를 만조선 위로 끌어올리기 위해 보트의 20피트 앞에 5피트 높이의 삼각대를 설치하고 그것을 다시 나무에 묶는다. 밧줄을 삼각대 맨 위에 걸고 보트 앞쪽의 도르래에 연결시킨 다음, 다시 삼각대 맨 위에 장착된 도르래에 걸고 보트 앞쪽의 다른 도르래에 또 한 번 연결시킨다. 보트를 1피트 움직이려면 4피트 길이의 밧줄이 필요하지만, 도르래 없이 끌 때 필요한 힘의 4분의 1만 쓰면 된다. 뒤쪽의 가로대 휠과 보트 앞쪽 밑에 달린 플라스틱 롤러 두 개가 도움이 되지만, 여전히 힘이 많이 드는 일이다.

곶에서 서쪽으로 해협 저편의 스테인즈 반도를 바라보다가 폭포수가 떨어지는 곳에 낚시하러 가고 싶은 마음이 간절해졌다. 남동쪽에 보이는 빙하들의 신비롭고 오묘한 푸른색은 그 어느 때보다 선명하다. 그토록 부드럽고 강렬한 빙하의 푸른색은 여태껏 어디서도 본 적이 없다. 눈을 통해 가슴으로 곧바로 파고든다.

내일은 이곳에 온지 석 달째, 전체의 4분의 1이 지났다. 혼자 생활한 경험 중에서 최고로 긴 기간이다. 이 생활이 끝나면 새로운 세계가 펼쳐질 것이다. 이 얼마나 어리석은 생각인가. 인생의 매순간이 우리 모두에게 언제나 새로운 영역이 아니던가.

3개월 기념일. 더없이 고요하고 온종일 흐리다. 이것이 전형적인 겨울 날씨라면 풍력발전기도 태양전지판도 큰 소용이 없을 것이다.

생산적인 날이었다. 일찍 일어나 모든 준비를 완료했다. 몇 시간이 아니라 한 달 정도 여행을 떠나는 느낌이었다. 하지만 중간에 모터가 꺼지거나 폭풍우가 귀가를 방해하면 나는 어중간한 곳에 내팽개쳐질 것이다. 만조 덕분에 장작 운반은 한결 편했다. 미끌미끌한 바위밭 위로 나르지 않아도 되었다. 하지만 통나무를 거의 다 잘랐을 때 체인톱이 그만 멈춰버렸다. 기름 필터가 막힌 것 같았다. 톱이었기에 망정이지 모터였으면 어쩔 뻔했는가. 남은 통

148

나무는 도끼로 반 토막을 낸 뒤 어깨에 짊어지고 보트까지 날랐다. 이것으로 지금껏 쓴 장작을 보충할 수 있을 것이다.

스테인즈 반도의 쏟아지는 폭포 밑은 물고기가 굉장히 잘 잡히는 곳이다. 열 마리를 잡았을 때 입질이 멈추었다. 북쪽으로 옮겨 해안선을 탐사했다. 그곳의 풍경은 참 아름답다. 특히 암벽면이 바다와 맞닿은 그 풍경! 이 아름다운 날을 다이앤이 준 오래된 위스키 한 모금으로 기념한다. 세상을 위해 건배하며. 어깨는 여전히 욱신거린다.

2001년 5월 6일

오전. 고즈넉하고 구름이 잔뜩 드리운 날. 조수가 서서히 밀려든다. 힘든 밤이었다. 어깨 통증 때문에 자꾸만 눈이 떠졌다. 운동을 하고 이부프로펜을 복용한 뒤 찬물 팩을 하고 관절염 연고를 바르고 테니스공으로 마사지도 했다. 아무 소용없었다. 오늘은 땀막에서 땀을 뺄 계획이라서 밀물이 완전히 들어오기 전에 돌멩이 열다섯 개를 주워야 한다.

2001년 5월 8일

찬란한 새벽. 쓰고 싶은 말은 많지만 수면 부족으로 몽롱한 데다 너무 피곤하고 아파서 글을 쓸 수가 없다. 진정한 평화를 얻는 유일한 방법인, 에고의 부정은 결코 쉬운 일이 아니다. 며칠 동안 내면의 덧문들을 닫을 수 없었지만, 그것이 내가 이곳에 온 이유인데 왜 힘들고 고달프다고 불평하고 있는 것인지. 이곳에서 아주 많은 사랑과 감사와 고통을 느낀다.

밤. 바다가 출렁인다. 하루 종일 비가 오고 약한 바람이 불더니 지금은 날이 개고 바람이 잦아들었다. 예전에는 글을 쓰지 않았고 지금도 그러고 싶지 않지만, 이 고독의 1년을 반드시 기록으로 남겨야 한다는 기분이 든다. 지금까지는 글이 술술 써졌는데, 아마도 타인과 접촉하는 느낌을 유지하는 방법으로서 그랬던 것 같다.

최초로 긴 야생지 생활을 했을 때는 아무것도 기록하지 않고 있다가 마지막 주가 되어서야 짧은 시를 몇 편 썼다. 어쩌면 글쓰기로 언어에 기초한 의식에 나 자신을 고정시키지 않았기 때문에 그 생활이 그토록 강렬했는지도 모른다.

그 생각을 하면서 오두막을 나선다. 일요일, 동이 트자마자 일어나 돌멩이들을 주워 모았고, 곶 근처에 땀막을 세웠다. 긴 나뭇가지들을 묶어 틀을 세운 뒤 보트를 덮을 때 주로 쓰는 방수천을 둘러쳤다. 몇 년 전 멕시코 바하의 사막해변들에서 차양으로 쓰려고 샀던 그 방수천이다. 나는 다른 용도로 구입한 것을 이렇게 또 다른 생활에서 계속 사용하는 것을 좋아한다.

그런 다음 돌멩이들을 달구기 위해 불을 피웠다. 불은 정말이지 비협조적이었다. 몇 시간 동안 불을 구슬리자 그제야 불꽃이 활활 타올랐다. 축축한 나무에 불이 완전히 붙었다고 생각한 찰나, 불꽃이 갑자기 딸꾹질을 하더니 꺼져버렸다. 어라? 잠깐, 불은 그런 짓을 하지 않는다. 일단 불이 정말로 타오르면 그렇게 꺼지지 않는다. 하지만 지금은 분명 그랬다. 참으로 희한한 일이다.

오후 늦게야 돌멩이들이 반항적인 불길 속에서 마침내 뜨거워질 만큼 뜨거워졌다는 결론을 내렸다. 땀막 안에 물 한 통을 내려놓은 뒤 돌멩이 하나하나를 불 속에서 땀막으로 옮겨오면서 그을린 사이프러스 바늘잎으로 문질렀다. 그러자 돌멩이 하나하나가 할아버지가 되었다. 옷을 벗고 몸에도 문지른 다음, 땀막으로 들어가 문을 닫았다.

할아버지들 위에 샐비어를 흩뿌린 뒤 내 소개를 하고 기도를 시작했다. 어깨를 치유해주고 고통을 견뎌낼 용기와 힘을 달라고 기도했다. 나는 물을 쏟았고 내게서는 땀이 쏟아져 나왔다. 열기가 식자 남은 돌멩이들로 같은 절차를 반복했는데, 이번에는 스위트그래스 풀을 사용했다. 습한 열기에 감싸인 채 앉아 있자니, 기분이 참 좋다. 밴쿠버의 땀막 형제자매들이 가르쳐준 방법이다. 우리는 함께 모여 동시에 기도했고, 나도 그 모임의 일원이었다.

지난 며칠간 받은 경이로운 선물들에도 불구하고 고통을 총체적인 경험의 일부로서 받아들이지 못하는 것은 수치다. 머리로는 고통도 살아있음의 일부라는 것을 알기에, 편안한 마음으로 고통을 받아들이려고 애쓴다. 명상에서는 우리가 고통으로 경험하는 많은 것이 실제로는 강렬한 육체적 감각에 저항하는 심리적 긴장이라고 가르친다. 하지만 어깨에 경련이 일어나면, 바라는 것은 오로지 고통이 멎는 것뿐이다.

고통을 마주하면 내가 너무나도 나약하다는 생각이 든다. 고통은 불가피할 뿐 아니라 우리를 겸손하게 만들며 더 높은 존재가 주는 도움에 열린 마음이 되게 하기 때문에 유익하기도 하다는 사실을 깨달은 정신적 지도자들이 쓴 글을 읽을 때면 더욱 그렇다. 지난 나흘 동안, 낮에는 주어진 모든 것들에 깊은 축복과 감사를 느꼈지만 밤에는 달랐다. 움직일 때는 어깨 통증이 괴로울 정도는 아니었지만 가만히 누워 있으면 경련이 일어나고 욱신거렸다. 낮에는 고통을 삶의 일부로 받아들이는 문제에 철학적일 수 있었지만 밤에 실제로 아프기 시작하면 냉정한 평정은 자취를 감추었다.

어쩌면 오늘밤은 고통과 마주했을 때 아주 약간 더 품위를 보일 수 있을 것이다. 어차피 죽을 수밖에 없는 나 자신의 운명을 수긍해야 한다면 이곳이 그 출발지로서 좋은 장소가 될 것이다.

2001년 5월 10일

한밤. 여러 번 월출을 보았지만 오늘 같은 월출은 드물었다. 산마루에 쏟아지는 자욱한 달빛이 짙은 실루엣의 봉우리 하나를 휘감았다. 당장에라도 달이 떠오를 것 같았지만 달빛은 시간의 흐름과 함께 주위를 물들이며 조금씩, 조금씩 환해졌다. 드디어 봉우리 위로 제 모습을 거의 드러낸 달은 바다 건너편의 나를 향해 금색 빛줄기를 던졌다. 출렁이는 저 건너 해협에서 보이는 달빛의 띠는 널따랗고 흐릿했지만, 고요한 물속으로 미끄러져 부드럽게 일렁이는 잔물결과 뒤섞이자 좁다란 리본으로 작아졌다. 더 가까이로 오자 리본들은 선명한 노란색 실오리들로 풀어졌고, 그 하나하나는 저만의 물마루를 올라타며 사위의 어둠과 섞여들었다. 다이앤의 위스키를 가지고 나왔다.

또 눈부신 하루. 구름 한 점 없이 고요하고 푸르른 날. 중간에 한 번도 깨지 않고 여덟 시간을 내리 잤더니 상쾌하다. 얼른 준비하고 바다로 나갈까

하다가, 그럴 마음이 사라져서 그냥 이곳에 있기로 했다. 요즘은 오두막이 계속 그늘이라 커피를 들고 햇볕이 닿는 곳으로 갔다. 빌어먹을 날벌레들은 아직도 없어지지 않았나? 서리가 내리면 떠나야 할 때라는 것도 모르나? 잠시 책을 읽다가 조그마한 자갈밭까지 몇 차례 왕복해서 걸었다. 맘껏 걷고 싶다.

이곳에 온 이후 두 번째로 손가락을 벴다. 체인톱의 체인을 갈다가 그랬는데, 다행히도 정지 상태였다. 그 일을 경고로 받아들였다. 하지만 동작 상태에서 발을 헛디뎌 넘어지면서 거의 다리를 자를 뻔했다. 얼마나 어리석고 위험한 짓이었는지. 자칫하면 살점이 산산조각날 수도 있었다. 지난주에 불쏘시개를 만들 때 혹시라도 도끼로 나를 찍어버리는 일이 생길까 봐 각별한 주의를 기울였었는데, 일종의 예지였을까?

넬슨 선생님, 축복 받으시길! 이곳으로 가져올 약을 준비하면서 타이레놀 −3을 50알 부탁했는데 넬슨 선생님이 100알을 권했다. 강력 진통제가 그렇게 많이 필요할까 싶어서, 아마 내가 거절했을 거라 생각하고 있었다. 간밤에 어깨가 너무 아파서 한 알을 꺼내 먹기로 했다. 병이 꽉 찬 것 같아서 라벨을 보았다. 100알이었다! 행복한 날. 위급한 때를 대비해 아껴 먹으려고 지금까지 서너 알만 복용했을 뿐이다. 하지만 이제는 통증이 못 견디게 심해지면 맘 편히 한 알씩 먹을 수 있게 되었다.

몇 달치 장작을 충분히 자르고 운반해 두었음에도 아픈 어깨로 계속 일하는 한 가지 이유는 자긍심일 것이다. 겨울을 날 만큼 충분히 구해두었다는 데서 오는 심리적 여유도 필요하지만, 힘들어도 버텨낼 수 있는, 쉼 없이 일할 만큼 튼튼하고 탄력적인 몸을 가졌다는 데서 오는 자긍심도 필요하다. 겸손은 정신의 성장을 위한 열쇠로 자주 언급된다. 어렵다. 자긍심은 깊숙이 파고든다. 과도한 자긍심의 관점에서 생각하기를 그치고 모든 자긍심이 정신의 취약점을 드러내는 것임을 깨닫기 시작하면, 휴우……. 나는 사회적으로 수용되는 자기 이미지를 유지하기 위해 얼마나 많은 노력을 기울이는가. ……그것을 아주 조금이라도, 잠시 동안만이라도 풀어준다면 마음은 얼마나 편안해질까.

해협을 건너 남쪽으로, 갈고리 끝과 나란해지는 지점까지 나아갔다. 갈고리는 이제 내 위치에서 서쪽으로 1마일 지점에 있다. 앞쪽 바다에 얼룩 같은 게 보였는데, 얼음 같았다. 태양이 산들을 깨끗이 씻어낸 뒤 해협의 저쪽 측면까지 이르렀으니 아마도 맞을 것이다. 햇빛 비치는 쪽을 껴안는다고 생각하며 서쪽으로 되짚어가는데 0.5인치 높이의 빙판이 만 전체를 뒤덮고 있었다. 내가 모르는 사이에 기온이 뚝 떨어졌나 싶었고, 어쩌면 캠프에서 멀리 떨어진 이곳에서 빙판에 갇히는 게 아닐까 걱정이 되었다. 하지만 만을 벗어나자 얼음은 사라졌다. 그곳이 어는 이유는 빙하에서 물이 녹아내려도 그 물을 가져갈 조수의 변화가 없기 때문이리라.

이 지역은 이루 말할 수 없이 아름답다. 나는 갈색의 황무지 분위기가 속속들이 좋다. 비탈과 절벽을 오르는 덤불들로 뒤덮인 암벽이 형성한 거대한 원형극장 앞에서 잠시 빈둥거렸다. 큼지막한 사각의 돌들이 여기저기 흩어져 있었고, 폭포수는 리본 모양으로 바다에 떨어져 내렸다. 하지만 오늘 바다는 더없이 잔잔해서 홍합 껍데기 하나가 해협 한복판에서 물살에 붙들린 채 둥둥 떠 있을 정도였다.

오후 햇살은 제법 따뜻했지만, 서리 내린 그늘진 땅에 들어앉은 오두막 주변은 34℉(1.1℃)밖에 되지 않는다. 보온을 위해 캣의 박스 주위에 자루들을 좀 둘러주었다. 털이 많긴 해도 감기에 걸릴지 모른다.

이따금 나는, 결정을 내리는 에고의 행위를 단념하는 복종의 필요성을 느낀다. 나는 단념과 복종이 불교의 명상 수행에서도 중심이 된다고 생각한다. 움켜잡지도, 혐오하지도 않은 채 가만히 있으면서(멋진 꿈이다), 이 순간에, 지금 이대로의 상황에 복종하는 것이다. 원하는 대로가 아니라, 있는 그대로를 받아들이는 것은 자기중심의 의지를 단념하는 것이다. '초심'을 지키면서 미지의 것을 마주할 때 겸손을 유지할 수 있다.

아아, 하지만…… 말이란 것은. 이러한 관념들을 개념적으로 파악하기는 쉽지만 매순간 실행하기는 어렵다. 5년이라면 내 인생에 뭔가 변화를 일으킬지도 모르지만 1년으로는 충분치 않을 것이다. 한편, 내일은 그저 또 하루이며, 오늘밤 내 가슴은 사랑으로 온유하다.

2001년 5월 13일

밤은 어둡고 청명하며, 달은 아직 뜨지 않았다. 오늘은 일요일, 쉬기로 정한 날이다. 그래서 쉬었다. 어깨 근육을 풀어주고 통증을 완화시켜줄 만큼만 운동했고, 그 이후엔 의자와 커피와 책을 들고 곳에 나가 하루를 보냈다. 물론 캣도 동행했다. 불을 피우고 오두막 안에 있을까도 생각했지만, 바람 없는 푸른 하늘이 있는 낮 시간을 놓치고 싶지 않았다. 이런 날씨가 오래 가지는 않을 테니 뼛속 깊이 비축해 두고 싶다.

저 아래에서 무거운 숨소리가 들리기에 내려다보았다. 해안 근처 켈프 서식지에 강치 한 마리가 있었다. 아하! 지난주에 카약에서 본 것도, 스테인즈 반도 근처에서 큰 울음소리를 낸 것도 이것이었구나. 어쩌면 몇 주 전에 동쪽 해협에서 보고 들은 것도 이것이겠다. 흩어져 있던 미스터리들이 합쳐져 하나의 더 큰 미스터리—강치라 부르는 것—가 되다니 근사하다. 지금은 뉴트리아가 수달이라고 생각하고 있다. 내가 뉴트리아라고 생각했던 것은 신화의 동물—수달과 강치의 하이브리드 종—이었다.

또한 가슴이 크림색인 오리 한 마리가 목욕하는 장면을 지켜보았다. 몸을 담그고 퍼덕거리며 날개를 치는 모습이 꼭 물속에서 재주넘기를 하는 것 같았다. 돌고래들이 잠시 놀다 갔고, 작은 매 한 마리가 내 머리 위로, 죽은 나무에 내려앉았다. 보트나 카약을 타고 나갔을 때보다 이곳에 가만히 앉아 있을 때 야생 생물들을 더 많이 보게 되는 것 같다.

고통은 존재하고, 나는 하고 싶은 모든 것을 할 수 없지만, 그 때문에 죽지는 않을 것이다. 어떤 경우든 이 분노의 반응들로부터 자유롭고 싶다면 생존에 대한 광적인 심리적 집착을 버릴 필요가 있다. 물론 육체적으로 생물학적 충동은 살아남는 것이다. 하지만 그 수준 이상으로 생존의 위협을 상상해서 걱정하는 것은 건강하지 않으며 고통스러운 일이다.

남동쪽에서 부는 바람이 바다를 내 정면으로 밀어낸다. 하늘은 맑지만 별들은 많지 않다. 오늘 아침엔 불쏘시개로 쓸 마른 잔가지들을 모으기 위해 카약을 타고 바람이 불어오는 남쪽 섬으로 갔다. 그 섬의 곶에 올라간 것은 이번이 처음이었는데, 해수면에서 50피트 고도라 색다른 전망을 볼 수 있었다. 잠시 쉬면서 이 고독의 시간에 감사했다. 생애 최초이자 어쩌면 마지막으로 방해 없이 온전히 홀로 하루하루를 보내는 것에 대해 따로 시간을 내 진지하게 생각하거나 감사한 일은 거의 없었다. 저 멀리 안데스 산맥 위로 간간이 보이는 비행기의 자취만이 사람 사는 세상의 존재를 알려준다.

보트에서 짐을 부린 뒤 장작을 쪼개고 있는데 캣이 방해했다. 오후 내내 혼자 있었으니 뭔가 접촉이 그리웠겠지만 나로서는 방해가 될 뿐이었다. 결국은 참지 못하고 버럭 소리를 질렀고, 그러자 녀석은 늘 그러듯 오두막 밑으로 기어들어가 버렸다. 잠시 후 불러냈더니 무릎 위로 뛰어오르며 안겼다. 내 고함을 심각하게 받아들이지 않는가 보다. 은근히 후회가 돼, 종일 일을 해서 신경이 곤두서 있었다고 해명했더니 어리둥절한 표정을 지어 보였다. 그래서 신경이 더욱 날카로워졌다. 소리를 질러 미안하다고 말은 하면서도 마음은 의아했다. 소리를 질렀다고 왜 기분이 나빠져야 하지? 분노를 표출하는 적절한 방법은 뭘까? 종종 녀석을 찰싹 때려주거나 발로 가볍게 차지만 적절하지 않다는 느낌은 들지 않는다. 동물들도 종종 때리고 물어뜯고 으르렁거리면서 서로 접촉하지 않는가.

3.3℃. 고즈넉함. 희미한 별빛. 오늘밤엔 불이 잘 붙어주니 얼마나 고마운지 모르겠다. 어제 주운 마른 잔가지들을 불쏘시개용으로 조금 쓴 뒤, 오늘 동쪽 해협 건너에서 잘라온 작은 나무 조각들을 보탰다. 저쪽으로 가면 울퉁불퉁한 해변이 몇 개 있는데 그곳에 반쯤 마른 통나무들이 아주 많다.

길게 명상하기보다는 잠깐씩 자주 명상한다. 사랑과 친절을 전송하기, 내가 무엇을 하고 있는지에 마음을 집중하기, 그리고 허리와 어깨의 통증과 긴장을 탐구하기.

바람이 몰고 온 비에 온 바다가 들썩인다. 아, 그렇다. 이것은 불안이 만들어낸, 익숙한 날씨다. 저녁 일찍 곶으로 걸어가 세찬 바람을 한껏 느끼다 돌아왔다. 바람을 찾아가는 것과 불청객 같은 광포한 바람을 오두막에서 맞는 것은 아주 다른 일이다.

55갤런들이 드럼통 중 하나의 가솔린을 사이펀으로 걸러내 보트에 싣고 다니는 5갤런들이 용기들에 옮겨 담았다. 나무를 쪼갰고, 포치와 오두막 밑을 치우고 정리했다. 한결 정돈되어 보인다.

고무부츠 한쪽이 쪼개졌다. 곤란한 일이다. 슈구 방수접착제로 붙여 보아야겠다. 이 1년이 끝나기 전에 100달러를 주고 좋은 부츠를 살 걸 괜히 싼 부

158

츠를 샀다고 후회하는 날이 반드시 올 것이다. 부츠 때문에 이렇게 많은 시간을 소비하게 될 줄은 상상도 못했다. 하지만 의족에는 싼 부츠가 제일 가볍고 신기에도 편했다.

오두막으로 돌아가면서 이 일지를 채워 넣는 일에 대해 다시 생각한다. 문제는(문제가 있다면) 쓴다는 것 자체가 아니라, 미리부터 무엇을 쓸까 고민하는 것에, 그리고 내가 보고 느낀 것을 나 자신에게 마음으로 말한다는 것에 있다. 그렇게 한다면 정말로 고독 속에 있는 것이 아니라, 누군가가(그것이 미래의 내가 될지라도) 내 글을 읽는 상상의 미래 속에 있다는 의미다. 이런 식으로 나는 우주의 일부로서 더 심오한 아이덴티티를 찾는 대신, 타인과의 상호작용을 통한 사회적 아이덴티티에 매달린다.

하루 종일 비바람이 치다 말다 했다. 웅덩이 위의 얼음이 녹았는데, 이제는 그리 차갑지 않아서 좋다. 오늘 오후 텃새 한 마리가 포치 바로 아래서 쌀알들을 게걸스레 먹고 있었다. 캣은 포치 저 안쪽에 앉아 있어서 새가 녀석의 얼굴 바로 앞에서 날아오를 때까지 모르고 있었다. 정말 깜짝 놀랐는지 뒤로 폴짝 물러섰다. 역할이 바뀐 것이 상당히 재미있다.

오늘밤은 환상통으로 돌아버릴 지경이다. 빌어먹을! 하나가 괜찮으면 다른 하나가 문제다. 고통의 경험을 일으키는 것은 무엇인가? 동일한 육체 감각이 어떤 때는 기쁨으로, 또 어떤 때는 고통으로 경험된다는 사실은 분명하다. 열쇠는 맥락인데, 그렇다면 맥락의 어떤 측면인가? 부분적으로는 그 감각이 내가 반기는 것인가, 아니면 내 의지에 반해서 생기는 것인가의 문제라고 생각한다. 내가 환영하는 감각은 즐겁지만, 동일한 감각이라도 원하지 않는다면 고통으로 느껴진다. 요령은 고통을 선택하고 그것을 기쁨으로, 적어도 중립적인 감각으로 전환시키는 법을 배우는 것이다.

나는 언제나 통찰에 큰 가치를 부여해왔지만, 어떤 의미에서 그것은 하찮은 것이다. 통찰은 오기도 하고 가기도 한다. 이해와 지혜를 간절히 바라지만, 내가 찾고 있는 것이 무엇인지는 모르겠다. 명쾌함과 평화를 위시한 모든 것이 부질없다면 추구할 것은 무엇인가? 때로 평화와 사랑과 감사가 내게로 흘러드는 것을 느끼지만, 절대적 존재에 대한 감각은 없다. 내 영혼이 무엇인지도 여전히 모르겠다. 생각과 감정과 육체 감각, 그리고 불교에서 미망이라고 말하는 '나'라는 감각은 있지만, 영혼은 무엇인가? 어떤 모습이고 어떤 느낌인가? 나한테는 어떤 모습으로 나타나는가?

2001년 5월 18일

오늘은 그저 또 하루다. 방금 오두막 안으로 날아든 벌새를 양손으로 잡아 머리를 가볍게 쓰다듬어준 뒤 다시 밖으로 데리고 나갔다.

이곳에서 일어나는 일을 최초의 야생지 생활에 비교하는 것이 현명한 일은 아니지만, 계속 그렇게 된다. 그때도 비슷한 문제들을 감당해야 했는데, 육체적 고통이나 화, 분노보다는 통렬한 두려움이 특히 문제였다. 지금 나를 두렵게 하는 것은 기억 속에 남은 그 경험의 강렬함과, 방어하는 마음들을 내려놓을 때까지 어떻게 미치기 일보 직전으로 떠밀리는가 하는 것이다.

160

그 같은 강렬함을 마주할 힘과 용기가 아직 있는지 모르겠지만, 인생을 어떻게든 있는 그대로 받아들이지 못한다면 내 앞에는 황폐한 길만이 놓여 있을 것이다. 이 여행길에서 특별한 수확도 없이 아주 오랜 시간을 보낸 것 같지만, 이제는 어느 쪽으로 방향을 틀어야 할지조차 알 수 없다. 새벽 3시, 4시까지 잠들지 못한 것이 당연하다. 밤은 힘들다.

오늘 이곳에 있을 확실한 목표가 있음을 분명히 알았다. 그리고 어떤 의미에서는 그 목표 자체가 문제다. 목표 지향적인 행동—진보를 통해 어딘가에 도달해야 한다는 생각—은 우리 문화를 망친 주범 중 하나다. 역설적으로 들리겠지만 내가 닿으려고 애쓰는 곳은 바로 여기다. 다시 말하면 하루하루를 충만히, 그 자체로 의미 있는 것으로 경험하는 것이다.

한낮. 비, 약한 바람, 그리고 출렁이는 바다. 산들은 저만치 물러가 있고 언덕들의 모습은 어렴풋하다. 아침 의식의 일부로 매일 바다를 쓰는 것을 좋아한다. 언제나 파편들이 잔뜩 떨어져 있다. 환상통은 한결 나아졌다. 살이 너무 빠져서 의족용 양말을 잘 신지 않고 있는데, 다리는 헐겁고 신경이 건들린다. 감염 부위가 확장되지 않도록 아침저녁으로 소금물로 이를 헹군다. 6월 1일부터는 낮에도 불을 피워야 할 것 같다. 지금까지는 저녁까지 추위를 견디는 것을 일종의 금욕 수행으로 삼았다. 여덟 시간은 바깥 기온 속에서, 여덟 시간은 따뜻하게, 나머지 여덟 시간은 침낭에서 보낸다.

날씨처럼, 내가 육체의 변화에 어떤 해석을 내리고 있는지에 대해 좀 더 분명히 깨닫기 시작했다. 그냥 존재하는 물리적 날씨―해와 비와 바람―가 있고, 그 날씨와 연관시키는 감정적 반응―기쁨, 평화, 화, 불안―이 있다. 이런 면들을 분리하여 날씨는 날씨로, 감정적 반응은 감정적 반응으로 경험할 수 있다면, 나의 하루하루는 덜 소모적인 것이 될 것이다. 고통에 대해서도 마찬가지다. 인지적·감정적 요소가 짜여 감각들이 되는데, 그것에는 고통이 영원히 지속되거나 견딜 수 없을 만큼 심해질 거라는 믿음과 아울러, 나는 학대나 벌을 받고 있다는 믿음이 포함된다. 이런 비육체적인 측면이 육체적 고통을 감당하기 훨씬 어렵게 만든다.

조금 전에 포치에 앉아서 어둠이 산들과 바다 위로 내려앉는 것을 보고 듣고 느끼면서 마침내 나를 내맡기고 나 자신이 고요와 평화의 공간으로 들어가는 것을 느꼈다. 다시금 어딘가에 '닿겠다'는 나의 노력이 얼마나 잘못된 인식인가를 깨닫는다. 나는 이미 여기에 있다. 달리 갈 곳은 없다. 내가 찾는 살아 있음은 어디에나 있다. 그것을 의식적으로 경험하지 못할 때가 더러 있다 하더라도, 나는 언제나 그 안에 있고 그것은 언제나 내 안에 있다.

아침에 땀막 장비를 카약에 싣고 곶으로 가서 불을 피웠고, 오후 중반에는 드디어 땀막에 들어갈 수 있었다. 숨도 제대로 못 쉴 만큼 후끈한 열기로 몸을 덥히고 땀을 흘리는 기분이 아주 좋았다. 힘과 인도를 청했고, 살면서 만난 많은 사람들을 위해 기도했고, 내게 주어진 모든 것에 감사했다. 누군가 함께 나눌 사람이 있기를 바랐다.

끝난 뒤에는 옷을 입기 전에 해변에 앉아 땀을 말렸다. 돌고래들과 독수리가 지나갔다. 의족도, 안경도 없이 완전히 발가벗은 몸으로 앉아 생각했다. '흠, 이것이 있는 전부다. 다리는 하나 없고, 이도 뭉텅이로 없고, 눈은 매력 없고, 온몸은 흉터투성이다. 그런 내가 여기 있다.' 그러고는 여자들한테 보이는 내 모습은 어떨까 생각했다. 그러면서도 그 여자는 완벽하기를 바란다는 것이 나의 가장 큰 잘못이다.

2001년 5월 21일

푸른 하늘과 구름, 바다를 흔드는 약간의 바람. 슬픔과 절망이 비집고 나오는 아침. 출구는 없다. 내 인생에서 달아날 수도 없고, 기쁨과 자유를 누릴 잠재력도 결코 끌어내지 못할 것이다. 이런 상황을 여러 번 경험했다. 이번은 다를 것이고 나 자신으로부터 구원받을 거라고 믿고 바라면서. 심지어 출구가 없다는 깨달음조차, 그 사실에 항복하는 것이 유일한 출구라는 깨달음조차 미망이고 속임수다.

2001년 5월 22일

춥고 흐리고 비 오고 바람 분다. 4마력짜리 선외모터가 작동한다! 전기 연결부를 청소하고 샌드페이퍼로 문지르고 접점들을 조절했더니, 봐라, 양쪽 플러그에 스파크가 일어난다. 크랭크를 몇 번 돌렸더니 점화가 되었다. 정말 잘된 일이지만, 보트를 타고 나갈 때는 항상 카약을 가져가서 혹여 모터 두 개가 다 고장 나더라도 돌아오는 일에 문제가 없도록 할 것이다. 두 개 다 물에 잠긴 적이 있었으니 자신할 수 없다.

내가 모터를 고쳤노라고 말하고 싶은 생각이 굴뚝같고, 한편으로 그런 것도 사실이지만, 모터의 작동이 선물인 것처럼 감사함을 느낀다. 물고기를 잡는 것과 마찬가지다. 낚시하러 가면 내가 물고기를 잡아오지만, 물고기들은 언제나 내게 선물이다. 내 낚시 기술 덕분에 그 선물을 받은 것이지만, 그 기술 또한 선물이다.

나무를 구하러 가려고 보트에 펌프질을 하고 장비를 싣는데, 우르릉 쾅, 바람이 맹렬히 불어와 해협을 할퀴며 흰 물결을 일으켰다. 이곳의 날씨는 바위밭 같아서 위험하게 유혹적이다. 바위들은 물기 없고 안전해 보이지만 굉장히 미끄럽다. 평온하던 바다는 15분이 지나자 몹시 사나워졌다.

스파이크 볏의 작은 새 한 마리가 무릎 위에 내려앉았다가 포치 지붕 아래 걸려 있는 베이컨을 향해 날아갔다. 새는 베이컨에 붙어 있는 죽은 날벌레들을 게걸스레 먹어치운다. 그 일을 끝내러 다시 와주면 좋겠다.

술병을 치워버렸다. 술이 너무 중요한 부분이 되어버렸다. 매일 4분의 1온스 가량 홀짝거리는데, 어리석은 짓이다. 마음의 안정을 위한 중독. 커피와 초콜릿처럼.

2001년 5월 23일

3.3℃. 폭풍이 멎지 않는다. 오늘은 뭍에 꼼짝없이 붙들려 있었고, 장작을 패러가거나 보트를 끌어올리러 해변에 가는 것이 고작이었다.

어젯밤 늦게, 물이 수정처럼 맑고, 깊숙이 깔린 조약돌 위로 잔물결이 이는, 환한 웅덩이에 들어가 목욕을 했다. 최근에 자기비판의 죄수복으로부터 자유로워지는 순간들이 더러 있었다. 나 자신을 칠레 남부의 야생지에서 혼자 살아가는…… 한 명의 인간으로 경험하는 순간들. 자신의 최선을 다하는 제법 의젓한 사람으로.

지붕 위로 투두둑 떨어지는 빗소리에 어둠 속에서 잠을 깼다. 그 소리는 밴쿠버 섬의 서해안에서 벌목꾼으로 일하던 시절로 나를 데려갔다. 울적한 마음에, 소도시에서 안정된 직장과 약속된 관계가 있으며 떠날 계획은 아예 없는 생활을 상상해보았다. 우울은 흔히 실제 현재의 상황이 아니라, 내가 '미래'라고 이름 붙인 생각들과 연관된다. 그런 생각들은 변하지 않는 영속성이라는 성질을 갖고 있으며, 그것이 그 억압적인 성질의 핵심이다. 현재란 그런 식이 아니다. 모든 것은 언제나 변하고 있다.

일어나서 운동하고 커피를 만들었다. 기분도 들썩이고 날씨도 들썩였다. 폭풍우가 치면서 파도를 내 작은 해변으로 몰아왔다. 오두막이 돌풍에 흔들리자 불안감을 느끼면서 한창 오고 있을 큰 밀물을 기다렸다.

눈이 좀 왔지만 쌓이지는 않았고, 폭풍우는 이제 지나갔다. 들이친 파도로 장작더미의 맨 아래층이 젖었다. 조수표를 보면 6월과 7월, 8월에 더 높은 조수가 밀려든다는데, 다행히 낮 시간 동안이다. 2월에도 큰 밀물이 밀려들었지만 밤이라 상황을 짐작할 수 없었다.

내일은 무슨 일이 일어날지 궁금하다. 쳇, 내일은 염두에 두지도 마라. 다음 몇 시간조차 모르지 않는가?

진짜 첫눈이다. 젖은 눈송이긴 했지만, 아주 큼직해서 빛이나 솜털처럼 회오리를 그리며 둥둥 떠다녔다. 추운 날씨라 해도 낮이 밤보다는 더 낫다. 낮 동안은 볼 것도 있고 할 일도 있다. 고통도 덜 심하다. 밤이 되면 세상은 간격을 좁혀오고 내 몸뚱이는 점점 커진다. 내 몸의 감각들을, 바람과 비처럼, 우주의 현시로서 경험하는 일은 드물게만 찾아온다.

비와 바람이 나에게 맞선다고 느끼는 것처럼 나는 세상을 종종 의인화하여 받아들인다. 그런 것들을 인격모독으로 받아들이는 것은 정신 나간 짓이라 가끔은 그런 괴팍함을 일종의 농담처럼 생각하고 웃기도 한다. 하지만 고질적인 습관이 되어버려서 종종 무의식적으로 심각하게 받아들인다. 이런 농담을 그만둘 때다.

물소리를 들으며 많은 시간을 보내지만 지금은 배우기 위해 듣는다. 후미 저편으로 바위에 균열이 일어난 곳에서 물살이 졸졸 콸콸거리는데 마치 바다가 "나는 이거야, 이거, 이거라고." 하고 말하는 듯하다. 눈을 감고 그 소리를 따라 우주 속으로 들어가자 내 몸이 자유롭게 떠 있는 기분이 든다. 조용한 목소리가 이렇게 말한다. "나를 의지해." 그 목소리가 속삭인다. "나는 어때?" 가슴은 열리고 나는 평화와 사랑으로 가득 찬다. 그렇다. 마음의 명쾌함도 사랑 없이는 충분치 않다.

베이컨에 붙은 벌레를 잡아먹던 새가 오늘은 오두막 안으로 들어와 플렉

166

시글라스 창으로 빠져나가려고 난리를 친다. 머리를 부딪치자 퍼덕거리며 탁자로 날아왔는데, 그 위에 죽어 있는 날벌레가 눈에 띈 모양이다. "오, 벌레로군. 기절하기 전에 이놈부터 먹어치워야겠는걸." 꽤 우스꽝스러운 장면이었다. 마침내 문을 찾아 날아갔지만, 나중에 되돌아와서는 두리번두리번 먹을 것을 찾았다. 지금은 작은 새똥이 여기저기 보인다.

저녁이 내리자 크림색 가슴 오리들이 눈 내린 언덕을 배경으로 검은 몸을 뒤뚱거리며 회녹색 잔디밭을 돌아다니고 있다. 방해꾼 오리 한 쌍이 살금살금 돌아다니는데, 그 바람에 그 오리들은 더욱 영역적이 된 것 같다. 앞마당에 터를 잡은 날지 못하는 새가 동족으로 보이는 다른 새를 쫓아내고 있다. 쫓고 쫓기는 게임은 끝나지 않는다. 하나는 승자고 다른 하나는 그 영역에서 영원히 쫓겨나는 그런 것이 아니다. 그게 아니라, 두 마리 다 이곳에 눌러앉은 것 같고, 두 마리 다 먹는 것 대신 달리는 것에 상당한 시간을 쓰는 것 같다. 내가 보기엔 누가 앞서고 뒤서는지는 크게 중요하지 않다. 그냥 그러고 사는 것이다.

밖에는 부슬부슬 비가 온다. 그 사실을 아는 건, 어두컴컴한 바깥에 나가 토하고 왔기 때문이다. 두 시간 전에 삿갓조개를 먹었다. 어제는 조금 먹고 뱉었다. 오늘밤은 약간 삼켰다. 씹을 때 약간 쇠 맛이 났는데 그때 뱉었어야 했다. 하지만 어쩌다 그냥 삼키고 말았다. 적조로 생긴 독성은 아닌 것 같다. 그 독성은 아무 맛이 나지 않고, 캣도 좀 먹었지만 멀쩡하기 때문이다.

하지만 꺼림칙한 느낌이 들어서 토해내기로 한 것이다. 별 탈 없기를 바란다. 몇 시간 뒤면 알 수 있으리라.

오늘은 캣이 찡얼거리는 날들 중 하루다. 아침에 울기 시작해서는 계속 그러고 있다. 녀석의 울음은 두 종류인데, 하나는 '원한다', 또 하나는 '불쌍한 나'라는 뜻이다. 사실 그 소리는 나와 많이 닮았다. 아마도 그 전부가 나의 투사가 아닌가 싶다.

오늘 불쏘시개를 쪼개다가 손도끼로 손가락을 베었다. 심한 상처는 아니었고, 다음엔 더 조심해야겠다는 생각이 드는 정도였지만, 피가 많이 났다. 아직도 기분은 뭔가 심하게 잘못되어 드러눕게 될 것만 같다. 이것이 내가 쓰는 마지막 글이라면, 모두 안녕. 여러분 모두를 사랑한다. 이 여행은 분명 해볼 만한 가치가 있는 것이었다.

2001년 5월 27일

0°C. 고즈넉하고, 별빛이 가득하고, 아름답다. 아직 살아 있다. 어젯밤은 좀 묘했다. 수면 중에 죽을까봐 새벽 3시 반까지 깨어 있었다. 정말 독을 먹었는지는 아직 잘 모르겠지만, 캣이 삿갓조개를 거의 다 먹어치워도 무사한 걸 보면 그건 아닌 것 같다. 어쩌면 그냥 마음의 장난이었을까. 그처럼 강렬한 상상은 고독 속에서는 위험한 일이다. 간밤에는 어깨 통증이 너무 심해서 이부프로펜 네 알을 먹었다. 며칠간 한 알도 먹지 않았기 때문에, 그렇게 먹자 약에 취해 사는 기분이 어떤 것인지 알게 되었다. 하지만 약을 먹지 않았다면 죽음의 가능성에 더 큰 당혹감을 느꼈을지도 모른다. 어리석다.

오늘은 일요일, 이론상으로는 휴식의 날이지만 그렇게 되지 않았다. 스테인즈 반도에 가기로 결심했다. 크랭크를 크게 열었지만 15마력짜리 모터가 점화되지 않는다. 4마력짜리 모터가 있어서 다행이다. 낚시는 잘되었다. 물고기들은 고요하고 청명한 날씨에만 미끼를 무는 것 같다. 수면 아래 150피트 깊이에서 어떻게 그것을 감지할 수 있는지, 미스터리다.

권태와 초조는 같은 동전의 양면이다. 불교의 관점에서 보면 우리 문화 활동의 방대한 부분이 권태와 초조에서 파생되었을 가능성이 높다는 사실을 알게 된다. 내 생활방식으로 보건대, 내가 그것의 표본이다. 나는 문화적 반역자는 결코 아니지만, 그 첨단에 서 있다.

겨울이 끝났으면 하고 바라는 나 자신을 발견했다. 하지만 다음 석 달이 이 야생지 생활 전체의 핵심이 될 것이다. 그 다음엔 봄이 오고, 여름이 오고, 그러고는 떠날 날을 기다릴 것이다. 이제는 오지 않은 가상의 시간과 환경에서 진짜 생활을 시작할 수 있을 거라는 독백을 멈출 시간이다. 그 가상의 순간이 와도 그때가 되면 또 다른 미래를 만들어 낸다. 머리로는 지금 여기가 있는 전부라는 것을 알고 있으며, 현재 속에 머물면서 하루하루가 펼쳐지는 대로 살아가기 위해 노력하고 있다.

캣이 울어도 소리 지르거나 때리지 않겠다고 다시 한 번 다짐했다. 찡얼거리면 울컥 화가 치밀어 분노를 터뜨리고 만다. 기분이 언짢지 않았다면 울지도 않았을 테니 측은히 여길 수도 있는데 말이다. 나 자신이 다치거나 놀랐을 때도 이런 식이다. 나 자신을 부드럽게 대하기보다는 화가 나서 그것을 표출해버린다. 인내하며 캣을 친절히 대하는 법을 배운다면, 나 자신도 더 부드럽게 대할 수 있을 것이다.

오리들이나 독수리, 혹은 다른 새들은 온갖 짓을 다 해도 괜찮은데, 캣의 어떤 행동은 왜 참을 수 없는 것일까? 내 생각에 그것은 소유욕과 연관된 것 같다. 캣은 어떤 의미에서 (적어도 내 마음으로는) 내 것이고, 따라서 내가 원하는 대로 행동해야 한다. 이 문제는 다른 모든 관계에서도 마찬가지다. 가장 심각한 경우가 나 자신과의 관계다. 어떤 의미에서 나는 나 자신을 소유하고 있으며, 내가 행동하고 느끼는 것과 내게 일어나는 일들을 통제할 권리가 있다고 생각한다. 거기서부터 세상은 내가 원하는 대로 할 수 있는 나의 것이라는 생각이 싹튼다. 하지만 나는 나를 만들지도 못했고, 나 자신이나 세상을 소유한 것도 아니다. 나는 다만 존재의 흐름, 그 일부일 뿐이다.

조용하고, 슬프고, 외로운 오후…… 하지만 아름답고 다정하다. 아직 눈이 내리고 있다. 눈은 살포시 내려앉는다. 아침이 오기 전에 몇 인치는 쌓일 것 같다. 누군가 이곳에 나와 함께 있으면 좋겠다는 기분이 들게 한다.

2001년 5월 29일

한 떼의 검은 새들이 썰물의 해변에 내려앉아 영역 다툼 없이 함께 먹이를 먹는다. 벌새들이나 영역 다툼이 심한 다른 새들을 본 후에 이들이 함께 모여 있는 사이좋은 모습을 보니 가슴이 훈훈하다. 까마귀과의 일종 같다. 검은색 몸의 형태, 건방진 동작, 쉰 목소리, 구슬같이 초롱초롱한 눈동자가 똑같다. 부리로 바위를 뒤집어 밑에 깔려 있던 먹이를 찾아낸다. 모래벼룩이나 새우일 것이다. 한 마리가 괜찮은 바위를 찾아내면 다른 놈들이 달려들어 가담하는데, 불협화음은 보이지 않는다.

공식적인 과학을 다시는 하지 못할 것 같다. 나도 대부분의 사람들처럼 직접적이고 개인적인 관심에서 비롯한 일상의 과학을 한다. 언제 어디서 어떻게 물고기를 잡는지, 어떤 장작이 불이 잘 붙고 해안의 어디쯤에서 발견되는지, 각각의 전기 연결부는 어떻게 다른지에 대해 가설을 세우고 그 가설을 검증한다. 하지만 추상적인 이론들은 더 이상 매력이 없다. 내가 아는 한, 나는 보고 느끼는 것으로 수학적 모형을 만드는 것에는 아무런 관심이 없다.

나로서는, 직접경험과 개념적 이해를 구분하는 선이 예전에 그랬던 것만큼 선명하지 않다. 전에는 이렇게 밖에 나와 있을 때 세상이 경이로운 신비로 다가왔다. 지금 나는 살아 있지만 세상이 어떻게 움직이는가에 대해서도 생각한다. 하지만 예전에 느낀 경이와 신비를 그때만큼 강하게 느낀 적은 별로 없으니, 어쩌면 그 구분선은 여전히 선명하게 살아 있는데, 내가 단지 그 근처에서만 서성이는 것인지도 모른다.

겨울로 접어들자 흥미로운 일들이 많이 생기지 않는다. 해묵은 생각들만 머리와 가슴에 맴돌고, 새로운 작은 통찰들은 이따금씩만 떠오른다. 하지만 이것이 내 방식이다. 같은 땅을 일구고 또 일구면서 세상을 다른 각도에서 느리게 바라보는 것. 오늘, 속으로는 뭔가 흥미진진한 일이 일어나기를 바라는 나 자신을 발견했다. 처리해야 할 사건이라든가 재앙 같은 것 말이다. 소름끼친다. 문제들이 생기고 그 이야기를 맛깔나게 하고 싶은 은밀한 희망을 품고서 위험스런 일을 시도한다면 그건 자살 행위에 가깝다.

예전에 항상 술과 마약에 절어 지내던 록앤롤 드러머가 잠시 그 생활을 청산했던 이야기를 들은 적이 있다. 얼마 안 있어 그는 다시 지독한 마약 중독으로 되돌아갔다고 했다. 왜 그랬냐고 묻자 말짱한 정신으로는 드럼을 그만큼 잘 칠 수 없었다고 답했다. 우리 중 상당수는 더 나은 과학자, 정치가, 사업가, 애인, 군인, 환경론자, 영적구도자가 되기 위해 우리의 정신적, 감정적, 심리적 건강을 희생하는 것 같다. 사랑하는 대상을 위한 자기희생은 우리 문화의 이상이지만 나는 모르겠다. 그런 행위는 다만 자기도취나 존재의 불안으로부터의 도피가 아닌가?

2001년 5월 30일

오늘 썰물의 바위에 달라붙은 삿갓조개들을 쳐다보면서 그것들은 얼마만큼 움직이는지, 그것들의 움직임에 패턴은 존재하는지가 궁금해졌다. 그것을 알아낼 간단한 방법을 생각해냈다. 각각의 조개를 구별할 수 있도록 껍데기에 번호를 매기는 것이다(이런 경우를 대비해서 매니큐어를 가져왔다). 그리고 매일 썰물 때마다 바위에 붙은 삿갓조개의 위치를 파악한 뒤 그것을 모눈종이에 기록한다. 한 달 뒤에 그 점들을 순서대로 연결하면 그것들의 자취를 추적할 수 있다.

공식적인 과학을 다시는 하지 않겠다고 생각한 것이 바로 어제였는데, 그것들의 움직임에 이렇게 관심을 갖게 되다니 참으로 재미있다. 흥미가 끌리는 이유는 다른 모든 것은 움직이는데 삿갓조개와 홍합만은 유독 꼼짝하지 않는 것 같아서다. 그 한 달 동안 일어날 그것들의 집단적인 움직임을 컴퓨터 애니메이션으로 만들어보는 상상을 한다. 슬로모션으로 보는 포크댄스 같을 것이다. 어쩌면 하루에 4분의 1인치씩만 움직일지도 모른다. 한두 마리에 매니큐어를 묻혀서 소금물에 지워지는지 살펴봐야겠다.

파울로 프레이리(Paulo Freire)의 《억눌린 자의 페다고지(Pedagogy of the Oppressed)》를 읽기 시작했다. 미래의 창조에 대해 말하고 있는데, 읽으면서 개인의 자기 주도적 성장이 정말로 가능한 것인지 아니면 허상에 불과한 것인지에 대해 생각해보았다. 내가 설정한 이원론은 내 완벽주의의 일부일지도 모른다. 절대론. 이쪽 아니면 저쪽. 변화의 가능성이 있기라도 혹은 없기라도 한 것처럼. 아. 하지만 이 두 관념은 마음속의 생각일 뿐이다. 어느 쪽이든 내가 에너지를 쏟는 쪽이 겉으로 발현될 가능성이 더 높다. 어떤 때는 내가 꼼짝없이 갇힌 것 같고, 언제나 그래온 것 같고, 앞으로도 그럴 것 같다. 또 어떤 경우에는 살아 있음의 경험 속에서 더 너른 공간이 열린다고 느낄 것이다.

2001년 5월 31일

나의 해변에서

만 개의

부서진 홍합 껍데기들이

천천히 모래로 변한다.

어제는

그 각각이

오늘의 나처럼

살아 있었다.

그들의 주검을 중얼거리는 형제들 사이로

나는 버스럭거리며 걷는다.

해협을 따라

서쪽으로

사나운 북풍이

거품을 일으키는 흰 파도를 남쪽으로 밀어 보낸다.

내 발치에 밀려온

썰물의 부드러운 모래가

내 가슴속에서 포효한다.

2
0
0
1
년

6
월

우리가 할 일은 세상을 우리가 원하는 대로가 아니라
있는 그대로 보고 받아들이는 것이다.
– S.N. 고엔카

2001 | 6
서서히 고독 속에 정착하는 기분이다

한밤. 땅에는 눈이 약간 쌓였다. 바람이 불고 바다는 거칠다. 오늘 아침엔 확인 이메일 보내는 일이 순조로워서 보내는 데 반 시간밖에 걸리지 않았다. 저녁에는 답장이 왔다. 포치와 주 창문을 가릴 차양 틀을 짜느라 거의 온종일을 보냈다. 두꺼운 전선을 짧게 잘라 못을 만들었다. 못을 수천 개나 사왔는데 한 움큼밖에 남지 않았다니 놀랍다.

밤에 남은 식량을 점검했는데 한 달은 더 머물러도 괜찮겠다. 파스타는 거의 먹지 않았고 쌀, 콩, 오트밀의 할당량도 다 먹지 않았으니 주식으로 먹을 것도 충분하다. 훈제고기 일부를 썰자 안에 구더기가 끓고 있다. 그 부분을 잘라내고 나머지는 튀겼다. 구더기를 보는 것이 얼마나 불쾌한 일인지 새삼 깨달았다. 나머지 부분에 옮지 않았기를 바랄 뿐이다.

온순한 새 두 마리가 이제는 대범하게 포치로 날아온다. 캣의 영역을 침범할 뿐 아니라 녀석의 식량까지 넘본다. 내가 녀석이 공격하는 것을 막아주니까 내가 있을 때 와야 한다는 사실을 깨달은 것 같다. 녀석은 내 무릎에 앉아 그것들이 겨우 2피트 떨어진 곳에서 돌아다니는 것을 가만히 지켜본다. 이따금 몸을 비틀지만 대체로는 얌전하다. 다른 곳에 가서 사냥을 하는 것은 괜찮지만 내 눈앞에서는 안 된다.

겨울에는 바람이 없을 거라고 말해준 사람들이 정말로 그 사실을 믿고 있었는지 궁금하다. 오후에는 바람이 해변을 따라 비명을 지르며 오두막을 세게 후려쳤다. 나는 언제나 바람을 좋아했지만, 지금은 종종 바람이 나를 해치려 한다는 기분이 든다. 오두막에서는 공격 받는 느낌이 들어서 곶으로 갔다. 캣이 따라왔는데, 녀석의 동행이 좋다. 바람과 휘몰아치는 눈보라를 마주한 채, 바다에서 나를 향해 온몸을 비틀며 돌진하는 바람을 보았고, 나는 공격을 피하려면 쪼그리고 앉으라는 경고를 따랐다. 그곳에서는 기분이 좋았다. 오두막에서처럼 불안하지도, 위협을 느끼지도 않았다. 바람을 맞고 싶으면 가고, 원하면 떠나면 된다. 여기 오두막에서는 기다리는 것 말고는 아무 할 일이 없다.

이 깊은 불안감은 내가 바람에 투사한 존재론적 불안이 아닐까 싶다. 확실한 보호와 안전을 느끼고 싶다. 비록 그것이 허상임을 알고 있다 하더라도. 불안에는 잠재적으로 실제적인 위험이 도사리고 있다. 공포로부터의 자유를 갈망하면서 '그것을 대면'하기로 결심하고 폭풍우 속에 보트를 띄울지도 모른다. 내 불안을 바람에 투사하는 것인지도 모르지만, 바람은 세상에서 실제적이고 육체적인 힘으로 존재한다.

3주 후면 다시 태양이 돌아올 것이다. 태양이 돌아온다는 것을 '알지' 못했다면 태양이 매일 북쪽으로 사라질 때 아마도 아주 무서웠을 것이다.

저녁. 흐리고 바람 불고, 바다는 들썩인다. 겨울은 뜸 들이지 않고 제 일에 착수했지만, 간밤에는 하늘이 맑아지면서 거의 꽉 찬 보름달이 바다와 눈밭 위로 내리비쳤다. 오늘은 날씨가 좋기를 바랐지만 꼼짝없이 갇혀 있다. 마지막 겨울옷을 꺼내 입는데 사이먼 앤 가펑클의 노래가 머릿속에 맴돈다. 곡명은 기억 안 나지만 가사는 대충 이랬다. "겨울옷을 늘어놓다가/ 떠날 수 있다면/ 고향으로 돌아갈 수 있다면./ 뉴욕의 겨울이 상처를 주지 않는 곳으로/ 나를 데려다준다면./ 고향으로 돌아갈 수 있다면."

오늘은 일요일이다. 어제는 육체의 일도, 마음의 일도 없이 하루 종일 따뜻한 불가에서 한가로움을 누릴 수 있는 이 날을 몹시 기다렸다. 하지만 막상 오늘이 되니, 감각에 미치는 외부의 자극 없이 그저 길게만 펼쳐진 시간들이 허무하다. 아홉 시간 동안 깨어 있었고, 다시 잠들기 전에 일고여덟 시간 더 깨어 있었다. 캣이 그리운데, 아마 녀석도 포치에 앉아 나를 그리워하고 있을 것이다. 김 서린 창문으로 내다보니 세상은 회색빛이다. 이따금 햇살이 언덕 위로 비스듬히 내리쬐다가 회색빛 세상이 다시 자리를 잡는다. 눈발은 햇빛을 차단하며 회오리치다가 사라지고, 그러다가 다시 나타난다. 명상을 할 수도 있겠지만 오늘은 하지 않을 것이다. 그것도 규율 잡힌 행위인

데, 내가 오랫동안 기다린 것은 휴식이 아니던가.

불을 좀 어떻게 해봐야겠다. 이 안은 점점 쌀쌀해지고 저 바깥은 점점 어두워진다. 빵을 굽고 목욕을 하고, 앞으로 남은 길고 무거운 시간들과 함께 해야 한다.

1 : 30 AM. 하룻밤의 수줍은 보름달이 발자국 없는 눈밭에 쏟아진다. 밀물이 멈추자 눈밭이 시작되는 해변에 검은 선이 그어진다. 서쪽으로는 스테인즈 반도의 암벽이 달빛을 뿜어내고 있다. 근처 바다에서도 달빛이 반짝이고, 저 멀리 보이는 또 다른 검은 선은 이 해변의 만조선처럼 물결이 시작되는 곳을 표시한다. 이따금 고양이의 발톱이 달빛 어린 수면을 할퀴듯 스친다.

오늘밤 캣은 박스 안에서 잠들어 있지만, 어젯밤은 늦게까지 나와 더불어 밖에 있었다. 캣과 함께 흑백 기러기들―달빛 그림자의 환영들―이 썰물의 바위에서 먹이를 먹는 모습을 지켜보았다.

어젯밤에도 나는 세상의 흐름 속으로 살며시 풀려나, 나 자신이 '단일한 존재'의 발현된 한 모습이라는 느낌을 가졌다. 그 느낌은, 그 흐름에 붙잡히기 전에는 부정과 죽음처럼 느껴지지만, 일단 붙잡히고 나면 전체에 속한 기쁨으로 다가온다. 어제는 허무함의 무거운 시간들에 대해 썼는데, 그 얼마 후 밖에 나가자 나 자신이 자유롭게 떠 있는 기분이 들었다. 그런 풀려남이 있기 전에 종종 어둠과 절망을 느낀다. 에고의 벽들이 가장 약하고 가장 쉽게 무너질 수 있는 순간은 내가 가장 나약하고 무방비로 노출되어 있다고 느낄 때다. 그 공간들 속에서 나는 피하려고 노력한다. 바로 거기에서.

아무리 건강하다 하더라도, 자아는 본질적으로 만족을 느끼지 못한다. 생의 진정한 맥박으로부터 차단되어 있기 때문이다. 하지만 내면에서 고립되지 않고도 이 작은 '나'의 안에서 어느 정도는 기분이 좋아질 수 있어야 한다. 자유를 찾는 유일한 이유가 여기에 있는 것을 참을 수 없어서라면 그건 문제가 있다. 자유롭게 떠 있을 수 있다면, 모든 것이 완전하듯이, 있는 그대로의 나 자신에 대해서도 '완전하다'는 느낌을 가질 수 있을 것이다. 하지만 이 작은 '나'의 안에서 나는 괴로움을 느낀다. 이 괴로움이 자유로 가는 길인 것일까?

이 자유의 경험을 다른 사람들과 나누는 것은 진정 가치 있는, 내가 할 수 있는 유일한 기여다. 하지만 모두가 내가 선택한 고독의 길을 따르지는 않을 것이다. 그들에게는 그들의 삶에서 이미 일어나고 있는 뭔가를 통해 할 수 있는 다른 방법이 있어야 한다. 나 자신이 뭔가를 배울 수 있다면, 다른 사람들에게 어둠과 어려움과 두려움을 받아들이라고 격려할 수 있을 것이다. 하지만 지금으로서는 나 자신의 길조차 알 수 없으니, 다른 사람에게 길을 안내하는 것은 어림없는 일이다.

오늘은 거의 온종일 세상과, 세상 속의 나 자신과 함께 있었다. 오후에는 어둡고 불길한 존재의 현존을 느꼈고, 그것이 다가오자 두려움으로 소름이 돋았다. 그 두려움은 보통 때의 불안과는 달랐지만 더 깊었고 육체적인 것과는 아무 상관이 없었다. 이 어둠이 나를 덮칠까? 이것은 광기인가?

한밤. 미풍은 남동쪽에서 불어오고, 보름달은 내리는 눈 속에 묻혔다. 생산적인 활동을 한 하루였다. 9시 반에 일어나서 투명하고 추운 아침을 맞았다. 보트에 쌓인 눈을 삽으로 치우고 스테인즈 반도로 나갔다. 더디고 쉽지 않은 일이었지만 그래도 1주일 치 물고기를 장만했다.

나무를 찾아 해안을 돌아다니다가 강치 세 마리가 수면 위 4피트 높이의 암붕에 앉아 있는 것을 보았다. 가까이 다가가자 안쪽 구석에 처박혀 있는 새끼만 빼고는 모조리 물속으로 뛰어들었다. 나는 계속 주위를 맴돌았지만 위협으로 느껴질 만큼 가까이 다가가지는 않았다. 아마 그곳에서 군락을 이룰 모양이다. 자갈 해안에서 통나무 하나를 발견했는데, 너무 물러서 자르고 싣기 위해 고무부츠를 가슴장화로 갈아 신을 필요조차 없었다.

이제 완연한 겨울이다. 구름은 낮게 내려앉았고, 만물은 눈과 얼음으로 뒤덮여 있다. 보트를 타고 가다가 문득 상당히 어색하다는 기분이 들었지만 그 원인을 알 수 없었다. 그러다 문득 생각이 났다. 내가 고무보트를 타고 유유자적할 수 있는 유일한 장소는 따스한 햇살이 비치는 푸른 카리브 해였다. 그곳에서 나는 수영복을 입고 스쿠버다이빙을 가르치면서 살았다. 그러니 이렇게 눈 내린 세상에서 겹겹으로 껴입고 돌아다니는 것이 이상하게 느껴질 수밖에. 이 계절의 여기는 지금 내가 하고 있는 일을 할 만한 장소는 아닌 것 같았다. 그 순간 여기서 그리 멀지 않은 곳에서 4분의 3인치 두께의 잠수복을 입고 성게를 잡으러 잠수한다는 사람들이 떠올랐다.

한밤. 조화로운 리듬의 하루였다. 아침에는 독수리 세 마리가 작은 만의 후미에 있는 빈사 상태의 나무에 내려앉았다. 몽환적인 느낌의 새들이다. 검은색 왕관, 귤색 부리와 목, 짙은 가슴팍에 점점이 박힌 흰색 무늬, 노란색 다리와 발. 한 마리는 완전히 자라지 않은 깃털에 헝클어진 새끼 머리 모양을 한 어린 새끼였다. 새들은 그 나무를 좋아하는 것 같았다. 물총새(Ringed Kingfisher)도 거기서 놀고 매들도 그 나무의 가지에 내려앉는다.

독수리들은 사냥을 하는 것 같았는데, 어른 독수리 한 마리가 해변으로 내려앉았을 때 그곳에 사는 작은 새들은 고작 3피트 떨어진 곳에서 먹이를 먹고 있었다. 어른 새들은 마침내 어린 새를 남겨두고 날아가 버렸고, 곧 숲의 반대편에서 목 쉰 울음소리가 들렸다. 그러고는 정적. 어린 새는 불안한지 계속 슬쩍슬쩍 고개를 돌리며 이 가지 저 가지 뛰어다니다가 마침내 무리를 쫓아 날아가 버렸다.

크리슈나무르티를 읽고 있다. 참으로 명쾌한 사색가이자 저술가이다. "고통은 고립의 과정이다." 아하. 또한 그는 강박증은 우리의 삶이 현재와 다를 수 있다고 상상하는 데서 오며, 그래서 우리는 현재의 삶을 지금 있는 그대로 받아들이지 못하는 것이라고 말한다. 나도 그 사실을 30년 동안이나 알고 있었지만, 세상은 내가 원하는 대로가 아니라 지금 있는 그대로라는 단순한 진실을 아직 받아들이지 못하고 있다. 표면적으로는 세상을 있는 그대로 받아들이지 않으려는 나의 저항 역시 지금 있는 그대로의 사실들 중 한 가지다. 젠장, 그 문장 때문에 머리가 지끈거린다.

10 : 30 PM. 오늘은 열파 현상이 일어났다. 심지어 검은 날벌레들도 몇 마리 보였다. 물통이 밤새 거의 다 찼다. 오늘 나무를 하러 갈 계획이었지만, 아침에 북서쪽에서부터 바다의 움직임이 심상치 않더니, 정오가 되자 큰 물결이 넘실거렸다.

이곳에 온지 넉 달째, 내 내면의 과정들에 대한 인식은 여전히 희뿌옇다. 간절히 바라는 심리적, 정신적 경험을 붙잡으려는 손짓은 부질없다는 것을 알지만 그래도 아직은 놓을 수 없다. 그 고통스런 부질없음을 뼛속깊이 느낀다면 단념할 수도 있지 않을까.

폭풍이 몰아친다. 오후 7시부터 계속해서 잠들었다 깨어났다 한다. 회피모드. 어깨와 허리가 뭉치고 쑤신다. 타이레놀을 한 알 먹고 잠들고 싶지만 그럴 것 같지는 않다.

오늘 오두막 앞쪽의 자그마한 포치에 차양 치는 일을 끝냈다. 그곳에 앉아 있으면 세상에 대해 완전히 새로운 시각을 갖게 된다. 일이 끝나자 아주 잠시 긴장이 풀렸지만 곧 뿌리 깊은 불안이 되돌아왔다. 강렬한 기쁨과 강렬한 불안 혹은 슬픔이 오가는 주기들이 나를 지치게 한다. 주기들이 알아서 조절될 때까지 그냥 기다리는 것 말고 무엇을 할 수 있을지 모르겠다.

《억눌린 자의 페다고지》에서 프레이리는 우리가 대화를 통해서만, 함께 세상을 명명하는 행위를 통해서만 완전한 인간이 된다고 말한다. 그렇게 하려면 겸손과 정직, 그리고 열린 마음이 필요하다. 진실은 나의 세계도, 당신의 세계도 아니고, 함께 발견하고 창조해야 할 우리의 세계다. 이것이 내 삶에서 나아가야 할 방향이다. 자긍심이나 지독한 자기만족감에서 벗어나 겸손과 친교를 향해 나아가는 것이다. 이 책을 읽기 시작한 것은 오랫동안 독서 목록에 올려놓았기 때문이다. 이곳에 와 있는 내게 적절한 책일 거라고는 딱히 기대하지 않았지만, 그 책이 바로 지금 내게 필요한 책이었다.

온화함 밤. 맑지만, 수정 같다기보다는 부드러운 맑음이다. 달무리가 큰 원을 그리며 달을 감싸고, 강치들과 바닷새들이 울고 있다. 여기 오두막 안에서는 가슴이 운다. 육체적, 감정적 고통이 심했던 고단한 이틀이었다.

오늘은 일요일, 휴식의 날이다. 다만 쉬지 않았을 뿐이다. 프로판가스 조절기의 습기를 제거했고, 빗물 계량기에 바싹 붙은 우듬지를 잘라냈고, 창문을 닦고, 쓰레기를 묻었다. 그런 다음 오후에는 날씨가 화창하고 고요해서 스테인즈 반도로 건너갔다. 절반쯤 갔을 때 모터가 말썽을 부리는 것 같았는데 저절로 고쳐졌다. 썩 괜찮은 도미 세 마리를 잡았다.

밤에 1주일에 한 번 하는 면도를 하려고 거울을 꺼내 얼굴과 눈을 쳐다보는데 해묵은 나의 상처가 보였다. 슬픔과 연민이 밀려왔다. 아버지의 인정을 바랐지만 가혹한 비판만 받았던 소년의 마음속에 숨겨진 분노와 반항. 내가 완벽주의자인 게 이상할 것도 없다. 언제나 바라는 것은 모든 일을 충분히 잘 해내, 비로소 사랑과 인정을 받는 것. 바르게 한다면 잠시는 기분이 좋아지지만 자기비판이 다시 비집고 들어오면 뭔가 다른 것을 이루어내야 한다. 그것도 완벽하게.

오늘밤 달빛 아래서 이곳에서 배워야 할 것은 고통을 없애는 법이 아니라, 고통 속에 있는 나 자신에게 가슴을 여는 법이라는 것을 순간적으로 느꼈다. 고통은 생의 일부이므로, 나 자신을 열고 고통을 경험하지 않으면 진실로 살아 있을 수 없다. 타인에게도 나를 열 수 없는데, 그것은 그들의 고통을 경험해야 하는 위험이 뒤따르기 때문이다. 신은 알고 있다. 나는 달아나려고 하지만 내게는 그것을 견딜 힘이 충분히 있다는 것을.

한밤. 높이 드리운 야트막한 구름 사이로 별 몇 개가 보인다. 파도는 남쪽에서 밀려오지만 지금은 썰물이라 잔잔하다. 아침에는 바람 한 점 없었고 땅에 서리만 살짝 내렸다. 바닷물이 얼 정도로 추운 날씨는 아니어서 구명장비를 챙겨 원래 캠프를 세우려고 했던 만으로 떠났다.

캠프를 떠날 때 창백한 겨울 해가 북쪽 하늘에 나지막이 걸려 있었다. 산들이 회색 하늘을 배경으로 서서히 윤곽을 드러냈고 바다는 더없이 고요했다. 14마일 바닷길에 한 시간이면 충분할 걸로 예상했지만, 절반쯤 가자 남쪽에서 바람이 불면서 바닷물이 출렁이기 시작했다. 심하지는 않았지만 흔들림을 줄이기 위해 속도를 늦추었다. 얼마 지나지 않아 바람이 거세지고 남동풍으로 방향이 바뀌면서 사태가 심각해지기 시작했다. 그래도 정말 험악한 날씨가 그 방향에서 시작된 적은 없어서 꿋꿋이 나아갔다. 하지만 바람

186

은 더욱 심술궂게 변했고, 나는 돌아가야 하지 않나 다시 한 번 생각했다. 실제론 그러지 않았다.

　바람은 바다에 큰 물결을 일으키며 해협을 가로질러 내 쪽으로 검은 선을 몰아댔다. 젠장. 상황은 이미 처한 것보다 더욱 안 좋아 보였고, 더 버텨서는 안 된다는 사실이 분명해 보였다. 돌풍이 보트를 때리기 직전에 나는 육체적 그리고 정신적 무게중심을 낮추기 위해 엉덩이를 떼고 바닥에 무릎을 꿇었다. 해협은 구불구불했고, 바람은 이제 측면을 공격하기 시작했다. 가파른 물결이 보트의 측면을 사정없이 때리자 보트는 솟구치며 이리저리 가파르게 기울었다. 바람은 바다를 휘저으면서 잇달아 물거품을 만들어 그것을 내 얼굴에 퍼부었다. 보트가 뒤집히지나 않을까 걱정됐다.

　만까지는 2마일밖에 남지 않았지만 이제는 정말로 돌아가야 할 때라고 생각했다. 하지만 바람과 파도와 함께 움직이니 폭풍우도 그리 나쁘지만은 않았고, 포기하면 기분이 썩 좋지 않으리라는 사실도 알고 있었다. 그래서 다시 만으로 방향을 돌렸다. 옅은 푸른색 리본 하나가 남쪽 언덕들 위로 낮게 드리워져 있었고, 최악의 상황은 끝났기를 희망했지만, 그때 바람이 다시 성난 몸짓으로 파고들기 시작했다. 물보라로 흠뻑 젖은 채 구명조끼를 입어야 한다고 생각했다. 하지만 그러려면 키를 내려놓아야 하는데 그건 안 될 말이었다. 결국 우여곡절 끝에 안전한 만에 다다랐다.

　가능했던 상황을 떠나보내고 현재의 상황과 함께하는 것이 어렵다는 것을 종종 깨닫는다. 만이 내가 정착한 섬만큼 아름답지 않기를 바랐지만 그것은 헛된 희망이었다. 만은 분지처럼 언덕들로 둘러싸여 있었고, 머리 위로는 콘도르가 높이 날고 있었다. 높다랗고 거친 산봉우리들은 보이지 않았지만, 낮고 친근한 언덕 꼭대기들 역시 아름다웠다. '남의 집 잔디가 더 푸르다'와 반대되는, '내 것이 아닌 것은 어쨌든 별로'일 거라고 합리화하는 마음 자세보다는 현재의 상황과 함께해야 한다는 사실을 깨닫는 또 하나의 교훈이었다.

잠시 잔잔한 바다에 떠 있다가 구명조끼를 입은 뒤 만에 작별 인사를 하고 성난 폭풍우 속으로 다시 밀고 들어갔다. 바람과 파도의 이빨들을 정면에서 부러뜨리며 나아갔지만, 해협으로 들어서기도 전에 프로펠러가 부유하는 켈프 줄기들에 걸려 버렸다. 빌어먹을! 근처 바위로 피해서 켈프 줄기들을 치워낸 다음 다시 바다로 나아갔다.

맙소사, 바다는 사나웠다. 하지만 보트와 모터는 잘 헤치고 나아갔다. 거친 바다를 보트 뒤쪽으로 넘기며 해협에 들어서자 보트가 파도를 타기 시작했다. 모터의 무게와 균형을 이루기 위해 보통은 보트 앞쪽에 앉지만, 지금은 물속으로 엎어지지 않도록 뒤쪽으로 옮겨 앉았다.

뒤쪽으로 가다가 손목에 묶어둔 밧줄이 실수로 잡아당겨지는 바람에 모터가 꺼지고 말았다. 이번엔 상황이 좋지 않았다. 해안 가까운 곳이어서 바람과 파도가 나를 울퉁불퉁한 바위밭으로 몰아갔다. 밧줄을 다시 묶은 뒤 스타터로프를 잡아당겨 보았지만 모터는 꼼짝달싹하지 않았다. 점점 위험해지고 있었다. 손을 뻗어 반대편에 있는 프로펠러를 돌려보았는데, 그제야 크랭크가 돌아가면서 모터가 움직이기 시작했다. 바위밭에서 드디어 벗어났다.

10분이 지나자 바다는 거짓말처럼 평온해졌고 잔잔한 물결만 너울거렸다. 어라? 전부 꿈이었나? 아니다. 구명조끼를 입었고 머리에서 발끝까지 고무를 뒤집어쓰고 있다. 게다가 흠뻑 젖어 오슬오슬하다. 내 뒤로는 바다가 여전히 바람의 채찍을 맞으며 거센 파도를 일으킨다. 푸른 리본은 여전히 남쪽 언덕들 너머에 길게 펼쳐져 있다. 이곳에도 폭풍우가 몰아쳤는지 섬을 지킨 캣이 말해주면 좋겠다.

2001년 6월 12일

한밤. 저녁식사로는 튀긴 감자와 베이컨. 식료품 저장고에 아직 나흘 치 생선이 남았지만, 식단을 다양하게 바꾸기로 했다. 끼니로는 대체로 점심과 저녁에는 콩과 밥 또는 생선과 밥을, 아침에는 오트밀을 먹고, 이따금 인스턴트 수프나 면류를 포함시킨다.

태양전지판들은 앞으로 한 달 보름 동안 햇볕을 많이 받지 못할 것이므로 컴퓨터와 위성전화에 쓸 전기를 모으기 위해 프로판가스 램프로 바꾸었다. 프로판가스 램프도 시끄럽긴 하지만 풍력발전기만큼은 아니다. 며칠 동안 비라고 할 만한 비는 내리지 않았다. 소변을 보고 설거지물과 생선 씻은 물을 버리는 포치 앞쪽 진흙땅에서 지린내가 나기 시작한다. 이제는 진흙 구덩이들을 피해 다니는 일에 신물이 난다. 조만간 보트를 타고 나가 자갈을 구해와야겠다.

시간이 흐르자 스테인즈 반도의 동쪽 면에 그늘이 드리웠지만, 풍부한 노란색 햇빛이 저 너머에 지는 태양에서 쏟아져 내려 높이 솟은 돔 모양의 등근 봉우리들 위로 비쳤다. 안데스 산맥의 봉우리들과 얼음 들판은 황금색으로 빛났고, 무지개의 한쪽 다리는 하늘을 거의 수직으로 가리키며 허공에 걸려 있었다. 반투명의 북서쪽 하늘은 빙하에 가까운 푸른색을 띠며 상상도 못할 오렌지색 줄무늬를 그려냈고, 그 아래 언덕들 바로 위로는 오리들의 가슴팍 같은 크림 빛을 띤 노란색 구름이 오묘한 소용돌이를 만들어내고 있었다.

2001년 6월 13일

한밤. 별이 빛나는 아주 고요한 밤, 바위에 부딪치는 찰랑거리는 파도 소리만 간간이 들린다. 느리게 흘러간 차분한 하루였다. 조금씩 긴장을 늦추고 (적어도 당장은) 있는 그대로의 세상 속으로 들어간다. 그곳엔 평화와 내면의 빛이 있다. 맨 처음의 긴 야생지 생활 동안 그토록 강렬히 느꼈던 야생의 생동성, 바깥에서 안을 들여다보는 것이 아니라 내 생의 안에서 주위를 둘러보는 느낌을 변함없이 갈망한다. 때가 되면 오겠지. 어쩌면 오지 않을지도 모르고……

동이 틀 때 눈을 떴다. 일어나서 운동을 하고 커피를 만들고 새벽이 오는 것을 지켜보았다. 그리고는 하루 종일 곳에 가 있었다. 강치 네 마리가 헤엄쳐 지나갔고, 수달 한 마리가 내 바로 아래쪽의 켈프 서식지에 나타났다. 나는 쌍안경을 꺼내들었고 우리는 잠시 서로를 쳐다보았다. 수달은 실제로 보여준 것보다 콧김을 더 많이 뿜고 킁킁거렸을 것이다. 눈빛은 그렇게 강렬하지 않은 것 같다.

190

처음 보는 새 두 마리를 보았다. 희끄무레한 반점이 있는 커피우유 색의 우아한 매 한 마리가 내 해변에 내려앉았다. 맹금을 유인하기 위해 물고기 대가리를 던져놓은 것은 좋은 아이디어였다. 또한 처음으로 딱따구리(Magellanic Woodpecker)를 보았다. 수컷 한 마리와 암컷 두 마리, 아니면 어미 새 한 마리와 아기 새 두 마리일 것이다. 몸 색깔은 전부 검은색이나 암회색을 띤 푸른색인데, 볏이 달렸고 한 마리는 찬란한 붉은색 머리를 가졌다. 울음소리가 멋있었지만, 지금은 기억나지 않는다.

신을 가끔은 믿는다고, 나는 종종 자긍심을 갖고 말해왔다. 그러니까 이따금 어떤 존재의 현존을 직접적으로 경험하지만, 그렇지 않을 때는 신이 존재하는지 그렇지 않은지 더 이상 알지 못한다고 말했다. 직접경험은 일시적인 것이므로, 나는 신이 존재한다는 확신을 일관되게 설파하는 사람들은 실제로 어떤 존재의 현존을 경험하지 않은 사람들이며, 그들의 주장은 오로지 개념적인 믿음에 근거한 것이라고 생각했다.

하지만 궁금하다. 장 피아제(Jean Piaget)는 유아에게 대상 영속성은 인지 발달의 한 단계라는 것을 밝혔다. 그것이 확립되기 전에는 공을 보이지 않는 곳으로 감추면 유아에게 그 공은 더 이상 존재하지 않는 것이 된다. 대상 영속성이 생기면 그 순간에 보이지 않더라도 공이 존재한다는 것을 안다. 아마도 이것이 정신적 발달에도 적용될 것이다. 어쩌면 나는 완전히 성숙하지 않아서, 어떤 존재의 현존에 대한 직접적인 경험이 없으면 그것이 더 이상 존재하지 않는다고 생각하는지도 모른다. 좀 더 성숙하면, 그 순간 느끼지 못하더라도 신이 언제나 존재한다는 확실한 느낌을 가질 수 있을지도 모른다.

그래, 이제 알겠다. 죽음을 직접 살아야 할 경험으로 받아들이지 못한다면 진정 '살아 있다'는 느낌은 가질 수 없다. 죽음은 삶의 일부이지만, 에고와 개념적인 자아는 영원함과 불사라는 허상의 감각을 만들어낸다. 그 껍질을 깨려면 에고가 기를 쓰고 부인하려는 것을 받아들일 수 있어야 한다. 고통 역시 삶의 일부다. 예외는 없다.

오늘은 얼마나 축복 받은 날이었는지. 기도와 감사를 드릴 뿐이다.

한밤. 하루를 시작할 준비를 하고 있는데 모터 소리가 들렸다. 처음에는 그 소리의 정체가 정말로 무엇인지 알아보려고 했다. 모터 소리인 줄 알았다가 알고 보면 벌새나 벌 소리, 주전자 물 끓는 소리, 폭포수 떨어지는 소리였던 적이 종종 있었기 때문이다. 이번에는 정말로 모터 소리였다. 보트 한 대가 나타나더니 곶을 지나자마자 멈추었다. 어부들이라 생각하고 떠나 달라고 부탁하려고 밖으로 나갔다. 두 사람이 해변을 따라 오두막 쪽으로 걸어오고 있었는데, 한 사람의 손에 박스 하나가 들려 있었다.

아, 국립공원관리국의 헤르만이다. 분명 기압계를 가져왔을 것이다. 틀림없다. 가까워지자 헤르만은 위험을 물리치는 부적이라도 되는 듯이 박스를 들어 올리며 기압계를 가져왔다고 소리쳤다. 여기서 혼자 넉 달을 보낸 뒤라 아마도 내가 미쳐서 위험인물로 변한 건 아닌지 의심했을 수도 있겠다. 칠레의 우편이 오래 걸리기는 하지만 방문 서비스는 흠잡을 데가 없다.

그들이 오두막을 궁금해 하기에 안으로 초대해 커피를 대접한 뒤 둘러보게 했다. 그들은 오두막이 마음에 든다며 내가 떠날 때 그대로 두면 좋겠다고 했다. 그러면 이곳에도 피신처가 생기게 된다는 것이다. 하지만 그럴지는 잘 모르겠다. 허물지 않는 편이 훨씬 쉬울 것이고, 다른 사람이 내 노동으로 혜택을 누리는 것도 좋기는 하지만, 오두막이 얼마나 오래 버틸 수 있을지 알 수 없다. 방수천은 얼마 안 가서 부식되어 바람에 찢길 것이다. 그리고 되도록이면 떠날 때의 섬을 도착했을 때와 같게 해놓고 싶다.

그들은 심지어 생나무일 때도 불이 잘 붙는 적색 목재의 나무를 알려주면서 유목이 바닥나면 그것을 써도 좋을 거라고 말해주었다. 가급적 살아 있는 나무는 베지 않으려고 생각하고 있었기 때문에 나는 그들의 제안에 깜짝 놀랐다. 다 쓰기는 했지만 불쏘시개용으로는 그만이었던 나무를 보여주자 사이프러스 나무가 맞다고 했다. 유용한 정보다.

모터가 물속에 잠겼던 일을 말하자 그들은 15마력짜리 모터의 플라이휠을 들어내 아래쪽 전기장치를 확인하고 싶으냐고 물었다. 지금은 그럭저럭 잘 작동하고 있으므로 그냥 두기로 했다. 판단 실수가 아니면 좋겠다. 그들은 6주 후에 여기서 서쪽으로 20마일 지점을 지나가게 될지도 모르니 물품이 더 필요하면 갖다 주겠다고 했다. 기압계를 갖게 되어 다행이다. 폭풍우를 예측하는 데 도움이 될 것이다. 헤르만은 앞으로 두 달 동안은 이처럼 고요한 날씨가 계속될 거라고 말하지만 나는 대기의 변화를 강하게 느낀다.

그들과 함께한 시간을 아주 잠시 즐겼지만, 그들이 떠나자 기뻤다.

11 : 30 PM. 회색 하늘이 온종일 조금씩, 조금씩 내려앉았다. 안개가 수면에 닿고 나의 세상이 작아질 때까지. 그러자 정말로 외로워졌다. 허리, 목, 어깨는 쑤시고 뻐근하고, 머릿속은 대화로 시끄럽다. 아침에는 난로 주위에 기대 놓을 요량으로 크고 편편한 돌 여섯 개를 옮겨왔다. 그것들이 열을 흡수하여 온도를 조절해줄 것이다. 더 늦게는 태양전지판들을 나무들에게서 되도록 멀찍이 옮겼다. 노트북으로 일지를 쓸 만큼은 전기가 모아지면 좋겠다.

밤. 어제 일지를 썼는지 안 썼는지 기억이 안 난다. 자꾸만 시간의 궤도를 놓치게 된다. 이른 아침에는 안개가 끼었지만 그 뒤로는 온종일 화창했다. 곳에 가서 나 자신을 수용과 평화 속에서 세상과 함께 흐르도록 놓아주면서 거의 하루를 보냈다. 놓아줌과 자유의 경험에 대해 쓰는 것은 왠지 내키지 않아 하면서, 놓지 않음과 자기평가라는 고통스런 경험에 대해서는 많은 내용을 기록했다. 고통에서 비롯한 글은 도피하려는 충동과 고통의 원천을 이해하려는 나 자신의 욕망에 의해 자극된다. 기쁠 때는 써야겠다는 욕구를 덜 느낀다.

한밤. 비와 바람. 오후에는 해협을 건너갔다. 바다는 이리저리 흔들렸고, 물고기는 더디 잡혔다. 집에 돌아오는데 선외모터가 말을 듣지 않았다. 연료

필터를 확인한 뒤 점화플러그 구멍에 가솔린을 좀 부었다. 서서히 윤곽을 드러내는 스테인즈 반도의 암벽들이 저녁 그림자를 만들면서 주위의 바다가 어두워졌다. 15마력짜리 모터를 포기하고 4마력짜리 모터를 쓰려고 했지만 그것마저 말을 듣지 않았다. 안절부절못하며 여기저기 만지작거리다가 겨우 시동이 걸려서 다시 해협 건너 캠프로 출발했다. 출렁이는 물결을 헤치고 돌아오는 느리고 불안한 귀로였다. 털털거리는 작은 보트로 무사히 돌아오는가 싶었는데 섬을 꼭 30피트 남겨두고 그만 멈춰버렸다. 어떻게 이럴 수 있는가. 어둠이 짙어지는 가운데 어찌어찌 모터를 고쳐서 간신히 캠프로 돌아왔다.

해변에 다다르자 캣이 보트 안으로 뛰어들며 인사를 했다. 잡아온 물고기 근처는 아니라서 녀석에게 큰 주의를 기울이지는 않았다. 그런데 난데없이 울음소리가 들리기에 쳐다보니 입속에 낚싯바늘이 걸려 있었다. 이런 일을 피하려고 늘 바늘에서 미끼를 빼두는데, 오늘은 모터 때문에 정신이 팔려 깜박 잊고 있었다. 다행히 바늘 촉이 입술만 살짝 찔렀다. 바늘을 삼키고 혀에 촉이 꽂혔으면 큰일 날 뻔했다.

2001년 6월 21일

동지. 내일부터 태양이 다시 내게 돌아오기 시작한다.

2001년 6월 23일

오늘 내 몸속을 흐르는 물소리를 홀린 듯 듣다가, 기계적이고 정지되어 있는 내 의식을 벗어나는 방법으로 그 소리가 얼마나 매력적인지를 깨달았다. 그 소리는 언제나 미묘하게 변하고 있어서 하루하루 긴장을 늦추고 그 소리를 따른다면 나를 다시 살아 있는 우주로 데려가줄 것이다. 나는 감정들을 이곳에서 경험하는 생의 일부라고 느낀다. 바람과 바다의 물리적인 움직임처럼, 동물들과 나 자신의 행동, 내가 경험하는 감정들은 우리의 공통 존재로부터 발현된 한 모습이다.

어제 아침에는 후미와 해구가 꽁꽁 얼어 있었다. 앉은 채로 얼음이 조수의 흐름을 타고 바위 쪽으로 밀려가면서 삐걱거리며 신음 소리를 내는 것을 한참 동안 들었다. 오후에 카약을 타고 물고기를 잡으러 갔지만 입질이 전혀 없었다.

《억눌린 자의 페다고지》가 다시 좋아졌지만, 그의 글을 읽으면 프레이리는 자신이 가르치는 대로 실천하는 사람 같지 않다. 그가 줄기차게 주장하는 것은, 교육자가 진실이라고 생각하는 것을 '사람들에게 채워 넣기'—세뇌라 할 수 있을 것이다—보다는, 지도자와 교육자가 '사람들과' 대화해야 할 절대적인 필요성이다. 하지만 그는 자신의 독자에게 그 같은 열린 대화 정신으로 다가서지 않는다. 오히려 교육이 어떤 식으로 진행되어야 하는지를 일일이 설명한다.

그는 이데올로기적으로 마르크스주의자라서 엘리트 억압자와의 대화는 불가능하다고 단언한다. 사회현실을 상호이해보다는 투쟁에 근거하는 것으로 정의하며, 억압자가 피억압자에게 억지로 주입한 신화의 망상들—그중 하나는 현실은 주어진 것이며 변하지 않는다는 것—을 지적한다. 하지만 사회

현실을 구체적인 계급들 간의 투쟁으로 정의하면서 그 자신도 똑같은 종류의 신화를 만들고 있는 셈이다. 나는 오로지 억압자이거나 오로지 피억압자이기만 한 사람은 만나보지 못했다. 우리는 모두 이 양자의 복잡한 혼합체이다.

억압자와 피억압자의 도식은 때때로 내면의 삶에도 적용되어, 그에 따르면 에고는 한 개인의 전 존재를 억압하려 하는 무엇이 된다. 그렇게 되면 에고와의 대화는 불가능해져서 오히려 저항하거나 파멸시켜야 하는 것이 될 수 있다. 따라서 나는 이 접근법이 잘못되었다고 생각한다. 나의 길은 에고와의 투쟁보다는 균형과 통합에 있다.

음식과 잠 속으로 달아나 하루를 보냈다. 어두운 감정이나 육체의 고통을 경험하지 않겠다는 것이 아니라, 그냥 그런 것들에 지쳤다. 맨 처음 야생지 생활에서 경험한 명확한 통찰과 야생의 생동성이 부재하는 느낌에 또다시 빠져 있다. 그 기억을 놓아버리려고 애쓰지만 쉽지 않다. 일단은 자신과 타인을 대상으로 한 겸손과 인내, 신념, 그리고 연민에 대한 집중 훈련을 시작하려 한다. 오늘 저녁에는 일요일의 습관대로 빵을 만들고 스펀지 목욕을 하고 면도를 했다. 이가 자꾸 흔들려서 소금물과 과산화물로 계속 헹군다. 지금은 특별히 통증이 심하지 않지만 앞으로 더 심해질까 봐 걱정이다.

어젯밤 꿈에 한 남자가 알몸으로 미친 듯이 날뛰고 있었다. 다른 몇 사람이 한쪽 끝에 루프가 달린 긴 막대기를 들고 서 있었는데, 그 루프들이 미친 남자의 목에 걸려 있었다. 미친 남자는 소리를 지르며 버둥거렸고, 서로 멀찍이 떨어져 자신을 저지하고 있는 주위 사람들을 공격하려고 했다. 막대기가 없는 또 한 사람이 조금씩 다가서면서 주먹질과 발길질을 해대는 그 미친 남자에게 뭔가를 하려고 했다. 마침내 그가 미친 남자의 목에서 벌레나 거미 같은 것을 떼어냈는데, 그에게 극한의 고통을 주고 미치게 만든 것이 바로 그것이었다. 미친 남자는 마음을 가라앉힌 뒤 울기 시작했다.

이곳에서 내게 일어나고 있는 일도 그렇게 볼 수 있다. 내게 달라붙어 있는 고통스러운 것이 제거되고 있는데, 고통 때문에, 그리고 실제로 내게 일어나고 있는 일을 내가 모르기 때문에 그 과정과 맞서 싸우는 것이다.

2001년 6월 25일

한밤. 5℃. 폭풍우가 휘몰아친 날. 오늘의 비바람은 여름날의 제일 심한 폭풍우만큼 강하다. 어젯밤 태양전지판들은 무사했지만, 오늘은 바람이 더 강하게 불었다. 곳에 가서 전지판들을 좀 더 단단히 고정시키고 왔다. 그곳에서 바다로 날려가지 않고 일을 하는 것은 하나의 도전이었다.

캣은 어제 아주 점잖은 일을 했다. 야옹 하고 '똥 싸고 싶다'는 표시를 한 뒤 썰물의 바닷가로 내려가 변을 봤다. 참으로 멋진 일이다.

2001년 6월 26일

12 : 30 AM. 오늘은 빗소리를 녹음했고, 내 노래도 녹음했다. 녹음 중에는 목소리가 제법 근사하게 들리더니, 녹음된 것을 들으니 엉망이었다. 오랫동

안 사용하지 않아서 성대가 녹슬었나 보다.

명상을 하고 미하이 칙센트미하이(Mihaly Csikszentmihalyi)의 《몰입(Flow)》을 읽으면서 하루의 대부분을 보냈다. 그는 몰입이란, 목표를 세우고 그것을 이루기 위해 온갖 노력을 다할 때 일어나는 것이라고 주장한다. 나한테는 그런 종류의 몰입이 자기중심적인 것으로 보인다. 삶 중심적인 것은 더 깊은 내맡김의 경험, 선택 없는 자각, 순간의 비(非)행동이다.

내 상반된 태도에 대해 다시 생각하고 있다. 나 자신을 '향상시키기' 위해 노력할 것인가, 아니면 자아를 버리고 그 너머의 세상으로 들어갈 것인가. 고민하고 망설이면서 그 어느 쪽도 하지 않는다. 꼭 둘 중 하나여야 할 것 같지는 않다. 둘 다일 수도 있다. 작은 마음일 때는 거기서 노력한다. 큰마음일 때는 거기서 몰입한다.

패티에게 모터 고칠 부품을 보내달라고 부탁할지 고민 중이다. 고독을 깨뜨리면서까지 헤르만이 푸에르토나탈레스에서 부품을 가져오도록 해야 할까? 모터에 한 번 더 기대를 걸어볼 수도 있지만, 캠프에서 멀리 떨어진 곳에서 오도 가도 못하게 되면 더 큰 문제가 아닐 수 없다. 며칠 전만 해도 이 섬을 떠나지 말자고 생각했는데 《몰입》에서 도전에 맞선 어느 등반가의 인용문을 읽고는 마음이 바뀌었다. 모험과 유능함을 갈구하는 내 조바심 난 마음은 그 즉시 탐사를 떠나고 싶어 안달복달이었다.

해도를 꺼내서 가보고 싶은 빙하로 가는 루트를 짚어보았다. 간다 하더라도 최소한 두 달은 기다려야 할 것이다. 낮은 짧고 지금은 춥다. 확실치 않은 여행에, 어느 정도 신경을 쓰고 얼마나 에너지를 쏟을지에 대해 신중해야 한다. 심각한 문제가 생기지 않는다면 이곳을 떠나 있게 되는 시간은 고작 열흘이다. 하지만 이곳에서 앞으로 200일은 더 살아야 한다. 200일 중 열흘에 대한 걱정이 내 생각들을 장악하게 한다면 그건 머저리나 하는 짓이다.

한밤. 차가운 비바람이 하루 종일 간헐적으로 불었고, 오후에는 찬란한 쌍무지개가 떴다. 4마력짜리 모터 포인트를 사포로 문지르고 조절했더니 양쪽 플러그 모두 점화되었다. 모터가 그 전에는 완벽하게 작동하고 있었으므로—더 이상 작동하지 않게 되었을 때까지—그렇게 흥분하지는 않았다. 계속 점화된다면 좋은 일이다. 평화로운 하루였다. 서서히 고독 속에 정착하는 기분이다.

몰입은 절정의 경험으로 보이지만, 신비주의자들이 말하는 경험과는 명백히 다르다. 몰입 속에서도 자아는 여전히 우위이지만, 당신은 당면한 문제에 너무 몰두해 있어서 그 사실을 인식하지 못한다. 몰입의 경험은 실제로 자아를 강화하지만, 동양의 정신 수행에서는 진정한 자아를 위해 미망의 에고를 버리거나 진정한 자기는 없다는 사실을 발견한다.

몰입은 행위가 기반이다. 적절한 기술이 있고 설정한 목표에 열중하면 몰입은 계발될 수 있다. 이곳에서 내가 하는 많은 행위도 몰입의 행위가 될 수 있지만, 그런 자기주도의 행위는 때때로 몸과 마음이 정지해 있을 때 일어나는 더 심오한 경험을 덮어버릴 수도 있다. 내가 이미, 그리고 언제나 속해 있는 우주적 몰입에 대해 깨닫게 되는 순간들 말이다.

몰입에서는 그런 경험이 경험 그 자체로 끝이다. 칙센트미하이는 독서와 스포츠를 몰입의 예로 들지만, 크리슈나무르티는 독서는 종종 세상을 있는 그대로 받아들이지 못하게 막는 도피처가 된다고 말하며, 불교 명상 지도자 조지프 골드스타인은 스포츠 같은 행위에 깊이 빠지면 정신적 성장을 이루지 못한다고 말한다. 칙센트미하이는 몰입의 경험이 중독적일 수 있다는 점을 인식하고 있다. 나도 알고 있다. 나는 많은 날들을 야생에서 살아 있음의 경험을 추구하면서 살아왔다.

2001년 6월 28일

1:00 AM. 고즈넉하고 훈훈함마저 느껴진다. 기묘한 날이었다. 일이 자꾸만 엉뚱하게 흘러갔다. 끊임없이 뭔가를 떨어뜨렸고, 발부리가 걸려 넘어졌고, 일어나다가 의자에서 굴러 떨어졌다. 세게 넘어지지는 않았지만 "재수 억세게 없네"라는 말이 절로 흘러나왔다. 물건을 떨어뜨리고 인내심을 잃는 것은, 부분적으로는, 고통에서 비롯한다. 고통이 나를 제압하기 때문이다.

아직 《몰입》을 읽고 있다. 나는 '평범하지 않은' 광범위한 경험을 즐겨 탐구하고 탐독하는데, 학계의 심리학자 칙센트미하이는 그것을 몰입이라는 단일한 범주 속에 뭉뚱그려버리는 것 같다. 대부분의 서구 심리학은 의식을 상당히 제한된 관점으로 바라본다. 깨어있을 때, 잠들어 있을 때, 꿈꿀 때, 정신이상일 때, 그리고 몰입할 때가 그것이다.

자아란 있는가, 없는가? 오늘밤 그것은 중요한 문제가 아니다. '있다, 없다'가 자유를 얻기 위한 투쟁의 성질을 바꿔놓지는 않는다. 긴장을 늦추고 생에 몰입하면 역시 중요하지 않은 문제가 된다. 드러난 자아는 주변 모든 것들과 편안해지기 때문이다. 자아는 허상일 수도, 아닐 수도 있지만, 어느 쪽을 택하더라도 고민한 결과는 반(反)생산적이다.

오늘밤 물소리에 귀를 기울이다가 바위의 균열에서 콸콸거리는 물소리에만 오롯이 집중해보았다. 눈을 감은 채로 빛과 원들이 그려내는 패턴들을 바라보았고, 그것은 어떤 식으로든 소리에 연결되어 있었다. 조금씩 나는 세상과 나 자신이 다시 살아나는 것을 느낄 수 있었다. 그리고 다시 한 번 기계론적 과학 법칙들은 세상의 생명과는 아무런 직접 연관이 없다고 느낀다. 세상의 생명은 심오하게, 신비롭게 자연발생적이다. 하지만 그런 법칙들도 우리의 마음에 의해 상상된 것이므로 생이 발현된 한 모습이라고 볼 수 있다.

생각에 잠긴 채 해변의 바위에 앉아 있었다. 의식은 인간 뇌와 문화의 진화를 통해 생겨난 것인가, 아니면 본래부터 우주에 내재했던 것인가? 내게는 그 문제가 '신은 존재하는가?'라는 질문처럼, 논리가 아닌 경험으로만 답해질 수 있는 것이다. 입증되거나 반증되는 옳고 그름의 답이 아니다. 나는 세상을 의식적인 것으로 경험하거나, 혹은 그러지 않는다.

의식이란 본래 언어에 기반을 둔 것인가? 의문은 분명히 존재하지만, 한 걸음 물러나 의식이라는 공간을 주목하면, 그 답에 대해서는 아무것도 모르겠고, 답을 찾아낼 방법도 모르겠다. 그 질문을 구성하자마자 나는 언어 속에 있으며 그 답도 나와 함께 있다.

11 : 00 PM. 비가 오고 바람이 분다. 내 섬의 후미를 가로지르는 벼랑에 커다란 사이프러스 나무가 한 그루 서 있는데, 나이테를 보면 대략 33년 전에 깊이 찍힌 자국이 나 있다. 아마 뭔가의 표지로 삼은 자국일 것이다. 바다를 마주하고 있으니 저 멀리서도 보였을 것이다. 여기서 이만큼이나 시간을 보낸 뒤에야 발견하다니 놀랍다. 사람들이 이 부근을 샅샅이 살피고 다녔는지 궁금하다. 하긴 어디에 캠프를 세웠다 한들 사람의 흔적이 보이지 않았을까. 언젠가 내가 이곳에 남긴 자취도 누군가에 의해 발견될 것이다.

이틀 전에 패티에게 이메일을 보내 모터 부품이랑 몇 가지 다른 물품들을 보내달라고 부탁했지만, 헤르만이 정말로 배달해주기를 바라는지에 대해서는 여전히 확신이 없다. 어쩌면 그 부품이 필요 없을지도 모르고, 자칫하다가는 이 경험이 표면적인 수준에서 그치고 말 수도 있다. 두 시간의 방문이 문제는 아니겠지만, 그것을 기다리는 과정에서 마음이 흐트러질 수도 있다.

아직 《몰입》을 읽고 있다. 어떤 의미에서 칙센트미하이가 말하는 것은 현실도피다. 그는 의심이나 두려움 같은 생의 어두운 감정들을 경험하지 않도록 마음을 구조화하는 방법을 제시한다. 그가 예로 든 것은, 혹독한 겨울바람이 의식을 지배하지 않도록 피신처에 모여앉아 이야기를 나누면서 자신들의 의식을 구조화하는 아이슬란드 사람들이다. 나는 이곳에서 나 자신이 바람과 두려움을 경험할 수 있게 하려고 노력한다. 그런 능동적인 껴안음 속에 자유가 있다.

불교의 명상 역시 그 자체를 위해 행해지는 구조화된 행위다. 명상에는

'가만히 앉아 있는다'는 목표와, 지금 일어나고 있는 일을 현재형으로 경험한다는 목표가 있다. 만약 당신이 정말로 현재에 존재한다면 주목하는 행위 속에 피드백이 있으며, 그것은 집중력의 계발에 관한 것이다. 하지만 그것은 마음에 인위적인 구조를 강제하는 것도 아니며 불쾌한 경험을 차단하는 것도 아니다. 때로는 점 하나에 집중할 것이 장려되는데, 결국 그 목적은 마음의 맥락을 고정시키는 것이다. 그것은 내용보다는 인식을 지향한다.

추상적인 관념들에 왈가왈부하지 않고 실제 경험에 충실할 수 있도록 조심할 필요가 있다. 깊은 평화와 조화로움은 세상을 분석하거나 끊임없이 차단할 때가 아니라, 세상의 흐름에 나 자신을 내맡길 때 오는 것 같다.

2
0
0
1
년

7
월

집중의 노력이 오래도록

아무런 결과를 낳지 않는 것 같더라도

언젠가 그 노력에 정확히 비례하는 빛이

우리의 영혼을 채울 것이다.

― 시몬느 베이유, 오두막 문에 붙여 놓은 글귀

2001 | 7
삶은 다다를 때까지 목적지를 알 수 없는 여행

한밤. 지난 며칠간 사이프러스 나무를 불쏘시개로 쓰고 있다. 삶이 얼마나 달라졌는지. 난로에 불붙이는 일이 훨씬 간편해졌다. 조만간 카약을 타고 섬 주변을 돌며 더 많이 잘라올 생각이다. 어제는 분주한 일요일이었다. 옷들을 수선했고, 빨래를 시작했으며, 한 달 치 식량을 정리했고, 확인 이메일을 보내고 답장을 받았다. 15마력짜리 모터에 카뷰레터를 다시 장착했다. 수리가 지체되고 있다.

아침에 점화를 시도해보았다. 아무런 변화가 없었다. 플러그를 확인했는데 스파크가 일어나지 않았다. 패티에게 이메일을 써서 모터 기술자를 찾아가 조언을 구하고 거기서 추천하는 부품을 사서 보내달라고 부탁했다. 바깥 세상에서 나를 위해 이런 일을 대신해줄 사람이 있다니 나는 참 행운아다.

요전 날은 장작을 너무 많이 쌓아두고 싶어 하는 나 자신을 몹시 나무랐다. 지금은 이만큼 쌓아둔 것이 뿌듯하다. 나 자신을 더 많이 믿는 법을 배워야 할 것이고, 완벽주의에 대해 더 분명한 태도를 가져야 할 것이다. 일을 대강대강 해야 한다는 뜻이 아니라, 가혹한 자기비판은 삼가야 한다는 뜻이다. 내가 하는 일은 뭐든지 충분치 않다고 믿을 때 성취의 기쁨과 창조의 에너지가 파괴된다.

캣이 오늘 또 발작을 일으켰다. 정말 알 수 없는 일이다. 녀석에게는 더 알 수 없는 일로 여겨질 것이다. 나중에는 괴상하기 짝이 없는 행동까지 했다. 내가 나무 둥치라도 되는 듯 내 다리를 기어오르려고 했다. 깜짝 놀라서 녀석을 내동댕이쳤다. 하지만 대체로는 참을성 있게 기분을 북돋아 주었다. 녀석은 한동안 자신의 아이덴티티에 대한 감각을 깡그리 상실한 듯했는데, 두 시간이 지나니 다시 원래의 자기로 되돌아가는 것 같다. 그것을 보니 나도 나 자신의 아이덴티티를 넘어서 마음을 더 깊이 탐구할 때는 조심해야겠다는 생각이 든다.

늦은 밤. 글을 쓰고 싶은 충동이 또다시 없어지고 있다. 어제는 국립공원 관리국에서 일하는 알레한드라에게 이메일을 보냈다. 그녀가 얼마나 큰 도움이 되는지. 그녀는 헤르만에게 물건을 배달시키는 일이 어렵지 않을 거라고 했다. 아마도 8월에는.

시간에 대한 강박증을 완화할 수 있을까 해서 시계를 아예 치워버렸다.

그 체계를 잃으니 불안감이 생긴다. 맙소사, 표류라도 했다면 어쩔 뻔했는가? ……대위법적 발상으로, 아침 명상을 좀 더 격식 있게 할 작정이다. 그 시간 동안은 움직이지 않는다는 생각을 갖고 40분 동안 앉아 있을 것이다. 그러고는 잠시 동안 사람과 식물과 동물들에게 사랑을 담은 생각들을 보낼 것이다. 운동, 오두막 청소, 커피 마시기 등 기본 일과를 따르는 데도 세 시간은 족히 소요된다. 고독의 생활을 마치면 이 같은 생활의 절제를 잃을까 염려된다. 사회에서는 하루하루를 이만큼의 개인적인 일로 시작하는 것이 쉽지 않다.

원하지 않는 경험을 차단하기 위해 마음의 내용을 통제해야 한다는 칙센트미하이의 주장을 읽을 때는 여전히 긍정과 부정 사이를 왔다 갔다 한다. 명상을 하면서는 경험이 생기는 공간에 대한 노력을 한다. 압도되지 않고 어떤 경험이 일어나든 그것과 함께 있는 법을 배우는 것이다. 칙센트미하이가 본디 마음에 내재한다고 믿는 혼돈과 영혼의 엔트로피는 사실 위협이나 고통으로 생각되는 것은 무엇이든지 차단함으로써 아이덴티티를 유지하고 싶어 하는 분리된 자아의 욕망에 의해 생성되는 것이다. 깜깜한 밤에 숲속에서 손전등을 비추면서 그 불빛 너머 어둠속에는 괴물이 있다고 상상하는 것과 마찬가지다. 공포에 제대로 대처하는 유일한 방법은 손전등을 끄고 괴물은 우리의 상상이 만들어낸 투사체임을 깨닫는 것이다. 우리가 경험을 언제나 통제하려 한다면 새롭고 예기치 못한 뭔가가, 다시 말해서 생이 들어올 자리는 없다.

이곳에서 나 홀로, 부단한 마음의 행위를 멈추고 어떤 일이 생기든 마음을 정주시키고 그것을 경험할 필요성에 대해, 칙센트미하이와 논쟁을 벌이고 있다. 그러다 그래서는 안 된다고 내가 주장하는 것을 바로 내가 하고 있다는 사실을 깨닫는다. 내 마음을 행위로 채우는 일 말이다.

나는 나 자신을 놓아주고 내 작은 자아가 내게 끌어오는 것보다 더 큰 무엇을 믿기 위해 노력한다. 하지만 그 무엇이 선한 것이 아니라 악한 것이면 어쩌지? 어둠 속으로 휩쓸려 들어가지 않으면서 일어나는 모든 일들에 열려 있으려면 훈련과 성실함이 요구된다.

오늘은 느긋하고 마음 편한 날이었다. 지금은 달빛 아래 앉아 있으면서 캣이 나와 함께 갈 거라고 상상한다. 보통 하루에 한두 시간은 내 무릎에 앉아 있다. 가끔은 피곤하지만 녀석도 접촉이 필요할 것이다. 아마도, 내가 그런 것처럼.

늦은 밤. 남동쪽에서 불어오는 강한 바람이 해안에 사납게 몰아친다. 오두막은 갑작스런 한바탕 돌풍에 마구 흔들거린다. 캣 몰래 살그머니 빠져나와 홀로 바위에 앉아 바람의 원기를 좀 더 직접적으로 느낀다. 이런 바람이 불면 녀석은 내 위에 올라앉고 싶어 하지만 오늘은 나만의 공간이 필요하다.

어제 15마력짜리 모터에서 헐거워진 전선을 발견하고 연결부를 조였더니 양쪽 플러그가 모두 점화되었다. 모터는 시동이 걸렸지만 오래 버티지는 않았다. 여전히 연료 쪽에 문제가 있는 것 같다. 4마력짜리 모터도 오늘은 시동이 걸리지 않았다. 아아아아. 테크놀로지란.

늦은 밤. 부드러운 바람이 남기고 간 흔적. 썰물의 해안에 파도가 밀려와 바다를 살며시 흔들어 놓자 달빛과 별빛이 눈 덮인 스테인즈 반도에 찬란한 빛을 뿌린다. 노트북 충전지가 최근 들어 기본량의 절반만 충전되는 것 같아서 습기를 말렸다. 충전지 수명이 다 되어가나 싶었는데 지금은 다시 제대로 충전이 된다. 굴뚝을 청소했더니 오늘밤엔 크레오소트 액이 미친 듯이 떨어져내려 오두막이 그 냄새로 가득하다.

마침내 15마력짜리 모터를 상당히 성공적으로 작동시킬 수 있었다. 여전히 조금은 털털거리고 속력을 내면 꺼지지만 그래도 작동은 한다. 문제가 뭐였는지 모르겠다. 해도를 펴서 빙하로 가는 길을 다시 확인한다. 어느 쪽으로 가도 80마일 정도는 가야 할 것 같다. 날씨가 좋으면 하루 안에 갔다 올 수도 있겠지만 어림잡아도 왕복에 각각 이틀은 걸릴 것 같다. 폭풍우가 세차게 몰아치면 어딘가에서 며칠 동안 발목을 잡힐지도 모르는 노릇이다.

드디어 《몰입》을 다 읽었다. 어느 부분에서는 동의할 수 없었지만, 명상을 통해서는 실질적인 조언을 많이 얻을 수 없는, 개인과 세상 간의 상호작용에 대해 잘 논한 책이었다.

일요일에는 하루 종일 불을 피워 놓고 난롯가에 앉아 있곤 하는데, 오늘이 그러기에 딱 좋은 날이다. 밤중에 남쪽에서 사나운 바람이 불어오더니 아침이 되자 물보라와 파도를 해안으로 무섭게 밀어낸다. 방수천으로 벽을 한 오두막이 강도 높은 지진이 일어났을 때처럼, 기차가 이웃집 문 앞을 통과할 때처럼 흔들거린다. 지금까지의 흔들림 중에 최악이다. 내면에 너무 단단히 묶여 있는 것 같아서, 어두운 심연에서 나를 향해 뻗쳐오는 불안의 촉수들을 떼어내고 자유로워지고자 포치로 나갔다.

콘도르가 포효하는 바람을 타고 깃털처럼 나부끼는 것을 지켜본다. 콘도르의 비상과 함께 내 가슴의 빈 공간을 통과하며 솟구치는 이 감정은 무엇인가? 콘도르가 바람의 흐름을 타고 활주하는 모습을 바라보고 또 바라본다. 콘도르는 거대한 날개로 아치 모양의 깊숙한 커브를 그리더니 두 차례 날개를 퍼덕이고는 날아가 버렸다. 나는 휘청거리는 몸으로 땅에 남겨졌다. 넘어지지 않게 나무를 꼭 붙잡은 채.

2001년 7월 9일

하루 종일 맑고 푸르고 화창했으며, 남쪽에서 약한 바람이 불어왔다. 해바라기를 하러 곳에 갔다. 내리쬐는 햇볕 속에 앉아 있은 게 한참 전이라 해가 몹시 그리웠다. 모터가 작동하면 낚시를 하러 가기로 했다. 15마력짜리 모터는 처음에는 털털거렸지만 가열되자 곧 고른 소리를 냈다. 4마력짜리 모터는 아예 시동조차 걸리지 않았다. 젠장. 뚜껑을 열자 미흡한 설계로 인해 초크 연동 장치가 빠져 있었다. 그걸 손보자 문제없이 작동했다.

오늘밤 요구가 더 많아지면 더는 감당할 수 없다는 생각이 들었다. 기대를 충족시키기 위해 노력하느라 완전히 지쳤다. 하지만 나는 이곳에 혼자 있고, 그 요구들은 내면의 자기비판이다.

또 하루의 춥고 아름다운 날이었지만 햇볕을 많이 즐기지는 않았다. 그 대신 스테인즈 반도의 암벽 아래 그늘에서 낚시를 했다. 손이 많이 가겠지만 나흘치로는 충분할 만큼 잡았다. 모터도 딱 한 번 멈춘 것 외에는 멀쩡했다. 보트를 해변 위로 끌고 가는 것은 여전히 어깨에 큰 부담이 된다.

고독의 기쁨과 도전 중 하나는 자신을 더 많이 탐구할 수 있는 공간을 갖게 된다는 점이다.

늦은 밤. 지난밤부터 오늘 아침까지 내린 눈이 3인치나 쌓였다. 온 세상이 침묵과 백색으로 뒤덮였다. 더할 나위 없이 아름답다. 어제는 바람과 파도가 정면으로 밀려오는 맑은 날이었다. 의자와 따뜻한 옷, 보온병에 담은 커피, 책을 들고 해구 건너편의 섬까지 카약을 타고 갔다. 북쪽을 바라보는 판판하고 미끄럽지 않은 바위에 앉아 햇빛은 듬뿍 받아들이고 남쪽 바람은 피하면서 몇 시간을 보냈다. 해구의 물살이 거칠어서 구명조끼를 입었는데, 입고 나니 얼마나 마음이 놓이던지 외려 놀랐다. 옷을 겹겹이 껴입고 비옷까지 걸친 채 바다에 빠지면 카약에 다시 올라타거나 해안까지 헤엄쳐 가기가 아주 어렵다는 사실은 익히 알고 있다.

간밤에는 깊은 소속감과 내가 바로 세상이라는 깨달음 속으로 흘러들어 갔다. 경험에 대한 생각에 빠져 길을 잃기는 쉽지만 일체가 되는 순간이 오면 그것을 놓치는 일은 없다. 다른 사람이 그런 경험을 쉽게 접할 수 있도록 해줄 방법은 없다는 생각이 점점 강해진다. 정해진 규칙이나 규정 없이 미지의 땅으로 들어가는 것은 장기간의 여행이 되기 쉽다. 길이 없는 길을 가겠다고 선뜻 나설 사람이 많을 거라고는 상상하기 힘들다. 나 역시 오랜 세월 그 길을 걷고 있지만 통합의 순간은 드물게 찾아올 뿐이다. 자연을 여전히 내 행위의 배경으로 경험하는 순간이 더 많다.

빙하 여행의 윤곽이 잡히기 시작하면서 두려움이 함께 따라온다. 꼭 가야 하나? 가지 않으면 어떤 기분이 들까? 모터가 멈추진 않을까? 몹쓸 바람이 불까? 도중에 캠프를 칠 만한 곳은 있을까? 사실 가고 안 가고가 가장 중요한 문제는 아니다. 가능성을 둘러싼 내면의 소용돌이를 지켜보는 것은 흥미롭고도 유익한 일이다. 내가 두려움을 대면하지 못하면 어쩌나 하는 걱정이 가장 많이 된다.

당장은 캣과 잘 지내고 있다. 녀석을 본디 제 모습으로 살게 하고 많이 통제하지 않으려고 노력한다. 새를 쫓고 싶으면 쫓아라. 캣은 저 나름의 존재로서 우주의 일부라는 사실을 서서히 깨닫고 있다. 녀석에게 귀 기울이고 그 모습을 지켜보면서 많은 것을 배운다. 캣을, 오리들을, 나무들을, 그리고 나 자신을 사랑하는 법을 배우기 위한 가장 중요한 한 걸음은 무언가를 이루기 위해 조바심을 내지 않고 속도를 늦추어 세상을 느끼는 것이다.

자기도취, 완벽주의, 낮은 자존감의 근저에 있는 역학은 모두 동일하지 않을까 생각한다. 전부 자기초점, 고립, 평가를 설명하는 개념들이다. 이 모든 자기검토에 대해 나는 자기도취의 순환주기에서 벗어나 세상을 생동하고 직접적인 것으로 경험하고 싶다. 맙소사, 참으로 비비 꼬인 순환의 덫이로구나.

내 경험이 너무나 자기초점적이어서 나 자신에게 초점을 맞추어야 한다니.

늦은 밤. 눈이 2인치 더 내렸다. 구름과 바람이 북서쪽에서 몰려온다. 패티가 보낸 이메일을 읽은 뒤 답장을 보냈다. 헤르만에게 물품을 보내달라고 할지에 대해서는 아직 결정을 못 내렸다.

이곳에 도착한 뒤 처음으로 꿈을 기억하기 시작했다. 많은 꿈들이 혼란스럽고, 또 어떻게 해석해야 할지도 모르겠다. 당장은 알아내려고 진지하게 노력하지 않고 그냥 내버려둔다. 섹스에 대한 환상도 시작되고 있다. 뚜껑을 덮어둔 많은 것들이 밀고 나오려는 것 같다.

오늘 날지 못하는 버터벨리 오리 두 쌍이 치열한 싸움을 벌였다. 아주 영역적인 놈들이지만 지금까지는 소리를 지르거나 영역을 나누는 경계선 근처에서 의례적인 동작만 취했었다. 오늘은 해구 건너 섬 근처에 사는 쌍이 이섬 근처에 사는 쌍 중 한 마리를 때려눕혔다. 외톨이가 된 오리는 결국 물에 뛰어들어 사라져버렸다. 나머지 두 마리는 잠시 순시를 하다가 헤엄쳐서 가버렸다. 얼마 후 분간이 잘 안 되는 희끄무레한 형체가 나타났다. 쌍안경으로 바라보니 낮은 물속에서 외톨이 오리가 헤엄치고 있었다. 숨은 것인지 머리만 빠끔 내밀고 있었다. 아까 낮에는 그 쌍이 해안에서 후미로 흘러드는 신선한 물을 마시러 왔었다. 그것을 보면서 나 역시 그들과 같은 물질로, 그들과 같은 과정에 의해 만들어졌다는 사실을 깨달았다. 그 사실에 눈물이 났다.

밤. 오늘은 돌고래들과 수달을 보았고, 강치들이 우는 소리를 몇 주 만에 처음으로 들었다. 겨울 동안 이 동물들이 숨어버린 건가 생각하고 있었는데, 어쩌면 내가 못 본 게 아니었나 싶다.

2월 이후로 세 차례 예정에 없던 이메일을 보냈다. 전기 설치, 의학적 조언, 모터 부품과 기타 장비에 대한 기술적 지원을 요청하기 위해서다. 이 모든 경우가 세상을 육체적으로 편안하고 통제 가능한 것으로 만들어 신변의 안전을 추구하기 위한 것으로 여겨진다. 그렇다면 나는 육체적 무력함과 정신적 내맡김에 대한 필요성을 혼동하고 있었던 것이다. 내가 느끼는 강력하고 신비한 존재가 사랑의 존재라고 믿으면서도 나는 그 존재를 두려워한다. 두려움은 거기서 오는 것이 아니라 통제력의 상실을 끔찍하게 여기는 나의 에고에서부터 온다. 나 자신을 더 큰 무엇의 일부로 경험한다면 경이와 평화가 따라오겠지만, 그 전까진 임박한 죽음으로만 느껴진다.

나는 두려움에 대해 불평하지만, 작은 자아에서 벗어나 더 원대한 정신적 세계로 나아가기 위해선 두려움을 통과할 수밖에 없다. 불안에 대한 나의 감정은 내가 보호의 벽을 얼마나 단단히 쌓는가에 달려 있는 것 같다. 내가 더 많이 열릴수록 타자는 덜 위협적이 된다.

나는 자신을 내맡길 필요에 대해 말하지만, 약함, 무력함, 의존의 감정들은 수치의 감정을 부른다. 수치는 한편으로는 자율이나 독립 같은 우리의 확고한 문화적 이상에서 비롯하고, 다른 한편으로는 내 속에 깊이 박힌 반항과 자긍심에서 비롯한다. 나는 벌거숭이가 되기를 원하지 않으며, 있는 그대로

216

의 나로서 수용되기를 원한다. 아, 하지만 이 벽 안은 춥고 외롭다.

밤. 기온은 얼음이 얼 정도로 내려갔고 눈은 더 많이 내렸다. 하지만 간밤엔 하늘이 맑아 유성 두 개를 볼 수 있었다. 오늘은 햇빛 속에서 책을 읽은 뒤 또 말썽을 부리기 시작한 15마력짜리 선외모터를 고치기 시작했다. 겨우 두 시간 일했는데 벌써 녹초가 되었다. 이곳에 온 뒤 처음 6주 동안에 비해 지금은 매일 하는 일이 훨씬 줄었다. 억지로 많이 할 수도 있겠지만 편안히 많은 일을 할 기력은 없다. 글을 쓰고 싶은 기분도 들지 않는다.

오늘 곳에 가서 거의 의식하지 않은 상태로 자유로이 흘러 다녔다. 그런 일이 종종 일어나는 것 같다. 기진맥진해서 투쟁을 포기하고 긴장을 푸는 것이다. 큰 트라우마 없이 열린 공간으로 들어갈 수 있는 좀 더 쉽고 현명한 방법이 틀림없이 있을 것이다.

지난밤에는 불확실성, 고통, 죽음과의 충돌을 완화하기 위해 개념적인 현실을 구축함으로써 우리가 잃어버리는 생물학적 세상이 실은 심오하고 의미로 충만하다는 사실을 감지했다. 우리가 구축한 개념화의 덫에 빠져 우리는 살아 있는 진짜 세상과는 단절된다. 캣을 그토록 통제하려고 애쓰는 대신 캣이 자신의 세계로 나를 초대할 수 있도록 해야 한다. 전에도 간 적이 있고 어쩌면 무서울지도 모르지만, 그 세계로 다시 들어가는 것이 내가 이곳에 온 이유의 한 부분이다.

아침에, 올라가면 안 된다고 누누이 말한 식량 선반에 캣이 훌쩍 뛰어올랐다. 화들짝 놀라 녀석의 엉덩이를 때려주었다. 돌아서서 빤히 쳐다보기에 머리를 찰싹 때렸다. 내 말을 어기는 것에 순간 어찌나 화가 나던지! 얼마 후 불렀더니 마지못해 다가왔고, 우리는 함께 앉았다. 녀석은 용서한 것 같지만 내가 우리 관계를 손상시키고 있다는 것을 누가 모르겠는가. 내가 녀석을 그런 식으로 때린 것을 딴 사람이 보았더라면 부끄러웠을 것이다.

최근에 한 가지 사실을 깨달았다. 녀석에게 무릎에서 내려가라고 말하면서 나는 즉각적인 행동을 기대한다. 그렇게 하지 않으면 녀석이 일부러 나를 무시했다고 생각한다. 하지만 먼저 녀석의 주의를 끈 뒤 내려가라고 말하고 1~2초 기다리면 대체로 시킨 대로 한다. 정보 처리에 시간이 소요되는 것과 비슷하다. 고양이들은 으레 이런 식인지, 아니면 발작 때문에 뇌의 회로에 이상이 생긴 건지 잘 모르겠다.

2001년 7월 20일

정오 밀물에 맞춰 장작을 구하러 나가려고 어제는 알람시계를 8시로 맞춰놓고 잤다. 늑장을 부렸더니 눈 깜박할 사이에 한 시간이 지나가버렸다. 모터를 켤 때부터 심상치 않더니 계속 작동이 불안했다. 저속 연료조절 장치를 만지작거리자 잠잠해졌다. 그 뒤부터는 제대로 작동했는데 집으로 돌아오는 길에 조절판을 열어 전속력을 내자 다시 말썽을 부리기 시작했다. 제품 설명서에 이 증상이 정확히 설명되어 있다. 놀랍다. 아마도 점화 모듈에 문제가 있는 것 같다.

보트를 끌고 갈 때 나름대로 조심했는데도 어깨가 또 아프다. 한동안 장작을 구하는 일은 단념하고 싶지만 그럴 수는 없다. 모아둔 장작은 충분치 않고, 항풍이 불면 나무를 구해오기가 더 힘들어질 것이다.

강치 두 마리가 스테인즈 반도의 바위에 앉아 있었다. 덩치가 굉장히 컸다. 낚시가 시원찮았던 것이 그 때문이었나 보다. 그놈들은 매일 몇 파운드나 되는 물고기를 먹어치울까? 어부들이 강치들을 쏘아 죽이는 이유를 알겠다. 진지한 경쟁이다.

크리슈나무르티를 다시 읽기 시작했다. 그는 매우 극단적이고 절대적인 견해를 갖고 있다. 모든 것이 오로지 이것 아니면 오로지 저것이다. 그는 실제인 것과 우리가 실제여야 한다고 생각하는 신화를 비교하면서, 이 비교가 우리의 불만과 갈등, 혼란의 대부분을 설명해준다고 말한다. 이 신화는 순전한 망상으로 현실성이 전혀 없다. 흠. 파울로 프레이리 같은 사회개혁가들은 틀림없이 동의하지 않을 것이다. 그들은 '이러해야 한다'를 가장 중요하게 여기고, '실제로 이렇다'는 변화시켜야 할 무엇으로 본다.

개인의 신화는 실로 위험한 것이다. 우리는 과거 이야기를 하면서 그 이야기들이 경험의 선택된 일면에 근거해 우리 자신이 꾸며낸 것임을 잊어버린다. 우리가 믿게 된 우리 자신의 아이덴티티에 대한 설명이 그 이야기들을 구성한다. "나는 이런 일을 했고, 이런 생각을 했다"는 식이다. 그 꾸며낸 이야기들을 틀림없는 사실이라고 믿어버리면 우리는 우리 자신의 마음속에서 신화의 인물이 되어버린다. 그러면 진짜 문제들이 시작된다. 이제 그 인물이 과거에 무엇을 했는지, 다시 말해서 우리는 그 인물을 어떤 행적을 남긴 인물로 만들었는가에 따라 우리의 기대치를 맞추어야 하는 것이다. 실제의 우리는 우리가 꾸며낸 그 신화 속의 영웅처럼 행동하지 않을 때 스스로를 실패자로 느끼게 된다.

나는 현재의 경험이 내 최초의 야생지 생활을 기반으로 해야 한다는 기대감을 갖고 있다. 하지만 그때에 대한 기억은 그것에 대해 내가 나중에 꾸며낸 이야기로 강하게 덧칠되어 있다. 그 이야기를 할 때 나는 흐트러져 있던 실제 생활을 좀 더 드라마틱한 내러티브로 압축하여 이상적으로 그려냈다. 그리고 지금은 이상적으로 그려낸 그 내용을 거의 그대로 받아들이게 되었다. 현재의 경험이 꾸며낸 과거에 대응되지 않고 또 그럴 수도 없으므로 나는 슬픔을 느낀다. 지금 내 과제는 한없이 솔직해지는 것이고, 이 야생지 생활을 신화로 만들지 않는 것이다.

2001년 7월 21일

늦은 밤. 작은 마음에서 벗어날 때 나는 다른 경험을 하게 된다. 대체로 자아가 없어지는 느낌이 들고, 뻥 뚫린 텅 빈 공간을 경험하게 되는데, 그 안에는 소리와 느낌과 육체의 감각들이 있다. 일어날 일은 그저 일어날 뿐이다. 세상과 나 자신에 대한 사랑이 존재한다. 큰마음. 평화롭고 아름답다.

드물기는 하지만 나 자신을 마치 저 너머에서 바라보는 것처럼 타자로 바라보는 느낌이 들 때도 있다. 많은 존재들 중 한 존재로서 여기에 속한, 세상 속의 한 사람으로 바라보는 것이다. 우리 모두는 실재하고, 다 함께 살아 있다. 이 경험은 더없이 감미로우며, 내가 갈망하는 바로 그것이다.

이틀 연속 화창한 날씨. 내일이 내 생일이므로 이 날씨를 생일 선물로 생각할까 한다. 그러지 않을 이유가 어디 있는가? 바람을 종종 개인적인 모욕으로 받아들이니 좋은 날에 대해서도 충분히 그렇게 주장할 수 있다. 어제는 나무를 구하러 갔는데 체인톱이 자꾸 말썽을 부리더니 끝내 완전히 망가지고 말았다. 어쩔 수 없이 활톱으로 마무리했다. 헤르만이 이곳을 찾아왔을 때 말해준 아메리카삼나무를 더 많이 구할 수 있어서 기쁘다.

캠프에 돌아가자 캣이 여느 때처럼 달려들며 나를 반겼다. 다른 고양이들도 이 녀석처럼 사랑스럽게 구는지 모르겠지만, 고양이에게서 기대되는 행동과는 달리, 이 녀석은 외려 강아지처럼 군다. 녀석이 이곳에서는 유일한 고양이라서 이름을 캣이라고 붙였지만, 가끔은 펍이나 버드라고 부르면서 강아지라고 생각한다. 녀석은 보트 안으로 점프해 들어왔고, 나는 짐을 내리기 전에 애정 표시를 해주었다. 그러자 녀석은 보트 옆에 나란히 묶어둔 카약을 확인하러 갔다. 앞발이 닿으면 가벼운 물질의 고무 튜브들이 망가질 수도 있기 때문에 카약에 올라가는 것은 금지다. 고개를 들자 뒷발은 보트에, 앞발은 카약에 올려놓고 있다. "안 돼!" 소리를 지르자 순간 동작을 멈추었다. 그러자 카약은 보트에서 멀찍이 떠밀려갔고, 캣의 앞발은 허공에 붕 떴다가…… 중력의 힘을 따라 바다 속으로 풍덩 빠졌다. 날개 펼친 고전적인 독수리의 모양새라 우스꽝스러웠지만 꽁꽁 얼까봐 얼른 꺼내주었다. 녀석은 순식간에 몸을 추스르더니 번개같이 오두막으로 달려갔다.

가여운 캣. 털이 두꺼워 보통 때는 덩치가 상당해 보이지만 물에 흠뻑 젖으니 뼈만 앙상하다. 녀석이 박스로 들어가 제 잠자리를 축축하게 만들까봐 잽싸게 쫓아갔다. 수건으로 몸을 닦아주자 그다지 좋아하지는 않았지만 제법 순하게 잠자코 있었다.

스테인즈 반도에서 물을 긷고 물통을 실은 뒤 덤불을 헤치며 물 떨어지는 소리가 들린 곳을 찾아가자 아름답고 작은 동굴이 나타났다. 작은 웅덩이에서 삐죽 튀어나온 돌 하나를, 물보라로 만들어진 1센티미터 남짓한 동그란 얼음 구슬들이 빙 둘러싸고 있었다. 희뿌연 빛 속의 얼음 구슬들은 알알이 박힌 목걸이의 보석들처럼 반짝반짝 빛났다. 얼마나 멋진 선물인가.

내일이면 쉰다섯이다. 예순이 코앞이라는 말이다. 꽤 오싹하다. 내 삶은 어떠했는지를 되돌아보았다. 지금까지 목표를 품은 것처럼 살아왔고, 지금도 그런 것 같지만, 그것이 무엇인지는 잘 모르겠다. 어쩌면 다다를 때까지 그 목적지를 알 수 없는, 여행일 것이다. 해피 버스데이 투 미!

2001년 7월 24일

기억나는 것 중에서 가장 멋진 생일이라 하겠다. 눈을 뜨니 방금 내린 눈으로 하얗게 뒤덮인 나무들과 덤불숲이 나를 맞아주었다. 하지만 기온은 계속 영상이어서 하루 종일 눈이 녹아드는 소리를 들을 수 있었다. 하고 싶은 일만 계속 하는 중이다. 빵에 꿀을 발라 먹었고 커피와 스카치를 마셨다. 이른 오후에 불을 피웠고, 그 뒤로는 계속 오두막 안에서 따뜻하게 지낸다. 아, 좋다. 저녁으로 생선을 먹은 뒤 목욕을 할 생각이다.

오늘 아침 포치에 앉아 패티의 선물을 풀어보았다. 정말 다정다감한 친구다! 색연필과 작은 스케치북이 들어 있었다. 포치에서 바라보이는 전망을 대강 스케치했다. 회색과 은색이 없어서 아쉽다. 이곳에서 제일 중요한 색깔인데. 그리고 요요도 있었다. 얼마나 시의적절한 선물인가! 스페인어로 '요, 요'는 '나, 나'를 의미한다. 자신에게 지나치게 초점을 맞추면 요요처럼 위아래로 오르내리며 많은 시간을 보내기 십상이다.

패티가 동봉한 메모에는 여기서 내 노래를 찾기 바란다는 말이 적혀 있었다. 그 내용을 읽자 눈물이 났다. 오랜 시간 동안 내 노래가 무엇인지 모르고 살았다. 길을 잃고 헤매는 것은 고통스럽다.

조금 전에 주역으로 점을 쳐봤다. 얼마 전부터 그러려고 했는데 질문을 정하지 못하고 있었다. 구체적인 상황에서 내가 받는 조언은 대체로 애매모호한 것 같지만, 영적인 질문을 던지면 그 대답에서 발견되는 통찰에 종종 깜짝 놀라곤 한다. 어떤 날은 나온 괘의 결과가 신비한 기적처럼 여겨진다. 오늘밤이 그런 날이었다. 질문은 이랬다. "내 가슴의 노래를, 즉 깊은 의미와 성취, 평화, 사랑, 아름다움, 살아 있음을 이곳의 생활에서, 그리고 남은 인생 동안 어떻게 찾을 수 있고, 또 어떻게 그것에 따라 살 수 있을까?"

점괘의 결과는 인화(人和). 개인보다는 사회 차원의 문제다. 물은 더불어 바다로 흘러간다. 리더가 되느냐, 추종자가 되느냐의 문제다. 그렇다면 자신이 리더가 될 자질이 있는지 없는지 신탁에 물어야 한다. 그 질문에 이르자 지치고 집중력이 떨어져서 내일까지 기다렸다가 물어보겠다고 생각했다. 하지만 뭔가가 계속하라고 부추겼다. 이번에는 댓개비 대신 동전을 사용했다. 그 방법이 훨씬 빠르고 힘도 덜 든다.

똑같은 괘가 나왔다. 우연이라고 하기에는 너무 우연이다. 하지만 두 결과는 약간 달라서, 두 번째 괘가 인화에서 순응으로 바뀌었다. 순응은 64괘 중두 개의 핵심 괘, 그러니까 창의/양/남성과 순응/음/여성 중 하나다.

이 괘는 정확히 들어맞는데, 지금 내가 공격적인 행위에서 순응과 평온으로 이동하기 위해 노력하고 있기 때문이다. 인화에 해당되는 효(爻)의 풀이를 보면 리더는 간청이나 위협을 물리치고 사람들이 자유롭게 따르거나 아니면 제 갈 길을 가도록 해줄 수 있어야 한다. 언젠가 내가 리더가 된다면나 자신에게 진실해야 할 것이며, 그럴 경우 사람들은 모여들어도 좋고, 그러지 않아도 역시 좋다.

주역의 위험 중 하나는 신화적인 용어를 사용한다는 것이다. 나 역시 나자신에 대한 생각을 그런 용어로 표현할 수 있다. 팽창된 에고. 내 성격이 강하다는 것을 부인할 수 없지만, 나 역시 자기의심과 두려움, 그리고 자유에의 필요성이 있다. 어쩌면 나는 자긍심을 삼키고 추종자가 되어야 할 것이다. 괘는 독립자로서 나 자신의 길을 가는 것은 영리하지 않은 선택이라고분명히 말하고 있다. 같은 괘가 두 번이나 나왔다는 사실에는 주목하지 않을 수 없다. 주역은 나 자신의 작은 자아를 넘어서 실재하는 뭔가가 있다는데 대한 증명이 아니라 증거이며, 이는 좋은 것이다.

2001년 7월 25일

밤. 오늘 빨래를 했다. 빨래는 별로 좋아하지 않지만, 깨끗한 옷을 입으면기분이 좋다. 세제 대신 홈메이드 비누로 바꾸었다. 환경과 내 몸을 위해서 좋은 일이다. 이러면 말끔히 헹구어졌는지 걱정할 필요도 없다.

밤. 6.1℃. 고요하고 구름이 많다. 토박이들은 오늘밤 부산을 떤다. 돌고래들은 해구에서 물장구를 치고, 수컷 강치는 해협이 떠나가도록 큰소리로 운다. 아침 명상 때 돌고래들이 물 뿜는 소리가 들려 밖을 내다보았더니 근처를 지나가고 있었다. 한 놈이 좀체 들을 수 없는 신음을 냈으니 물을 뿜은 것은 틀림없이 다른 놈일 것이다. 눈이 녹고 있다. 눈이 와서 좋기는 했지만 이제는 녹아도 괜찮다. 지금까지는 바람과 벌레들의 여름보다는 겨울이 훨씬 좋았다.

체인톱을 다시 작동시키려고 해보았다. 기름이 소음기에서 줄줄 흘러내렸다. 이건 좋은 징조가 아닌 것 같다. 필요한 장작을 거의 다 준비할 때까지 버텨준 것이 감사할 따름이다.

밤. 매일, 글을 쓰는 일이 점점 힘들어진다. 그냥 그러고 싶은 마음이 들지 않는다. 오늘은 일요일, 텅 빈 하루였다. 소설을 읽을 수 있는 일요일을 기다리지만, 뭔가를 해야 한다는 생각은 하지 않는다. 심지어 명상도. 하지만 일요일은 어쩌면 내게는 가장 힘든 날일 것이다. 정해진 일과나 목표가 없으면 우울과 의심과 공허함이 잠식해 들어온다. 뭔가를 추구하느라 인생을 허비하는 느낌이지만 그것이 무엇인지조차 알 수 없다. 하지만 그것을 찾으면 느낌으로 알 것 같다. 거친 바다에서 물고기를 잡는 것과 비슷하다. 입질일 수도 있는 무수한 낚싯줄의 당김이 있지만 실제로 입질이 오면 착오는 없다.

이곳에 오면서 품었던 전제는 우리 문화가 물질의 소유를 추구하는 것은 환경을 파괴할 뿐 아니라 근본적으로 무익하다는 것이었다. 물질은 우리가 찾는 만족을 줄 수 없으므로, 우리는 생의 무의미함이 따라잡지 못하도록 더 빠르게 뛰고 더 많이 소비한다. 우리가 만들어낸 개념의 영역에서 빠져나와 생의 실제 흐름으로 들어갈 때 그 경험은, 그 자체로 깊은 의미와 성취감을 준다고 나는 주장해왔다. 하지만 사실 나 역시 그런 식으로는 좀처럼 느끼지 않는다.

오늘은 두 달 동안 가장 더운 날이었다. 열파 현상이다. 날벌레들이 날아다니고, 눈은 거의 다 녹았으며, 조만간 바람이 다시 불기 시작할 것이다. 바람이 거세어지기 전에 빙하로 갈 수 있을지 모르겠다. 가면 폭풍에 갇힐까, 아니면 아예 못 가게 될까.

오후에는 불을 피우고 낮잠을 잤다. 깨어날 때 기분이 상쾌했다. 완벽주의자의 자기평가라는 죄수복을 벗고, 나 자신과 다른 모든 것이 있는 그대로 존재할 수 있는 공간으로 느긋이 들어갔다. 일요일이면 종종 거의 온종일을 텅 빈 상실감에 빠져 지내다가, 저녁 시간이 되면 경험의 세계가 열리면서 평화와 조화 속으로 들어간다. 집착하지 않으면서 모든 것들이 존재하게, 그리고 지나가게 놓아두는 법을 배워가고 있다.

226

오늘 스테인즈 반도에서는 물고기가 아주 잘 잡혔다. 또 해변에서 아메리카삼나무의 작은 숲을 발견해서 좀 잘라왔다. 선외모터는 여전히 크랭크를 완전히 돌리면 작동하지 않는다. 보트의 좌측 후면 폰툰에서 공기가 새어 나가고 있지만, 날씨가 풀릴 때까지는 땜질을 하고 싶지 않다. 아침에는 공기를 주입하는 데 발펌프가 고장이 났다. 연이어 다른 펌프도 고장이 났다. 이제 보트를 타기 전에 먼저 고쳐야 할 두 개의 펌프가 생겼다.

나무를 부린 후 캣을 보트에 태워도 될지 알아보기 위해 같이 바다로 나가보기로 했다. 녀석이 잽싸게 폰툰 위로 올라가기에 나 역시 잽싸게 끌어내렸다. 몇 차례 반복되자 마침내 포기하고 구명조끼 위에 가만히 앉았다. 방향을 돌릴 때나 보트가 흔들릴 때 폰툰에 올라가면 물속에 빠질지도 모른다. 녀석이 보트 나들이를 정말 좋아한 것 같지는 않지만 그래도 겁을 집어먹지는 않았다. 기어코 빙하에 가게 된다면 녀석을 데리고 갈지도 모른다. 이곳에 혼자 있는 것보다는 어쩌면 같이 가는 것을 더 좋아할 수도 있다.

밤. 겨울이 절반 이상 지났고, 이곳에서의 내 시간도 절반 이상 지났다. 어떤 날은 지금 떠나도 좋겠다는 생각이 들고, 또 어떤 날은 작정한 1년이 지난 뒤에 떠날 준비가 되어 있지 않으면 어떻게 하나 싶은 날도 있다. 겨울을 두려워하며 얼마나 많은 기력을 소모했던가. 지금까지는 여름보다 훨씬 좋았다. 햇빛은 더 많았고 바람과 비는 더 적었다. 기온도 8도에서 13도 차이밖에 나지 않았다.

오늘 버터벨리 오리들에 관한 퍼즐 한 조각이 제자리를 찾았다. 한 쌍이 해구로 헤엄쳐 들어왔는데, 곧추 선 자세가 어딘지 전과는 달라 보였다. 그것들은 마치 그곳이 자기네 구역이라도 되는 양 주위를 둘러보더니 태연히 미끄러져갔다. 그것들이 휘파람을 불 줄 알았다면 그렇게라도 했을 것이다. 내 눈에는 오리들이 전부 똑같아 보였으므로, 그 구역 오리들이 경고의 울음소리를 내지르며 침입자들을 끈질기게 쫓아가는 모습을 볼 때까지, 나는 그것들이 그 구역 오리들이 아니라는 사실조차 모르고 있었다. 구역 오리들도 이전에 보이던 모습과는 다르게 헤엄치고 있었다. 물속 깊이 잠겨서는, 수면 위로 빠끔 내민 악어 눈처럼, 살금살금 훔쳐보는 것 같았다. 그러더니 물속으로 다시 잠겼다. 나는 그것들이 수면 바로 밑에서 헤엄치는 모습을 볼 수 있었다. 공기를 들이마시러 고개를 들어 올렸다 내리고, 또다시 들어 올린 다음 공격을 개시했다. 하지만 그것들의 접근을 알아채자 침입자들은 냉큼 도망가 버렸다. 구역 오리들은 먼 해협까지 침입자들을 쫓아갔다.

오리들 간의 경계선 싸움이 치열해지고 시끄러워지자 이 모든 상황이 다소 낯설게 느껴졌다. 두 쌍 모두 날개를 퍼덕이며 소리치고 공격하지만 여전히 20미터 떨어진 각자의 영역에 갈라져 있다. 그때 또 한 번 경고의 울음소리가 들리더니 해구 건너편을 차지한 한 쌍이 이쪽 구역의 오리들에게 쫓겨 달아나던 그 한 쌍을 공격한다. 어라, 세 쌍인가? 아아, 새 영역을 찾는 다른 한 쌍이 나타났구나.

이미 터를 잡고 있던 두 쌍은 각각의 영역이 정해졌고, 그것들의 맞대면은 대체로 현상 유지를 위한 상징적인 행위다. 하지만 새로 나타난 이 쌍은 이곳에 뿌리내리지 못하도록 가혹하게 다뤄지고 있다. 그 사실이 어제의 큰 전투와 오늘의 기습 공격을 설명한다. 침입자들이 어디서 왔는지 궁금하다. 보트를 타고 돌아다녀도 이렇게 많은 오리들은 본 기억이 없다. 이 지역 전체가 이미 각각의 영역으로 나누어져 있는 건가. 아니면 이 얕은 켈프 서식지가 이들에게는 알짜배기 부동산인 걸까? 이 오리들은 정말 흥미롭다. 근처에서 짝짓기를 하고 알을 품으면 좋겠다.

보통은 더 늦은 시간에 그러지만, 오늘밤엔 땅거미가 질 때 바위에 앉아 있기로 했다. 나중이 되면 너무 졸린다. 어둠이 내리고 달빛이 바다와 산들을 비추자, 한동안 이름도 없는 색과 형태와 움직임의 세계가 열렸다. 부드럽게, 모든 것이 살아났다. 그래, 이것이다. 모든 존재는 더불어 살아난다. 경험론적으로 생각하면, 나무와 바위와 새는 개념적으로 만들어진 편린이며, 개념은 살아 있는 것이 아니다. 개념을 만드는 과정은 살아 있는 과정이지만, 개념 자체는 산 것도 죽은 것도 아니다. 맥박 뛰는 온 우주만이 살아 있다.

방법론, 고독, 명상

세상과 자신에 대한 탐구

내게 있어, 고독 속에서의 탐구는 미스터리한 미지의 세계를 좀 더 직접적으로 열어 보이는, 개인적인 변화의 과정이다. 이번 야생지 생활의 의도는, 열린 마음으로 고독의 생활로 들어가 어떤 일이 일어나는지 지켜보는 것이었다. 고독이 미치는 영향에 대한 추상적인 이론을 정립하는 대신, 어떤 경험을 겪더라도 나 자신의 실제 경험에 현재형으로 머물러 있겠다는 의도였다. 그 1년이 연구 프로젝트와 정신적 은거가 융합된 형태가 되도록 계획했다.

이 접근법은 내면의 긴장을 생성했다. 한편으로는 고독의 생활을 학문적으로 허용되는 포맷에 억지로 끼워 맞추려는 것이 시간과 기회의 낭비라고 여겨졌다. 다른 한편으로는 그런 개인적 연구가 다른 사람에게 어떤 가치로 다가갈지 궁금했다. 이 경험은 보편적인 지식 창고에 무엇을 기여할 것인가?

학문적 타당성

또한 나는 학문 사회가 던지는 의심의 눈빛도 견뎌내야 했다. 자신을 연구하는 것은 학문적 전통에서 벗어난 일이다. 고독의 체험에 대한 경험주의적 연구를 위해서는 다른 대안을 찾을 수 없으므로 나는 내가 연구자이면서 동시에 연구대상이 되어야 한다고 주장했다. 다른 고독자들의 글을 그냥 읽기만 한다면 말로 표현된 그들의 기록을 연구하는 것이지, 그들의 실제 경험을 연구하는 것은 아니다. 또 내가 고독자 한 명과 함께 지내면서 그의 생활을 연구한다면 그 사람은 더 이상 고독 속에서 사는 것이 아니다. 이 두 가지 접근법 모두 가치가 있겠지만, 고독의 체험을 더 깊이 탐구하기 위해서는 야생지로 들어가 혼자 살아야 했다.

공통된 질문은 이것이었다. 당신의 연구가설은 무엇이며, 방법론은 정확히 무엇인가? 주된 측정 방법은 무엇인가? 사실 후자가 의미하는 것이 무엇인지는 몰랐지만 그 어감이 마음에 들지 않았다. 그래서 언제나 그런 것은 없다고 대답했다. 내 대답이 그들 모두를 만족시킬 리가 없었다.

내 목적은 나 자신의 삶과 고독의 경험을 연구하는 것이었다. 그리고 삶은 생각의 영역, 실행의 영역 하는 식으로 그 영역을 뚜렷이 나눌 수 있는 것이 아니다. 나한테 뭔가 의미 있는 책을 읽을 때 그 책이 심리학에 관한 것인지, 철학이나 사회학, 또는 정신에 관한 것인지는 중요하지 않다. 나는 그저 다른 인간의 생각을 읽는 한 명의 인간이다.

실제적 방법

그렇다고 내가 빈손으로 고독의 생활로 떠난 것은 아니었다. 나는 서구문화에서 50년 넘게 살아왔고, 생각, 믿음, 욕망, 두려움, 의심, 특히 과거의 고독에서 비롯한 기억과 기대감이 따라 다닌다. 나는 종종 그것들을 이용하여 흐르는 현재의 순간들이 막고 만다.

내 성향은 지금껏, 세속적이든 구별된 것이든, 육체적, 감정적, 심리적, 정신적 경험을 기꺼이 맞아들이고 그 가치를 인정할 줄 아는 급진적인 경험주의자가 되는 것이었다. 하지만 나는 희귀한 경험이라 하더라도 인간 잠재성의 일부로 수용되어야 한다고 믿는다.

우리는 우리가 관찰한 모든 것들의 합이다. 이성적으로 납득할 수 없다는 이유로 경험의 특정한 측면을 인정하지 않으려 할 때 우리의 삶은 빈곤해진다. 자기인식은 세상을, 그리고 세상 속에서의 내 위치를 아는 데 매우 중요하다.

고독을 연구하기 위해 내가 선택한 방법은 유심한 관찰과 분석적 성찰을 일지에 기록하면서 그것들을 아우르는 것이었다. 이처럼 개인 경험을 집중적으로 탐구하고 글로 쓰는 것은 비판을 받기 쉽다. 어쩔 수 없이 주관적이고 자기몰입적으로 보이기 때문이다. 하지만 심리학자 에이브러햄 매슬로가 지적했듯이 모든 지식은 근본적으로 개인적인 지식이다. 주관적인 경험도 그 관점과 방법이 설명되어 타당한 공개 지식으로 전환되면 타인들도 그 경험을 이해하고 검토할 수 있게 된다. 내 바람은 내 개인적인 경험이 타인과 공명하여 고독에 대한 우리의 집단적인 이해가 더욱 심화되는 것이다.

학술 용어로 나는 정성(定性)적인 연구방법을 추구했고 정량적인 방법은 선택하지 않았다. 정성적 연구는 정량적 연구에 비해 선호되지 않는 것 같다. 전자는 후자의 허술하고 개인화된 형태로 여겨지며, 후자에서는 개인이 서술한 말들이 정확한 수치와 반복 가능한 결과들로 대체된다. 하지만 사실은 그렇지 않다. 이 방법들 간의 차이는 엄정함의 정도에 있는 것이 아니다. 두 방법은 근본적으로 다른 설명 방식이며, 세상을 이해하는 서로 구분되는 방법을 반영한다.

일상생활에서는 어떤 일이 정량적으로 설명되지 않는다고 해서 무의미하다고 여겨지지는 않는다. 오히려 그것이 '무의미'하게 여겨질 때는 우리가 세상을 이해하기 위해 만든 이야기의 틀 속에 그것을 끼워 넣지 못할 때이다. 행동에 대한 설명이 요구될 때 우리는 보통 수학적 등식보다는 개인적인 내러티브로 대답한다.

명상

명상은 개인적인 편견과 근심의 생각들을 밀쳐놓고 매 순간 열린 마음으로 고독이 가져오는 것을 발견하려고 애쓰는 내 노력의 중요한 부분이다. 아주 간단하게 말하면, 내가 불교 명상을 하는 의도는 분심을 줄이고, 바로 지금 여기에서 일어나는 모든 일에 개인적 판단이 개입되지 않은 방식으로 마음을 집중하는 것이다. 때로는 초조함이 우세하고, 때로는 평화가, 때로는 통찰이 우세하다. 목표는 특정한 경험을 계발하는 것이 아니라, 평정심과 측은지심을 기르는 것, 유쾌한 경험에 대한 습관적 집착과 불쾌한 경험의 습관적 회피에서 벗어나는 것, 고통을 경험할 때 다른 대상을 탓하려는 마음을 내려놓는 것이다.

명상을 할 때는 가만히 앉아서 호흡에만 집중한다. 조절하려고 애쓸 필요는 없다. 숨을 들이쉬면서 그 숨을 지켜본다. 숨을 내쉬면서 그 숨을 지켜본다. 얕은 호흡도, 깊은 호흡도 있는 그대로 지켜본다. 들숨과 날숨 사이의 정지된 순간을 지켜본다. 얼마 안 있어 우리 자신과 우리의 환경에 우리가 실제로 현존하는 순간이 얼마나 드문지 깨닫게 된다. 때로 마음은 한동안 침묵하며 어떤 논평도 하지 않은 채 오로지 경험의 흐름만을 지켜본다.

이 간단한, 그러나 결코 쉽지 않은 방법으로 마음을 가라앉히고 지금 여기를 주의 깊게 바라본다면 다른 모든 것은 저절로 일어날 것이다. 스승은 힘든 길을 가는 우리를 이끌어주고 탐험할 장소들을 알려준다는 점에서 중요하지만, 우리의 진실은 이 순간, 그리고 이 순간, 그리고 또 이 순간 구체화된 우리 자신의 경험 속에서 발견된다. 수행은 명상의 방석에 앉아서만 하는 것이 아니다. 마음을 집중할 수 있게 되면 일상생활에서도 이어진다.

명상의 전통에서는 부단히 떠오르는 생각을 훈련되지 않은 마음의 증상으로 본다. 분석적 사고 역시 자연스럽고 유용하며 존중되어야 하는 것이지만, 그 사고에 빠져 사고 과정 자체에 대한 인식을 놓치는 일이 없도록 각별한 주의를 기울여야 한다.

명상과 고독

명상과 고독 사이에는 유사점이 있다. 명상 중에 마음은 서서히 가라앉고, 마음과 몸의 과정을 더 분명히 볼 수 있게 된다. 내 경우는 그 일이 고독 속에서 일어나는 것 같았다. 날마다 일어나서 나 자신과 마주하고, 나 자신과 함께 지내고, 나 자신과 함께 잠들었다. 타인과의 대화가 부재한 가운데 마음은 가라앉고 정화되었다. 마음의 상태와 감정, 육체의 느낌들을 더욱 강렬히 인식할 수 있었다.

명상과 고독은 서로 잘 어우러진다. 내 경우에 명상은 공동사회의 부재로 생기는 정서적 롤러코스터를 안정시키는 강력한 수단이 되어주었다. 사회 환경에서는 마음의 집중을 유지하기가 힘들기 때문에 고독은 강력한 정신적 도구가 될 수 있다. 분심을 일으킬 일이 별로 없어서 강도 높은 자기훈련 없이도 마음이 자연스럽게 느려지고 깊어진다.

그 1년 동안 고독 속에서 나는 사회적으로 뒤엉킨 그물에서 풀려날 수 있었고, 다른 차원의 존재를 자유롭게 탐구했다. 긴장을 풀고 나 자신을 자연 리듬의 일부로 경험하는 기회를 누렸다.

2001년

8월

집중의 노력이 오래도록

아무런 결과를 낳지 않는 것 같더라고

언젠가 그 노력에 정확히 비례하는 빛이

우리의 영혼을 채울 것이다.

— 시몬느 베이유, 오두막 문에 붙여 놓은 글귀

2001 | 8
육체와 감정과 지성과 정신의 군살이 빠지고 있다

늦은 저녁. 5℃. 빗속으로 달빛이 흐르고 괴괴하다. 확인 이메일을 보냈고 알레한드라로부터 답장을 받았다. 패티가 보낸 소포들을 자기가 가지고 있으며 헤르만이 9일에 들를 거라는 내용이다. 패티에게 새로 물품 목록을 보냈다. 추가로 부탁한 물품을 헤르만에게 어떻게 보낼지 모르겠다.

오늘은 고요하고 초원의 구름이 뭉게뭉게 피어난 화창한 날이었다. 맑은 하늘에 그런 구름이 흐르는 풍경은 드물다. 스테인즈 반도에 가서 물고기를 잡았고 장작을 팼다. 모터는 시동을 켤 때 아직도 작동이 이상하다. 몇 분 작동하는가 싶더니 멈춘다. 잠시 기다렸다가 다시 켜면 그때부터는 괜찮다. 깊은 바다에서 물고기 네 마리를 잡았는데, 그렇게 깊은 곳에서 낚싯줄을 감아올리니 어깨에 무리가 간 것 같다.

체인톱은 탱크를 가득 채우면 소음기에서 기름을 쏟아내지만 절반만 채우면 그럭저럭 괜찮다. 몇 달 동안 나무를 자르고 운반하는 일이 걱정거리였지만, 이제는 그거라도 안 하면 몸을 쓸 일이 없어서 어깨가 아파도 중단할 수가 없다. 육체적 활동이 몹시 그립고 마음은 초조하다.

늦은 밤. 달빛이 나뭇가지들 사이에서 투명한 포치 지붕으로 그림자를 드리운다. 흰색 바탕에 이 검은색 붓글씨는 더할 나위 없이 아름답다. 3차원적 색깔에서 2차원적 흑백으로의 이동이 내게 왜 이토록 강렬한 영향을 미치는지 모르겠다. 요 며칠 동안 기압은 29.6 정도로 계속 낮았고, 날씨는 제법 고요하고 대체로 화창했다. 그런데 지금 기압이 30 이상 올라가자 비가 오고 바람이 분다. 이건 거꾸로다. 기압계가 폭풍을 예고하는 데 도움이 되기를 바랐는데 지금까지는 아니다.

지난 며칠 동안 의식의 이동이 일어났다. 광활한 고요와 평화로 들어가는 문이 열렸다. 언제나 그곳에 있지는 않지만, 그 사실을 깨닫고 가만히 긴장을 풀면 노력 없이도 그곳으로 흘러간다. 여전히 의심과 자기평가가 배경으로 감지되지만, 희미하다. 고독이 내게 영향을 미치고 있는 것 같다. 이따금 이곳을 떠난 뒤를 생각하는데, 열린 마음과 일체감을 잃을까봐 겁이 난다. 평정에 대해 아직 배울 것이 많고, 이 경험을 상실하는 것이 정말 싫기 때문이다.

이런 순간들에는 행복이 문제가 아니다. 평화와 사랑과 기쁨이 흐르고,

축복받은 기분에 휩싸인다. 언제나 이래야 하는 것처럼. 그 공간으로 들어가는 길이 막혔다는 기분이 들면 불행한 마음이 찾아온다. 이 우울한 감정들을 덮어버리기 위해 항우울제를 복용하지 않으려는 이유가 이것이다. 내작은 자아 속에 갇혀 있을 때 나는 진정 중요한 것을 놓치고 있다. 상실감을느끼고 그것을 회복하려고 노력하는 것이 아마도 내 완벽주의의 원인일 것이다. 하지만 완벽하기 위한 노력은 되돌아가는 길이 아니다. 이 부재감은 우리 문화의 파괴적 물질주의를 크게 부추겨 온갖 잘못된 장소들에서 성취욕을 조장한다.

아침은 여전히 힘들다. 침울함에 휩싸이고, 그러니까, 모든 것에 저항하고싶어진다. 일어나고 싶지도 않고 누워 있고 싶지도 않다. 어깨도 아프고 마음도 아프다.

밤. 지난 몇 달 동안 나를 괴롭혀온 치아 부근에서 누르스름한 고름이 나온다. 그 옆에 금으로 때운 다른 치아가 깨진 느낌이다. 썩은 치아를 뽑으려면 면봉을 좀 찾아봐야 한다. 뽑을 수 없다면 헤르만이 왔을 때 그 배를 타고 치과에 갔다 와야 할 것이다. 적어도 1주일은 푸에르토나탈레스에 있어야 한다는 말인데, 이곳을 떠나고 싶은 마음은 정말 없다. 이가 정말 심하게아프기 시작하면, 최악의 상황은 해군에 긴급 구조 요청을 하는 것이다. 치과에 빨리 가는 유일한 방법이다. 오늘밤부터 항생제를 먹기 시작할 것이다.

치아는 흔들흔들하지만 치근은 아주 깊숙이 박혀 있다. 지금까지는 그렇게 많이 아프지 않지만 뽑을 때 끔찍하게 아프거나 잇몸 안이 파열될까 무척 겁난다. 하지만 정말 뽑을 거라고 생각하니 내가 그 문제를 해결한다는 사실이 기쁘다. 고질적인 감염은 내 끊임없는 통증, 그리고 원기 부족과 연관성이 있을지 모른다. 미치고 싶을 만큼 통증이 심하지 않았으면 좋겠다.

2001년 8월 4일

밤. 찬란하리만큼 맑고 고요하며, 온 세상에 서리가 무겁게 내렸다. 수정 같은 하늘과 거울 같은 바다로 달이 솟아올랐다. 바람이 없으니 참으로 나른하다. 오늘 돌아온 태양이 지붕과 앞마당을 어루만져 주었다! 그늘로 유배당해 사는 날도 이제 거의 끝이다.

캣은 아주 문명화된 고양이다. 오늘 녀석이 썰물의 바닷가에 배변하러 가는 것을 확인했다. 캣에 대한 내 느낌을 관찰하는 것이 흥미롭다. 종종 녀석을 깨우지 않으려고 조용히 포치로 나가는데, 그것은 녀석이 나를 쳐다보며 애정을 바라는 것이 싫어서다. 사적인 공간이 침범되는 것처럼 강요받는 기분이다. 녀석이 애정을 원할 때 내가 내키지 않으면 녀석을 일부러 무시하거나, 아니면 한 번 긁어주는 정도, 혹은 혼자가 아니라는 것을 알게 해주는 말 한마디를 내뱉는 정도로 그친다. 가끔은 내키지 않아도 녀석이 원하는 애정을 줄 때도 있다.

치아는 큰 변화가 없다. 거의 45도 각도가 되도록 비튼 뒤 위아래로 움직여본다. 금방이라도 뽑힐 것 같지만 막상 힘을 주면 끄떡도 하지 않는다. 아파도 힘껏 당길 용기가 있다면 뽑힐 것 같다. 예전에 치아를 뽑을 때는 의사가 항상 구멍을 조심스럽게 닦어내서 감염 부위가 깨끗해지도록 했다. 노보카인 없이는 엄청 아플 것 같아서 항생제의 효과가 나타나는 일주일 동안은 실을 구멍에 찔러 넣어 열려 있게 해야 할 것이다. 뽑을 때 특히 주의할 점이 있는지 물어보기 위해, 그리고 내가 통증을 꽤 두려워한다는 사실을 인정하기 위해 패티에게 이메일을 보냈다.

2001년 8월 5일

밤. 패티로부터 답변과 용기를 주는 이메일을 받았다. 크게 생각하면 대단한 일은 아니며, 어깨 통증만큼도 아프지 않을 거라고 말해주었다. 인간은 수백 년 동안 자기 치아를 스스로 뽑아왔다는 사실도 상기시켜주었다. 그만 겁쟁이처럼 굴고 실을 문에 묶어 쾅 닫은 다음 삶을 계속하라고 말했다. 훌륭한 조언이다! 해낼 수 있을 것 같다! 한 가지 문제는 세게 닫을 만큼 육중한 문이 없다는 것이다. 실을 무거운 돌에 묶은 뒤 그 돌을 떨어뜨리는 방법을 써야 할 것 같다. 어쩌면 수선 떨지 않고도, 통증으로 괴롭지 않고도 쉽게 뽑아버릴 수 있을 것이다. 하지만 그렇지 않을 수도 있다. 이삼 일 더 기다려봐야겠다.

2001년 8월 6일

늦은 오후. 침울한 하루. 흠, 비가 물통을 가득 채워주기를 청했다. 비가 방수천 위로 후드득 떨어지면 포치에서는 귀가 먹을 정도로 시끄럽다. 오두막 안은 방수천 아래 섬유판 한 층이 깔려 있기 때문에 한결 조용하다. 보통 때처럼 거의 온종일 포치에 앉아 있었지만, 지금은 이 아늑한 보금자리에 있을 수 있어서 기쁘다.

평화의 느낌은 고독이나 야생지로 들어간다고 생기는 것이 아니다. 일상생활의 근심과 약속들로부터 멀어질 때 온다. 대체로 사람들은 야생지에 아주 잠시 머물다 갈 뿐이므로 불안은 그들을 따라잡지 못한다. 하지만 나는 일상생활이 되어버릴 만큼 이곳에 오래 살았으니 평소의 온갖 근심들이 들고 일어난다. 하지만 이곳에는 마음 돌릴 곳도, 달아날 출구도 없으니 나는 그 과정을 더 명확히 볼 수 있고 근심도 더 직접적으로 마주할 수 있다.

밤. 오늘 아침 더는 미룰 수 없다는 것을 알았다. 명상을 하고 운동을 하고 불을 피운 뒤 썰물의 해변에서 큰 돌을 들고 왔다. 이를 뽑기에 완벽하게 좋은 돌덩이를 찾는 데 시간이 좀 걸렸다. 모양도 질감도 적당해야 했는데, 자칫하면 실이 빠져버릴 수도 있기 때문이다. 한 번에 뽑히려면 무게감도 있어야 했다. 돌덩이를 떨어뜨려 이를 잡아당기는 것도 썩 유쾌한 일은 아니겠지만, 실제로 이가 뽑힐 정도로 센 힘이 주어지지도 않을 것 같다. 그러면 또다시 떨어뜨려야 할 것이고…….

며칠간 얼굴이 붓고 아플 경우를 대비해 면도를 했고, 잇몸에 오라젤을 바른 뒤 타이레놀을 두 알 먹었다. 마음을 가라앉히기 위해 평소보다 오래 명상하면서 볼에 얼음을 대고 있었다. 핏방울이 튀지 않도록 셔츠를 벗었고 돌덩이가 바닥에 떨어질까 봐 패드를 깔았다.

길이가 4피트 되는 튼튼한 나일론실의 한쪽 끝을 썩은 이에 묶었다. 앞쪽 윗니라서 돌덩이가 실을 홱 잡아당기는 순간 곧바로 뽑혀 나오기를 바랐다. 나머지 끝은 돌덩이에 묶었는데, 그러는 동안 놀라우리만치 생생한 이미지들이 연속적으로 머릿속을 스쳐갔다.

그 예언적인 환상 속에서는 내가 마음을 다잡고 몸을 숙인 뒤 입을 가능한 한 크게 벌리고 있었다. 돌덩이를 내 앞쪽 가슴 높이에서 양손으로 잡고 있다가 이제 떨어뜨려, 하고 나 자신에게 말했다. 하지만 손이 떼어지지 않았다. 깊은 숨을 들이쉬고 자세를 바로잡은 뒤 다시 떨어뜨려, 하고 말했다. 그래도 아무 일 일어나지 않았다. "떨어뜨려, 로버트! 로버트, 떨어뜨리란 말이야!" 그와 동시에 내 마음의 또 다른 부분이 이렇게 중얼거렸다. "그건 좀…… 곤란하겠는데." 돌이 떨어지면서 실 끝을 당기는 느낌만 생각해도 오금이 저렸다.

다른 대안은 없는지 다시 한 번 곰곰이 생각한 끝에 좀 더 현명한 방법이 있을 거라는 결론에 다다랐다. 예컨대 실을 탁자 다리에 묶은 뒤 목에 힘을 주어 당기는 동시에 손가락으로 흔들어 천천히 뽑는 것이다. 그렇게 해도 뽑히지 않으면, 혹은 너무 아파 견딜 수 없으면, 그 무시무시한 돌덩이를 떨어뜨린다. 그걸로 끝이다.

겁이 나는 건 당연한 일이라고 스스로를 타일렀다. 출산의 고통을 겪은 모든 여자들과, 시굴 때문에 캐나다의 나하니 강에 갔다가 얼음이 어는 바람에 꼼짝없이 갇힌 한 남자가 괴혈병에 걸려 펜치로 이를 깡그리 뽑아버린 일을 생각했다. 모터사이클 사고로 발을 절단해야 했을 때와 회선건판의 끊임없는 통증을 생각했다. 이를 뽑는 것은 거기에 비하면 정말로 아무 일도 아니다.

좀 더 명상을 하면서 용기를 청한 뒤 시작했다. 묶으면서 실수로 실이 당겨졌는데 찌르르한 통증이 오는 걸로 봐서 실제로 뽑을 때는 참으로 불쾌하겠다는 생각이 들었다. 시험 삼아 실을 당기면서 이를 흔들어 보았다. 아프기는 했지만 꼼짝도 하지 않았다. 아픔을 참고 진지하게 목을 당기면서 동시에 손가락으로 이를 비틀었다. 좋아, 이제 간다. 실을 당기자 이가 툭 뽑혀 나왔다.

안도의 한숨이 나왔다. 치근은 손상되지 않았고 피도 거의 나지 않았다. 늘 그렇듯 상상이 실제보다 훨씬 끔찍했다. 뽑은 이를 내 제단 앞에 트로피처럼 걸어두고 틈틈이 쳐다보면서 상상이 꾸며낸 무시무시한 상황들을 너무 심각하게 받아들여서는 안 된다는 사실을 떠올리기로 했다. 입 안의 골칫덩어리를 뽑아내니 기분은 좋았지만 타이레놀의 약효가 떨어지자 왼쪽 깊숙한 곳의 아랫니에도 통증이 느껴졌다. 부디 소금물로 헹구고 항생제를 먹는 것으로 다스릴 수 있으면 좋겠다.

맑고 고요하다. 스테인즈 반도에 가서 물고기 열두 마리를 잡아왔다. 그중 두 마리는 잡았을 때 대가리를 찌르고 물 밖에 몇 시간이나 두었는데도 저밀 때 팔딱거렸다. 죽인다는 행위에 대한 느낌이 생생히 살아온다. 양동이에 얼음이 담긴 자루를 넣고 그 주변에 톱밥을 채운 뒤 입지 않는 구명재킷을 덮어 냉각통을 만들었다. 잡은 물고기를 넣어두면 1주일은 괜찮을 것이다.

내가 이곳에 온 이유는 부분적으로 야생지로 들어가 사회적으로 조직된 우리의 현실 너머를 탐구하는 것이었지만, 지금은 그 현실이 내 안에 있다는 사실을 더욱 분명히 깨닫고 있다. 우리 각각은 하나의 현실을 창조하며 그 현실들은 전부 동일하지 않으므로 우리는 저마다 고유한 세계에 사는 것이다. 다수가 함께 공유하는 어느 정도 공통된 현실도 있겠지만, 그렇다 하더라도 서로의 세계 속으로 들어갈 수는 없다. 궁금하다……

이따금 나는 한 개인으로서 내가 구성한 현실 너머로 이동해 우리 모두가 공유하는 집단의 공간으로 들어가는 느낌을 받곤 한다. 그렇다면 그곳에서 타인들을 만날 수 있어야 하는데 지금까지는 그렇지 않았다. 그러니 어쩌면 공통의 기반에 대한 느낌은 나 개인의 세계에서 갖는 경험에 지나지 않을 수도 있다. 어떻게도 증명할 길이 없다.

알레르기 때문에 캣을 얼굴 가까이로는 못 오게 막았는데, 이제는 나한테 뛰어올라 내 냄새를 맡아도 내버려두기 시작했다. 제 코로 내 입술을 살짝 건드리며 쿵쿵 잠시 냄새를 맡고는 내 무릎에 자리를 잡는다. 오늘은 답례로 내가 녀석의 냄새를 맡았는데 매혹적이었다. 진한 동물 냄새와 강한 연결감. 동물이 서로 냄새를 맡는 것이 이상한 일도 아니다.

오늘 캣을 유심히 바라보았다. 참으로 우아한 피조물이다. 얼굴이 아름답다. 귀 주변으로 황갈색 털이 만드는 더없이 정교하고 아름다운 소용돌이무

늬는 나방을 연상시킨다. 휘어진 귀 때문에 더욱 눈에 띈다. 어젯밤은 내가
바위에 나가 앉아 있는 동안 녀석에게 발작이 왔을지도 모른다. 쿵 부딪치는
소리를 듣고 오두막으로 돌아왔더니 안에서 헤매고 있었다. 방향감각을 잃
었다는 확실한 표시다. 녀석을 안아 올려 쓰다듬어주자 다시 잠이 들었다.
오늘은 괜찮은 것 같다.

고독의 특징을 규정한다는 것은 관계를 설명한다는 것과 비슷하다. 각양
각색으로 다양해서 불가능하다. 고독 속에서는 외부 세계에 집중할 수도 있
고, 개념적 질서를 구상하는 일에 흠뻑 빠져 지낼 수도 있고, 예술 창작에
몰두할 수도 있고, 내면의 감정적 경험을 파고들 수도 있고, 우주의 전체성
과 사랑에 대한 정신적 차원들을 탐구할 수도 있다. 고독은 그 제한 요소가
오로지 자기 자신의 역량뿐이므로 해방적이지만, 성장을 촉진시킬 타인이
없으므로 힘이 든다. 고독 속에서는 많은 것들을 자기 스스로 해야 한다.

25년 전 맨 처음 야생지 생활을 할 때, 죽어도 좋을 만큼 가치 있는 것이
있다면 그것은 오직 충만한 삶이라는 결론을 내렸다. 어떤 의미에서 나는
그 믿음을 버린 적이 없었고, 이기적이고 무책임하다는 사람들의 비난에도
그 마음은 흔들리지 않았다. 나 자신의 본성에 진실하다면, 다른 사람 모두
가 반대해도, 나만이 할 수 있는 기여가 있음을 잊지 말아야 한다. 이곳에서
의 내 기본 과제는 이 경험을 충만하게 살아내는 것임을 거듭거듭 깨닫는다.

2001년 8월 10일

일어났더니 자욱한 안개가 아침을 뒤덮고 있었다. 들려오는 소리라곤 스

테인즈 반도에서 우르르 떨어지는 먼 폭포 소리와 해안에 사각거리며 부딪치는 바다의 얼음 소리뿐. 의미심장한 신비의 순간이 무한의 시간 속으로 펼쳐졌다. 동쪽 산들은 녹아드는 안개 속에서 희미하고 덧없이, 거울 같은 바다에 제 모습을 반사하고 있었다.

사진 한 장을 찍으려고 카메라를 꺼냈는데 필름 한 통의 절반을 써버리고 말았다. 사진을 찍고 싶은 충동은 어디에서 오는 걸까? 구도와 이미지, 그리고 환기되는 감정의 성질에 집중하다보니 긴장이 풀어졌다. 색깔의 영향으로부터 자유로운 검은색, 흰색, 회색 계열이 아직은 더 좋다. 내 사진은 공부해야 하는 무엇이라기보다는 렌즈를 통해 내가 보는 세상이다.

기이한 언어표현이다. 물고기를 잡고 사진을 찍는다고 말하는 것은. 사실 그런 식으로 느껴지지 않기 때문이다. 내가 물고기를 잡긴 하지만 내 마음이 열려 있으면 물고기가 내게 주어지는 것으로 느껴진다. 게다가 나는 사진을 찍지도, 풍경을 찍지도, 뭔가를 필름에 담지도 않는다. 그 느낌은 눈과 가슴이 형태와 색깔의 한순간에 이끌리는 것과 비슷하며, 나로서는 그것을 기념하고 액자에 담아 타인과 나누라는 부름을 듣는 것 같다.

2001년 8월 11일

소음기에서 기름이 새는 이유를 알아보려고 체인톱을 만지작거렸다. 아니다. 지금 상태로도 좋다. 저녁의 적요함을 깨뜨리고 싶지 않았다. 혼자 지내서 좋은 점 하나는 다른 사람들이 내는 소리를 듣지 않아도 되고, 그들이 내 소리를 들을까 염려할 필요가 없다는 것이다. 동물들도 시끄러운 소음을 신경 쓰는지 이따금 궁금해진다.

늦은 밤. 또 하루, 노 마스(no mas, 그 이상은 아니라는 뜻의 스페인어—옮긴이 주). 일어나 명상과 운동을 하고 계단을 만들기 시작했다. 몇 달 동안 벼르기만 했지 '착수'는 하지 않고 있었다. 오늘은 거의 아무 생각 없이 일을 시작했다. 일이 저 나름의 시간에 따라 일어나게 내버려두는 것.

내가 상상 속에서 타인과 이야기를 나누고 있다면 어떤 의미에서는 나 자신과 이야기를 나누고 있는 것이다. 내면에서 이야기를 한다는 점에서도 그렇지만, 그 모든 생각들이 나, 바로 내가 갖고 있는 각기 다른 관점들이기 때문이다. 상상 속에서 나는 가상의 비평가에게 묻는다. "인간 존재가 어떤 것인지, 혹은 어떠해야 하는지에 대해 결정할 권리를 누가 당신에게 주었나요?" 흥미로운 질문이다. 나는 엄청난 시간과 에너지를 나 자신을 개선하는 일에 쓰지만, 내가 어떤 사람이어야 하는지를 아는 나는 누구인가? 이 모든 자기 개선의 일은 지금 있는 그대로의 삶에서 도피하려는 한 가지 방법일 뿐이다.

살아 있는 세상에서 살아 있다는 이런 느낌 없이는 어떤 장소도, 어떤 직업도, 어떤 관계도 올바르다는 생각이 들지 않는다. 하지만 생은 움켜잡을 수 있는 것이 아니다. 나 자신을 열어 그것이 내 안에 들어오도록 할 수 있을 뿐이다. 이 살아 있음의 느낌과 함께라면 어디를 가더라도 괜찮다. 이 장소보다 다른 장소가 더 많이 살아 있는 것이 아니기 때문에 어디든 상관없다. 사랑에 빠진 느낌과 비슷한데, 열정적인 연애 사건보다는 부드럽고 평온한 사랑의 느낌이다. 오늘의 이 예상치 못한 의식의 이동은 놀라운 일이었다. 우연히 일어났고, 이 순간의 휴식처럼 깊은 편안함을 안겨주었다. 그렇게 오래도록 찾았는데 이제야 깨달은 것이다. 하지만 불안한 마음은 날뛰는 짐승과 같고, 습관이 변하려면 시간이 걸린다.

늦은 밤. 저물녘부터 내리기 시작한 비가 그치지 않는다. 하루 종일 바람도 세차게 불었다. 바다로 나가 어딘가에서 떠돌고 있지 않은 것이 천만다행이지만, 그래도 빙하에는 꼭 가보고 싶다.

한동안 제단이 미완성인 기분이 들었다. 돌과 깃털, 장작 한 개비, 샐비어 잎과 스위트그래스, 새의 가슴뼈, 패티가 준 몇 가지 것들, 사진 몇 장, 엄마를 화장한 유골재 조금, 아버지의 반지, 뽑은 치아, 그리고 내 부적이 놓여 있다. 오늘은 바람에 부러진 작은 나뭇가지를 보탰다. 그것이 내 책임은 아니며, 그 사실을 배우고 기억하도록 해준 바람에게 감사하는 마음을 되새기기 위해서다. 또한 바다로 나가 폭풍우에 사로잡히지 않도록 바람을 달래기 위한 제물이기도 하다.

계단을 완성했다. 뿌듯하다. 고작 여섯 달이 걸렸을 뿐이다. 진흙 구덩이에 자갈을 까는 것만 빼면 모든 실외 프로젝트가 전부 끝났다. 물론 보트와 모터, 체인톱은 계속해서 주의가 필요하다. 이제 태양이 돌아오고 있으니 태양전지판들도 더 안전한 장소로 다시 옮기고 싶다. 오두막은 별 탈 없기를 바란다.

바람, 하늘을 뒤덮은 구름, 출렁이는 바다. 망가지고 있다. 어제만 해도 드디어 모든 일이 거의 완전히 끝났다고 썼는데. 이렇게 뭔가 망가지는 일만 없다면 말이다. 아침에 난로 파이프가 군데군데 부식되고 있는 것을 발견했다. 믿을 수 없다. 파이프를 푼타아레나스에서 만들어 가져왔는데, 최상품의 금속으로 만들었어도 질이 뛰어나게 좋지는 않았다. 파이프를 돌려 구멍들을 때웠고, 알레한드라에게 헤르만이 올 때 새 파이프를 부탁한다는 이메일을 보냈다. 지금까지 모아들인 그 모든 장작을 쓸 수 없다면 참 아이러니한 일이 될 것이다.

난로 파이프를 붙들고 늘어지느라 하루를 날렸다. 세상이 내 노력에 적극적으로 훼방을 놓는 것처럼 느껴졌다. 물리적 세상에 대처해야 할 때면 이렇게 종종 화가 치민다. 자재들과 대화를 나누기보다는 아무 저항 없이 내 뜻에 복종하기를 바란다. 장작 패기나 요리, 낚시질 같은 일상적인 일은 그럭저럭 괜찮지만, 뭔가 기계 고치는 일에 부딪치면 신경이 곤두서서 허둥대며 조바심을 낸다.

오늘 버터벨리 오리들을 지켜보면서 그것들이 얼마나 자기충족적인지에 탄복했다. 날씨에 상관없이 그것들은 그저 편안해 보였다. 걱정할 장비도 없었다. 부리로 깃을 다듬기만 하면 된다. 하지만 하루에도 몇 차례씩 순찰을 하며 자기 영역을 방어한다. 캣 또한 끊임없이 경계선을 시험하는 것 같다 (아니면 나를 놀리거나 골려주려는 건지도). 어쩌면 그것이 생물학적 세계가 움직이는 방식일 것이다. 모든 유기체는 다른 종에 의해 저지될 때까지 세력을 확장한다. 하지만 나는 지금부터 아무 고통 없이 살아가려고 단 한 번으로 영원히 내 문제들을 해결하기 위해 애쓴다. 하지만 그렇다면, 나는 정말로 살아 있는 것이 아니다.

캣과의 사이에 또 불상사가 일어났다. 뒷간에 갈 때 자꾸만 따라와 엉겨 붙는다. 가만히 놓아두면 무릎을 타고 올라온다. 바지와 비옷을 끌어올리면서 일어서려는데 녀석이―변좌 귀퉁이에 앉아 있다가―뒷발로 서서 내 등허리에 앞발을 올렸다. 손을 뒤로 돌려 휙 쓸어내자, 풍덩, 구덩이 속으로 빠져 버렸다. 깊이는 18인치밖에 안 되지만 물이 가득 차 있었다. 녀석은 잽싸게 기어 올라왔지만 장미 향기를 풍길 리는 없지 않은가. 뭐, 사실, 시궁창 쥐처럼 보였다. 웃지 않을 수 없었다. 그 몰골이란. 얼른 닦아주지 않으면 심한 한기가 들겠지만 쓸 만한 것이 내 수건밖에 없었다. 그래서 결국은 똥이 잔뜩 묻은 수건을 빨아야 했다. 아, 신이시여, 참을성 없는 인간에게 어찌 이런 고난을 주시나이까.

영성의 두 측면인 초월성과 내재성은 나의 경험을 개념화하는 데 유용하다. 초월성은 평화, 명쾌함, 내가 종종 큰마음이라 부르는 내면의 빛을 말한다. 내재성은 내가 살아 있음이라고 부르는 것이다. 나는 주변의 물리적 세상을 살아 있는 것으로 느끼기 위해 노력해왔지만, 여전히 기계적으로 보일 때가 종종 있다. 사실 일리가 있는 말이다. 물질의 표층에 대한 감각 인식에만 집중한다면 세상은 생명이 없는, 기계적인 것으로 보일 것이다. 살아 있음은 내면에 있다.

이른 밤. 오늘은 낚시를 하면서, 물고기를 잡은 뒤 잠시 손을 멈추고 물고기에게 감사한 다음, 칼끝으로 정확하게 뇌수를 찔러 고통이 없도록 더 많은 신경을 썼다. 그렇게 했는데도 몇 마리는 나중에 살을 저밀 때 여전히 팔딱거렸고, 나는 내가 생명을 빼앗고 있다는 사실을 다시 한 번 사무치게 느꼈다.

오늘밤은 썰물이 아주 심해서 나무들 위로 더 광활한 하늘을 보려고 오두막 아래까지 내려갔다. 캣의 눈이 손전등과 마주치자 광포하고 오싹하게 번뜩였다. 등골이 오싹해졌는데 지금 이 글을 쓰면서 또 한 번 그런 느낌이 훑고 지나간다. 억압된 에너지가 더는 참을 수 없어 터져 나오려는 것처럼 몸이 벌벌 떨렸다. 이전에도 이런 기분이 든 적이 있어서, 그것이 놓여나고 열릴 수 있도록 어둠 속에 그 느낌과 함께 가만히 서 있었다. 내 이성적인 마음은 알 수 없는 그것을 두려워했지만, 나는 괜찮다고 나 자신을 안심시켰다.

이 어둠이 무섭다. 그것은 나의 외부에서 오는 것 같지만, 그것이 바로 그림자의 속성이다. 그것은 내가 인식하기를 바라든 아니든 그것이 내 모습이라고 말해준다. 내 의지가 방해를 받을 때 솟구치는 분노, 내가 싫어하는 짓을 했다고 캣을 후려갈기는 야만성, 그리고 여자들에게 보이는 미묘한 잔인성. 바람에 대한 나의 불안과 화 또한 어떤 식으로든 이 어둠과 연관되어 있다. 나 자신의 이 그림자 측면을 부인하고 다른 곳에 투사할 때 나는 두려움과 함께 남겨진다. 분노는 내 남성성을 근본적으로 부인할 때 생긴다. 이 어둠을 내 모습의 일부로서 마주하고 인정하는 용기를 가질 수 있기를 바란다.

세상에 악이 존재하다는 것을 어떻게 설명할 것인가? 신비주의자들은 존재의 궁극적 근본은 사랑이라고 주장한다. 그렇다면 발현된 세계의 모습에 어떻게 악이 존재할 수 있는가? 이원론에 기대지 않는다면 가능성은 기본적으로 세 가지다. 첫째, 신은 없다. 최악의 경우 전 우주는 눈먼 우연의 결과물이고, 최선의 경우란 인간이 개입되지 않은 과정이다. 그렇다면 이 세상에 악이 존재하지 않을 이유가 없다. 둘째, 신도 다른 모든 것처럼 그림자 측면을 갖고 있다. 고통, 질병, 죽음은—인간의 잔인성은 말할 것도 없이—본디부터 생에 내재해 있었다. 신이 사랑이라면, 사랑은 우리가 일반적으로 생각하는 개념과는 다른 것이다. 셋째, 세상에는 실제로 악이 없다. 관점과 귀착에서 비롯한 것이다. 이 경우 악의 정의는 에고와 연관이 있다. 나는 나, 내가 아는 사람들, 내 생활방식, 그리고 내 이상을 심각하게 위협하는 것은 뭐든지 악으로 분류한다. 하지만 확장된 나 자신을 중심에 놓지 않고 세상을 볼 수 있다면, 분명 고통은 존재하겠지만, 악은 없다.

내가 진실로 나 자신을 삶과 죽음의 소용돌이에 내맡길 수 있다면 다른 사람의 행위를 악하다고 판단할 수는 없을 것이다. 그 사람의 행위가 그 자신의 주관적 관점에서는 나쁘다 하더라도 말이다. 하지만 그 사람이 내린 자기평가는 자유의지라는 개념에 기초한 것이 된다. 궁금한 것은…… 이것이다. 우리에게는 정말로 자유의지가 있는가. 아니면 자유의지란 우리 자신이라는 미스터리한 존재를 대면했을 때 우리가 통제할 수 있다는 안심을 주려는 환상에 불과한가.

2001년 8월 19일

늦은 밤. 공허한 일요일. 온종일 텅 빈 우물 속을 굴러 떨어지는 돌멩이처럼 느껴졌다. 그 느낌과 함께 있으려고 결심하고 또 결심했지만 오히려 뭔가를 자꾸 먹어대기만 했다. 내일은 단식을 하고 차만 마시리라. 이제부터 새 달이 뜰 때마다 단식을 해야겠다.

심리요법이 필요한 게 아닌가 싶다. 노이로제가 진행되고 있는 것이 거의 틀림없다. 우리 대부분이 그렇기 때문에 놀랄 일은 아니다. 하지만 내가 오래도록 해오고 있는―혼자서, 그리고 친구들과 함께―이 개인적인 일들이 치료의 효과도 거두고 있는 것일까, 아니면 나는 그저 제자리에서 빙빙 돌고 있는 것일까? 지금은 쓸모없는 질문 같지만, 다시 사람들 속으로 돌아가면 진지하게 생각해보아야겠다.

나는 이곳에서 뭔가 나눌 가치가 있는 것을 배우고 있는 걸까? 내가 무슨 말을 하든지 내가 걷는 길과 내가 말하는 길이 일치할 때에만 의미를 가질 것이다. 뉴에이지 지도자들은 종종 함박만한 미소를 지으며 자신들이 해답과 체계를 찾았으며 그것이 효과가 있다고 말한다. 나는 그런 방식이 질색이며 그 말을 믿지도 않는다. 우리의 의심과 결함에 대해 우리는 서로 솔직해질 필요가 있다.

다만 한 가지는 분명한 것 같다. 기쁨은, 상황이 어떻든 간에, 지금 여기에서 충만한 삶을 살 때 온다는 것이다. 그러기 위해서는 상황이 달라지기를 바라는 마음을 버려야 한다. 가장 힘든 것은 상황이 달라지기를 바라는 마음을 버리고 싶은 그 마음까지 버리는 것이다.

2001년 8월 20일

어제로 예상했던 높은 파도가 오늘 밀려왔다. 휴우. 지금껏 본 파도보다 18인치는 더 높이 솟구쳤다. 오두막 밑에 댄 받침목까지, 장작더미의 절반 높이까지, 틈날 때마다 가서 앉아 있는 바위까지, 절대 휩쓸려가지 않을 거라고 믿는 나무들 속까지 파고들었다. 덤불숲 깊숙이, 되도록 멀찌감치 끌어올려둔 보트는 아직도 물에 떠서 흔들린다. 가장 아래쪽의 포치 계단은 물살에 휩쓸려갔다. 장작더미를 묶어둔 것이 다행이다. 처음 도착해서 텐트를 쳤던 곳은 물속에 잠겼다.

파도가 나무들 속으로 침투하는 것을 지켜보면서, 상반되는 힘들의 갈등에서 탄생하는 조화와 아름다움을 최초로 깨달은 장소가 썰물과 밀물의 흔적이 겹치는 조간대였다는 사실이 떠올랐다. 하지만 오늘 나는 스스로를 바다의 공격을 받는 식물로 여기고 있었고, 뒤로 물러나서 과정이 제 길을 따르도록 내버려둘 때 오는 평화는 느낄 수 없었다.

온갖 요소들로부터 공격 받는다는 느낌을 어떻게 하면 멈출지 생각하다가, 내가 이곳에 온 이유는 자연 속에서 고독의 경험으로 나를 형성하는 것임을 상기했다. 그 순간 내 모습은 이러해야 하고 세상은 나를 어떻게 다루어야 한다는 생각에서 놓여나면서 마음을 열고 변화와 성장의 과정에 나를 내맡길 수 있었다.

단식을 하기에 쉬운 날은 아니었겠지만, 상징적으로는 그런 날이다. 육체와 감정과 지성과 정신의 군살이 빠지고 있다.

2001년 8월 21일

또 한차례 폭풍이 몰아친 날이지만 어제처럼 심하지는 않았다. 아침에 곶으로 걸어가는 길에 어디서 떠밀려 왔는지 알 수 없는 비닐 조각들을 좀 주웠다. 뿌리 뽑힌 해초와 켈프가 덤불숲에 무더기로 쌓아올려져 있었다. 해변은 새 얼굴을 선보였다. 구조상의 큰 변화는 없었지만, 다시 태어났거나 봄날의 대청소를 한 것처럼, 산뜻하게 광을 내고 다듬은 모습이었다.

캣에게 자꾸만 흥미가 끌린다. 최근에 녀석의 눈을 깊숙이 들여다보는 일이 많아졌다. 게다가 빗장을 걸지 않고 잠을 잔다. 전에는 녀석이 들어오는 것을 막으려고 빗장을 걸고 잤었다. 어제는 태양전지판들을 점검하러 가는데 비바람이 몹시 거세기에 캣에게 오두막에 있으라고 일렀다. 하지만 나를 따라왔다. 돌아왔을 때 녀석은 흠뻑 젖어 있었고, 따뜻한 날이었지만 녀석의 몸을 닦아주었다. 녀석이 애정 결핍으로 이러는 건지, 그냥 다정한 친구로서 이러는 건지 잘 모르겠다.

간밤에 풍력발전기가 윙윙거리기 시작해서 전선 길이를 줄이러 곶에 다녀왔다. 곶의 바람은 광포했다. 여느 때처럼 캣이 따라왔다. 오늘 아침에는 태양전지판들을 더 안전한 곳으로 옮겼다. 이른 겨울 햇볕 양이 줄기 전에 두었던 곳이다. 이번에도 캣이 동행했다. 믿을 수가 없었다. 억수같이 퍼붓는 빗속에 흠뻑 젖으면서까지 나를 따라왔다.

캣은 종종 나의 관심을 요구하는 것 같다. 그 요구를 못 본 체할 때 나는 죄의식을 느낀다. 죄의식이 화를 돋운다. 어쩌면 내가 어렸을 때 내 요구를 충족시키지 못했고, 그래서 캣의 요구가 내 맘속에 숨어 있는 분노를 폭발시키는지도 모른다. 종종 나와 사귀는 여자가 내가 줄 수도 없고 주고 싶지도 않은 뭔가를 원하면 나는 죄의식을 느끼면서 화가 나서는 못되게 군다. 또는 감정적으로나 육체적으로 멀리한다. 패티는 이 사실을 알고 있어서 자신에게 해줄 것은 아무것도 없다는 점을 거듭거듭 말한다.

윌버는 자기도취적 분노가 초기발달 단계의 특징임을 지적한다. 그렇다면 나는 특이한 것이 아니라 아직 완전히 성장하지 못한 것이다. 어느 쪽에 속하든 다가오는 감정들에 열려 있어야 할 것이며, 그래야만 그 감정들에서 놓여나 캣에게 쏟아내는 일을 멈출 수 있을 것이다. 캣 또한 자신의 삶과 고민이 있는 개별 존재라는 사실을 기억해야 한다.

오늘 쏟아지는 빗속에 한참을 앉아 있었는데, 내가 느끼는 세상은 나를 둘러싼 사방이 아니라 내 바로 앞에 있을 뿐이라는 깨달음이 서서히 찾아왔다. 나는 안에서 사방을 둘러보는 것이 아니라 바깥에서 안을 쳐다보고 있다. 나는 그것이 죽음의 공포와 연관이 있다고 생각한다. 삶의 격류에서 벗어난다면 그 어떤 것도 등 뒤에서 슬금슬금 다가와 나를 덮치지는 못할 것이다!

하지만 그럴 경우 나는 더 이상 진실로 생의 일부가 아니게 된다. 생은 언제나 저 바깥 어딘가에 있는 것이고, 나는 언제나 생이 있는 곳에 가려고 노력하는 것이 된다. 하지만 이 역시 미묘한 이원론이다. 이따금 생명 없다는 느낌을 갖는 것도 진정으로 생명 있는 인간이 되는 일부분이다. 이것을 받아들이기가 왜 그렇게 힘든가?

오전은 흐렸고, 오후는 맑았다. 거의 2주 만에 처음으로 태양을 보았다. 오늘밤 얼음이 얼면 좋겠다. 그러면 냉각통에 담을 얼음이 생긴다. 비행기 한 대가 스테인즈 반도의 맞은편으로 날아갔다. 이곳이 얼마나 평화로운지 잊고 있었다. 거의 온종일 카약을 타고 여기저기 돌아다니면서 폭풍에 떠밀려 온 비닐 조각들을 건져 올렸다. 내 평생 직업의 하나는 틀림없이 신의 쓰레기 수거원이다.

포치에 앉아 낮이 밤으로 바뀌는 것을 바라보다가 고개를 들어 오렌지색 부리 버터벨리 오리들이 해구로 헤엄쳐 오는 것을 보았다. 강철 같은 회색의 빛 속에서 그것들의 실루엣은 저들의 영역을 순찰하는 포함이나 전함처럼

260

보였다. 불현듯 나 자신이 많은 것들 가운데 하나라는 느낌이 들었다. 그저 존재의 한 부분인 것이다. 세상의 일부라는 느낌은 심오하면서도 참으로 근사하다.

밤. 이곳에 온지 7개월 만에 드디어 해변을 떠나 섬의 중심부로 들어갔다. 비옷 바지는 입지 않기로 했다. 이크, 그게 있어야 안심인데! 비옷 바지를 입지 않고서는 거의 아무 데도 가지 않는다. 흠뻑 젖을 걸 알았지만 그걸 입지 않으면 나무들과 덤불숲을 헤치고 기어오르는 일이 훨씬 수월하다. 캣 몰래 빠져나오는 데 성공했다. 녀석은 이 나들이를 좋아하지 않았을 것이고, 가는 내내 나는 녀석의 울음소리를 못 참았을 것이다.

그렇게 험할 줄은 몰랐다. 초목이 무성했고 땅은 심하게 울퉁불퉁했다. 낙엽들이 뭉쳐 있었고 가파른 바위들은 무질서하게 엉켜 있었다. 땅이라고 생각하고 허방을 디뎌 구르는 바람에 아슬아슬하게 목숨을 건진 적도 몇 차례나 되었다. 발을 딛고 우거진 덤불 사이를 내다보니 공중에 7~8피트 길이로 삐죽하니 튀어나온 쓰러진 통나무 위였던 적도 있었다!

바다의 모습과 소리가 사라진 뒤에는 태양과 나침반이 없었다면 틀림없이 길을 잃고 말았을 것이다. 산마루와 좁은 골짜기들, 넘어진 나무들 사이에서 한참을 같은 곳만 돌고 돌았을지도 모른다. 섬을 가로지르는 데 한 시간 남짓 걸렸는데, 그 길이는 150야드가 채 되지 않았다. 이미 보트를 타고 가본 적이 있었지만 반대편 해안에 다다르자 미지의 땅에 도착한 탐험가처럼 느껴졌다.

폭풍우에 떠밀려왔을 사이프러스 통나무를 발견했다. 누군가 언젠가 어디선가 금을 새겨 놓은 흔적이 있다. 누가 언제 어디서 그랬는지 궁금하다. 비닐 조각들도 좀 건져 올렸다. 그런 것들을 배 밖으로 버리는 지각없는 사람들을 생각하면 마음이 아프다.

돌아오는 길에 섬의 제일 높은 곳에 올라가 잠시 쉬었다. 반쯤 트인 곳이라 바다와 산들을 여러 방향에서 볼 수 있었다. 어둠의 존재가 찾아왔고, 나는 또다시 외부로부터 공격 받는 느낌에 사로잡혔다. 캣이 울 때 화를 퍼붓는 내 모습은 캣에게는 악마로 비칠 것이다. 이것 역시 투사다.

2001년 8월 27일

온화한 밤, 고요하고 평온하다. 구름 사이로 반달이 모습을 드러낸다. 내면의 경험들보다 매일의 일과를 쓰는 일이 훨씬 쉽다니 묘하다. 어제, 그러니까 일요일은 여느 때처럼 멜랑콜리한 날이었다. 인생의 낙오자가 된 것처럼 공허한 기분이었다. 내면의 문제에 그토록 오래 매달려 있었는데도 진전은 거의 없다. 이따금 내가 정말로 원하는 것은 즐길 수 있는 직업과 즐거운 관계라는 생각이 든다.

윌버는 심리정신적인 성장은 의식의 한 수준으로 규정되는 것이 아니라 그것을 넘어서 좀 더 포괄적인 다음 수준으로 옮겨간다고 지적한다. 한 수준의 맥락이 다음 수준의 내용물이 되는 것이다. 또한 그는 정신은 인식과 동일한 것이라고 주장하면서, 깨달음에 대해서는 우리가 이미 언제나 인식하고 있다는 사실과 따라서 이미 언제나 깨닫고 있다는 사실을 알아차리는 것이라고 정의한다. 문제는 인식하는 것이 아니라, 이미 인식하고 있다는 것을 알아차리는 것이다.

구름이 약간 보이는 맑은 밤하늘. 살랑거리는 밤바람에 흔들리는 바다. 거의 밤새도록 깨어 있는 것이 규칙적인 일이 되어버렸다. 매일 할 일이 그리 많지 않다 보니 자연스레 이런 일과로 흘러갔다. 어제는 고요하고 맑았다. 바다로 나가 물고기를 잡고 여기저기 돌아다녔다. 캣이 따라가려는가 싶어 보트에 태웠더니 금세 뛰어내렸다. 다시 태운 뒤 못 달아나게 붙잡고 있었지만 해안에서 충분히 멀어진 것 같아 손을 놓고 모터를 작동시키자 크게 풀쩍 뛰어 뭍으로 돌아가 버렸다. 바다로 나가 하루 이상 걸릴 때 데리고 가도 괜찮은지 시험해보려는 목적이었으므로 마지막으로 한 번 더 시도해보기로 했다. 다시 해안으로 노를 저어 가서 녀석을 불렀더니, 이런, 점프해서 보트에 올라탔다.

캣은 하루 종일 정말 착하게 굴었다. 폰툰에서 내려오라고 딱 한 번 타이른 게 전부다. 함께 가니 좋다. 아주 얌전했고 이 나들이를 즐기는 것 같았다. 도미를 열두 마리 잡은 다음 북쪽으로 나아가 이곳에서 6마일 떨어진 이슬라오웬 깊숙이 들어가는 좁은 해협을 탐사했다. 그곳에서 즐거운 시간을 보냈다. 언제나처럼 모터 때문에 조마조마했지만 아무 문제없었다. GPS에 의하면 20마일을 움직인 것인데, 빙하에 가려면 그 4배는 될 것이다.

요전 날 발견한 사이프러스 통나무를 가지러 오늘은 섬의 반대편으로 갔다. 캣을 데리고 갔는데 물결이 제법 출렁거렸는데도 좋아하는 것 같았다. 밖을 내다보려고 앞발을 폰툰에 데고 선 모습이 꼭 화물트럭 뒤에 선 강아지 같았다. 사이프러스를 잘라 보트에 실은 다음 떠나려고 캣을 불렀다. 녀석은 보트에 태우자마자 순식간에 뛰쳐나갔다. 으으으. 바로 그때 바람이 세게 불어 보트를 날카로운 바위밭으로 밀었다. 손이 닿는 데까지 녀석을 오도록 꾀어 보트에 태우기까지는 시간이 꽤 걸렸다. 보트를 다시 밀어낼 때까지 녀석을 단단히 붙잡고 있었는데 모터를 작동시키려고 손을 놓자 또다시 해안으로 뛰쳐나갔다. 젠장! 지난번에 집을 찾아왔으니 이번에도 그럴 수 있을 것이다.

내 행동 때문에 계속 마음이 괴롭다. 그 조그만 녀석에게 화를 내며 폭력적으로 행동한다. 이제 녀석은 이따금 나를 슬금슬금 피하려고 한다. 부르면 다가와 무릎 위로 점프도 하고 노는 것도 좋아하지만, 가혹하게 다룬 것이—부드럽게 쓰다듬어준 것에 비하면 횟수가 훨씬 적은데도—뭔가 영향을 미치나 보다. 이 사실을 잊지 말고 지나친 반응을 보이지 않도록 더욱 조심해야 할 것이다.

날씨가 계속해서 나를 미혹한다. 오늘은 기압계의 수치가 올라갔고, 온도는 떨어졌으며, 비가 부슬부슬 내리기 시작했다. 기압이 떨어지고 온도가 41도 주위를 맴돌면 비가 온다고 확신하게 되었다. 뭐 그러니까, 또 하나의 이론이 깡그리 무너지고 말았다.

거의 온종일 책을 읽었고, 55갤런들이 드럼통에 든 가솔린을 5갤런들이 용기 다섯 개에 옮겨 담았다. 그리고 오늘은 몇 달 만에 처음으로 한바탕 신나게 웃었다. 한 가지 생각이 떠올랐기 때문이었다. 책을 보며 심하게 뒤엉킨 문장을 이해하려고 애쓰다가 마음이 팽팽히 조여지는 것을 느꼈다. 책에서 눈을 떼고 고개를 들어 바다와 하늘을 바라보며 심호흡을 한 뒤 다시 읽으려고 노력했다. 그러나 또다시 마음에 경련이 일어나는 것 같았다. 마음이 부드러워질 때까지 주변의 아름다움을 들이마신 뒤 그 배배꼬인 문장으로 되돌아갔다. 그 순간 기가 막히게 현명한 생각이 마음속에 흘러들었다. '이 허섭스레기 같은 문장을 조금이라도 더 읽느니 호스로 기름을 빨아들이겠다.' 갑자기 웃음보가 터졌고, 나는 책을 덮었다.

지난 며칠 동안, 북쪽으로 25마일 떨어진 좁은 해협으로 1박 여행을 떠나는 쪽으로 마음이 기울고 있다. 낮은 점점 길어지고 기온도 조금씩 따뜻해진다. 헤르만이 모터 부품을 가져올 때를 기다리는 일도 이제는 지쳤고, 모터는 속력을 너무 높이지만 않으면 제법 멀쩡하게 작동한다. 밤에는 해군 장교가 알려준 그 좁은 해협에 대한 정보를 찾다가, 탐사를 떠나기에 가장 좋은 달은 4월에서 8월까지라는 내용이 적힌 종이쪽지를 찾아냈다. 9월부터는 다시 바람이 거칠어진단다. 이럴 수가. 지난 두 달 중에 떠났다면 빙하 여행이 더 쉬웠을 거라는 말이다. 물론 이 사실을 미리 알지 못했고, 기온은 낮고 낮은 짧았다.

8월의 절반은 대체로 날씨가 사나웠다. 오늘은 바람이 불고 비가 오고 우박이 쏟아지고 눈이 왔다. 초조하고 불만스럽다. 캣도 마찬가지다. 계속해서 찡얼거리고 있다.

나는 종종 두려움을 세상에 투사하여, 두려움의 원인이라고 상상하는 외부 환경을 피하려고 한다. 오늘 동일한 역학이 두려움을 대면할 때도 작용한다는 사실을 깨달았다. 두려움을 외부로 투사하여 나 자신이 원인이라고 확신하는 상황을 마주하는 것이다. 두려움과 대면하여 그것을 억눌러버리면 더는 경험할 필요가 없어진다. 두려움을 현재의 순간에서 경험하는 대신 상상의 미래로 투사하는 것은 또 다른 종류의 인식 이탈이다. 진정 두려움과 대면하려면 그 경험과 함께 있어야 하며, 그것을 피할 생각도, 공격할 생각도 하지 말아야 한다.

2
0
0
1
년

9
월

여행자여, 길은 당신의 발자국일 뿐

그 이상은 아니라네.

여행자여, 당신이 걸으면서 낸 길 외에

다른 길은 없다네.

당신의 발자국은 길을 내고,

돌아보면

다시는 돌아가지 않을

흔적이 보이지.

여행자여, 길은 없다네.

바다 위에 남은 자취만 있을 뿐.

— 안토니오 마차도, '노래', 1929

2001 | 9
고독의 밀물과 썰물

2001년 9월 3일

밤. 5℃. 지난 며칠간은 흐리고 간간이 비가 내렸다. 바람은 사납지 않았지만 큰 물결을 일으킬 만큼은 강했다. 어깨는 서서히 좋아지고 있는 것 같다. 오늘밤엔 며칠 만에 처음으로 이부프로펜을 복용했다. 한동안 스테인즈 반도에 나가지 않았지만 내일 날씨가 얌전하면 바람을 피하는 암벽으로 물고기를 잡으러 가야겠다. 아직 끼니마다 한 마리씩 생선을 먹고 있으며, 냉각통의 얼음도 한 주는 더 버틸 것이다.

채소밭을 가꿀까 해서 햇볕은 받고 바람은 피하는 장소를 물색 중이다. 내가 쓰는 전기는 태양전지판으로도 충분히 감당되기 때문에 다시는 풍력발전기를 쓸 일이 없기를 바란다. 그 정도로 시끄러운 줄 알았다면 태양전지판이나 두 개 더 사올 걸 그랬다.

탐사가 하루 이상 걸리고, 육지에서 캠프를 칠 마땅할 장소가 없을 때를 대비해서 보트 위에 펼칠 비닐 천도 실었다. 거친 물살에 젖는 일이 없기를 바라면서 보트에 물보라 방지막도 세웠다. 며칠 전에는 해도를 펼쳐놓고 빙하가 있는 호수로 가는 길을 따라 돌출 지점들의 위도와 경도를 표시하고 GPS를 이용해 지도상으로 내가 지나간 자취를 짚어볼 수 있게 했다.

곶에 가서 비와 바람을 맞으며 더 많은 시간을 보낸다. 대체로 캣과 함께 간다. 오늘은 혼자 몰래 빠져나가 숲속에 홀로 앉아 있었다. 곶 근처 구석진 곳에서 아름다운 장소를 발견했다. 섬세한 양치류 식물, 이끼, 지의류로 뒤덮여 있는 곳이다. 훨씬 조용하고 굉장히 축축하며 초록이 가득하다. 풀이 없는 땅은 1제곱센티미터도 없다.

어제는 보름이라 땀막에서 땀을 흘렸다. 땀을 내는 것이 내게는 아주 중요한 일이지만 손이 워낙 많이 가는 일이기도 해서, 앞으로 한 달 동안은 하지 않아도 괜찮다는 사실이 기쁘다. 내 삶에 감사했고, 내가 이루어야 할 것이 무엇이든 그 노력을 중단하지 않을 용기와 끈기를 달라고 청했다. 나 혼자서는 할 수 없고, 온 이유조차 알 수 없다.

어쩌면 내가 그토록 두려워하는 어둠은 악이 아니라 통제력의 상실인지도 모른다. 비록 통제력에 대한 필요 때문에 내가 죽는 일이 생기더라도, 에고는 소중한 인생을 붙잡고 놔주지 않는다. 내맡김의 순간들을 오가면서 내가 깨닫고 있는 교훈 한 가지는 내 존재 방식을 바꾸는 데 절정의 경험을 의존해서는 안 된다는 사실이다. 과정은 길고 많은 노력을 바쳐야 하겠지만 결과는 전혀 없을 수도 있다.

밤. 밖에서 도리깨질을 하듯이 법석대는 날갯짓 소리가 들린다. 버터벨리 오리들이 이따금, 특히 밤에 이런 짓을 한다. 아마도 수달이 나타났나 보다. 늘 망을 보고 있어야 한다면 잠은 도대체 언제 자는 걸까? 방금, 노트북으로 타이핑을 하다가 손을 멈추고 난로에 장작을 던져 넣는 일이 얼마나 어울리지 않는 행동인지를 느꼈다.

낮에 스테인즈 반도로 나갔는데 물보라 및 바람 방지막의 기능이 완벽했다. 높이도 딱 알맞아서 내다보면 얼굴만 젖는다. 낚시는 그저 그랬다. 언제나 좋을 수는 없겠지만, 왜 그러면 안 되는가? 돌아오는 길에 불안정한 파도에 한 방 맞았다. 어디론가 가고 싶고 무엇인가 하고 싶지만, 가고 싶은 곳도 하고 싶은 일도 떠오르지 않았다. 심지어 사랑도 나누고 싶지 않았다. 그냥 초조하고 불안하다. 정말은 빙하에 가고 싶지 않은 것인지도 모르지만, 이곳에 있는 과정의 일부로서 가야 한다는 부름을 느낀다.

어젯밤에는 일지를 쓰고 난 다음 바위로 나갔다. 딱히 그러고 싶지는 않았지만 뭔가가 그러라고 충동질했다. 부드럽고 신비한 달빛이 고요한 바다와 눈 내린 스테인즈 반도의 암벽에 떨어져 내렸다. 한동안 앉은 채로 자꾸만 흐트러지려는 마음을 호흡으로, 주위의 소리로 돌렸다. 생각들이 왔다 갔다 했다. 그 순간 부유하던 생각 하나가 주의를 끌었다.

나를 생의 공동사회에 속한 일부로 느끼려고 애쓰고 있었는데, 그 순간 문득 내가, 나 자신이 이미 박테리아, 바이러스, 곰팡이, 진드기, 기타 등등으로 구성된 공동사회의 일부라는 사실이 떠오른 것이다. 생물학자 린 마굴리스(Lynn Margulis)는 심지어 내 몸속의 진핵세포 하나하나도 한때는 독립적인 진핵세포들이었던 세포기관들로 구성된 공생사회라고 말한다.

과거에는 이 모든 생물들이 내 몸에 붙어서, 또 내 몸속에서 나와 함께 살고 있다는 생각에 소름이 끼쳤는데, 지난밤에는 부드럽게 서서히 세상의 흐름 속으로 옮겨갈 수 있었다. 모든 것이 참으로 신성했다. 그리고 나 역시 신성했다. 천천히 긴장이 풀어지며 치유가 일어났다. 기대한 것처럼 지축을 흔들 만큼 큰 변화는 아니었지만 고독의 밀물과 썰물이 나를 데려가고 있었다.

어젯밤 이러한 '나'가 단지 '나인 나'는 아니라는 사실을 깨닫자 그때와 같은 예기치 못한 자유가 느껴졌다. 세상 속으로 섞여 들어가는 느낌. 과거에 나는 세상을 온갖 것들의 합일된 공간으로 느꼈었다. 지난밤에는 생이 수만 가지의 개별적 유기체들로 느껴졌다. 그 각각은 그 자체로 내면적인 연관성을 유지하고 있었고 우리 모두는 하나의 층위적인 그물 속에 조직되어 있었다. 나 또한 개별적 존재들의 세상에 속해 있다고 느껴졌지만, 파편이라는 느낌은 없었다. 그럼에도 우리 모두는 여전히 하나의 흐르는 전체였다.

2001년 9월 5일

1주일 만에 처음 보는 푸른 하늘이다. 창문을 통해 비스듬히 내리쬐는 아침햇살에 눈을 떴다. 기쁘다. 봄이 오두막에도 이렇게 빨리 돌아오리라고는 기대도 하지 않았다. 빨래를 말리기 위해 바깥에 내건 다음 캣과 함께 바위에 도마뱀처럼 앉아 있었다. 아, 봄날이로구나. 살랑거리는 바람에 날씨는 따뜻하고 벌레도 없다. 햇볕을 쬐고 싶었지만 보트를 손봤다. 날씨만 괜찮다면 내일부터 며칠간 보트 여행을 떠날 수 있도록 준비를 끝내야 한다.

오늘은 암컷 버터벨리 오리가 잠자는 모습을 보았다. 떠밀려가지 않도록 켈프 서식지 한쪽에 자리를 잡고 머리를 날개 아래 묻은 채 꾸벅꾸벅 잠을 잤다. 수컷은 가까이서 먹이를 먹고 있었는데 망을 보는 것 같았다.

2001년 9월 6일

알람을 아침 7시에 맞춰놓았다. 8시가 되자 날이 흐려졌고 살랑거리던 바람이 거세지더니 잔물결들이 쉴 새 없이 해안에 밀려왔다. 해협이 거칠어지겠다고 생각했지만 물고기와 장작을 보충해야 했기 때문에 어쨌든 스테인즈 반도에 나갔다.

두어 시간 해협에 있으면서 거친 물살에서 보트를 다루는 연습을 했다. 모터가 자꾸 꺼지는 바람에 못 돌아가는 건 아닌가 생각했다. 잔잔한 바다에서 작동시켜 보면 물결이 출렁거리지 않을 때도 같은 증상을 보이는지 파악할 수 있을 것이다. 언제가 될지 모르겠지만 헤르만이 부품을 가지고 올 때까지는 멀리 가면 안 될 것 같다. 날씨가 정말 고요하지 않으면 아무 데도 가지 말아야겠다.

해도 상으로는 내가 탐사하고 싶은 좁은 해협은 여기서 북동쪽으로 대략 20마일 거리에 있다. 강물이 작은 호수에서 바다로 흘러드는 곳이다. 두 번째 호수는 빙하가 미끄러져 들어가는 곳 같은데, 두 번째 강을 따라 조금만 올라가면 있다. 지형도로 보면 두 강의 길이가 각각 4분의 1 마일도 안 되는 것 같고 고도도 전혀 높지 않으므로 그곳 날씨만 괜찮으면 카약을 타고 위쪽 호수에 다녀올 수도 있을 것이다. 여기서 북쪽으로 80마일 거리의 빙하에 가지 못한다면 더 작고 더 가까운 이 빙하로 만족해야 할 것이다.

1박 예정으로 떠난다 해도 짐을 꾸리려면 시간이 걸릴 것이고, 돌아올 때도 출발 전에 폭풍우를 지켜보며 기다려야 할 수도 있다. 캣은 충분한 식량과 함께 이곳에 남겨둘 생각이다. 혼자 있는 것을 싫어하겠지만, 어딘가에 도착했다가 출발하려고 하는데 녀석이 돌아오지 않으면 곤란하다.

늦은 밤. 흐린 밤하늘에 별들이 흩어져 있다. 약한 미풍이 불 뿐이라 바다는 제법 잔잔하다. 어젯밤은 호사스러웠다. 일찌감치 불을 피우고 잠들었다가 일어나서 먹고, 잠시 책을 읽은 뒤 또 잠을 잤다. 다시 일어나 책을 읽고 세 번째로 잠들었다가, 또다시 일어나 먹고 책을 읽었고, 새벽이 창문을 통해 따스한 오두막 안으로 들어오는 것을 지켜보았다. 깰 때마다 장작이 다 타서 숯만 남아 있었지만 불은 쉽게 다시 붙었다. 곶에 가서 잠시 있다가 다시 잠을 자러 돌아왔다. 취침용 패드에 시트를 여러 겹 씌운 뒤 이곳에 온 이후 처음으로 긴 내의를 벗고 알몸으로 잠을 잤다.

2주 뒤면 춘분이 돌아온다. 어떻게 그럴 수 있는가? 엊그제가 동지였는데! 국립공원관리국에서 이메일을 받았는데, 핵심이 1년을 버틸 수 있는지의 여부라고 생각하는지 "이제 얼마 남지 않았다"고 쓰여 있었다. 이제 7개월이 지났고 앞으로 다섯 달 남았으니, 절반을 넘겼다. 하지만 어떤 의미에서는 매

274

우 정확한 지적이었다. 시간은 쏜살같이 날아갈 것이니 정말 얼마 남지 않은 것이다.

유명한 공안(公案)으로 이런 것이 있다. "만법이 하나로 돌아가는데 그 하나는 어디로 돌아가는가?" 하나로 돌아간다는 것을 원자나 개체의 에너지가 우주의 공통된 흐름으로 돌아가는 것이라고 생각한다면 그것은 잘못된 생각이다. 원자나 에너지는 물질이다. 문제는 물질만이 아니라 비물질의 공(空)을 느끼는 것이다.

히야! 오늘 버터벨리 오리들이 교미하는 모습을 보았다. 수컷이라고 생각해온 놈이 올라탔다. 물속에서 사랑을 나눈 뒤에 머리를 내밀고는 잠시 깃털을 다듬었다. 수컷은 대체로 날개만 다듬었고, 암컷은 구겨진 꼬리 깃털을 매만지는 데 열중했다. 오리털 뭉치들이 부리에 대롱대롱 달라붙은 모습이 양끝이 길게 내려뜨려진 푸 만추 스타일의 코밑수염 같았다. 참 멋진 새들이다. 그들이 이웃이라서 좋다. 내가 지켜볼 수 있는 곳에 둥우리를 틀면 좋겠다.

가까이 사는 쌍과 멀리 사는 쌍이 몇 차례 강한 신경전을 벌인 뒤에 단독 침입자를 쫓아내버렸다. 의례적인 영역 방어를 할 때는 두 쌍 모두 시끄럽게 소리를 지르면서 되도록 큼직해 보이려고 애쓴다. 암컷들은 목을 쭉 뽑아 올리고 부리를 하늘로 향한다. 수컷들은 가슴은 쭉 내밀고 등은 곧추 세운 채 날개를 파닥거리며 수면 위로 우뚝 솟아 보이려고 한다. 암수 모두 꼬리는 펼친다. 수컷들은 이따금 서로를 공격하지만, 언제나 접촉이 일어나기 직전에 흰 꼬리를 보이며 달아난다. 두 쌍 모두 경계선에 평행하게 헤엄친다. 수컷이 경계선에 가까운 쪽이다. 아웃사이더 침입자에게 해코지하려고 할 때는 조용히 공격한다. 물속 더 아래로 내려가 공격한다. 심지어 추격할 때는 완전히 잠기기도 한다.

암컷이 곧 알을 낳으려나 보다. 하루에 하나씩 낳는데 배 안의 알들이 모두 나오면 알을 품기 시작할 것이다. 암수 모두 알을 품을까, 아니면 암컷만? 알을 품기 전에 둥우리를 감시할까? 그러지 않는다면, 그리고 내가 만약 둥우리를 찾을 수 있다면, 저녁거리로 한두 개쯤 훔쳐내도 괜찮을 것이다. 쩝 쩝. 아마 개의치 않겠지…….

일요일이었던 어제는 길고 공허한 하루였다. 어디에도 도달하지 못할 거라는 그 해묵은 기분으로 일어났다. 치료요법이나 영성 수행으로 진보를 이루는 사람도 많다는데 나는 35년 동안이나 이 젠장맞을 짓을 하고 있는데도 드러낼 만한 성과가 없다. 꼭 시시포스가 된 것 같고, 명백히 어디에도 이르지 못하는 일에 왜 인생을 허비하고 있는지에 대한 의문이 생긴다. 내가 힘들어 하는 점이 무엇인지 알 수 있도록 감정적, 인지적 거리를 유지하려고 애쓴다. 한 번은 공(空)의 느낌으로 깊숙이 가라앉자 세상이 열리고 사랑과 평화의 상태가 되었다. 불안이 기쁨으로 전환되었던 것 같다. 그 순간엔 중요하게 느껴졌지만, 지금은 그저 그렇다.

276

감정은, 바람과 거친 바다처럼, 그 속으로 깊숙이 들어가면 표면의 맹렬함을 잃지만, 표면 가까이 잡아두면 더욱 기세가 오른다. 오두막 안에 숨으면 바람이 겁나지만, 밖에 나가면 그냥 바람일 뿐이다. 어제는 밖에 나가는 대신, 바람을 그냥 바람으로 바꾸기 위해 안에서 불안과 함께 머물렀다. 명쾌함 또한 중요하다. 침착과 조심하는 마음이 해이해지면 감정 역시 바다처럼 나를 집어삼킬 수 있다.

어젯밤에는 해도를 꺼내 먼 빙하로 가는 길을 따라 18군데의 위도와 경도를 표시했다. 만일의 경우를 대비해서다. 한참 하고 있는데 바람이 남동쪽으로 바뀌더니 오두막을 정면에서 강타했다. 무슨 징조 같은데…… 뭔지는 잘 모르겠다. 빙하로 떠나면 바람이 나를 골탕 먹일 거란 징조일까, 아니면 불안했음에도 불구하고 오두막과 내가 멀쩡히 살아남았으니 두려움 때문에 주저앉아서는 안 된다는 뜻일까?

확실히 말할 수 있는 것은 바람을 예측할 방법이 없다는 것이다. 어제는 지난 2주 동안 계속 그랬던 것처럼 북서쪽에서 온화한 바람이 불었고 날이 흐렸다. 기압도 큰 변동이 없었던 데다 특별히 많이 떨어지지도 않았는데, 갑자기 바람이 강하게 불어 닥쳤다. 이런 때는 여전히 마음이 움츠러들면서 위협받는 기분과 무방비로 노출된 기분을 느낀다. 긴 보트 여행을 생각하면 특히 그렇다.

오후에는 어머니를 향한 비탄의 마음이 물밀듯이 밀려들었다. 지난 세월 동안 내가 마음을 열고 다정하게 대하지 않아서 어머니가 얼마나 힘들었을까를 인정하자 울음이 터져 나왔다. 열심히 노력했지만 어머니를 방문할 때마다 위협감을 느껴, 어머니와 거리를 두면서 나를 방어하는 데 급급했다. 그런 상처와 분노는 어디에서 왔는가? 가족 간의 역학관계에 대해서는 열 가지가 넘는 설명을 늘어놓을 수도 있겠지만, 그게 무슨 대수란 말인가?

오늘 비탄에 잠긴 채 내 속의 수치심을 발견했다. 마음속 깊은 곳에서 나 자신을 얼마나 수치스러워 하고 있는지 한 번도 제대로 인정한 적이 없었다. 이대로인 내가 수치스럽고, 이대로가 아닌 내가 수치스럽다. 특히 나의 두려움, 나약함, 자기중심성이 수치스럽다. 또한 어머니를 수치스럽게 여겼다는 점을 인정하며, 그런 나 자신이 수치스럽다. 당신을 사랑하는 누군가를 수치스럽게 여기는 것은 당신이 할 수 있는 가장 해롭고 끔찍한 일 중 하나다. 나 자신의 수치를 대면할 수 없을 때 다른 사람에게 그것을 뒤집어씌우는 것 같다.

고요하고 비 내리는, 힘든 감정들로 가득한 하루였다. 어떤 심리학자들은 두려움이란 분노 근저에 놓인 기본 감정이라고 주장한다. 내 생각은 다르다. 분노와 수치심 또한 두려움처럼 기본 감정이며, 그 모든 감정들은 개별 자아를 갖는다는 사실에서 비롯하는 것 같다. 한 걸음 물러서서 우주를 전체로 그려본다면, 우주는 유체이며 중심이 없다. 하지만 내가 그것을 나 자신의 에고를 중심으로 놓고 경험한다면, 그 시각은 상황에 따라 각기 다른 방식으로 왜곡을 일으킨다. 그것이 두려움, 분노, 수치 등이다.

두려움과 불안의 차이는 무엇인가? 두려움이 지금 일어나고 있는 일에 대한 생물적 반응이라면, 불안은 상상한 미래의 위협에 대한 심리적 반응이다. 그렇다면 불안은 바람직하지 않은 것이다. 결국 미래는 우리가 현재 생각하고 있는 일정한 생각들로서 존재한다.

엡스타인은 또한 낮은 자아존중감이 우리 문화에 만연해 있다고 한다. 자신을 실패자로 생각하고 자신의 인생을 실망스러워하는 무수히 많은 사람들의 고통. 우리 모두는 그런 고통을 경험하며, 우리의 공통점을 깨달을 때 개별적 고통은 완화된다.

2001년 9월 12일

회색의 바람 부는 날, 바다가 들썩인다. 밤새 꿈속을 헤매다 눈을 뜨자 상실감과 혼란스러움이 밀려들었다. 그 느낌을 내보내면서 도움을 청했다. 나를 내맡기자 평화가 찾아왔지만, 세상을 결코 이해하지 못할 거라는 실망감도 엄습했다. 또 다른 형태의 실패로 느껴졌다.

보트 바닥에 헐거워진 부분이 있어서 들어내지 않고 다시 접착하려 해보았지만 뜻대로 되지 않았다. 아마도 폰툰 자재에 스며든 습기와 소금기 때문일 것이다. 그 부분을 헹군 다음 뜨거운 돌덩이로 말려봐야겠다. 그 일 말고는 명상과 독서를 했고, 두려움과 계속 씨름했다. 독서를 중단하고 1주일에 7일, 하루에 24시간을 나 자신의 삶에만 집중한다는 것은 정말 내키지 않는 일이다.

캣은 버터벨리 잠수 오리들을 놀이친구로 생각하게 된 모양이다. 오늘은 살금살금 걸어서 아주 가까이까지 다가갔는데, 수컷은 뒤늦게야 눈치를 채고는 깜짝 놀라 물속으로 뛰어들었다. 그러자 캣은 암컷에게로 주의를 돌렸다. 암컷은 고개를 숙인 채 쉿쉿 소리를 내고 있었다. 녀석은 이럴까 저럴까 고심하다가 어슬렁어슬렁 돌아섰다. 나는 내심 녀석이 한 마리 위로 점프하기를 기대하고 있었다. 녀석의 운이 지독하게 좋은 게 아니라면 오리들이 다치는 일은 있을 것 같지 않았지만, 오리가 수면 위를 퍼덕거리며 달아나는데 녀석이 오리 등에 매달려 있는 장면은 상상만으로도 꽤 우스웠다. 물론 그러고 있는 시간이 길어지면 카약을 띄워 녀석을 구하러 가야겠지만 말이다.

2001년 9월 13일

사나운 밤. 비가 오고 나무들 사이로 북서풍이 거세게 몰아친다. 야생의 짐승이 밖에서 어슬렁거리며 나를 공격하려고 벼르는 느낌이지만, 시간이 지날수록 이 피신처가 견뎌낼 거라는 확신이 생긴다. 게다가 나를 잡으러 올 것 같은 두려움의 대상이 이미 내 마음의 일부라는 사실을 차츰 분명하게 느껴가고 있다.

일찍 일어나 밀물에 맞춰 장작을 구하러 나갔다. 약한 바람이 이미 불고 있었지만, 어쨌든 가보기로 했다. 충분한 수면을 취하지 못해, 노곤한 몸으로 일어나자 내면의 목소리가 속삭였다. "가지 마." 미쳐버리지 않고 내면의 목소리를 듣는 방법은 무엇이며, 어떤 소리를 믿어야 할지는 또 어떻게 알 수 있는가? 실제 위험이 발생하면—작은 보트를 타고 거친 물살을 가르는 것처럼—직관을 믿을 수 있을지의 문제는 더욱 심각해진다.

구명장비와 체인톱을 보트에 실었다. 비가 퍼붓기 시작했다. 가지 말라는 신호로 받아들였다가 다시 마음을 바꾸었다. 해협의 물살은 매우 거칠었고, 파도는 내가 나무를 하러 가는 해변에 부딪쳐 산산이 부서지고 있었다. 빈 손으로 돌아온 건 오늘이 두 번째다.

오늘 일어난 일들은 먼 빙하는 포기하는 게 좋겠다고 꽤 강력하게 나를 설득했다. 모터는 평소보다 더 털털거렸고 딱딱 소리도 훨씬 컸다. 여기서 북으로 20마일 떨어진 좁은 해협으로 가서 그곳에서 하이킹을 하고 카약으로 빙하까지 가보리라는 계획은 아직 유효하다. 먼 빙하로는 못 간다 하더라도 조만간 어떤 식으로든 내 두려움과 마주할 기회가 생길 거라고 생각한다.

아름다운 날, 한 달 넘는 기간 동안 이런 날씨는 오늘이 두 번째다. 대체로 화창했고 기온은 45도, 그리고 남서쪽에서 미풍이 불었다. 스테인즈 반도에 낚시를 하러 갔지만 입질이 전혀 없었다. 대신 아메리카삼나무 목재 한 짐을 실어왔다.

짐을 부린 다음 다시 보트를 타고 내가 사는 지역의 사방으로 펼쳐진 여러 섬들을 한가로이 떠돌았다. 집에 가까워지자 마음이 느긋해졌고, 모터 소리도 꽤 요상했지만 큰 걱정은 되지 않았다.

썰물이 심할 때 개펄에 나가 숨어 있던 대합들이 늦은 오후의 역광을 받아 반짝이는 물을 뿜어내는 것을 지켜보았다. 작은 바다 성게 한 마리와 나선형의 작은 달팽이 두 마리를 발견했다. 전에는 못 보던 것들이다. 눈이 점점 맑아지고 있나 보다.

흐리고 고요하다. 탐사를 떠나기 위해 일찍 일어났지만, 북서쪽에서 부는 바람이 벌써부터 나무들 사이로 살랑거리고 있었다. 일출은 굉장했다. 늦잠을 잔 적이 많아서 일출의 장관을 꽤 많이 놓쳤을 것이다. 명상은 건너뛰었는데, 그 때문에 아침 분위기가 달라졌다. 왜 우리는 살아서 달콤한 외로움을 느끼는가의 분위기로.

오후에는 가까이 사는 오리들이 이웃 영역에 침입했다. 수컷은 경계에서 주춤거렸지만 암컷은 건너가 먹이를 먹기 시작했다. 암컷이 계속 소리를 질러대자 결국은 수컷도, 자신의 판단이 더 현명함에도, 암컷을 따라 경계선을 넘어갔다. 녀석들은 계속해서 먹이를 먹더니 급기야 다른 쌍이 집으로 삼은 바위에까지 올라갔다. 갑자기 경고의 울음소리가 들리더니 다른 쌍이 모퉁이를 돌아 해구로 들어와 공격을 시작했다. 이를 어쩐다! 바위에 올라간 녀석들이 내려와 삽시간에 물밑으로 뛰어들었다. 자기네 영역으로 돌아오자 평소의 영역 방어를 재개했다.

이런 행동은 처음이다. 모든 동물들이 이 녀석들처럼 개인적인가? 5년 동안 관찰해보면, 이 녀석들은 그 기간 내내 창의적으로 행동할까? 동물의 행동 대부분을 유도하는 것이 본능이라는 믿음은 어쩌면 과장된 것이다. 연구의 초점은 흔히 공통점에 맞추어지며 차이점은 무시된다. 하지만 그렇게 하면 왜곡된 그림을 그리게 되고, 우리가 실제로 이해하는 것보다 세상을 더 잘 이해하고 있다는 그릇된 인상을 심어주게 된다.

어제 곳으로 가는 도중 내가 걸어 다닌 풀밭 위에 길이 만들어진 것을 보았다. 그것이 위로와 안전감을 주었다. 내가 여기서 하는 일은 의식의 다른 상태들 사이에 길을 내는 것인지도 모른다. 의식의 이동을 통제하는 방법에 대한 추상적인 이론을 만드는 것이 아니라, 그저 그 영토를 이해하고 내 걸음이 길을 만들 때까지 그 땅을 밟고 또 밟는 것이다.

평온한 날이었다. 눈을 뜨니 가는 비가 내리고 있었고 바다는 더없이 잔잔했다. 아, 조용하다. 밀물에 스테인즈 반도로 나가서 도미를 한가득 잡아 왔다. 냉각통의 얼음이 다 녹아버려서 저민 물고기들을 플라스틱 용기에 넣어 밀봉한 뒤 나무들 아래 지하수 웅덩이에 띄웠다. 물의 온도가 알맞으니 적어도 나흘은 괜찮을 것이다. 바람과 삼각파도에 출렁거리지 않고 거울같이 잔잔한 물살 위로 미끄러지듯 나아가는 느낌은 정말 좋았다. 마침내 울퉁불퉁한 황톳길을 벗어나 평탄한 도로로 진입했을 때처럼.

온종일 비가 흩뿌렸고 나는 밖으로 나가 부드러운 빗속에서 비를 맞는 기분을 누렸다. 안개가 언덕들을 켜켜이 감아 돌며 골짜기로 떠내려갔다. 암벽과 폭포는 완벽했다. 완벽하게 아름다웠다. 이곳에 온 것이 얼마나 큰 축복인가.

바다로 나가자 가슴이 부드럽게 열리는 것 같았다. 이것은 내가 안전한 집을 떠나 미지의 곳으로 향할 때 늘 느끼던 기분이라는 사실을 떠올렸다. 아직 빙하로 가는 여행이 두렵지만, 오두막에서 아주 멀리 떨어져 있으면 그 열림의 세계로 더 깊숙이 들어갈 수 있을 것이다. 내 속의 뭔가가 부르고 있다. 아니면 떠날지 말지가 이렇게 고민스럽지는 않을 것이다.

낚시를 하는 중에 강치 소리가 들리기에 그 쪽으로 가보았다. 이제 식구가 열 마리로 늘어났다. 우두머리 수컷과 덩치가 조금 작은 어른 강치 8마리, 그리고 새끼 강치다. 바라만 봐도 즐겁다. 그것들이 있는 곳에서 30야드 범위까지 간 다음, 수컷이 어디서부터 방어를 시작할지 몰라서, 거기서부터는 조심조심 접근했다. 강치들은 옹기종기 모여 바위를 따라 이리저리 헤엄쳤고, 가끔은 서로를 향해 개구리처럼 폴짝 뛰어오르기도 했다. 그러다 잠시 멈추고는 고개를 들어 나를 빤히 쳐다보더니 다시 헤엄치기 시작했다. 같이 놀자는 것 같았다. 자기들끼리 모여서 헤엄치는 것도 그냥 재미로 그러는 것처럼.

엄마 강치와 아기 강치가 암붕에 앉아 이쪽저쪽으로 몸을 숙였는데, 마치 나를 더 잘 보려고 그러는 것 같았다. 두 마리는 언제나 서로 접촉해 있었다. 대개는 아기 강치가 엄마의 등에 지느러미발을 올리고 있었다. 강치들이 내 이웃이라니 얼마나 멋진 일인가.

춘분이다.

시간은

벌레

애벌레

땅벌레.

1분이 엉금엉금 기어 하루가 되고

하루가 터벅터벅 걸어 주말이 되고

긴 회색빛 잠에 빠진 우리의 부재 속에서

느닷없이 깜짝 놀랄 이동이 일어난다.

하나의 전환.

세월은 속절없이 흘러

우리를 가차 없는 죽음의 순간으로 데려간다.

잠시 멈추어 생은 당신 안에 살고 있다는 것을 느끼고,

또 기억해야 한다는 것을 당신은 기억하는가?

당신의 바다를 가로질러

명멸하는 부드러운 가을 햇빛을

느껴야 한다는 것을?

구름과 안개와 더불어

영혼의 산들과 협곡을

떠돌아다녀야 한다는 것을?

넓고 공허한 당신 가슴의 해구를 통해

기쁨과 슬픔과 사랑과 비탄의

밀물과 썰물 속에

떠 있어야 한다는 것을?

이 얼마나 찬란한 봄의 첫날인가? 지난 닷새간은 스산했다. 비가 자주 왔고, 해는 보이지 않았고, 바람은 끊임없이 불었다. 하지만 어제 오후부터 날씨가 바뀌어 고요하게 맑았고, 남동쪽에서만 약한 바람이 불었다.

대체로 거의 매일 새벽까지 잠들지 않고 깨어 있지만, 어젯밤에는 일찌감치 잠들어 오늘 하루를 일찍 시작하기로 했다. 하지만 눈을 떠보니 새벽 5시였다. 3시간 더 자고 일어나 깨끗하고 고요한 해돋이를 보았다. 바람은 거세지지 않았고, 정오에는 이곳 남동쪽에 위치한 좁은 해협으로 출발했다. 여섯 달 동안 별렀던 곳이었다.

그 좁은 해협은 아름다웠다. 그 한쪽 끝의 강어귀에서 낚시를 했다. 카약을 타고 가볼까 했던 호수가 그 작은 강에 물을 비워냈다. 입질은 없었지만 졸졸거리는 물소리를 들으며 출렁이는 바다에 햇빛이 물비늘을 만드는 것을 바라보는 것만으로도 큰 기쁨이었다. 돌아오니 그 풍경이 그립다. 강물의 흐름은 너무 빨랐고, 바닥은 카약을 타고 가기에도, 끌면서 걸어가기에도 너무 울퉁불퉁했다. 뭍은 바닥이 판판했고 나무가 듬성듬성 있었다. 카약의 공기를 뺀 다음 끌면서 횡단할 마음도 없진 않았으나 그만두었다.

도중에 캠핑할 만한 장소를 물색했지만 무성한 덤불숲까지 파도가 침투한 흔적들만 남아 있을 뿐이었다. 측면의 아주 좁은 해협을 따라 남쪽의 언덕으로 나아갔다. 그곳은 유혹적이었지만, 저 끝에는 바람과 조수에 떠밀려온 비닐 나부랭이들이 한가득 쌓여 있었다. 그곳을 청소한 뒤 쓰레기는 집으로 가져왔다.

최근에 아름다운 새 한 마리(Rufous-chested Dotterel)가 새로 등장했다. 키는 8인치 정도다. 등은 밋밋한 회색이고 배는 크림빛이 도는 흰색인데, 흰색 줄무늬들이 날개 앞쪽까지 길게 그어져 있다. 가슴은 녹슨 빛깔의 짙은 갈색이며, 두꺼운 검은색 선이 배와 가슴을 구분한다. 흰색의 고리가 눈가를 에워쌌고, 흰색의 띠가 눈 바로 위쪽에서 머리를 빙 둘러 있었다. 어제 수컷 두 마리가 싸우는 장면을 목격했는데 닭싸움만큼이나 흥미진진했다.

지난 며칠간 심리적 투쟁이 계속되고 있는데 이제는 그것도 진저리가 쳐질 만큼 몹시 지친다. 끝내는 포기해버릴 것 같다. 이제 저녁으로 생선과 밥을 먹은 뒤 잠을 잘까 한다. 하지만 먼저 잠시 별빛 아래 앉아 있을까 싶기도 하다.

2
0
0
1
년

10
월

이해해도
세상은 있는 그대로.
이해하지 못해도
세상은 있는 그대로.
― 오두막 문 앞에 붙여놓은 선 어록

2001 │ 10

먼 빙하로의 여행

일지를 날마다 쓰지는 않겠다고 생각한 게 춘분 즈음이었는데, 얼마나 갑작스레 그렇게 되었는지 나도 깜짝 놀랐다. 하, 그냥 글쓰기를 멈춰버린 것이다. 마지막으로 일지를 쓴 이후로 긴장된 열일곱 날을 보냈다. 날씨는 대체로 찬란했다. 바람이 심하게 불고 비가 억수같이 쏟아진 날은 단 이틀뿐이었다. 그 나머지는 고요하고 맑거나, 고요하고 흐렸다.

9월 23일, 보트에 짐을 실은 뒤 예정한 루트와 목적지를 써서 황색 코드 이메일을 보냈고, 정오에는 카약을 타고 빙하가 있는 호수까지 하이킹을 하기 위해 동쪽 해협으로 나아갔다. 바다는 큰 파도가 치면서 잠시 사납게 변했지만 바람이 뒤에서 불어왔으므로 크게 문제될 것은 없었다. GPS를 이용하여 위치를 탐색하면서 그 정보와 내가 해도에 표시해둔 랜드마크 지점들의 위도, 경도를 비교해보았다.

작은 보트를 타고 사람이 살지 않는 야생의 산들, 섬들, 그리고 알려지지 않은 수로들을 지나가는 것은 지금까지의 어떤 경험과도 다른 것이었다. 가끔은 나 자신의 미묘한 확장을 느끼지만, 또 가끔은 나 자신과 보트를 거대한 우주 속의 움직이는 작은 점 하나로 느낀다. 큰 배로는 들어갈 수 없는 좁은 수로들이 들어오라며 나를 유혹했다. 먼 끝에 도착하자 수로들은 끝없이 펼쳐진 반짝이는 바다로 나를 다시 밀어냈다.

고요한 바다를 작은 선외모터 보트로 달리는 것은 카약의 패들을 젓는 것이나 힘 좋은 스피드보트를 모는 것과는 다르다. 패들을 저을 때보다 훨씬 자유롭고 흥분되며, 스피드보트에 비해 바다에 더 큰 친밀감과 편안함을 느낄 수 있다. 이 작은 속력 차이가 그토록 큰 차이를 만들어 내다니. 시속 9마일로 터덜터덜 달리는 건 느리다. 속력을 내어 13마일로 활수하는 건 빠르다. 빠른 속도에서 더 흥분되는 건 사실이지만, 주변과 내면의 고요를 제대로 느끼려면 정신적인 공간이 충분히 필요하다. 가끔 모든 조건이 맞아떨어지면 보트와 모터, 몸, 마음 사이에 조화가 일어난다. 뱃머리에 가만히 서서 균형을 잡으려고 이리저리 몸을 기울이고 이따금 이쪽저쪽 키를 조정하면서 나는 감미로운 속도로 끝없이 확장하는 우주를 들여다본다.

그날의 여행은 아름다웠다. 해협을 따라 북쪽으로 15마일을 간 뒤 동쪽으로 다시 5마일, 좁은 수로를 따라 다시 남쪽으로, 그리고 마침내 다시 동쪽으로 방향을 틀어 구릉지 깊숙한 곳까지 들어갔다. 마지막 길은 폭이 좁아지면서 높이 솟은 양 기슭이 가파른 절벽을 이루고 있었다. 가보기 전에는 그 좁은 해협의 끝이 얕은 강물이 바다로 합류하는 곳일 거라고 예상하여 캠프를 칠 수 있으면 좋겠다고 바랐지만, 대신 그곳에서 마법의 세계를 발견했다. V자로 좁다랗게 팬 홈이 바위를 갈라놓았는데 그 사이로 숨은 호수까지 쉽게 이동할 수 있었다.

황홀감에 넋을 잃고 계속 나아가면서 세상에서 가장 신비한 새라는 콘도르 7마리가 머리 위로 큰 원을 그리며 날고 있는 모습을 보았다. 생소한 출현에 호기심이 난 독수리 한 마리가 나지막이 원을 그리며 나를 살펴본 뒤 자기도 콘도르가 되고 싶은 듯 다시 하늘 높이 날아올랐다. 사방으로 가파르게 솟아오른 암벽들이 은밀한 원형극장을 만들어 그 속에 맑고 푸른 하늘을 가두었다. 한동안 느끼지 못했던 보호감과 안전감이 느껴졌다.

더 위쪽의 호수에서 이 호수로 수정 같은 물을 쏟아내는 강 근처에 보트를 댔다. 처음 보는 나무들에 파리한 봄 잎사귀들이 매달려 있었다. 위쪽 호수에 가보려고 축축한 덤불숲을 힘겹게 헤치고 절벽을 기어올랐지만 성공하지는 못했다. 땅은 너무 울퉁불퉁했고 바위는 너무 미끄러워 자칫하면 크게 다칠 것 같았다. 하지만 내가 목적한 빙하가 바라보일 거라고 예상한 지점까지는 갔다. 그래도 빙하는 보이지 않았다. 내가 올라선 곳에서는 가로막혀 보이지 않거나, 아니면 지도가 잘못되었을 것이다.

이 야생의 해안을 하이킹한 것은 이번이 처음이었다. 바다가 내려다보이는 높은 곳에 오르니 기분이 좋았다. 저 아래 보트를 댄 자리의 전망은 굉장했다. 강물이 좁은 골짜기를 통과해 떨어져 내리며 늦은 햇살 속에 반짝이는데, 급류와 폭포수가 교대로 긴 흐름을 이어가고 있었다. 이끼가 드리운 나무들 사이로 기우는 햇살이 여과되어 숲의 땅을 사방에서 어루만지고 덥혀주었다. 땅 위에서 벌어지는 빛의 놀이를 필름에 담지 않고서는 발길이 돌려지지 않았다.

캠프를 칠 만한 마른 평지를 찾을 수 없어서 닻 하나는 물속에 내리고 또 하나는 해변에 파묻은 뒤 그 사이에 보트를 고정시켰다. 짐을 이리저리 치운 뒤, 앉고 요리하고 잠잘 자리를 만들었다. 밤은 춥고 맑았으며, 새벽에는 서리로 축축해진 침낭 속에서 햇빛을 맞았다. 이곳에 머물면서 단식을 결심했고, 내 삶을 전환시켜줄 비전을 청했다.

깜짝 놀랄 비전은 보이지 않았다. 대신 마음 깊숙이 심오한 깨달음이 찾아왔다. 내가 경험하는 모든 것—기쁨과 고통, 빛과 어둠, 용기와 두려움, 친절과 잔인함—은 나 자신의 일부이며 정신적인 것들로 가득 차 있다는 깨달음이었다. 만물을 있는 그대로, 나를 있는 그대로 받아들이고 존중해야 한다. 더 나아가, 나와 세상 사이에는 진정한 구별이 없음을 깨달았다. 모든 것은 신성하며 서로의 사이에 이음새는 없다.

둘째 날 밤에는 서리를 막기 위해 보트 위로 방수천을 둘러쳤고, 동이 트자마자 일어나 아침을 먹은 뒤 짐을 꾸려서 떠났다. 다시 좁은 해협으로 돌아가 몇 마일 더 남쪽으로 내려가자 아침 햇살과 그림자로 조각된 황홀한 빙판들이 시선을 사로잡았다. 떼어지지 않는 시선을 억지로 돌려 그 좁은 해협을 따라 먼 북쪽 끝으로 갔다. 해군 선장이 그곳에 오래된 군사용 은신처가 있다고 말해주었다. 해안에 다다라 나무들 사이로, 키 큰 풀이 무성한 풀밭 주위로 여기저기 돌아다녀보았지만 허사였다. 오래전에 군사용 은신처로 사용된 장소라고 했는데, 칠레와 아르헨티나 간에 분쟁이 있던 1970년대 후반에 지어진 것이라 들었다. 국경에서 그리 멀지 않은 곳이라, 어쩌면 근처 산 속에 두 나라를 연결해주는 통행로가 있을지도 모른다.

하루 종일 보트에서 보냈다. 한 시간 가량 미풍이 불고 가벼운 삼각파도가 친 것을 제외하면 하늘과 바다는 온종일 맑고 잔잔했다. 집으로 돌아갈 때는 다른 길을 택했다. 오웬 섬 북쪽으로 넓게 펼쳐진 수로를 따라 서쪽을 향해 가다가, 다시 오웬 섬과 에반스 섬 사이의 해협을 따라 남쪽으로 내려왔다. 탁 트인 넓은 바다가 동쪽으로는 안데스 산맥의 새롭고 광활한 풍경을, 서쪽으로는 점점이 흩어진 섬들의 풍경을 펼쳐보였다. 나는 빙판들과 뾰족한 산봉우리들, 폭포수, 기괴한 형태로 늘어선 바위들, 분재 같은 옹이진 나무들로 뒤덮인 무수히 많은 작은 섬들이 어우러져 만들어내는 아름다운 장관에 흠뻑 빠졌다. 가는 내내 뱃머리에 서 있었고, 보트가 거울 같은 수면을 가르고 지나갈 때는 나 자신이 알려지지 않은 야생의 땅 위를 날아가는 느낌이 들었다. 그토록 광활하고 손상되지 않은 아름다움 속에서 오롯이 혼자만 있는 느낌은 정말 굉장했고, 가끔은 기뻐서 노래가 절로 나왔다.

내가 사는 섬에 가까워지자 아직은 집으로 돌아갈 준비가 안 된 것 같아, 종종 장작을 구하러 들렀던 스테인즈 반도의 해변에 캠프를 쳤다. 조그맣게 불을 피운 뒤 이곳에 온 이후 처음으로 별빛 아래 잠을 청했다. 다음날 아침 이제껏 본 중에 가장 근사한 해돋이에 영감을 받아 또 한 번 깊은 깨달음이 찾아왔다. 나 자신의 일부로서 경험하는 모든 것이 영혼으로 채워져 있으므로 거부되어서는 안 되며, 뭔가 특별한 것을 찾아 다른 곳으로 갈 필요는 없다는 깨달음이었다. 이 장소보다 더 살아 있고 더 신성한 장소는 없다. 이 시간보다 더 살아 있고 더 신성한 시간은 없다.

해변에서 아침을 보낸 뒤 집으로 돌아왔다. 캣은 나를 무척 반겼다. 사흘 동안 집을 비웠고, 87마일을 돌아다녔다. 무사귀환했다는 말을 전하러 녹색 코드 이메일을 보냈고, 다음 이틀간은 장작으로 쓸 나무를 몇 짐 더 해왔다.

호수에 다녀온 것에 만족하며 먼 빙하로의 긴 여행은 하지 않기로 타협했다. 하지만 곧 겨울 내내 투쟁을 벌여온 내면의 갈등이 또다시 수면 위로 부상했다. 빙하를 보고 두려움을 대면하고 싶은, 그리고 나의 자기이미지를 (상상 속의) 타인에게 모험가로 비치게 하고 싶은 욕망과, 모터가 멈추거나 폭풍우가 사납게 몰아쳐 나를 단절된 섬들과 끝없이 뒤엉킨 수로들의 광대함 속에 던져놓을 거라는 두려움이 맞섰다.

다음날 9월 29일, 동이 트자마자 일어나서 거울 같은 바다를 바라보았다. 바람은 그 숨결조차 느껴지지 않았다. 잠시 망설이며 바다와 하늘과 교감하다가—내 감각으로는 아직 느껴지지 않는 폭풍우를 점치려고 노력하다가—빙하로 떠나기로 결심했다. 합판으로 임시 갑판을 만들어 이물 위쪽으로 단단히 묶고, 거기에 예비 연료와 공기를 뺀 카약, 밧줄, 닻을 실었다. 보트 안에는 캠핑장비, 낚시도구, 비옷, 따뜻한 옷, 구급상자, 난로, 4마력짜리 선외모터, 여러 가지 도구들, 예비 부품들, 방수천, 카메라, 쌍안경, 위성전화 등을 실었고, 연료도 더 챙겨 넣었다. 폭풍우에 붙들려 꼼짝 못할 때를 대비해서 2주치 식량을 꾸렸고, 캣이 먹을 것도 충분히 남겨 놓았다. 짐을 전부 싣자 내가 들어갈 자리도 제대로 없었다. 마침내 정오가 되었고, 나는 황색 코드 이메일을 보낸 뒤 보트를 출발시켰다. 5분도 채 안 되어 바람이 불기 시작했다. 아아아!

아직도 날씨를 제대로 예측하지 못하는 나의 무능함이 좌절과 무력감이라는 미숙한 감정을 들춰냈다. 믿을 수가 없었다. 1주일 동안 잔잔했는데, 지금, 내가 마침내 빙하로 떠나려는 이때 북서풍이 돌아온 것이다. 한낮에는 두어 시간 가벼운 바람이 불다가 다시 잔잔해지는 일도 있으므로, 바람과 삼각파도와 높이 솟구치는 거대한 물결에 맞서 계속 밀고 나가기로 했다. 6마일을 나아간 다음 일단 바람을 피하며 기다리기로 하고 오웬 섬의 안전한 좁은 해협에 보트를 댔다.

보트를 묶어놓고 선잠을 자면서 바다로 콸콸거리며 흘러드는 냇물의 부드러운 소리에 마음을 가라앉혔다. 오후 5시에 해협을 살펴보러 나갔더니 바람과 바다가 얌전해지는 것 같아서 계속 북쪽으로 나아갔다. 하늘이 계속 맑고 바다가 계속 잔잔하면 보름달 아래 계속 나아가기로 결심했다. GPS 측정치와 해도를 비교하면서 내 위치를 다시 추적했고, 마침내 에반스 섬과 북쪽의 본토를 나누는 동서 교차 해협을 건널 수 있었다. 바람을 피하는 언덕을 따라 서쪽으로 나아가면서 평온한 밤과 평화로운 여행에 대한 희망이 점점 부풀어 올랐다.

곶 한 곳을 돌아 캠프에서 30마일 떨어진 북남 간선 해협으로 들어가자 저녁 9시가 다 되어 있었고, 구름이 달을 가려 사방이 어둑어둑했다. 그 순간 바다가 날뛰기 시작했다. 사방팔방에서 거대한 파도와 삼각파도, 조수가 밀려왔다. 계속 나아갈 수도, 돌아갈 수도 없었다. 희미한 빛 속에서 그날 밤

몸을 피할 적당히 안전한 장소를 찾아 반 시간 동안 바위투성이 해안을 위험을 무릅쓰고 기듯이 나아갔다.

그쯤 되자 보트 위로 방수천을 치기에는 바람이 너무 거세어졌고, 비가 올지도 모른다는 생각이 들어 바닥에 침낭이나 써마레스트 패드를 깔지는 않았다. 스웨터, 두꺼운 코트, 방한복 바지, 팬츠, 비옷을 껴입고 고무장화를 신은 채 방수천으로 몸을 감싼 뒤 불편한 밤을 보냈다. 보트는 밧줄에 묶여 삐거덕거렸다. 추웠지만 비는 오지 않았다.

바람이 나무들 사이로 밤새도록 스산하게 울부짖었다. 아침이 되어 빙하로 가는 루트인 해협을 살펴보러 나갔다. 해협은 기세등등한 북서풍이 다니는 길로 길게 펼쳐져 있었다. 거품을 뿜어내는 삼각파도와 여기저기 튀는 물보라, 거대한 파도 때문에 그곳을 통과하는 건 불가능했다. 배를 돌리고 거친 물살을 가르며 천천히 집을 향해 출발했다. 가는 내내 바람과 파도가 뒤에서 들이쳤기에 보트는 큰 파도를 타고 자꾸만 엉뚱한 데로 가려고 했고, 나는 보트를 제 방향으로 나아가게 하려면 정신을 똑바로 차리고 있어야 했다. 탈진하고 낙담한 상태로 캠프에 도착해서 녹색 코드 이메일을 보냈다.

이틀 뒤 바다는 다시 거울처럼 잔잔해졌다. 불안감에 잔뜩 긴장하고 지랄같이 변덕스러운 이곳 날씨에 좌절했지만, 또다시 짐을 꾸리고 황색 코드 이메일을 보낸 다음 빙하로 출발했다. 바람은 이번에도 나가자마자 곧바로 불어왔고, 나는 이번에도 오웬 섬의 같은 장소에서 바람을 피했다. 오후 2시에 파도가 잠잠해지는 것 같아서 다시 나아갔다. 남은 가솔린으로는 또 한 번 헛걸음을 할 여유가 없었다. 이번이 빙하에 갈 수 있는 마지막 기회였다. 폭풍우가 휘몰아치면 기다렸다가 나아가야 했다.

하지만 바다는 계속 잔잔했고, 저번의 시도에서 보트를 돌려야 했던 간선 해협에 다다르자 바다는 거울처럼 잔잔해졌다. 활수하기에는 보트에 실은 짐이 너무 많아서 시속 8마일이나 9마일 선에서 둔중하게 나아갔다. 무게를 줄이고 내 공간을 넓히려고 작은 후미에 들러 5갤런들이 기름통 하나와 빈 기름통 하나를 내려놓았다.

5갤런을 연소하고 5갤런을 내려놓아 짐을 70파운드만큼 줄였지만 그래도 보트는 속력을 내며 활수하지 못했다. 이렇게 되면 속력도 나지 않고 모터에도 좋지 않다. 속력을 늦추다가 내보기도 했고, 바람이 일으키는 잔물결과 나란히 혹은 맞서서 혹은 가로지르며 달려보기도 했고, 이쪽저쪽 방향을 틀어보기도 했지만 아무 소용없었다. 모터 소리가 평소보다 나쁘지는 않았지만 분명히 추동력을 잃고 있었다. 다시 마음을 바꾸어 보트가 급물살을 타면서 속도를 9~13마일로 높일 때 바다를 스치듯 나아가는 대신 헤치듯 나아가보기로 했다. 다행히 보트는 잘 나갔다.

그 이후부터는 애써 높인 속도가 떨어지면 다시는 회복할 수 없을 거라는 생각이 들어 빛이 남아 있는 4시간 동안 쉬지 않고 나아갔다. 더 많이 갈수록 그날 빙하에 도착할 수 있을 거라는 확신도 더 강해졌다. 빙하까지 70마일 거리였지만 바다가 언제까지 잔잔할지 모르기 때문에, 잔잔할 때 계속 나아가기로 결심했다. 돌아오는 길은 폭풍우가 치더라도 바람과 파도와 물보라와 같은 방향이니, 썩 유쾌하지는 않다 하더라도 맞서 싸우는 것보다는 훨씬 쉬울 것이다.

시간은 지나갔고 모터는 맥박 쳤다. 소리와 움직임은 나를 점점 더 깊숙한 현재로 데려갔다. 들쑥날쑥한 곳을 돌아 좁은 해협들을 뚫고 탁 트인 바다로 나갔다. 시시각각 변하는 해류의 움직임이 바다의 질감과 색채를 쉴 새 없이 바꾸어놓았다. 빙하에서 15마일 떨어진 곳에서 간선 해협을 벗어나 동쪽 산맥으로 방향을 틀었다. 그 좁은 수로에 기묘하고 아름다운 얼음 조각들이 떠 있었다. 속력을 늦추지는 않았지만 정신은 바짝 차렸다. 한 조각에만 부딪쳐도 재앙이 될 수 있었다. 한번은 내 작은 보트가 뚜렷한 이유도 없이 뒤뚱거리기 시작했다. 숨은 힘의 손아귀에 붙잡힌 듯한 기분에 휩싸였지만, 알고 보니 보트 바로 아래에서 놀던 몇 마리의 커다란 돌고래 때문이었다. 그것들이 헤엄치며 남긴 물살이 내 궤도와 뒤엉켰던 것이다.

결국은 기름통에 든 가솔린을 선외모터 연료탱크에 옮기기 위해 보트를 멈추어야 했다. 다시 출발시키자 보트는 쉽게 속력을 냈고, 나는 GPS 측정치와 해도를 비교해보았다. 뭔가 어긋나 있었다. 처음으로 내 위치가 불확실하게 느껴졌고, 수로들과 섬들로 이루어진 복잡한 미로 속에서 길을 잃은 기분이 들었다. 평온한 저녁의 빛 속에서 거리감에 혼란이 생기기 시작했고, 육지는 사방팔방이 거의 똑같아 보였다.

남쪽으로 방향을 틀어 빙하로 통한다고 생각되는 좁은 해협으로 나아갔다. 해안의 구릉지가 해도에 그려진 등고선과 일치하지 않는 것으로 볼 때 아직은 빙하의 입구에 도달하지 않은 것 같았다. 둥둥 떠 있던 얼음이 빙산의 모체로 다가가면서 오히려 줄어드는 것도 이상하게 느껴졌다. 5마일을 더 가서 알게 된 것은, 내가 남쪽이 아니라 북쪽으로 가고 있었다는 사실이다.

태양이 구름에 가려 방향에 대해 전혀 암시를 주지 못했고, 나는 GPS에 골몰해 있느라 나침반에는 신경을 안 쓴 것이 화근이었다. 가솔린을 주입하느라 멈추었을 때 보트가 180도 회전한 모양이었다. 해협 중간부터는 양쪽 해안이 엇비슷해서 온 길을 되돌아간다는 사실은 전혀 깨닫지 못하고 있었다.

동서 교차 수로에 되돌아왔을 무렵에는 이미 너무 늦은 시간이라 땅거미가 지기 전에 빙하에 도착하는 것은 불가능해 보였다. 해도 상으로 몇 마일 더 간 곳에 캠프를 치기에 적당해 보이는 장소를 사전에 물색해 두었다. 좁은 입구가 원형의 만으로 통하는 곳이었는데, 그곳에 도착해서 나무와 암벽이 바람을 막아주는 자그마한 후미에 보트를 비끄러맸다. 바닥이 물보라로 축축해서 방수천을 깔아 침구를 젖지 않게 했다. 위로는 비닐을 쳐서 비를 막을 수 있게 했다. 아늑하고 편안했으며 안전감을 느꼈다. 오두막과 캣에게서 멀리 떨어져 그곳에 있다는 것이 행복했다. 밥과 콩을 좀 데워 먹은 후 다시 잠을 청했다.

밤에 바람이 제법 불어서, 다음날 낮에도, 그리고 밤에도 그곳에 안전하게 머물러 있을 생각이었다. 그래서 아침에 일어나서도 급하게 짐을 꾸리지 않았다. 비닐 방수천을 걷고 마실 물과 변을 볼 장소를 찾아 해변으로 간 것은 거의 정오가 다 되었을 때였다. 그래도 바다가 얼마나 거친지 한 번은 봐야지 싶어서 해협으로 시선을 돌렸다. 놀랍게도 바다는 빙하에 가도 될 만큼 충분히 잔잔했다. 가는 도중 잠깐씩 가벼운 삼각파도에 보트가 휘청거렸지만, 가는 길은 대체로 순탄했다. 이따금 모터가 털털거리면서 활수를 거부했지만, 마침내 저 멀리 남동쪽으로 빙하의 윤곽이 어슴푸레 나타났다.

빙하와 바다가 만나는 좁은 해협에는 수만 개의 자그마한 얼음덩이들이 가득했다. 여전히 멀리 보이는 빙벽에 최대한 가까이 접근할 수 있는 틈새를 요리조리 뚫으면서 반 마일을 더 갔다. 예전에 많은 관광객들 틈에 끼여 아르헨티나의 페리토모레노 빙하에 간 적이 있었다. 높이 솟은 빙탑에서 벗겨져 나온 커다란 빙판들이 호수로 떨어져 산산조각 났다. 하지만 이 빙벽은 높지도 않은 데다 파인 홈과 긁힌 실트의 흔적도 많았다. 처음에는 실망했다. 기대만큼 장엄하지도, 인상적이지도 않았다. 하지만 그 순간, 기대감에 차 있던 다른 많은 순간에 그랬듯이, 나는 그 마음을 놓아 보내면서 내 주변과 내 안에서 지금 일어나는 일에 마음을 집중했다.

빙하는 느리게 바다로 흘러들었고, 나는 사방팔방 부서지는 얼음의 거대한 들판에서 완전히 혼자였다. 쌍안경으로 빙하가 저 멀리 사라져버릴 때까지 그 경사면을 쫓아갔다. 안데스 산맥을 따라 200마일 길이로 펼쳐진 남부 파타고니아 빙판의 육중한 무게를 감지했다. 캠프 근처의 산들 속에 높이 솟은 빙하처럼 이 빙하도, 그리고 아르헨티나의 페리토모레노 빙하도 결국은 더 큰 빙하의 일부였다.

심지어 '머나먼 곳'보다 더 먼 어느 곳에 있는 것처럼 느껴졌다. 표류하는 얼음들의 풍경이 흐르는, 딴 세상 같으면서도 지독히 현실적인 공간. 모터를 끄고 침묵에 귀를 기울였다. 이따금 들려오는 갈매기의 먼 울음소리가 침묵을 깨면서 광대한 고요를 더욱 확장했다. 나는 잠시 고요 속에 부유했으나, 빙하는 더 가까이 오라고 나를 불렀다. 모터를 다시 켜고 느릿느릿 나아갔다. 부빙들 사이의 움직임이 시선을 사로잡았지만, 정신을 집중하면 보이는 것은 반짝이는 얼음과 인디고색 바다의 끝없는 모자이크뿐이었다.

바로 그때 돌고래 다섯 마리가 수면 위로 올라와 보트 주위를 맴돌았다. 그것들은 솟구쳤다가 뛰어들었다가 하면서 서서히 퍼지는 잔물결들의 파문을 일으켰고, 얼음은 덩달아 이리저리 흔들렸다. 언뜻 생명체 하나 없어 보이던 그 영역에서 그것들과 함께 있다는 사실이 기뻐서 나는 다시 모터를 끄고 그것들과 더불어 침묵을 공유했다. 하지만 모터의 진동이 사라지자 돌고래들은 나를 버리고 떠나가 버렸다. 하지만 더 큰 무엇이 나를 부르고 있었기 때문에 상관없었다.

믿을 수 없으리만치 아름다운 그 모든 것에도 불구하고 아직 뭔가 부족했다. 마음 깊은 곳에서 고통이 느껴졌지만 무엇 때문인지는 알지 못했다. 바다에서 뾰족하게 솟아오른 검은 바위가 시선을 유혹했지만 가슴을 어루만져주지는 못했다. 시간을 잊고, 단순히 그 자리에 존재하면서, 내 형체가 사라지는 것을 느낄 때까지, 나는 그곳에서 서성였다.

하늘이 걷히고 아스라한 태양이 구름 사이로 모습을 드러내면서 부빙 위로 충만한 빛을 쏟아냈다. 그리고 나는 보았다. 나를 둘러싼 세상 저 밑에서 뿜어 나오는 강렬한 푸른빛. 머나먼 곳에서 비치는 것이 아니라, 아주 가까이서, 바로 곁에 떠다니는 얼음들에서 비쳐 나오고 있었다. 내가 잊고 있던 것이 기억났다.

지난 몇 달 동안 두려움을 대면해야 한다고 되뇌던 마음의 표면적인 지껄임 아래로 빙하의 얼음이 뿜어내는 신비한 푸른빛이 가슴에 말을 걸고 있었던 것이다. 시간을 거치며 육중한 무게로 생성된 환한 푸른색이, 너무 신비로워 나 자신에게도 설명할 수 없었던, 내 속에 숨어 있던 태고의 자질을 반사해냈다. 말이 존재하지 않는 그 순간, 나는 푸른빛 얼음의 신비한 부름이 한편으로는 내 영혼의 부름이라는 사실을 깨달았다.

모터가 고장 나서 꽁꽁 언 바다 풍경 속에서 헤매게 될지도 모른다는 생각, 혹은 기온이 뚝 떨어져 보트와 부유하는 얼음을 함께 얼려버릴지도 모른다는 생각이 자꾸만 들고 일어났지만, 그 생각은 제쳐놓고 계속해서 아름다움을 즐기기로 했다. 그럼에도 그 생각은 자꾸만 되돌아왔다. 이제는 떠나야 할 시간이었다.

* * *

빙하에 간 것은 내가 지금까지 해본 가장 힘든 일들 중 하나였다. 실제 여행이 힘들었던 것은 아니다. 바람과 바다가 계속 고요했으므로 가는 길은 평탄하고 순조로웠다. 힘들었던 것은 떠나기 전의 두려움과 불확실함이었다. 고독의 도전 과제 중 하나는 잠재적인 위험 혹은 상상한 위험이 서서히 마음을 잠식할 수 있다는 것이다. 평소에는 다스릴 수 있는 두려움이라 해도, 관점을 유지하도록 도와주는 타인이 없을 때는 마음을 압도할 수 있다. 두려움에 도전할 마음의 준비도 했고, 떠나는 데 필요한 만반의 준비도 갖추었지만, 마지막 순간에 바람이 드세게 불어 닥칠 수도 있다. 아니면 바람이 심하게 불 것 같아 떠나지 않기로 했는데 하루 종일 바다가 더없이 잔잔할 수도 있다.

거듭되는 상상 속에서 나는 맹렬한 폭풍우에 붙잡혀 여러 날 동안 매서운 바람이 몰아치고 물보라로 흠뻑 젖은 바위 위에 몸을 웅크리고 있었고, 혹은 혼자 길을 잃고 헤매는—모터가 멈춰버려 끝없이 펼쳐진 산들과 섬들과 수로들의 미로를 무력하게 떠돌아다니는—조그맣고 나약한 점이 되어 있었다. 언제 멈출지 모르는 4마력짜리 모터로 절뚝거리며 집으로 돌아가거나, 더 나쁘게는 구조 요청을 하는 상황도 그려졌다.

두려움과 불확실성을 대면하는 것 말고도 그 여행을 그토록 강렬하게 만든 것은 아마도 복잡하고 길어진 준비 과정이었을 것이다. 또 믿을 수 없는 모터 때문에 정신을 바짝 차려야 했고, 그 때문에 딱딱 소리는 커지지 않았는지 다른 문제는 없는지 알아내기 위해 끊임없이 귀를 기울여야 했다.

빙하로의 여행을 이곳에서 보낸 한 해의 메타포로 볼 수 있다. 뭔가가 나를 부르며 오라고 했고, 나는 그 신비로운 뭔가를 끊임없이 감지했다. 느낄 수는 있었지만, 말로 표현할 수는 없었다. 빙하에서의 시간은 마법 같고 심오했다. 그리고 그 경험은, 다른 모든 경험과 마찬가지로, 흘러가는 생의 리듬에 합류한다. 하지만 나는 그것이 나 자신에게 지울 수 없는 흔적을 남겼음을 안다. 이 한 해는 내게 어떤 자국을 남길까.

* * *

그다음 날 일찍 출발하기 위해 전날 밤에 캠프를 친 곳으로 향했다. 동서 교차 수로에서 다시 그 조각 같은 빙산들을 보았다. 이제 보니 그 빙산들이 더 먼 동쪽의 다른 빙하에서 온 것임을 알겠다. 그 길을 추적하고 싶지만 연료가 충분치 않다. 그 발원지는 내게는 모르는 일로 남을 것이다.

근처에서 뛰놀던 돌고래들이 다음 날 동이 트자마자 나를 깨웠고, 나는 얼른 짐을 꾸려서 출발했다. 이번에도 처음에는 속도를 내지 못했고 마침내 활수를 시작하자 기름통을 내려놓은 곳까지 쉬지 않고 내달렸다. 간 길만큼 이나 돌아오는 길도 순탄했다. 아름답게 늘어선 바위들과 은밀한 좁은 해협들이 들렀다 가라고 나를 부르며 손짓했지만 날씨를 예측할 수 없어서 쉬지 않고 나아갔다. 간선 해협에서 저 멀리로 보트 두 대가 물살을 가로지르며 달리는 것을 보았다.

기름통을 두고 온 위치는 GPS에 통과지점으로 표시해둔 곳이라 문제없이 찾을 수 있었다. 참으로 유용한 장치다. 이곳의 온갖 섬들과 수로들 사이에 서는 까딱하면 길을 잃는다. 해도 상에서 내가 있는 위치와 캠프의 위치를 연관시켜 그 자취를 꼼꼼히 남기면 별일은 없겠지만, 그 궤적을 놓치면 GPS 없이는 알아내기가 매우 힘들다. 길들지 않은 바다풍경은 끝이 없고 언덕들의 높낮이도 비슷해 보인다. 지도나 항공사진 없이 이곳에 처음 온 최초의 탐험가를 생각하니 마음이 흥분된다. 수로가 통하는지 여부를 알아내기 위해 그 모든 해협을 샅샅이 살피며 돌아다녔을까? 길을 혼동하지 않고 어떻게 돌아다닐 수 있었을까?

바다와 하늘이 여전히 고요했으므로 더 안전한 동쪽 수로를 택하지 않고 에반스 섬의 서쪽으로 돌아가는 항로를 계속 따랐다. 서쪽으로 해협을 건너 밴쿠버 섬과 수평을 이루었을 즈음 살랑거리던 바람이 세력을 키우더니 작은 삼각파도와 함께 바다가 굼실거리기 시작했다.

폭이 4마일 되는 큰 해협을 건너고 좁은 어귀를 통과해 좁은 해협으로 들어갔다. 매우 평화로운 곳이었지만, 그곳에서 살았다면 만족했을까 하는 생각에는 고개가 갸웃거려졌다. 산도 보이지 않고, 게다가 물이 얕아서 낚시도 별로였을 것이다. 강한 물살이 좁은 수로들을 빙빙 돌며 내달리는 곳이라 급류를 타고 신나게 카약을 즐기기엔 그만인 곳이었다. 이곳의 풍경은 계속 마음을 끈다. 한가롭게 빈둥거리고 싶은 장소들도 아주 많다. 한동안 그곳을 돌아다니다가 큰 해협을 건너 집으로 향했다. 으레 그러듯이, 캣이 물가로 달려와 돌아온 나를 반겼다.

봄의 그 첫 두 주가 마지막 기회는 아니었는가 싶어, 계획한 모든 여행을 마쳤다는 사실에 매우 뿌듯하다. 전체 거리는 350마일을 조금 넘었다. 뭔가 아주 중요한 일을 이룬 것처럼 성취감이 들고, 더는 다른 목적지를 품는 일 없이 앞으로 일어나는 일만 경험하면 된다는 생각에 마음이 느긋해진다. 날마다 불어오는 바람을 바라보며, 기회가 있었는데도 떠나지 못한 게으름뱅이라는 자괴감에 시달릴 필요도 없다. 그저 여기 있다는 사실에 집중할 수 있다. 떠날 때까지 버틸 장작도 충분하고, 선외모터에 쓸 기름은 거의 바닥났으니 오히려 헤르만이 모터 부품을 가져오지 않는 편이 더 좋겠다. 심각한 문제가 생기지 않는 한 남은 넉 달 동안은 달초에 보내는 확인 이메일만 빼고는, 이메일을 보내지도, 받지도 않을 생각이다.

2001년 10월 11일

　오렌지색 부리 버터벨리 잠수 오리들은 여전히 매력적이고 신비롭다. 지금은 3주 전에 목격한 그 싸움을 가까이 사는 쌍이 의도적으로 일으킨 거라고 생각하고 있다. 그날은 이쪽 수컷이 졌지만 내가 없는 사이에 또 한 번의 싸움이 있었던 것 같다. 가까이 사는 쌍의 영역이 더 커졌다. 내 생각에 영역 싸움은 먹이보다는 보금자리에 대한 문제 같다. 옛 경계는 지금 가까이 사는 쌍이 둥지를 틀고 있는 작은 섬을 가로질렀는데, 이제는 그 지역이 완전히 녀석들의 것이 되어 있다.

　이기는 것은 반드시 더 강한 수컷이 아니라 그 영역이 가장 필요한 짝을 둔 수컷이라는 것이 내 직감적 판단이다. 어떻든 간에 지난 몇 주에 비해 지금은 영역 방어 행위가 훨씬 많이 줄었다. 암컷이 알을 품기 시작하면 수컷이 경계선에 대해 어떤 행동을 할지 궁금하다. 어쩌면 이렇게 말할지도 모른다. "까짓, 그냥 편하게 잘 지내보자고."

2001년 10월 12일

　삿갓조개가 시간이 지나면 움직이는지 알아보기 위해 오늘 그 껍데기에 매니큐어로 숫자를 썼다. 매니큐어가 벗겨지지만 않는다면, 이틀 뒤에는 그것들의 위치를 다시 확인할 수 있을 것이다. 움직임이 없었으면 한 달 동안 매주 확인할 것이고, 있었으면 매일 기록할 것이다.

　거의 온종일 오리들을 지켜보았다. 암컷이 수컷보다 훨씬 많이 먹는다. 알을 낳느라 소모한 에너지를 보충하기 위해서거나, 알을 품을 때를 대비해 영양분을 비축하기 위해서일 것이다. 그것들과 태양, 바람, 바위, 파도소리를 공유한다는 사실이 좋았다. 합일감이 느껴졌다. 우리는 모두 다 생이 발현된 존재들이다. 생을 탐구하는 생인 셈이다. 그 관점에서 보면 관찰자도 피관찰자도 없다. 관찰이 있을 뿐이다. 그 기본적인 경험을 우리는 실제로 얼마나 공유할까.

과학 철학자들은 모든 사실을 이론으로 설명할 수 있다고 주장한다. 이론이라는 맥락 없이는 사실들을 알 수 없다는 말이다. 사실들은 발견되기를 가만히 기다리는 것이 아니다. 어떤 의미에서는 이론이 그것을 만들어낸다고 볼 수 있다. 나는 종종 내 이론들과 사실들을 찾아내고자 하는 노력을 포기하고, 그냥 오리들의 벗으로서 살고자 한다.

그것들은 한동안 나와 함께 앉아 있다가 헤엄쳐 해구로 가더니 작은 섬 뒤로 사라져버렸다. 사방을 두리번거렸지만 다시 나타나지 않았다. 그러다 무심코 곶으로 시선을 던졌는데, 녀석들은 그곳에 있었다! 어떻게 그게 가능하지? 사라졌다가 엉뚱한 곳에서 나타나는 그런 마술을 어떻게 부리지?

오후까지 오리들을 볼 수 없었는데 드디어 수컷이 혼자서 나타났다. 이제는 수컷이 암컷의 영역을 찾아가는 방문객처럼 느껴진다. 흑백 기러기 한 쌍 중 흰 기러기가 저 먼 섬에서 보초를 서고 있다. 내가 암수를 헷갈렸나? 지금 알을 품고 있는 흑백 얼룩 기러기가 암컷이고, 둥지를 지키고 있는 이놈이 수컷인가? 이 생물들의 번식과 그 순환 과정을 지켜보고 싶지만 어쩐지

나만 따돌려진 느낌이다.

오늘 오후에는 삿갓조개의 위치를 확인했다. 이야! 이동한 것은 물론이고 완전히 사라진 놈들도 있었다. 내일부터 날마다 확인하리라. 바위에서 그것들의 위치를 파악하는 더 능률적인 방법이 생각났다. 둥근 플라스틱 물통 뚜껑으로 숫자판을 만든 뒤 그 가장자리에 1부터 12까지 숫자를 써 넣었다. 각 숫자 사이를 3도 간격으로 10등분했다. 숫자판 중앙에 무거운 돌을 올리고 그 돌에 15피트 길이의 실을 묶은 다음 3인치, 6인치, 12인치 간격으로 표시했다. 삿갓조개의 위치를 측정하려면 그 숫자판을 바위 위의 똑같은 지점에 두고 남북 방향을 동일하게 해서 실을 조개껍데기 꼭짓점까지 끌어당긴 다음, 숫자판 중심에서 그까지의 거리와 실이 숫자판의 가장자리를 지나는 각도를 재면 된다. 이렇게 벡터 값을 구하면 나중에 숫자판을 원점으로 해서 XY 좌표 값으로 전환할 수 있다.

비가 오고 춥다. 고통스런 감정들이 들고 일어난 하루였다. 과거에는 이 기분을 외로움 때문이라고 생각했지만, 지금은 그 이유가 정신적인 그리움이라는 생각도 든다. 타인을 그리워하는 것은 나 자신의 깊은 존재로부터 단절되는 경험과 비슷하게 느껴진다. 이 기분을 그대로 느끼겠다고 몇 번이나 결심했지만, 자꾸 먹는 것을 찾거나 커피를 마셨고, 혹은 또 다른 도피성 행동을 했다.

그러다 오늘밤 땅거미가 질 무렵 빛과 비전이 보이는 즐거운 내면의 공간으로 들어갈 수 있었다. 그 열린 세계에서 나는 스테인즈 반도에 떨어지는 폭포수 소리를 들었고 그것을 내 몸 안에서 일어나는 일처럼 경험했다. 관점과 의식의 이동이 또 한 차례 일어나자 나는 더 이상 몸 안에 갇혀 있지 않았고 사방의 공간으로 자유롭게 확장되었다. 몸과 폭포수 모두 의식의 한 측면이었다.

아침에는 산들 위로 감각적인 반 고흐 구름이 떠 있었는데, 진짜 그림 같은 하늘이었다. 패티로부터 2월에 칠레로 오는 티켓을 샀다는 내용의 이메일을 받았다. 패티를 만나면 기쁠 것 같다. 알레한드라에게 헤르만이 모터 부품과 그 밖의 물품들을 가져오지 않으면 좋겠다는 내용의 메시지를 보냈다.

오늘은 굴뚝 청소를 할 때 검댕이 많이 없었다. 내년 3월까지는 버틸 수 있기를 바란다. 뒷간을 지을 때 파낸 흙을 통에 담아서 상추씨와 무씨를 심었다. 채소를 가꾸는 것은 엄청 손이 많이 가는 일이다. 모래와 흙을 섞어서 배수가 잘되게 하고 비가 억수같이 올 때를 대비해 투명 비닐을 사용할 생각이다.

암컷 오리가 알을 품고 있는 것이 맞는지 의심이 간다. 어제도, 오늘도 암컷을 보지 못했다. 하지만 다른 새들은 많다. 버터벨리 오리 한 종류에만 집중하는 대신 온갖 새들의 움직임 전체에 마음을 열면, 그것을 바위 위의 조류 게슈탈트라 부를 수 있을 것이다.

아침 일찍 일어나 해가 산 위로 떠올라 맑은 하늘로 솟아오르는 것을 볼 수 있었다. 바위에 나가서 차를 마시면서 하루가 시작되는 모습을 지켜본 뒤 명상을 했다. 새 달이 떴으니 단식의 날이라 배가 고프다. 허브차에 꿀이라도 타서 먹고 싶지만 지금까지는 잘 참아왔다.

2주 뒤에는 삿갓조개 데이터를 검토할 수 있을 것이다. 세 가지가 궁금하다. 같은 두 마리 삿갓조개가 시간이 지나도 계속 붙어 있는가? 개체에 따라 움직이는 양의 차이가 큰가(어떤 것은 떠돌이이고 어떤 것은 붙박이인가)? 집단적 움직임에는 패턴이 있는가? 물론 일정한 패턴은 있겠지만 궁금한 것은, 어떤 유형의 패턴인가, 하는 것이다.

성격은 과학적 발견에 언제나 영향을 미친다. 연구자가 알고자 하는 것이 연구를 설계하는 방식과 마지막에 발견되는 결과를 결정하는 경우가 많다. 평균적인 삿갓조개의 움직임을 알고자 한다면 장거리를 이동하는 개체들은 무시해버리거나, 혹은 그것들을 평균에 포함시켜서 그 중요성은 무시해버릴 수 있다. 하지만 개인적으로 나는 괴짜에, 그러니까 떠돌이에 관심이 많다.

연구의 일환으로 바위에 붙은 삿갓조개를 일부 집어내 홍합을 치운 평평한 장소에 같이 둬볼까 한다. 호기심 충족을 위해 홍합을 몰아내는 것이 어쩌면 수백 마리를 죽음으로 내모는 일이 될 수도 있겠다는 생각에 윤리성 문제를 고민하게 된다. 만일 적조만 없었더라면, 살아남기 위해 꼭 필요하지 않다 할지라도, 먹기 위해 그토록 많이 죽이는 것에 거리낌이 없었을 것이다. 지적 호기심을 충족시키기 위해 죽이는 것과 육체적 욕망을 충족시키기 위해 죽이는 것 사이에는 어떤 차이가 있을까?

오늘 기울어가는 오후의 태양 아래 삿갓조개의 움직임을 측정하고 있는 나 자신을 지켜보았다. 같은 족속의 개체로부터 멀리 떨어져 있는 외로운 남자가 썰물의 바위에서 무릎을 꿇은 채 삿갓조개의 삶에 대해 뭔가를 알아내려고 애쓰고 있었다. 어떤 의미에서 그것은 삿갓조개 그 자체보다는 관념의 탐구에 관한 것이었다. 삿갓조개의 움직임을 먹는 행위보다는 춤 동작으로 바라봄으로써 과학과 미학이 통합된 개념을 탐구하는 것이다.

캣에게 깊은 애정이 느껴지면서 함께 있다는 사실이 매우 기쁘게 느껴지는 순간들이 있다. 하지만 이곳에 없으면 좋겠다 싶은 순간들도 더러 있다. 특히 울 때가 그렇다. 게다가 얼마나 많이 울어대는지. 더없이 평화로운 아침과 저녁이 녀석의 찡얼거리는 울음으로 산산이 부서진다. 울음을 멈추려고 갖은 방법을 다 써보았다. 타일러도 보고, 고함도 쳐보고, 찰싹 때리기도 하고, 물도 뿌려보았다. 하지만 소용이 없다.

성과가 대단치 않아서 연구를 중단하고 그 일부인 삿갓조개를 녀석에게 주었다. 이제 그것들은 바위를 어지럽히지 못할 것이다. 가장 훌륭한 과학이란 이런 것이다. 실험방식이 마음에 들지 않는가? 실험대상이 원하는 대로 행동하지 않는가? 문제없다. 연구를 철회하고 실험대상을 캣에게 먹여라!

이곳에 다시 올 일이 있을까. 내가 가본 그 모든 장소들 중에서 다음엔 어디에 집을 지을까? 좀 더 안전한 장소라면 좋겠지만, 낚시가 시원찮을 수도 있고 이런 멋진 산 풍경이 없을지도 모른다. 모든 점을 고려해보면 이곳만큼 괜찮은 장소가 없다.

방금 상상 속에서 사람들과 함께 이곳에 다시 찾아왔는데 나는 그들만큼 즐겁지가 않았다. 그 순간 우리 모두는 생이 발현된 모습이라는 사실이 떠올랐고, 그러자 다시 마음이 고요해졌다. 이렇게 자아도취적인 자기중심성에서 벗어날 수 있다면, 나 자신과 타인에게 가혹한 판단을 내리는 것을 그만둘 수 있을 것 같다. 다만 그런 의식의 전환에는 원칙이 필요하다. 번득이는 통찰에 의존하는 것만으로는 충분치 않다. 좀 더 높고 좀 더 깊은 뭔가에 의해 소환되어야 하며, 에고의 통제를 받아서는 안 된다.

2001년 10월 18일

무심코 난로를 손질하다가 장작을 좀 더 집어넣었는데, 문득 작은 오렌지색 은박 같은 것이 바닥에 떨어져 있는 게 보였다. 주워 올렸다. 유후! 살아 있는 호박이다. 통풍구에서 떨어진 게 틀림없어 보인다.

심한 악천후에도 바깥에 나와 있은 적은 별로 없었는데, 오늘 폭풍우 속에서 미끄러운 바위 위로 기어 나온 달팽이의 움직임을 측정하고 있는 나 자신을 문득 발견했다. 인간이란 진정 희한한 종이다.

2001년 10월 20일

녹슨 빛깔 가슴 기러기 쌍은 깜짝깜짝 잘 놀란다. 사진이라도 한 장 찍고 싶은데, 그러려면 운이 좋아야 할 것이다. 못 보던 새가 또 나타났다. 매우 호리호리한 몸매를 하고 있는데, 같은 방식으로 난다. 하늘에서 곧장 아래로 떨어지다가 갑자기 딱 멈추는 것처럼. 우아하고 사랑스럽다는 것만 빼면—

내가 만나본 마약쟁이들은 그렇지 않았다—마약한 갈매기 같아 보인다.

물건들이 망가지고 있다. 오늘은 접이의자가 고장 나서 목재와 철사, 덕테이프로 수리했다. 한겨울 이후로 오두막 안쪽의 굴뚝 파이프가 녹슬기 시작해서 그 구멍들에 얇은 판금을 감아 고쳐 쓰고 있는데, 바깥쪽 파이프는 거의 완전히 부식되었다. 어제는 앉아서 이 생각 저 생각 하다가—여기서 혼자 지내면서 누릴 수 있는 한 가지는 생각할 시간이 무지하게 많다는 것이다—문득 분말우유 깡통 일곱 개가 굴뚝 파이프와 지름이 비슷하겠다는 생각이 떠올랐다. 자로 재어보았더니 정확히 똑같았다. 먼저 우유를 비닐봉지에 옮긴 다음, 깡통 위아래를 잘라낸 뒤 썩은 부분과 교체하고 연결 부위를 덕테이프로 고정시켰다. 깡통 두 개로는 90도로 굽은 L자 모양 관도 만들었다. 나도 제법 똑똑한 것 같다.

비 오는 회색빛 아침. 거의 온종일 오두막을 벗어나지 않은 채 난롯가에 쭈그리고 앉아 있었고, 일요일의 우울과 무기력은 담요처럼 내 몸을 덮었다. 그 원인은 무엇이고 내 영혼에서 그 위치는 어디인지 아직 파악하지 못했다. 그것은 뭔가의 균형을 잡아주는 소중한 것인가, 아니면 항우울제로 없애버려야 하는, 마음을 흩트리는 무익한 것인가?

내 일부가 비판적일 때 나 자신을 어떻게 있는 그대로 받아들일 수 있을까? 일종의 악순환이다. 또 다른 캐치22 상황(조지프 헬러의 소설 제목으로 이러지도 저러지도 못하는 상황을 말하며, 영화로도 만들어졌다—옮긴이 주). 내 완벽주의의 허점을 받아들일 수 없는 것은, 그 사실이 내가 완벽하지 않다는 이유로 나 자신을 거부하도록 만들기 때문이다! 하지만 그 순환은 내가 나 자신을 있는 그대로—내 완벽주의는 완벽하지 않다고—받아들일 때 깨진다.

이곳을 떠난 뒤, 이 여행을 이상적인 신화로 만들어 그것과 남은 인생을 비교하며 살지 말고, 이 모든 오르내림을 반드시 기억해야 할 것이다.

또 한차례 바람이 불고 간간이 비가 내린 날. 삿갓조개의 움직임을 측정하는 일은 얄궂은 계획이었다. 바위 위로 올라갔다가 바람에 떠밀려서 하마터면 바다에 빠질 뻔했다. 대부분의 삿갓조개는 거의 움직이지 않는 것 같지만, 몇 마리는 모르는 곳으로 가버렸다. 얼마나 멀리 갔고 왜 갔는지 궁금하다. 배가 고파서? 성적 충동 때문에? 방랑벽이 있나?

과학 연구는 여러 가지 이유에서 다양한 방식으로 시작된다. 때로는 지적 호기심 때문에, 때로는 감정적 충동 때문에, 때로는 지위 상승이나 금전상의 이득 때문에, 그리고 때로는 단순히 우연의 산물일 때도 있다. 이 1년에 대한 애초의 계획은 혼자 야생지로 들어가 동물의 행동을 연구하고, 그 연구에 나 자신의 인지적, 감정적, 정신적 행위를 연구자로서 성찰한 결과를 포함시키는 것이었다. 하지만 준비 과정에서 연구 방향이 다른 유기체의 생물학적 연구에서 고독 속의 나 자신에 대한 직접 관찰로 바뀌었다. 나는 연구자일 뿐 아니라 연구대상이 되었다. 순환적인 입장이다.

하지만 이곳에 온 뒤 삿갓조개를 보게 되었고, 그것들이 얼마나 움직이는지 궁금해지기 시작했다. 결국 취미 삼아 시간의 흐름에 따라 그것들의 움직임을 정량적으로 추적하기에 이르렀다. 이 모든 일이 몇 달 동안은 마음의 간지럼 같은 것이었지만, 어느 일요일 오후 삿갓조개에 숫자를 써야겠다는 생각이 들었고, 그렇게 연구가 시작된 것이다.

연구라 할 수 있을까 모르겠지만, 오렌지색 부리 버터벨리 잠수 오리들에 대한 정성적 연구는 다른 식으로 시작되었다. 그냥 자연스럽게 이끌렸다. 날마다 그것들이 물이 고인 오두막 앞쪽으로 찾아왔고, 나는 무심코 그것들을 지켜보았는데, 그러다가 그것들의 행동에 관심이 끌리기 시작했다. 그리고 그 후로 조금씩 더 많은 주의를 기울이게 되었다.

삿갓조개를 측정하고 오리들을 관찰하는 일에 더하여, 오늘 캔버스 의자를 만들기 시작했다. 하지만 몹쓸 자재들이 비협조적으로 구는 바람에 울컥 화가 치밀었다. 현재 하고 있는 수행이 화에 집중하고 그것을 발산하는 대신 놓아주는 것이다. 무슨 일을 하고 있었던 간에 화가 났거나 좌절한 상태를 인식하면 하던 일을 멈추고 긴장을 푼 다음 그것을 놓아준다. 그리고 일을 재개한다. 그것이 이곳에서 내가 해야 할 가장 중요한 행위적인 일이며, 더는 이룰 것이 없으니 시간도 충분하다.

2001년 10월 24일

오늘 날씨는 참으로 대단했다. 강한 북서풍이 불더니 곧 남서풍으로 바뀌었고, 비와 우박이 떨어졌으며, 심지어 눈도 제법 왔다. 오늘밤은 빙하에서 돌아온 이후 처음으로—어쩌면 두 번째로—고요하다. 내일 아침까지 이럴 리는 없겠지만, 혹시라도 그래주면 낚시를 하러 갈 것이다. 저녁에 돌고래들이 해구에 와서 잠시 놀다 갔다.

곶 근처에서 채소밭을 일굴 땅을 파기 시작했다. 그보다는 삽으로 흙을 뒤집으려고 노력했다는 말이 옳겠다. 하지만 풀뿌리들이 상상할 수 없을 정도로 촘촘하게 뒤엉켜 있었다. 그곳에서 채소밭은 못 가꿀 것 같다. 한 계절 남았는데 일이 너무 많다. 그냥 나무 상자 두 개를 만들어 뒷간 구멍에서 파낸 흙을 채우는 편이 낫겠다. 수확이 풍성하지는 않겠지만, 적어도 지금 먹는 렌즈콩을 보충해줄 만큼은 될 것이다.

오후에는 자그마한 회색 땅새 한 마리가 나타나 캣의 밥그릇에서 먹을 것을 훔쳐 달아났다. 캣을 매우 용의주도하게 살핀다. 내가 포치에 혼자 앉아 있으면 곧장 밥그릇으로 달려간다. 캣이 나와 함께 있으면 돌아서서 떠난다. 캣은 종종 이 새들을 끈질기게 뒤쫓는데, 이제는 나도 그러지 말라고 소리치는 것을 포기했다. 내가 아는 한은 아직 한 마리도 잡은 적이 없다. 돌고래들은 저녁에도 해구에 와서 잠시 놀다 갔다.

2001년 10월 29일

글을 쓰고 싶은 기분이 아니다. 하지만 한 달도 막바지고, 한동안 일지를 쓰지 않을 생각이라, 요 며칠간 공책에 끼적거린 생각들을 옮겨두려 한다.

다음 석 달 동안은 독서를 중단하고 내면 탐구를 위한 공간을 좀 더 열 작정이다. 나를 찾아오는 순간순간의 경험을 좀 더 절실하게 느껴보고 싶다. 오랜 세월 혼자 보내는 1년을 기다려왔으니 충실히 살지 않으면 나중에 후회

할 것이다.

커피, 코코아, 초콜릿, 설탕, 빵도 최소한 한 달은 끊을 것이다. 육체적, 감정적 고통에서 달아나기 위해, 공허한 우울의 감정을 좋은 기분으로 바꾸기 위해 음식이나 카페인을 어떻게 이용하고 있는지도 점점 깨달아 가고 있다. 그러고는 얼마 안 있어 슬럼프나 잠에 빠지고, 그러면 다시 자극을 찾아 나선다. 돌고 돈다. 언제 한번은 사나흘 밤낮을 단식하면서 밖에서 지내보고 싶다. 비옷을 입고 가급적 젖지 않으려고 노력하겠지만, 빗속에서 자는 것은 내게는 극한의 상황이다. 편안한 생활방식에 점점 길이 든 것 같다.

내 경험에서 언어의 장소가 어디인지는 아직 의문이다. 의식의 공간은 언어의 결과인가? 명백히 모든 사고는 언어에 기반을 두고 있다. 순수한 감각(예컨대 흐르는 물을 보는 것)은 존재하지 않는 것 같다. 흐르는 물을 보고 있는 것은 나 자신의 인식인가?

하지만 인식의 직접경험은 언어 너머에 있는 것 같다. 이 문제를 계속해서 곱씹어봐야겠다.

버터벨리 오리들에 대한 연구 내용을 글로 써볼까 심각하게 고민하기 시작하면서 순전히 호기심과 사랑, 찬탄의 마음으로 그것들과 함께 존재하는 것에서부터 그것들로부터 지식, 대중의 인정 같은 것을 끌어내겠다는 쪽으로 마음이 바뀌었다. 나누는 것에서 취하는 것으로의 이동은 탐욕의 한 형태다. 과학의 많은 부분이 취하는 것에 바탕을 두지만, 진정 창의적인 과학자라면 그들 자신의 욕망과 기대를 충족시키기 위해 세상에서 뭔가를 취하는 것이 아니라 오히려 세상에 자신들을 내어놓을 것이라고 나는 믿는다.

나는 세상에 무엇을 줄 수 있는가? 내가 받는 것은 아주 많다. 내 인식을 이 장소로 데려온 것은 선물일까? 날마다 하는 사랑과 친절의 명상은 효과가 있을까? 우리 사이에 아무 경계도 없다면 준다는 개념은 과연 가당한가?

자연은 어느 곳에도 가지 않는다. 진화란 우리에게 진보와 목적, 의미에 대한 감각을 주는 관념적인 개념이다. 세상은 진화를 통해 변화하지만, 매일, 매해 똑같은 상태가 끝없이 반복되는 것에 비교하면 천천히, 아주 천천히 변화한다. 생은 외부에서 들여다보면 단조로운 고역이다. 그래서 우리는 달아나기 위해 아주 많은 방법을 고안했다. 심지어 개인의 성장(이 순간에도 나는 생각한다)조차 돌고 돌며 오르내림을 반복한다. 자연에서 그런 것처럼, 생이 의미 있어지는 유일한 방법은 개념의 추상에서 벗어나 삶의 흐름 속으로 들어가는 것이다.

2001년 10월 30일

그저 또 하루.

2001년 10월 31일

10월의 마지막 날, 계획대로 하자면—그렇게 되어야 할 이유도 없고, 전에도 그렇게 된 적이 거의 없었다—오늘 일지가 당분간 마지막이 될 것이다. 바쁜 하루였다. 일찍 눈을 떠서 평온한 하루를 맞았다. 나무들을 파고드는 바람도, 바위에 부딪치는 파도도 없다. 창밖을 내다보니 3주 만에 처음으로 완벽히 고요한 날씨다. 삿갓조개 바위에서 고도를 측정하기에 더없이 좋은 조건이다.

이틀 전에는 썰물이 심할 때 삿갓조개 바위의 가장 높은 지점에서 수준선을 바위 아래로 길게 내려뜨렸다. 그런 다음 측량추 대용으로 낚시추를 끈에 묶어 사용하고, 수준선을 따라 경사진 바위를 4인치 간격으로 측정해서 매니큐어로 표시해두었다. 오늘 조수가 밀려오면서 바닷물이 각각의 표시에 닿을 때마다 재빨리 숫자판으로 달려가 거기서 바다까지의 거리를 30도 간격으로 기록했다. 그 측정치를 이용해서 선 하나가 4인치 높이에 해당하는 바위 등고선을 그릴 수 있을 것이다. 바다를 기준점으로 활용할 생각을 했다니 나도 제법 똑똑하다. 레이저광선이라 해도 그만큼 정확하거나 능률적이지는 않았을 것이다.

오후에는 스테인즈 반도에 낚시를 하러 갔다. 물고기가 잡힐 때마다 선물이라 생각하며 잠시 묵념한 뒤 내가 거두어가는 생명에 감사했다. 숨통을 끊을 때는 그 눈을 쳐다보면서 생명이 꺼져가는 것을 지켜보았다. 오늘밤은 한 달 만에 처음으로 물고기를 먹게 된다.

강치들은 아직 바위에 앉아 있다. 18마리의 강치들이 물고기를 얼마나 먹어치울지 궁금하다. 그것들은 지속가능성에 대한 개념이 전혀 없다. 먼저 한 마리가 뛰어들면 눈 깜짝할 사이에 한 무리가 떼로 공략한다. 우리의 공동 자원을 모조리 고갈시키며 밤새도록 떠들썩한 소동을 벌인다. 부동산 가치 같은 건 뒈지라는 태도다. 아마도 또 다른 불만의 소리를 유발할 만한 일이다.

어제는 스티븐 하퍼(Steven Harper)의 《생태심리학(Ecopsychology)》을 읽

었다. 여행을 떠나는 사람들에게 자연과 그들 자신의 내면 존재에 다시 연결되는 길을 안내하는 야생지 가이드다. 그의 주장은 그들이 아무 영향력 없는 캠핑을 한다는 것이다. 하지만 어떤 행위든 그 결과로 아무 영향을 받지 않는다는 것은 불가능하다. 그건 그 유명한, 그리고 마찬가지로 불가능한 지속가능한 개발의 모순과 비슷하다. 하지만 세상이 스스로 공급할 수 있는 것보다 더 빨리 훼손시키지 않음으로써 지속가능한 영향력은 상황에 따라 가능하다.

현재 나의 영향력은—비록 내가 낚시를 하고, 장작을 패고, 가솔린으로 작동하는 체인톱과 모터를 쓰고, 소량의 세제를 바다로 흘러들게는 하지만—지속가능한 것이라고 믿는다. 하지만 나는 이곳에 오랫동안 있는, 혹은 있을 것 같은 유일한 사람이므로 훼손한 것을 치유할 기회가 있다. 만약 내가 극심한 고갈 지역에서 이런 식으로 행동한다면 그것은 지속가능한 일이 아니라 무책임한 일이 될 것이다.

하퍼는 황무지로 들어가는 것은 문화 충격과 같다고 말한다. 익숙하지 않은 낯선 맥락으로 우리를 밀어 넣어 더 광범위한 현실을 보여주기 때문이다. 리더로서 그의 역할은 "그 과정을 믿고 지지하며, 한 걸음 비켜서서 야생지가 직접 교훈을 가르치도록 놓아두는 것"이다. 그의 말은 고독이 제 방식대로 나를 다루도록 놓아둔다는 내 생각과 느낌을 반영한다.

로버트 그린웨이의 에세이 한 편을 다시 읽었다. 30년간 야생지에서 많은 단체를 이끌어온 사람이다. 사회로 돌아와서 우울함을 느끼고 찬란한 생동감을 상실하는 것은 흔한 일이라는 것이 그의 주장이다. 그는 긍정적인 효과를 잃지 않으려면 명상을 하거나 야생지 생활을 함께한 다른 사람들과 모임을 갖는 것이 좋다고 제안한다. 하지만 나는 도시로 돌아온 뒤에 야생지 경험을 놓지 않으려고 애쓰는 것이 실제로는 문제가 된다고 생각한다.

우리의 생이 순간순간 자연스레 전개되도록 하는 대신, 지나간 경험에 집착하는 것이 대체로 우리가 하는 일이며 야생지에 가면 대체로 멈추는 일이다. 살아 있음의 느낌을 유지하려면 어디에 있든 현재의 생활에 깊이 열려 있어야 하며, 야생지의 기억에 매달려 있어서는 안 된다.

오늘 일지를 쓰고 난 뒤에는 있는 책 전부를 그 제목이 벽을 향하도록 돌려놓을 작정이다. 손이 닿지 않는 곳에 치운다는 상징적인 의미다. 눈에 띄지 않게 숨겨 놓을 곳이 달리 없다. 당분간 컴퓨터도 쓰지 않을 생각이다. 정말로 뭔가 기록하고 싶을 때는 펜으로 간단히 써둘 것이다.

지금으로서는 몸을 쓸 일이 많지 않아 좋다. 그 시간을 새로운 발견을 위한 공간으로 쓸 수 있기 때문이다. 야생지가 내게 가르치는 것에 나 자신을 더 많이 열 것이다. 이 모든 회피 메커니즘을 동시에 내려놓는 것은 힘들겠지만 이제 그렇게 해야 할 시간이다. 알지 못하는 세계로 들어가는 기분이 든다. 앞으로는 하루의 시간을 채워줄 별다른 일 없이 긴 밤낮을 보내야 한다는 생각에 마음이 움츠러든다.

고독으로의 충동

> 고독을 즐기지 않는 사람은 자유를 사랑할 수 없다.
> —아르튀르 쇼펜하우어)

> 고독은 지옥에서조차 대적할 것이 없는 고통이다.
> —존 던

> 우리의 언어는 혼자 있는 것에 대한 두 측면을 감지하는 현명함을 보인다.
> 혼자 있는 것의 고통을 표현하기 위해 외로움이라는 단어를 만들었다.
> 혼자 있는 것의 찬란함을 표현하기 위해 고독이라는 단어를 만들었다.
> —파울 틸리히

고독은 많은 문화에서 오랫동안 내면을 들여다보는 기회로 인식되어왔지만, 현재 우리의 문화 풍토에서는 고독을 추구하는 것이 종종 건강하지 않은 일로 비친다. 많은 심리학자들과 그 밖의 치료자들은, 우리는 사회적 존재이므로 타인과의 관계를 통해서만 의미를 찾을 수 있다고 주장한다. 내게는 이 말이 부분적으로만 진실로 여겨진다. 우리는 정신적인 존재이기도 하므로 완전한 인간이 되기 위해서는 타인과의 관계뿐만 아니라 비인간의 세상, 우리 자신의 내면적 깊이, 그리고 더 큰 무엇과도 관계를 맺어야 한다. 고독 속에서는 관계의 그 모든 영역들을 깊숙이 탐구할 기회가 주어진다.

사람들을 고독 속으로 부르는 것 혹은 떠미는 것은 무엇인가? 에이브러햄 매슬로는 인간의 욕구계층 연구에서 자기실현적인 사람들은 더 이탈된 태도와 더 큰 프라이버시에 대한 욕구를 보인다고 말하지만, 다른 학자들은 타고난 인간 기질의 차이나 습관적인 사회환경을 떠나도록 하는 감정의 충동질로 보기도 한다.

우리 문화에서 전문화는 능률적인 생산성을 지나치게 섬기는 수준에까지 이르러, 일상생활의 범위는 좁아졌고 지겨울 정도로 반복적이 되었다. 아동기와 청년기에 즐기던 행동들은 성인이 되자 온갖 요구들 속에 묻혀버렸다. 야생지의 고독 속에서는 혼자서 모든 것을 해나가야 할 필요성과 기회가 존재한다. 나로서는 자기의존에서 오는 만족감이 야생지에서 혼자 사는 즐거움의 하나다. 또 고독은 사회생활의 온갖 요구들로부터 휴식을 제공할 수 있으며, 그러는 중에 개인적 치유가 일어날 수도 있다.

고독은 우리 중 다수가 우리 문화에서 경험하는 소외감에 대해 생각해볼 기회와 혼자 있다는 것은 소외감이나 외로움을 느끼는 것과 동일하지 않다는 사실을 깨달을 기회도 된다. 내가 외롭다고 느낄 때, 그 외로움의 핵심은 타인에게서 떨어져 있다는 사실이 아니라, 나 자신과 우주에 연결되어 있지 않다는 느낌이다. 외부의 판단이 부재할 때 내가 나 자신을 존중하지 않는 경우가 얼마나 많은지를 좀 더 분명히 알 수 있고, 본연의 자기가치에 대한 감각도 계발할 수 있다. 역설적이지만, 혼자 시간을 보내기로 결심하면 타인에게서 느끼는 소외감을 치유하는 데도 도움이 된다.

고독 속으로 들어가는 이유로 가장 자주 인용되는 것은 정신적 친교를 이루겠다는 것이다. 이것에는 개인의 자율성을 신이나 자연 혹은 인류 같은 좀 더 큰 무엇에 내맡긴다는 의미가 포함된다. 그러한 내맡김과 친교가 종교적 저술에서는 공통으로 인정되지만, 세속의 많은 저술가들은 그것을 심각하게 논하지 않는다.

고독에 대한 정의

보통 고독을 정의하는 세 가지 특징은 육체적 고립, 사회적 유리, 자기성찰성이지만, 그 본질은 다른 대상들로부터의 유리라고 파악한다.

이 정의에 동의하지만 나는 경고의 말을 덧붙이고 싶다. 고독은 타자의 물리적 부재나 심지어 의식 속에서의 부재에 달려 있는 것이 아니라, 타자의 존재에 우리가 어떻게 반응하는지에 달려 있다. 긍정적으로든 부정적으로든 타자에 관여되어 있다면 우리는 혼자 있는 것이 아니다. 하지만 우리가 손짓해 다가오게 하지 않거나 저만치 밀쳐내고는 그들의 존재를 바라보기만 한다면, 우리는 고독 속에서 자유로울 수 있다. 하지만 고독을 정의하는 것은 관계를 정의하는 것과 마찬가지로 불가능한 일이다. 고독이라고 불리는 단 하나의 정의는 없기 때문이다. 고독의 경험은 개인마다 다르며, 한 명의 개인이라도 시간과 환경에 따라 다르다.

어떤 정의를 적용하더라도 야생지에서 혼자 사는 것은 고독이다. 타인이나 주변세계에 대해 내가 느끼는 관계가 어떻게 달라지는지 늘 예민하게 인식하고 있어도 그렇다. 물리적으로 타인과 떨어져 있고 서로 대화를 나눌 수 없을 때조차 고독의 성질은 폭넓게 달라진다. 어떤 때는 현재의 순간이

나 우주의 흐름에 완전히 몰입한다. 또 어떤 때는 사람들과 함께했던 기억이나 앞으로의 사회적 교류에 대한 상상에 빠진다.

그 1년 동안, 예컨대 오두막을 지을 때, 나는 종종 1년이 끝나고 패티가 찾아오면 내가 만들어놓은 것이 어떻게 보일까 궁금했다. 그런 순간에 나는 고독 속에 있었는가? 전기 배선 문제로 기술지원자에게 정보 요청 메일을 보냈을 때 나는 고독 속에 있었는가? 일지를 쓰면서 미래의 독자를 상상하는 약은 생각이 머리를 스쳤을 때 나는 고독 속에 있었는가? 어떤 의미에서 문화적 매트릭스를 완전히 벗어나는 일은 불가능할지도 모른다. 내가 고독을 경험하는 의식(意識)은 그 자체로 집단적인 문화현상이기 때문이다.

고독 속에서 가장 쉽게 구현되는 덕목들은 자유, 자신에 대한 조율, 자연에 대한 조율, 성찰적 관점, 그리고 창의성들이다. 나는 여기에 생동하는 살아 있음을 보태겠다. 내 일지를 보면 이 덕목들에 대한 언급이 여기저기 흩뿌려져 있다.

고독을 반대하는 이유

고독 속에서 시간을 보내는 것에 대한 반대의 목소리도 있다. 최근까지도 나는 혼자서 시간을 보내는 것이 심리적으로 건강한 것인가, 혹은 사회적으로 받아들일 수 있는 것인가 하는 문제에 대해 의문을 품어본 적이 없었다. 소년시절 이후로 고독은 다만 내 삶의 중요한 부분이었다. 하지만 적어도 성서시대 이후로 그 문제에 대해 풍부한, 때로는 신랄한 주장이 있어왔음을 알게 되었다.

하지만 성서의 위대한 인물들인 모세나 세례자 요한, 예수는 모두 고독 속으로 들어가 각자의 악마와 맞서고 신과 단독으로 대화했다.

근대로 와서는 혼자 시간을 보내는 것의 무의미한 자기본위성을 비난한 사람들이 많이 있었다.

대상관계이론가들은 인생의 유일한 가치와 의미는 사회관계를 통해서만 찾을 수 있다는, 오늘날 만연한 믿음을 장려했다.

혼자 시간을 보내는 것의 위험성과 외관상의 무익함 외에도, 고독에 대한 가장 일반적인 반대 이유는 사회에 참여하지 않는 것은 제멋대로의 무책임한 선택이라는 생각에 기인하는 것 같다.

하지만 사회적 책임은 주고받음의 균형이다. 사회적 교류망에 대한 나 자신의 책임감과 소속감은 고독 속에서 더욱 깊어지는 것 같다. 처음으로 야생지에서 오래 혼자 시간을 보낸 뒤 나는 도미니카공화국의 시골 산간 마을에서 2년간 유기농 농법을 가르치는 일을 자원했다. 이곳에서의 시간이 끝나면 이번에도 타인의 삶에 기여할 수 있는 뭔가를 찾을 수 있을 거라고 믿는다.

때때로 불행하고 혼란스러울 때는 혼자 시간을 보내는 것이 이기적인 일이라는 생각도 들지만, 기분이 맑을 때는 내가 세상에 어떤 기여를 하는 건지는 알 수 없는 일이라는 사실을 깨닫는다. 야생지의 고독이 치유를 촉진한다는 전제 하에, 나는 세상의 일부이므로 내가 나 자신을 치유하는 만큼 세상을 치유한다. 고독자에게 책임을 회피한다고 비난한다면 그 말을 한 사람은 자신이 세상의 모든 이치를 알고 있다고 주장하는 것이다. 우리가 할 수 있는 일이란 마음 깊은 곳에서 들리는 내면의 부름에 진실하고, 우리가 하는 일이 우리가 하기로 예정된 일임을 믿는 것이다.

　고독이 해로운 영향을 낳는다는 많은 주장은 종종 경솔하게 과장된 의미들의 편향성에 근거를 둔 것이다. 그리하여 고독, 혼자, 고립, 소외, 외로움, 그리움은 그 뜻이 서로 상당히 다르지만 호환되어 쓰이는 경우가 더러 있다. 예컨대 혼자라는 단어는 물리적 상태를 말하지만 외로움과 소외는 감정적인 경험을 말한다.

　어쩌면 고독이라는 단어는 혼자 있는 것에 대한 공간성의 경험을, 고립이라는 단어는 어떤 것에서 단절되어 있는 경험을 가리키는 것으로 사용해야 할 것이다. 고립의 느낌은 외부 환경에 달려 있지 않다. 야생지에 혼자 있다 보면 종종 타인으로부터 고립되어 있다고 느낄 뿐 아니라, 내 주변의 비인간의 세상, 영적인 존재, 그리고 나 자신으로부터도 고립되어 있다고 느낀다. 또 어떤 때는 물리적 환경이 전혀 바뀌지 않았는데도 우주의 흐름 속에 완전히 통합된 느낌이 드는데, 그 우주란 바로 내 주변의 세계를 포함할 뿐 아니라 내가 맺은 인간관계망까지 포함한다. 외로움과 그리움은 같지 않다. 나는 고독 속에서 종종 외롭다고 느꼈지만 사실 누군가와 함께 있고 싶은 그리움에 빠지지는 않았다. 누군가에 대한 그리움이 생겼다면 그것은 실제로 나 자신과 영성에 대한 잃어버린 연결감을 그리워한다는 의미일 것이다.

고독의 견제와 완성

　우리는 완전히 혼자, 혹은 완전히 타인과 함께 살 수 있는가? 고독 속으로 떠나는 한 가지 이유는, 우리는 혼자라는 명백한 사실과 우리는 언어를 통해 이루어지는 사회참여를 통해 서로 연결되어야 한다는 사실의 근저에 깔린 일치를 탐구하기 위해서다. 나로서는, '우리는 분리된 마음과 몸에 갇힌, 진정 혼자인 존재인가'라는 질문에 만족스럽게 대답하는 유일한 방법이 의식의 전환을 경험하는 것이다.

우리는 저마다 세상에 대한 뚜렷한 인식을 갖고 있지만 타인의 실제 경험에 대해서는 결코 알지 못한다. 우리는 저 깊숙이까지 혼자다. 하지만 서로 엮이며 각자의 경험을 어느 정도 함께 나눌 수는 있다. 더욱이 마음을 잠잠히 하고 언어의 미혹 너머를 바라본다면 근저에서는 우리가 합일의 존재임을 발견하게 될지도 모른다.

고독과 관계가 서로 어떻게 어우러지는지 논하면서 일부 학자들은 견제의 개념을 발전시킨다. 사회적 관계는 고독의 시간을 견제하는 역할을 하는데, 고독이 관계 안에 언제나 존재하는 것과 마찬가지다.

그들은 성 안토니오와 다른 사막의 교부들의 생애를 견제의 한 예로 든다. 비록 그들 각각은 타인의 눈과 귀를 벗어나 고독의 삶을 살았지만, 1주일에 한 번은 만나서 함께 기도했고 필요한 때에 서로 도왔으며 손님들은 언제나 환대했다. 그들이 추구한 고독의 삶은 사회적인 관계의 그물 속에서 이루어졌다. 하지만 나는 이 견제가 거꾸로 될 수도 있다고 믿는다. 신과 정신, 혹은 자연과의 관계는 사회적 관계에 대한 견제가 된다.

내 고독의 경우에는 견제의 면면에 이런 것들이 있었다. 불, 법, 승, 1년이라는 정해진 기간, 그 후에는 사회환경으로 돌아간다는 것, 일지 쓰기, 맨 처음 야생지 생활에 대한 기억들이 그것이다. 나는 내 개념상 견제의 경계들을 확장하거나 지워내고, 아니면 적어도 약화라도 시켜 사회적 아이덴티티를 붙잡은 손을 놓고 현재의 순간에서 미스터리의 삶 속으로 들어가기 위해 노력했다.

고독의 경험이 미치는 영향

우리 저마다에게는 사회적 아이덴티티, 즉 타인과의 상호작용에서 형성된 페르소나가 있다. 고독 속에서는 그 페르소나를 비추는 타자라는 거울이 없으므로 사회적 아이덴티티가 와해된다. 그 과정은 무서울 수도 있는데, 고독의 힘이 지닌 강력한 측면은 그러한 고달픈 경험에서 달아날 쉬운 탈출구를 거의 허용하지 않는다는 점이다. 고독 속에서는 내면의 어두움을 직면할 기회와 필요성이 주어진다. 대체로 사회적 참여에 의해 조절되는 감정의 사이클은 극단적이 될 수 있다. 혼자 지낸 1년 동안 나는 고통스러운 고립감에서 나 자신이 물리적 주변 환경과 개인적 관계들 속으로 즐겁게 짜여 들어가는 느낌에 이르기까지 감정의 전 범위를 경험했다. 나는 종종 나 자신과 내가 고립된 개인으로서 생각하는 내 모습이 동일하지 않다는 사실을 발견했다. 나는 흐르는 전체의 좀 더 유동적인 일부분이었다.

친밀한 상호적 인간관계를 통해서만 진정한 삶의 가치와 의미를 찾을 수 있다는 주장은 우리 문화에서 그리 오래된 것은 아니지만 그 힘에 저항하기는 힘들다. 고독 속에서 경이와 평화와 기쁨을 경험한 뒤에도 나 역시 친밀한 육체관계를 나눌 대상이 없으면 여전히 인생의 중요한 뭔가가 빠져 있다고 느낀다. 자연과 정신(친구와 가족뿐 아니라)과의 관계가 아무리 풍부하더라도 고독의 상태로 살아갈 때는 때때로 균형감을 잃고 의기소침해진다.

이 결여감은 야생지보다 도시에서 받아들이기가 더 어렵다. 고독 속에서 외로움과 그리움의 고통을 느끼면 이렇게 혼잣말을 하면서 그것을 정당화한다. "그래, 물론 아프지. 내가 어디 있는지, 무엇을 하고 있는지 보라고." 도시에서는 나와 함께 있고 싶어 하는 사람이 아무도 없다고 느끼기 쉽고, 고독 속에서는 평화와 기쁨과 만족을 찾기 위해 능동적으로 혼자 있는 생활을 선택했다는 사실을 잊기 쉽다. 고독과 참여의 경계는 결코 뚫을 수 없는 것이 아니라, 양 방향에서 넘어가야 할 벽과 같다. 나는 종종 단순히 혼자 있다는 느낌보다는 고립되어 있다고 느끼며, 그 경계의 벽이 더 쉽게 허물어질 수 있도록 계속 노력하고 있다.

야생지 생활의 가치는 로버트 그린웨이(Robert Greenway)에 의해 경험적으로 연구되었다. 그는 여러 해 동안 학생들을 이끌고 2~4주간의 수련 생활을 해왔다. 원하는 사람은 혼자 사흘을 보낼 수도 있다. 그는 그 경험이 학생들에게 미친 영향들을 기록했다.

응답자의 90퍼센트가 살아 있음, 행복과 건강, 에너지의 증가를 느꼈다고 했다. 90퍼센트는 그 경험 이후 중독을 끊을 수 있었다고 했다(초콜릿, 니코틴, 그 밖의 음식에 이르기까지 광범위한 의미의 중독을 말함). 80퍼센트는 ('문명'으로) 돌아가는 일이 처음에는 매우 긍정적으로 느껴졌다고 했다. 53퍼센트는 이틀 만에 긍정적인 감정이 우울로 바뀌었다고 했다. 77퍼센트는 돌아간 후에 중대한 인생의 변화(인간

관계, 직업, 주거, 생활방식에 있어서)를 경험했다고 말했다. 그 변화의 38퍼센트는 5년 후에도 '변하지 않았다.'

남성의 60퍼센트와 여성의 20퍼센트는 그 여행의 주요한 목표가 두려움을 정복하고 자신에게 도전하고 한계를 확장하는 것이라고 말했다. 여성 57퍼센트와 남성 27퍼센트는 그 여행의 주요한 목표가 자연으로 '돌아가는 것'이라고 말했다.

전체 응답자의 60퍼센트는 그 여행에서 배운 의식과 명상 수행 중 적어도 하나를 채택했다고 말했고, 종적 연구 대상자의 18퍼센트(50명 중 9명)는 5년 뒤에도 계속하고 있다고 말했다. 92퍼센트는 그 여행의 가장 중요한 경험으로 '혼자 있는 시간'을 꼽았다. 동 트기 전에 일어나서 산마루나 산 정상으로 올라가 떠오르는 해를 맞이한 것은 73퍼센트에 의해 두 번째로 중요한 경험으로 언급되었다. '공동사회 혹은 연대감'은 80퍼센트에 의해 세 번째로 중요한 경험으로 언급되었다.

하지만 그린웨이는 야생지에서 시간을 보내는 것의 이른바 이로운 영향들에 대해서는 어떤 보편적인 주장도 하지 않는다.

나는 야생지의 치료효과가 과학적이며 객관적인 측정이나 통계적인 확실성으로 증명될 수 있다고는 믿지 않는다. …… 야생지 경험을 연구하면서 나는 그것을 더할 나위 없는 아름다움의 경험으로서, 개개인에 명백한 영향을 미치는 경험으로서 존중한다. 그것은 아주 심오하고 복잡해서 영성이라는 단어를 쓰는 것이 적절해 보인다. 야생지 경험이 어떤 것이든, 또 그 이로움이 무엇이든 그 경험은 존중 받을 가치가 있으며, 융통성 있는 연구접근법이라 하겠다.

그린웨이의 초점이 고독 그 자체보다는 야생지의 영향에 더 맞추어져 있고, 그가 이끄는 야생지 생활은 더 짧았지만, 나는 그가 기록한 영향들과 내가 야생지에서 경험한 것들 간에 유사점을 찾을 수 있었다. 나 역시 애초의 의도는 순수하게 세속적인 시선으로 고독을 탐구하는 것이었지만, 영적인 용어를 사용하지 않고는 충분히 살아갈 수도, 일어나는 일을 기록할 수도 없다는 사실을 인정할 수밖에 없었다.

야생지의 고독에서 살아남기

야생지에서 혼자 살려면 최소한의 외부 도움으로 육체적, 감정적, 심리적, 정신적으로 살아남는 능력이 요구된다. 그처럼 독립적인 생활이 가끔은 무섭기도 하지만, 자신을 믿고 의지하는 것은 매우 보람 있는 일이다.

야생지에서 살아남는 기술과 고독 속에서 살아남는 기술은 다르다. 야생지의 고독에서 살아남으려면 두 가지 기술이 모두 필요하다. 그렇다고 모든 환경에서 모든 사람에게 똑같이 적용되는 표준적인 기술이 있다는 말은 아니다. 그것은 지형과 풍토, 심리적 성향에 따라 달라진다. 하지만 세월을 거치면서 계발된 광범위한 기술들을 활용할 수도 있다.

피신처를 만드는 능력, 젖지 않고 따뜻하게 지내는 능력, 음식을 구하고 준비하는 능력, 옷을 수선하고 망가진 장비를 고치는 능력, 건강을 유지하는 능력, 육지와 해상을 여행하기 위해 지도를 보는 능력은 전부 육체적인 기술이다. 오랜 고독이 마음에 미칠 영향에 대처하기 위한 정신적 도구와 경험을 갖추는 것도 매우 중요하다. 다양한 방법이 있지만, 가장 근본적인 기술은 어떤 생각이 떠오르더라도 그것을 평정한 마음으로 경험하는(혹은 무시하는) 능력이다.

2
0
0
1
년

11
월

"사람들 말로는 우리 모두가 찾는 것은 인생의 의미라고 한다.
내 생각에 우리가 찾는 것은 살아 있음의 경험이다."
— 조지프 캠벨

2001 | *11*
자연은 내면의 과정을 비춘다

2001년 11월 1일

지금 글을 쓰고 있다. ……또 하나의 계획이 물거품이 된 것이다. 하지만 지금은 다시 펜으로 글을 쓴다. 맨 처음 몇 달간 그랬던 것처럼.

캣에 대해 다시 생각한다. 고양이들이란 대체로 얼마나 '제멋대로'인지에 대해 생각 중이다. 자기중심적인, 바라는 마음의 순수한 발현이라 하겠다. 또한 아마도 캣에 의해 자극되는 나 자신의 그림자 측면을 계속해서 지켜보고 있다. 그러다가 문득 이런 생각이 떠올랐다. 캣에 대해 내가 싫어하는 성질은 나 자신의 일부라는 생각. 이 사실을 깨닫는 데 무려 아홉 달이 걸렸다니, 믿을 수 없다.

인간의 접촉에 오염되지 않은, 자연 상태의 동물은 사람을 두려워하지 않을 거라는 생각은 근거 없는 믿음이다. 이곳 텃새들 중에서 이전에 사람을 접촉해본 새는 한 마리도 없어 보이지만, 대부분은 시간이 지나서야 나를 차츰 덜 무서워하게 되었다. 처음에는 생전 처음 보는 이 커다란 동물을 보자 주춤거리며 피하는 것 같았다. 내가 괴롭히지 않는다는 것을 안 뒤에야 내 존재를 무신경하게 대했다. 아마도 나를 인간으로 보고 두려워한 것이 아니었기 때문에 긴장도 확실히 더 쉽게 풀어졌을 것이다.

문화관습에 기초한 기대치 때문에 헷갈린 적도 있다. 처음에 흑백 기러기들의 암수를 추정할 때 한 마리가 명백히 지배적인 행동을 보이기에 수컷이라고 생각했는데, 틀렸다. 암컷이 오늘 여섯 마리의 새끼들을 데리고 나타났다. 새끼들은 꼭 조그만 회색 말불버섯처럼 생겼다. 암컷이 먹이를 먹이려고 어린 새끼들을 숨겨진 둥우리에서 데리고 나와 가파른 바위를 내려갔고, 나는 더 자세히 보려고 더 가까이 저어갔다. 그 동안 수컷 흰색 기러기는 근처를 서성이면서 자기도 새끼인 것처럼 삑삑 울었다. 어린 것들은 다시 힘겹게 둥우리로 올라갔다. 암컷이 그렇게 힘든 장소를 고른 것이 수달 때문인지 궁금하다.

우박과 심지어 눈까지 몰아친 단단한 암벽에 태양과 푸른 하늘이 어른어른 비쳤다.

흑백 기러기 쌍이 새끼들을 해구의 이쪽 편으로 데려왔다. 기러기들은 독수리를 매우 경계하고, 독수리 또한 기러기 새끼들에게 관심이 많은 것 같다. 새끼들은 우박을 개의치 않는 것 같았지만, 어느새 어미 새가 몸을 웅크리고 날개를 내리면서 새끼들을 감싸 안아 피신처를 만들어주고 있었다. 굉장히 아름다운 장면이었다.

그것들도 새끼에게 사랑과 관심을 느끼는가? 사람 한 쌍이 그런 식으로 행동하는 걸 보면 물론이라고 대답할 것이다. 인간의 감정을 그것들에게 갖다 붙일 수는 없지만, 그것들은 아무 감정을 느끼지 않는다, 모두 본능일 뿐이다, 라고 주장하는 것 역시 신빙성 없어 보이기는 마찬가지다. 생이 인간에게 감정을 부여했다면 그 등가물인 기러기들에게는—다른 무엇이라 하더라도—왜 그러지 않았겠는가?

우리는 왜 동물에게 감정이 없다고 주장하고 싶어 하는가? 아마도 모호한 상태가 견디기 힘들어서일 것이다. 동물도 우리처럼 감정을 느낀다고 믿어버리거나, 동물은 자아감이나 감정 같은 것이 전혀 없는 자동인형이라고 몰아붙이는 편이 훨씬 쉽다. 그것들에게도 우리로서는 절대 알 수 없는—감정이입과 직관, 그리고 주의 깊은 관찰을 통해 어느 정도 알 수 있는—그것들만의 생이 있다는 생각을 미스터리처럼 안고 살기가 훨씬 힘들다. 하지만 세상은 이런 식의 사고로 한정할 수 없는 훨씬 풍부한 곳이다. 내가 이따금 인간의 속성을 비인간의 세상에 장난처럼 갖다 붙이기는 하지만, 미스터리를 이런 식으로 수용하는 것은 사실 의인화를 통한 투사라고 생각된다.

무언가에 대한 가장 인색한 이론은 이것 같다. 아무것도 없다는 것. 모든 것이 그저 있는 그대로라는 의미다. 물론 지적으로는 전혀 만족스러운 대답이 아니다. 미스터리를 공개적으로 인식하는 것과 전(前)과학적인 마법의 설명을 내리는 것 사이에는 어마어마한 차이가 있다.

포치에 평화롭게 앉아 붉은 부리 삑삑이들이 썰물의 바위에서 행복하게 홍합을 살해하는 모습을 지켜보고 있는데 악의를 품은 얼굴 하나가 쌍안경 렌즈에 불쑥 나타났다. 난동을 부리기 직전의 악어처럼 두 개의 둥그런 눈동자가 수면 바로 위에서 번득이고 있었다. 그 순간 그 눈동자의 주인공인 수컷 버터벨리 오리가 공격을 하려고 으르렁 소리를 냈다. 히야! 앉은 의자에서 굴러 떨어질 뻔했다. 붉은 부리 새들도 깜짝 놀라 달아나기에 여념이 없었다. 그러자 수컷 버터벨리 오리는 다시 어기적어기적 물가로 되돌아갔고, 붉은 부리 새들도 다시 먹이를 먹기 시작했다.

버터벨리 오리들은 대체로 함께 움직이기 때문에 예상 밖의 공격이었다. 독수리를 쫓아내는 문제에 있어서는 그것들이 동지라는 점을 감안하면 이상하기까지 했다. 내가 실제로 갈등 장면을 얼마나 드물게 목격하는지를 다시금 생각해본 기회였다. 일반적으로 식물과 동물의 상호작용은 중립적이거나 상호수혜적이다. 세상을 그런 관점으로 보기 위해서는 조금만 더 포괄적인 시선을 가지면 된다. 야구 경기와 마찬가지다. 표면에서는 두 팀이 맹렬하게 싸우지만, 더 넓은 관점에서 보면 협력하는 부분이 더 많다. 양 팀이 모두 같은 날, 같은 시간, 같은 장소에서 만나, 같은 경기를 하며 같은 규칙을 따르기로 한 것이니 말이다.

불안하다.

썰물일 때 삿갓조개들이 무엇을 하는지 보러 나갔다. 바깥 날씨는 고약했다. 빗발이 몰아치고 바람이 시속 30마일에서 50마일로 강하게 불고 있었다. 데이터를 공개할지 여부도 확실치 않은데 계속 고집하는 이유를 모르겠다. 결과보다는 탐구하는 행위 그 자체에 초점을 두고 하는 것이 어쩌면 더 좋을 수도 있다. 자연을 탐구하는 것이 꼭 다른 사람과 정보를 공유하기 위해서여야 할 필요가 있는가? 일차적 목적이 자기 자신의 흥미가 되지 말란 법이 있는가?

우박이 쏟아지자 나는 잠시 데이터 수집 마인드에서 빠져나와 나 자신을 타인으로 바라보기 시작했다. 칠레 남부 해안의 외지고 머나먼 곳에 있는 외로운 남자. 지금 무엇을 하고 있는 건가? 그러자 기분이 바뀌면서 웃음이 터져 나왔다. 미끌미끌한 바위 위에 구부정하게 선 채 머리에서 발끝까지 고무를 둘러쓰고는 바람과 비와 우박을 두드려 맞고 있었다. 달리 무엇을 할 수 있겠는가? 그 누구도—어딘가 있을 다른 미치광이 대여섯 명을 제외하면—남아메리카 한 귀퉁이에 사는 삿갓조개가 무엇을 하는지 따위에는 일말의 관심도 갖지 않을 것이다.

그렇다면 따뜻하고 아늑한 오두막 안에 있으면 될 걸 왜 밖에 나와 이러고 있는가? 한편으론 이런 종류의 과학적 현장 연구가 재미있다. 다른 야외 스포츠만큼이나 재미있다. 스키어들은 더 빨리 가려고 하고, 등산가들은 산을 정복하려고 하고, 현장 생물학자들은 때로는 불리한 조건에서도 정확한 측정을 하려고 애쓴다. 기이하지만, 그런 것이다.

이분법적이지 않은 진화론적 관점에서 보면 나는 세상 밖에 있지 않고 그 속에서 탄생했으니 그 일부를 형성한다. 여기에는 나의 알려는 마음도 포함된다. 따라서 이 연구는 과학자의 분리된 마음이 세상에 대해 배우는 것이 아니라, 세상이 과학연구를 통해 저 자신을 배우는 것이다. 어쩌면 삿갓조개들도 자기네가 어디서 왔는지 모를 것이므로, 내 행위를 통해 세상은 자기 자신에 대해 좀 더 의식적으로 깨닫게 되는 것이다.

2001년 11월 9일

암컷 버터벨리 오리를 며칠 만에 처음으로 보았다. 명상 중에 그것들의 소리를 듣고 눈을 뜨니 암수가 물살을 가르며 달려가 서로를 반기고 있었다. 암컷은 바다에서 목욕을 한 후 다시 사라져버렸다. 아마도 둥우리로 돌아간 것 같다.

2001년 11월 11일

여섯 마리의 아기 기러기들은 아직 살아 있다. 부모 새들은 새끼들을 여기저기 끌고 다니며 바위밭에서 먹이를 먹이고 헤엄쳐 다녔다. 새끼들을 강하게 키우기 위한 장애물 훈련장이랄까. 한번은 암봉에서 물속으로 점프도 시켰다. 한 마리씩, 낙하산처럼 풍덩, 풍덩, 풍덩.

종종 곶에 나가서 휘몰아치는 비와 바람을 일부러 맞곤 한다. 내 비탄과 슬픔의 일부는, 나 자신이 충분히 좋은 사람이 아니라는 이 느낌을 없애버릴 만큼, 나 자신이 결코 좋은 사람이 될 수 없을 거라는 사실이다. 이상의 죽음. 이 죽음이 완벽주의의 감옥에서 나를 자유로 이끌 것인가? 전에도 이런 느낌이 들었지만 곧 잊고 말 것이기 때문에 매번 수용의 필요성을 다시 발견해야 한다.

폭풍우가 스테인즈 반도의 얼굴에 아름다운 회색 소용돌이무늬 베일을 드리우는 것을 지켜보았다. 몇 달 동안 포치 지붕 방수천에 떨어지는 빗소리를 주의 깊게 듣고 있다. 강렬함의 물결로 다가온다. 빗방울의 크기와 양의 변화, 그리고 바람의 강도가 시시각각 변하는 소리로 복잡한 리듬을 만들어 낸다. 오늘 그 소용돌이무늬를 바라보면서 문득 내가 보고 있는 것은 비의 소리라는 깨달음이 일었다.

10월이 시작된 이래로 태양과 푸른 하늘을 본 게 오늘로 고작 세 번이다. 암컷 버터벨리 오리가 새끼들과 함께 나타났다. 등과 머리 위는 갈색이 도는 회색이고, 배와 궁둥이, 머리의 측면은 흰색, 다리와 발, 부리는 검은색이다.

기러기 새끼보다 훨씬 작지만, 다 자라면 버터벨리 오리가 훨씬 클 것이다. 처음 암컷이 보였을 때는 수컷이 해구 건너편에 있어서 이 족속의 수컷들은 양육에는 전혀 기여하지 않는다고 생각했다. 하지만 수컷은 새끼들이 보이자 건너와서 그 근처에 머물렀다.

얼마 후 새끼들이 어미 새를 파고들었지만 어미 새는 그다지 반기는 것 같지 않았다. 날개가 위축되어 새끼들을 다 덮어줄 만한 공간이 없었다. 그 짧은 사이에 나는 어미가 새끼를 좀 더 흔쾌히 반기지 않는 것이 못마땅해서 흠을 잡고 있었다. 어쨌든 새로운 생명의 탄생은 좋은 일이다. 오늘은 피곤하고 아프고, 완전히 고갈된 느낌이다.

2001년 11월 15일

버터벨리 오리 새끼들은 벌써 물살을 가르며 내달리고 물속에 잠기는 법을 배웠다. 그것들이 모조리 파도 속으로 뛰어들더니 곧 저만치로 가버렸다. 가벼운 코르크마개처럼 물살에 휩쓸리며 바위 위까지 떠밀려 올라갔지만 당황하는 것 같지는 않았다. 뭍에서 암컷은 오로지 꾸룩꾸룩 한 소리로만 나지막이 운다. 독수리가 나타나면 좀 더 크고 다급하게 꾸룩꾸룩 우는데, 그러면 새끼들은 부리나케 어미에게 달려간다.

오늘 내가 삿갓조개를 연구하러 나온 것은 오로지 하고 싶다는 이유에서인 것 같다. 명상의 한 형식. 결과가 있든 없든 그것은 중요하지 않다. 중요한 것은 측정을 하면서 너그러움을 키우는 것이다.

바깥은 비가 오고 이 안은 침울하다. 잠재된 것은 하나인데 표현되는 것은 두 가지…… 그 하나는 무엇인가? 어제는 긴장된 날이었다. 새 달이 떴고, 단식의 날이었다. 그러니 어찌 보면 오늘 기분은 숙취 같은 것이다.

캣이 내게 장난을 치는 거라는 생각을 하지 않기가 점점 힘들어진다. 이따금 녀석이 우는 이유는 오로지 내 반응을 끌어내기 위해서인 것 같다. 10피트 떨어진 거리에서 야옹거리다가 자기가 물벼락을 맞지 않을 거리에 있다는 것을 알고서는 나를 쳐다본다. 이따금 물 한 컵을 뿌리면 움찔 피하는데 젖지 않았다는 사실보다는 상황 그 자체에서 더 큰 기쁨을 느끼는 것 같다. 한 컵을 피하면 가끔 한 통을 쏟아 붓지만 번번이 실패한다. 흠, 어쩌면 캣에 대해서 내가 점점 미쳐가는 것 같다. 녀석의 울음소리에서 우주의 온갖 상처와 요구를 듣는다.

나 자신에게 솔직할 때는 이 여행—나의 생—에서 의도한 목적지가 깨달음이라는 사실을 인정하게 된다. 그것이 어떤 깨달음이라 하더라도 말이다. 나 자신을 가족과 사회뿐 아니라 우주의 일부로서 느끼기를 갈망한다. 원대한 생각이지만, 집착하지 않는다면, 이 목적지는 거대한 생의 공간을 탄생시킬 것이다. 하지만 목적지에만 매달리고 현재의 순간을 소홀히 여긴다면 긴장과 불행 속에서 살아야 한다는 사실을 이제는 알 것 같다.

땅 위의 여행에서 내가 가장 즐기는 순간은 특별한 관광지나 볼거리를 찾아다닐 때가 아니라 길가나 공원 벤치에 앉아 쉬면서 생이 눈앞에 데려오는 것을 주목할 때라는 사실을 알게 되었다. 하지만 이 내면으로의 여행에서는 아직 그 사실을 완전히 깨우치지 못했으며, 나는 여전히 흥미진진하고 의미 있는 경험을 찾으려는 마음을 놓지 못하고 있다.

2001년 11월 18일

오늘 자연은 그 부리와 발톱이 붉은색이다. 앉아서 명상을 하고 있었는데, 해구에서는 한 편의 드라마가 펼쳐지고 있었다. 뭔가가 버터벨리 오리를 내다보라고 속삭였다. 분쟁 지역인 경계선에 두 쌍이 있었다. 멀리 사는 쌍은 9~10마리의 새끼들을 데리고 있었지만, 가까이 사는 쌍은 저들만 있었다. 어른 새 네 마리가 소리를 꽥꽥 지르면서 저들의 스타일로 영역 방어 춤을 추기 시작했고, 그 춤은 점점 강렬해지더니 결국은 수컷 두 마리의 싸움으로 이어졌다.

그러는 동안 독수리는 누가 봐도 분주해 보였다. 처음에는 멀리 사는 쌍의 새끼들을 급습했다. 놀란 암컷이 독수리를 쫓으려고 돌진했고, 그러자 붉은 부리 새가 공중에서 공격했다. 독수리는 곧 포기하고, 싸우는 수컷들로부터 50피트 떨어진 바위 위에 원을 그리며 내려앉았다.

그 순간 가까이 사는 암컷이 소리를 지르며 부리나케 헤엄쳐 갔고, 새끼 두 마리가 해안에서 암컷을 향해 전속력으로 헤엄쳐 왔다. 공격의 순간을 목격하지는 못했지만, 암컷이 무심한 틈을 타서 독수리가 가까이 사는 쌍의 새끼들을 덮친 것 같았다. 그 광경을 지켜보고 있는데, 독수리가 남은 새끼

두 마리를 또다시 덮치려 했다. 새끼들은 얼른 수면 아래로 잠수했고, 붉은 부리 새가 다시 나타나 독수리를 쫓아버렸다. 휴우, 얼마나 강렬한 장면이었는지!

살아 있는 세계를 우리의 근원으로 보는 사람은 때때로 자연에서 교훈과 메타포를 찾는다. 이 에피소드가 가르치는 것은 무엇인가? 첫째, 자연 속에 목가적인 조화와 협력이 있을 거라는 낭만적인 시선은, 자연 속에는 오로지 경쟁이 있을 뿐이라는 생각만큼이나 오도된 것이다. 둘째, 침략과 경쟁이 극단적이 되면 자멸적으로까지 보일 수 있다. 가까이 사는 버터벨리 쌍은 새끼를 낳고 품는 데 상당한 시간과 에너지를 쏟아 부었다. 하지만 다른 쌍에 대한 호전성에 사로잡혀 새끼들을 독수리의 공격에 무방비로 내버려두었다. 셋째, 인내는 그 대가를 지불한다. 독수리는 오리 새끼들이 태어난 이후로 호시탐탐 기회를 노리면서 이 구역을 꾸준히 순찰하고 있었다. 넷째, 적의 적은 언제나 친구가 아니다. 붉은 부리 새들은 독수리의 약탈에 있어서는 가장 강력한 동맹이지만, 때때로 수컷 버터벨리의 공격을 받는다.

또한 자연은 내면의 과정을 비춘다. 나는 가까이 사는 쌍과 그 새끼들에게 점점 정이 들어서 독수리의 공격을 잔인하다고 생각했지만, 독수리는 다만 자기 새끼들에게 먹이를 주려고 했던 것뿐이다. 나는 암컷 버터벨리 오리가 자기 새끼들을 무방비로 내버려둔 것을 비난하지만, 수컷이 암컷과 새끼들을 내버려두고 갈 때는 속으로 수컷을 탓한다. 먹이를 먹고 있는 새끼들은—그것들 역시 다른 것을 죽이지만—앙증맞고 순결해 보인다. 오늘의 일이 여기서 일어난 어떤 일보다 개개의 생이 얼마나 위태롭고 일시적인 것인지를 일깨워주었다. 나 또한 조만간 사라질 것이다. 다른 모든 것들과 함께 죽음 속으로.

암컷 버터벨리 오리는 경계심이 매우 강하고 방어적이며, 뭍에서는 더욱 그렇다. 오늘은 내가 4피트 거리까지 접근해서 남은 새끼 두 마리와 자기를 사진 찍는 것을 내버려두었다. 한번은 새끼 한 마리가 암컷의 날개 밑을 파고들자 나머지 한 마리가 수컷을 파고들었다. 수컷은 궁둥이를 찔린 것처럼 펄쩍펄쩍 뛰었다.

아침 명상 때 버터벨리 오리들과 독수리들이 고통에서 자유롭기를 소원했다. 하지만 제로섬 게임에서 어떻게 모두가 고통에서 자유로울 수 있겠는가? 독수리들의 생명은 오리들의 죽음을 의미한다. 그 진실을 간직한 채 내 앞에 어떤 세계가 열리는지 지켜볼 것이다.

길고 느린 저녁의 여명 속에서 작은 마음에서 큰마음으로 이동했고, 처음으로(그렇게 느껴졌다) "외손뼉 소리를 들어라"의 공안을 이해했다. 참으로 마법 같고 아름다운 구절이다. 바람, 파도, 비, 나무, 바위, 저 멀리 안개 낀 언덕, 이 모든 소리가 손바닥 하나로 내는 소리다.

갈등과 통찰의 하루였다. 아침에는 곶 근처에서 아름다운 갈색 가슴 기러기들을 보았다. 그것들이 나타난 이후로 멋진 사진을 찍으려고 벼르고 있다.

350

아무튼 무지하게 까불대는 새들이다. 캣도 나와 함께 있었는데 그것들을 괴롭히는 게 좋은가 보다. 버터벨리 오리들과는 다르게 그것들은 녀석을 두려워한다. 캣이 그쪽으로 달려가는 걸 보고 몇 번이나 "안 돼!" 하고 소리쳤더니 겨우 멈추었다. 녀석을 칭찬하고 다독여준 뒤 오두막으로 데려갔다. 거기 있으라고 타이른 다음 카메라를 들고 다시 곳으로 걸음을 옮겼다.

절반쯤 갔을 때 녀석이 뒤쫓아 오는 소리를 들었다. 돌아가라고 소리치자 나무들 사이로 숨어버렸다. 기러기들에게 달래듯이 말을 걸었더니(정말 효력이 있다) 30피트 범위까지는 근접할 수 있었다. 더 가까이 가려는데, 그것들이 슬금슬금 따라오는 캣을 보고는 뿔뿔이 흩어져버렸다. 벌컥 화가 나서 잡히기만 하면 녀석을 흠씬 패주겠다고 마음먹었다. 하지만 그 결심을 인식하자 정말로 그러고 싶은지 자문했다.

저녁이 다 되었을 무렵 가까이 사는 버터벨리 쌍이 우는 소리가 들렸고, 그것들이 흩어져 다급하게 해구를 건너는 모습이 보였다. 암컷이 남은 새끼 두 마리를 찾아다니고 있었다. 고개를 쳐들고 주위를 두리번거렸고, 심지어 옛날 둥우리까지 찾아갔다. 내 몸에서 암컷의 노여움이 느껴졌다. 상실감일까? 고통일까? 슬픔일까? 독수리가 새끼들을 잡아간 거라고 생각하지만, 어떻게 그럴 수 있었을까? 이미 다섯 마리를 잃은 이후로 암컷은 남은 두 마리를 지키느라 굉장히 극성이었다. 암컷에게도, 내게도 슬픈 일이다. 새끼들이 성장하는 모습을 지켜볼 수 있기를 무척 바라고 있었다. 그 성장을 가만히 지켜보면서 어떤 판단도, 어떤 해석도 내리지 않겠다고 생각하고 있었다.

듣는 과정을 검토하는 것은 마음이 어떤 식으로 사물을 범주화하는지,

또 그것을 이용하여 어떻게 감각 경험을 파악하고 조직하는지 알아보는 최상의 방법이다. 소리라는 영역에서 나는 지붕에 떨어지는 빗소리, 빗물받이에서 떨어지는 물소리, 바닷가에 들이치는 파도 소리, 폭포수 소리, 나무 사이로 부는 바람 소리 등을 나누어 그룹으로 묶는다. 구별되는 '소리의 실재들'을 구분하고 각각의 소리에 그 근원을 대응하는 것은 내 마음이다. 파악할 수 없는 소리를 들으면 마음은 바짝 긴장했다가 그 소리를 하나의 범주에 포함시키고 나서야 비로소 편안해진다.

이 모든 것이 살아가는 데 유용하지만 그것에는 불리한 측면도 있다. 이같은 감각적 인상들을 생각하고 개념화하고 조직할 때 경험의 직접성은 상실되기 쉽다. 소리들의 소용돌이를 어떻게 해보려는 생각 없이 단순히 있는 그대로 받아들이기 위해서는 생각과 분석을 내려놓음으로써 인내와 연습을 통해 이러한 습관적 행동을 부드럽게 할 것이 요구된다.

2001년 11월 21일

눈을 뜨니 바다는 고요했고 거센 비가 내리고 있었다. 그러다 눈이 내리기 시작했다. 한바탕 질풍일 거라고 생각했는데 오후 내내, 저녁 내내 눈이 내렸다. 큼직하고 젖은 눈송이들이 곧장 아래로 떨어져 내리며 지면과 나무를 찬란한 흰색으로 뒤덮었다. 눈 내리는 소리는 빗소리보다 훨씬 부드럽다.

카약을 타고 한참 동안 물고기를 잡았다. 안개가 스테인즈 반도의 단단한 바위를 자욱하게 뒤덮고 있었다. 그것의 존재를 말해주는 유일한 표시는 폭포수와 강치 소리였다. 동쪽 언덕과 산들도 사라져버렸다. 나의 세계는 숨어

버린 섬들의 작은 무리가 되어버렸다. 나는 저 높은 곳에서 반짝이는 바다의 불투명한 안개 속에서 떠도는 나 자신의 모습을 바라볼 수 있었다.

오늘이 추수감사절인가? 은빛으로 살아 있는 아름답고 고요한 아침이니 그렇게 생각해도 괜찮겠다.

나는 언어에 갇혀 있지도 않지만 언어를 버리고 떠날 수도 없다. 언어는 내 몸과 같다. 나는 내 몸 안에 살고, 몸은 내가 누구인가를 말해주는 한 측면이다. 내가 오로지 내 몸 안에만 갇혀 있는 것은 아니지만, 내 몸에서 결코 분리되지도 않는다. 어떤 의미에서 나는 몸에서 시작했고, 그 뒤에 생각하는 마음을 계발했다. 언어나 문화도 마찬가지다. 나는 그것들을 통해, 그리고 그 너머로 성장할 잠재력을 가졌다. 언어와 문화는 언제나 내가 누구인가를 말해주는 한 측면이지만, 나는 오로지 거기에만 갇혀 있는 것은 아니다. 이 단순한 깨달음은 얼마나 큰 추수감사절 선물인가.

야생지에 대한 집착 또한 집착이므로 변화를 방해하려는 노력이다. 지구 온난화는 어떤 식으로 생각하든 순환적인 흐름의 일부다. 인구는 점점 밀집되어 결국엔 붕괴한다. 생은 계속 흘러간다. 하지만 우리는 그 과정에 영향력을 행사하여 우리 자신과 우리를 지탱해주는 생태계에 재앙이 일어나는 것을 막을 수 있을지도 모른다.

멀리 사는 버터벨리 쌍이 원래는 자기네 근거지였지만 가까이 사는 쌍에게 빼앗겼던 바위를 되찾았다. 두 쌍이 낳은 새끼들은 지금 깡그리 죽고 없다. 맨 처음의 긴 야생지 생활은 내게 만물을 통해 합일성과 조화를 보여주었지만, 이번에는 바람, 바다, 바위, 먹고 먹히는 모든 생물들, 영역을 지키기 위해 싸우는 새들, 나 자신에 대항하는 나 자신 등 모든 측면에서 갈등이 존재하는 것 같다. 하지만 자연은 내게서 지금 있는 그대로의 나 말고는 아무것도 바라지 않는다.

오후에는 성난 바람에 맞서 스크리미지 라인에 늘어선 미식축구 선수들처럼 마음을 다잡기 위해 곶으로 갔다. 내 속의 뭔가가 드디어 놓여났고, 나는 그 맹렬할 힘 안에서 기뻐 춤추며 소리 질렀다. 돌고래들이 해구에서 놀고 있었는데, 그것들과 함께 놀려고 카약을 타고 그쪽으로 가자 이내 달아나버렸다. 그것들이 그렇게 떠나버리니 감정이 다친다. 어쩌면 카약의 모양이 범고래를 연상시킨 건지도 모른다.

일요일 아침. 미래의 대화를 상상하느라 자꾸만 현재의 순간에서 벗어난다. 사회의 매트릭스를 벗어나려고 그렇게 노력을 쏟고서는 미래에서 그토록 많은 시간을 보내다니 얼마나 기이한 일인가. 내면의 작은 마음이 나누는 대화 속에서 내 역할은 주로 다른 사람들에게 이 경험에 대한 이야기를 들려주는 것이다. ……참 좋기도 하겠다. 내가 다른 사람에게 해줄 수 있는 말이 고독에 대한 대화를 나누는 환상에 몰두해 있었더라는 것뿐이라면!

미래의 일을 그렇게 상상한 것이 이곳에 온 이후 줄곧 그랬던 건지, 아니면 일상의 분주함이 끝난 뒤부터였는지 잘 모르겠다. 이 상상 속의 대화가 장작을 패야 한다거나 빙하에 가야 한다는 생각 대신 들어앉은 건지도 모르겠다.

나는 성적환상에 빠지는 일은 좀체 없지만, 빠지는 일이 있다면 유혹 능력이 거의 없을 때다. 하지만 타인에게 고독의 1년에 대해 말하는 환상에는 자꾸만 빠져든다. 긍정적인 관점에서 보자면 이 환상은 타인과의 공유에 대한 욕망이다. 하지만 지금 이 순간 충만히 살아 존재하지 못하고 상상의 미래에 빠져 있다면 사람들에게로 돌아갔을 때도 마찬가지일 것이다. 현재의 순간에 마음을 둔다면 이런 환상은 나를 붙잡지 않을 것이다. 편안한 마음으로 있는 그대로의 세상으로 들어갈 수 있다면 그것은 얼마나 위안이 되는 일인가.

2
0
0
1
년

12
월

깨달음을 얻는 것은 우연의 일이다.
영성 수행은 우연을 더 쉽게 일어나게 해준다.

— 선(禪) 어록

이제는 커피 한 잔을 들이켜도 좋을 시간

행방불명되었던 삿갓조개 두 마리가 나타났다. 한 마리는 줄곧 눈에 띄는 곳에 있었던 것 같지만 그 장소는 정말로 뜻밖이었다. 모래와 부서진 조개를 건너 5피트 떨어진 다른 바위에 붙어 있었다. 거기로 간 이유가 궁금하다. 삿갓조개들에 대해 서서히 형제 유기체로서의 친밀감을 느끼기 시작한다.

간밤에 아주 잠시 세상은 신호와 전조로 고동쳤다. 달빛 하늘 아래 세상은 살아 있었고 요술로 가득했다. 절벽 위의 나무들은 보초를 섰다. 어디에나 경외와 경이가 넘쳐났다. 오늘 캣은 찡얼거리고 나는 침울하다. 태양이 구름을 뚫고 나왔지만, 세상은 다시 평범한 세상으로 돌아왔다. 아름다운 섬과 산들과 바다로 햇빛이 떨어진다.

날마다 곶에 가서 바람과 함께 지내면서 내가 알아야 할 것이 무엇인지 가르쳐 달라고 청한다. 죽음은 어디에나 있다. 잠수하는 오리들과 곤두박질 치듯 날아 내리는 독수리, 뛰어오르는 돌고래들, 기다리는 물총새 안에도 죽음은 있다. 모두 사냥하고 죽인다. 물 빠진 바닷가에서 내딛는 한 걸음 한 걸음에 생명이 으스러진다.

곶의 식물들은 언제나 그곳에 있다. 바람이 불어도 물러설 수 없다. 나는 그것들 뒤에 몸을 숨기고 그것들의 몸을 태워 내 몸을 덥힌다. 그것들의 살을 먹으며 그것들이 내쉰 숨을 들이쉰다. 나는 식물을 사랑하고 돌보기 시작한다.

캣을 계속 괴롭히고 그럴 때마다 기분도 계속 꺼림칙하다. 비겁함과 괴롭힘이 서로 어떻게 연관되어 있는지에 대해 더욱 분명히 깨닫고 있다. 나 자신의 두려움과 분노를 마주하기가 무서워 녀석에게 쏟아낸다. 죽음은 두렵지 않지만 끝이 없는 고통은 두렵다. 어젯밤에 또다시 들고 일어난 환상통과 씨름해야 했다. 오늘은 없어졌는데 무엇 때문에 생긴 건지 도저히 모르겠다.

삿갓조개를 측정하는 날이 종종 기다려진다. 그 일은 내 하루를 구성하고, 나와 조수를 연결하며, 비바람 속으로 나를 떠민다. 그 경험도 모터사이클을 타는 것처럼 신날 수 있다.

저녁비 속에 바위에 앉아 있다가, 이동이 일어났다. 빛이, 저 너머에서 비치는 빛이 영혼을 흠뻑 적시고, 사랑과 평화와 아름다움과 생의 선물을 가져온다. 어쩌면 내가, 나 자신이 그 빛의 근원이겠지만 지금은 한 번에 한 걸음씩 나아간다. 억지로 알아내려고 하면 길을 잃을 것이다.

그 이동을 야생의 살아 있음 속으로 들어간다고 말하는 것은 그리 세련되지 않다. 너무 거만하고 마초 같다. 이 변화는 맨 처음 야생지에서의 기억보다 훨씬 부드럽다. 선물로서 다가오고, 부드러운 전환이라는 느낌을 준다. 수학적 변환과 마찬가지로 작은 마음과 큰마음은 서로 관계가 있지만, 여기서 그 관계는 수치적이라기보다는 오묘하다.

축 처지는 날, 안과 밖이 모두 흐리고 비가 온다. 나를 단단히 붙들어줄 안정된 세계관이나 인생의 목표가 없으므로 울적한 날이면 직접적인 경험의 밀물과 썰물에 흔들린다. 에고에 기초한 것이 아니라 더 깊은 내면에서 솟아나는 의미와 목적을 갈구한다. 여기서의 노력이 생을 통과하는 것을 좀 더 참을 수 있는 것으로 만들어주는 것뿐이라면 그 노력은 가치가 없어 보인다. 생에는 기쁨도 필요하다.

그 생각을 끝으로 문득 빗방울이 웅덩이에 이루는 잔잔한 파문에 눈길이 갔다. 그러자 평화와 사랑, 아름다움으로의 부드러운 이동이 일어났다. 왜? 무엇에 자극되어? 의식하는 마음은 큰 영향력을 행사하지 못하는 것 같다.

큰마음/부드러운 마음은 그저 오고갈 뿐이다.

이제는 종종 비에 대한 사랑을 느낀다. 지붕을 두드리는 빗소리를 억압적이라고 생각하곤 했는데, 이제는 기분을 돋우는 소리로 느껴진다. 그 소리는 주의를 집중시키고 나를 내면으로 데려간다. 지금 맹렬한 바람이 오두막을 난타하고 있는데 심지어 그것조차, 걱정이 마음을 쿡쿡 찌르지만, 괜찮다.

사람들이 남은 세월 동안 나를 좋아하고 존중해줄까 걱정하면서 많은 시간을 보내지만, 그렇게 되도록 하기 위해 내가 할 수 있는 일은 없다. 할 수 있는 것은 나 자신과 타인을 좋아하고 존중하기 위해 노력하고, 피할 수 없는 좌절과 두려움과 분노를 나 자신이나 외부 세계를 탓하는 일 없이 받아들이는 것뿐이다. 내가 할 일은 중심을 유지하는 것과, 내 기분을 좋게 하려고 다른 사람을 조종하지 않는 것이다.

아름답고 길었던 황혼녘에 버터벨리 오리들이 해구의 '큰마음' 영역으로 헤엄쳐 왔다. 그것들을 뚫어져라 쳐다보다가 나는 다시 작은 마음으로 되돌아갔다. 그래서 쏠렸던 시선을 거두고 지나친 관심은 삼가면서 그리 멀지 않은 바다에 떠 있는 가마우지를 바라보았다. 다시 큰마음으로. 그래서 이번에는 더욱 조심해서, 다시 버터벨리 오리들을 쳐다보았다. 그것들이 어디로 가고 있는지 궁금해졌다. 다음 순간 그것들이 가마우지 쪽으로 가고 있다는 사실을 깨달았다. 평소에는 평화롭게 공존하고 있었기 때문에 놀랐다. 하지만 가마우지도 그 사실을 눈치 채고는 날아가 버렸다. 가마우지가 날아오르자 오리들도 방향을 되돌렸다.

큰마음의 관점에서 보면 만물은 있는 그대로 완전하다. 단지 완전하기 때문이다. 만물이 이상적인 의미에서 완벽하지는 않지만, 만물은 그저 있는 그대로다.

어떤 심리학자들은 우리가 의식적으로 세상에 대한 분노를 느끼지 않으려고 하면서 그 분노를 나 자신에게 돌릴 때 우울해진다고 주장한다. 모르겠다. 오래도록 나는 공공연히 분노를 느끼고 있지만 여전히 우울하다! 어쩌면, 오히려, 우울이라는 고통스런 감정은 뭐든지 느끼지 않으려고 하기 때문에 모든 경험을 거부하게 될 때 찾아오는 생명 없음의 느낌인지도 모른다. 우울 속으로 들어가 그것을 직접 경험하면 그 순환이 깨진다. 내가 느낌을 물리치지 않으며, 세상이 내게 접촉하는 것을 놓아두기 때문이다. 그 속으로 들어가 그것을 받아들이면, 우울은 지배력을 잃는다. 그것 역시 우주의 자연스런 일부가 된다.

2001년 12월 9일

아름답고 따뜻하고 화창한 일요일. 곳에는 바람이 심하게 불었지만, 이곳은 약한 바람뿐이다. 오늘 이곳에 온 지 열 달 만에 성욕이 일어났다. 깜짝 놀랐지만 글로 쓰기에는 왠지 꺼려진다. 전에도 몇 차례 욕망의 거품들이 마음에 일기는 했지만 몸속으로까지 파고든 적은 없었다. 이번 것은 그랬다. 한 라틴계 여성과 사랑을 나누는 환상에 빠져 있었는데, 그 순간 잠재의식 수준에서는 언제나 어머니와 섹스하고 싶은 마음이 있었음을 깨달았다. 어머니가 내게 강요하는 요구사항에 나는 언제나 분개했고 또한 어머니에게서 언제나 거절을 느꼈기 때문에, 어머니와 육체적, 감정적 거리를 두고 있다고 생각했다. 하지만 성적 욕망은 내가 언제나 피하려고 한 감정의 하나였다. 프로이트는 이를 모자관계의 보편적인 측면이라고 했으니 개인적인 일로 받아들이지는 않아야겠다. 하지만 실제로 대면하면 쉽지만은 않다.

그 감각들을 억제하지 않고 느끼면서 수음을 했다. 절정에 다다르기 전에 욕망의 파도가 지나갔고, 그래서 기뻤다. 일요일의 태양 아래 오랜만에 긴장이 많이 풀리는 느낌이었다. 하지만 몸의 욕망이 되돌아왔고 나는 그것에 순응했다. 후에는 내 감정을 인식하고 있었지만 죄의식이나 그 비슷한 생각은 들지 않았다. 이번 일이 내 속의 어두운 구석을 열어주었는지 모르겠다. 이 어두움을 받아들이려면 많은 시간과 노력이 필요할 것이다. 이곳에서 욕망의 부재에서 오는 평화를 즐기고 있었기 때문에 한편으론 그런 일이 일어나지 않았으면 좋겠다.

2001년 12월 11일

앉아서 반감과 욕망이 내 마음에 어떤 일을 하는지 지켜본다. 가볍게 고통에 기대고 가볍게 쾌락에서 멀어지면서 균형을 잡는 연습을 한다. 과거를 놓아주고 알 수 없는 미래를 신뢰하는 연습을 한다. 어딘가로 향한 길을 지

364

금 여기의 끝없는 열림으로 전환시키는 이동을 탐구한다.

2001년 12월 14일

낮선 수컷 버터벨리가 오늘 해구로 헤엄쳐 들어오더니 제 집처럼 돌아다녔다. 너무 천연덕스럽게 굴기에 원래 사는 쌍이 나타나서 쫓아버릴 때까지 긴가민가했다. 어쩌면 오늘 본 장면이 수컷이 제 영역을 만드는 방법일 것이다. 자기 것이라고 생각하고 들어간다. 자기 것으로 경험하기 때문에 방어한다.

삿갓조개가 아직 사물로 보일 때가 종종 있다. 하지만 그것을 바위에서 떼어내 껍데기 속의 동물을 보면 생명 있는 존재로 느껴진다. 무심코 두 마리를 주걱칼로 잘못 찔렀는데 순간 나 자신이 칼로 베이는 느낌을 받았다. 칼날의 모서리를 갈았고, 그 이후로는 좀 더 조심하고 있다.

2001년 12월 15일

썰물의 바위에 앉아 신의 음성을 들으려고 귀를 기울이고 있었다. 그러자 부드럽고 미묘한 이동이 일어났다. 내 전 존재의 긴장이 풀리면서 나도 모르게 모든 소리에서 신의 음성을 듣고 있었다(지금도 듣고 있고, 사실 언제나 듣는다). 귀 기울여 듣는 것에서 그저 듣는 것으로의 이동은 작지만 엄청난 차이였다. 전자의 경우는 있지 않은 것에 긴장하는 것이고, 후자는 있는 것의 경이에서 평화를 찾는 것이다. 신의 음성에 귀 기울인다는 말은 내가 듣는 어떤 음성은 신의 음성이 아닐 수 있다는 이원성을 암시한다. 나는 신의 음성에 머리로 귀를 기울이느라 많은 시간과 에너지를 쓰지만, 신의 음성은 가슴으로만 들을 수 있다. 머리는 대답과 확실함, 개념적인 이해를 원한다. 가슴은 그저 신의 음성이 "나는 있다"라고 말하는 소리를 듣는다. 평화롭고 만족스럽다.

오랜만에 누리는 가장 평화로운 크리스마스다. 이 날을 바다와 하늘과 산과 나무와 바람과 함께 나눌 것이다.

시계와 달력을 치운 것은 오래전이고, 지금은 지붕에 듣는 빗소리와 바위에 부딪치는 파도 소리를 가만히 들으면서, 그리고 바다와 내 숨이 들어오고 나가는 것을 보면서 많은 시간을 보낸다. 나 자신을 '지금 여기'의 직접경험으로, 몸과 가슴으로, 때로는 광대한 마음으로 다시 데려가는 것이다. 나는 누구인가라는 질문에 대한 생각은 이렇다. 나는 날마다 노출된 곳에 가서 앉거나 선 채로 세찬 바람을 맞으면서 서서히, 나로서는 설명할 수 없는 방식으로 형성되어 간다.

오늘 아침 나흘간의 단식과 집중 명상을 끝냈다. 비바람 속에서, 머리부터 발끝까지 고무를 뒤집어쓴 채 오랜 시간 앉아 있었다. 때로 그 과정은 힘이 든다. 어둠과 분노와 슬픔과 고통이 있다. 하지만 가슴과 머리와 몸이 평화와 사랑과 아름다움의 빛으로 채워질 때는 찬란한 기쁨의 순간도 온다. 결코 이곳을 떠나고 싶지 않은 시간들.

단식과 명상의 나흘 동안 캣의 울음소리가 커졌다 작아졌다 해도 반응하지 않을 만큼 집중해 있었고, 녀석도 거의 울지 않았다. 아마도 내가 포치에서 잠을 잤기 때문이리라. 녀석의 울음소리에 반응하지 않겠다고 다짐하고 또 다짐하지만 번번이 실패한다.

분노의 감정이 밀려오면 그것은 나와 온 세상의 관계에 독이 된다. 심장은 단단해지고 마음은 누그러지지 않는다. 나 자신을 포함한 모든 것이 불쾌하게 느껴진다. 이런 감정은 종종 사소한 일로 자극되지만 영원히 사라지지 않을 것처럼 거대해 보인다. 그 일이 지속되는 기간은 짧더라도 고통의 상태는 오래 지속될 수 있다. 그 일이 다시 일어나기를 기다리며 노심초사하는 마음을 품게 되기 때문이다. 이런 상태에서는 부정적인 것에만 집중하게 된다.

빌어먹을. 정신을 놓고 있다가 순간적으로 맥 노트북을 PC 충전기에 꽂았는데 순식간에 타버리고 말았다. 며칠 동안 단식을 한 뒤라 탈수 현상이 무척 심했다. 피부는 늘어지고 입 안은 바싹 마르고 방향성이 상실되는 등 온갖 증상들이 나타났지만 사태를 깨닫기까지는 시간이 좀 걸렸다. 정신이 오락가락한 순간에 맥 노트북을 꽂고 그러고는 지지직. 그 작은 기계를 정말 좋아했고, 두 달 전에 펜과 종이로 바꾸기 전까지는 이걸로 일지를 썼었는데.

이제는 커피 한 잔을 들이켜도 좋을 시간이다. 11월이 시작된 이후로 처음 마시는 커피다.

2001년 12월 29일

내면의 어둠에 비해 사랑과 존중, 경외, 평화 같은 에고 중심적이지 않은 경험들에 대해서는 쓰고 싶은 충동을 덜 느끼는 것 같다. 글쓰기를 강렬한 고통의 감정으로부터의 탈출구나 내가 어쩌다가 고통의 덫에 빠졌는가를 알아내고 설명하는 수단으로 사용하는 것 같다. 하지만 이 마지막 몇 달 동안은 어두운 면뿐 아니라 밝은 면에 대해서도 더 많이 써보려고 노력 중이다.

이 일지가 고독 속에서 보낸 내 삶의 단순한 기록이 아니라는 사실을 깨닫게 되었다. 그것은 또한 미래를 위한 가르침의 도구이며, 내가 지금 배우고 있지만 사회로 돌아가면 잊어버리기 쉬운 것을 기억하기 위한 수단이다. 헨젤과 그레텔처럼 나를 집으로 데려다줄 부스러기들을 남기는 것이다.

2001년 12월 30일

따뜻한 달빛 바람을 맞으며
밤이 가고 새벽이 올 때까지 바위에 앉아 있네.
지금의 순간으로 흘러들고 흘러나오면서
정신과 나 자신을 벗 삼는다.
갈 곳도 없지만, 가지 않을 곳도 없구나.

2
0
0
2
년

1
월

만물은 신성하다.

— 오두막 붙여 놓은 글귀

2002 | 1
흐르는 우주의 지금 속으로

굉장하다. 앵무새 한 떼(Austral parakeets)가 오두막 뒤 나무들 사이에 내려앉아 꺽꺽거리며 울기 시작했다. 앵무새들이 여기서 뭘 하는 거지? 덩치는 그리 크지 않은데, 몸은 황록색이고 날개와 꼬리는 빛나는 청록색이다. 배는 살짝 붉다. 지난여름에 보지 못한 다른 새들도 많이 옮겨왔다.

검은색으로 보이는 작은 새 한 마리(Magellanic tapaculo)가 밀집한 덤불숲을 이리저리 날아다닌다. 그 새를 딱 한 번 보았는데 그때는 안경을 쓰지 않고 있었다. 하지만 우는 소리는 자주 들린다. 정확히 두 음정으로 말한다. "일어나!" "돌아와!" "조심해." 그 소리가 현재에 머물러 있으라고 일깨워주곤 하므로 그 새에 달마새라는 이름을 붙였다.

며칠 전에 참새(Chilean Swallow) 두 마리가 근처에 날아다니는 것을 보았다. 한 마리가 부리에 깃털 하나를 물고 있다가 떨어뜨렸다. 깃털이 푸르르 내려가자 자기도 빠른 속도로 내려가다가 공중에서 낚아챈 뒤 다시 날아올랐다. 그렇게 두 번쯤 한 것 같다. 놀이를 하는 것처럼 보였다.

어제는 해파리 꽃이 떠 있었는데, 캣은 그걸 즐겨 먹는 것 같다.

얼마나 놀랐는지! 이웃들이 또다시 즐거운 놀람을 선사했다. 지난달에 자주 와서 놀던 돌고래 세 마리가 돌아왔다. 소리를 지르며 돌아다니고, 수면을 꼬리로 획획 내려친다. 한 마리는 누워서 헤엄치는데 허연 배가 허공에 보인다.

곁눈으로 버터벨리 오리들이 해구로 태연히 헤엄쳐 들어오는 것을 보았다. 가까이 사는 쌍인 줄로 생각했는데 경계선을 넘어 이웃 영역으로 들어가더니 다른 쌍의 본거지인 바위 위에까지 올라갔다. 그 순간 단독 침입자가 나타났고, 그러자 그 쌍이 맹렬한 공격을 시작했다. 나는 쌍안경으로 그것들이 퍼덕이는 날갯짓으로 물보라를 일으키며 바다를 가로질러 내 쪽으로 달려오는 모습을 보았다.

갑자기 세 마리 모두 방향을 바꾸더니 이번에는 침입자 오리가 주민 오리들을 추격하기 시작했다. 어라? 그 순간 그 세 마리가 모두 바위 위로 올라갔다! 정말 영역적인 녀석들이므로 지금까지 이런 일은 단 한 번도 없었다.

쌍안경을 통해 바라볼 때의 부작용은 시야가 좁아지고 의식이 한곳으로 집중된다는 것이다. 나머지 세상은 사라지고 렌즈를 통해 바라보는 세상만

존재한다. 그래서 오리들 뒤로 갑자기 세 마리 돌고래들이 불쑥 나타났을 때
는 소스라치게 놀랐다. 사냥보다는 그 소동에 흥분해서 그냥 놀러 나온 게
아닌가 싶었지만 버터벨리들은 그렇게 생각하지 않는 것 같았다.

돌고래들은 해구의 그쪽 지역을 통과하는 높은 파도에서 장난치는 것을
좋아하는지 숫구치고 첨벙거리며 바위들을 지나 작은 섬 뒤로 사라져버렸
다. 돌고래들이 사라지자 버터벨리 오리들은 그제야 자기네가 무엇을 하던
중이었는지 생각난 모양이었다. 침입자 오리는 허겁지겁 물속으로 뛰어들더
니 돌고래들이 사라진 방향으로 퍼덕거리며 달아났다. 주민 오리들은 미련
을 버리지 못한 채 맹렬히 추격했다. 잠시 후 작은 섬 뒤에서 그 셋 모두 도
리깨질을 할 때처럼 축 쳐져서 나타났다. 주민 오리 쌍이 선두에 나서고, 그
뒤를 침입자 오리가, 또 그 뒤를 돌고래들이 바싹 뒤따랐다. 주민 쌍은 다시
바위 위로 올라갔고, 침입자 오리는 그 주위를 빙빙 돌다가 돌고래들이 지나
간 뒤에야 자기가 온 방향으로 잽싸게 달아났다. 그러자 다시 사위가 고요해
졌다. 그러는 사이 흑백 기러기들은 새끼들과 함께 그리 멀지 않은 곳에서
평화롭게 먹이를 먹고 있었다.

큰마음은 고요하고 깨끗하며, 만물은 의식의 영역 안에 존재한다. 내 마
음이 부드러워질 때 세상은 작고 친밀하며, 나는 존재하는 모든 것에 부드러
운 사랑을 느낀다. 모든 것이, 심지어 탁자나 난로조차 더욱 현실적이고 살
아 있는 것으로 느껴진다. 나는 어느새 소리뿐만 아니라 소리가 일으키는

침묵까지 듣고 있다. 다시 인간의 영역으로. 1월 1일에 확인 이메일을 보내면서 패티를 데려와줄 수 있는지 해군에 물어보았는데 아직 아무런 답변을 받지 못했다. 과정을 믿어라.

2002년 1월 9일

패티를 위해 명상 상자를 만들기 시작했다. 패티는 내 삶에서 어마어마한 사랑의 존재였으며, 내가 이곳에 오기까지 큰 힘이 되어주었다. 몇 달 전에 돌멩이 하나를 주웠는데 명상 중에 종종 쥐고 있다. 얼마 전에는 해변에 밀려온 길쭉한 사이프러스 널판을 발견했다. 그것을 보면서 그 돌멩이를 넣을 상자를 만들면 좋겠다는 생각이 떠올랐다. 상자 밑바닥에 딱지조개 껍데기를 넣고 그 안에 돌멩이를 깃들일 것이다. 지난주에 딱지조개를 처음 보았는데, 그 껍데기 안이 더할 나위 없이 아름다운 터키옥색의 푸른빛이라 그것을 박스 안에 넣으면 좋겠다는 생각이 들었다. 하지만 이곳의 유일한 딱지조개를 죽이고 싶지는 않았다. 그런데 오늘 또 한 마리를 발견했다. 햇볕에 빛바랜 바닷새의 가슴뼈를 담을 만큼 큼직한, 뚜껑 있는 상자를 만들 생각이다. 그 가슴뼈로 돌멩이를 덮을 것이다.

도구가 많지는 않지만, 본격적으로 상자를 만들기 전에 해야 할 주요 작업은 유목 토막에서 잘라낸 얇은 판자에 톱질과 끌질을 한 후 그것을 반드럽게 다듬는 것이다. 시간이 걸리겠지만, 시간은 충분하다. 사이프러스는 더할 나위 없이 좋은 재목이다. 아름다운 나뭇결에 황금빛 색깔, 게다가 그 향기는 넋을 빼앗는다.

지난 며칠간은 고요했고, 낚시를 하러 가고 싶은 마음이 간절했지만, 살생에 대한 의문이 멈추지 않았다. 오늘까지는 기다려야 할 것 같았다. 일곱 마리를 잡은 뒤에 안전한 바다로 돌아와 카약을 탄 채 가만히 떠 있었다. 신성함에 대한 강렬한 느낌이 들었고, 내 너머에 있는 것과 내 안에 있는 것을 존중하는 마음이 솟았다. 물고기의 생명을 빼앗고, 살기 위해서는 죽여야 한다는 사실을 인정하는 것이 신성함에 대한 내 인식을 촉진시켜 주었다. 어찌 됐든 죽음은 이 모든 것의 중심 측면이다.

물고기를 죽이는 것 자체는 큰 영향을 미치지 않는다. 고통이 들이치는 것은 더 고요한 마음으로 물고기의 살을 저밀 때다. 낚시를 할 때는 붙잡힌 선물에 대한 기쁨과 흥분, 감사를 느낀다. 살을 저밀 때는 이 생명체를 죽였다는 사실이 더욱 깊이 자각된다. 특히 살을 가를 때 몇몇 물고기들이 살아 움찔거린다면 더욱더.

살생을 금하는 불교의 계율을 그대로 따르는 것은 불가능하다. 나는 정신적 존재일 뿐 아니라 생물학적 동물이며, 살기 위해서는 다른 생명을 빼앗을 수밖에 없다. 살생의 고통과 책임을 피할 방법은 없다는 사실을 오늘 비로소 받아들였다. 진정, 우리는 죽이지 않고는 살 수 없다. 어떤 사람은 식물만 죽이는 것을 선택하지만, 또 어떤 사람은 그것조차 삼간다. 하지만 우리의 면역체계가 바이러스와 박테리아를 파괴하는 일을 멈춘다면 우리는 살아남지 못할 것이다. 우리가 숲에서 걸을 때도 내딛는 걸음마다 생명이 짓밟힌다. 여기서 살생을 피하려 한다면 도시에 돌아가서도 고기를 먹지 말아야 한다.

어떤 의미에서 물리적 지속가능성에 초점을 둔 환경주의는 심층적인 질문은 하지 않는다. 어떻게 하면 모든 생명의 신성함을 존중하는 방식으로 살 수 있는가? 어떻게 하면 존중의 마음으로 다른 생명을 취할 수 있는가? 어떻게 하면 땅에 속해 있으면서도 우리를 생의 흐름의 일부라는 경험에서 떼어놓지 않으면서 행동할 수 있는가? 어떻게 하면 우리 자신의 생명뿐 아니라 이 땅의 모든 생명을 지속시킬 수 있고, 신성함에 대한 우리의 소속감과 갈망도 재확립할 수 있는가? 내게는 이 질문을 공개적으로 할 용기도 없고 명확한 대답도 없다는 것을 인정한다. 우리 저마다는 자신의 대답을 찾아 내면을 들여다보아야 하며, 그 대답은 개념적인 것이 아니라 우리가 실제로 어떻게 살 것인가에 대한 것이어야 한다. 그 답을 찾아내지 못한다면 우리는 어쩌면 살아남지 못할 수도 있다.

2002년 1월 11일

지적인 마초가 되는 데 필요한 자질이 내게 없음을 인정해야 한다. 나는 일관성 있고 종합적인 세계관을 유지하고 옹호하는 사상가들을 존경하며 이따금 질투도 한다. 하지만 내 경우는 매번 내부적 모순과 이번에 구성한 생각도 역시 완전하지 않다는 깨달음으로 끝난다. 물론 나는 다른 사람들의 세계관에서도 언제나 내부적 모순을 발견한다…….

2002년 1월 12일

의문이 풀리지 않는다. '어떤 상황에서 내가 어떤 행동을 해야 올바르다는 것을 어떻게 알 수 있을까?' 하지만 뭔가를 하는 데 올바르다는 것은 없으며, 중요한 것은 내 의도와 방식일 것이다. 동기가 집착, 반감, 의심, 두려움이라면 무엇을 하든 소용없을 것이다. 결정을 내릴 수 없을 때는 마음 상태에 초점을 맞추고 행동이 흘러나오는 대로 가만히 놓아두면 될 것이다.

아무도 올바른 행동 방침을 알지 못하므로 모든 결정에는 불확실성이 담겨 있다. 하지만 나는 아직도 이 같은 심원한 불확실성이 존재하지 않는 존재함의 방식이 있을 거라고 어느 정도 믿고 있다. 내가 하는 일이 올바른 것이라는 지혜와 아울러 자신감이 있는 내면의 공간 말이다.

이것은 자유의지라는 해묵은 질문을 끌어낸다. 내게 자유가 있는가, 아니면 그것 역시 미혹일 뿐인가? 종종 내가 원하는 일을 할 수 있다는 사실은 분명해 보이지만, 내가 원하는 무엇을 선택할 수 있다는 것은 그리 분명치 않다.

개념적 사고는 이에 답할 수 없다. 현실을 보는 내 관점에 깊은 전환이 요구된다. 자연발생적인 자유에 대한 개념은 나 자신을 우주의 생명으로 경험할 때만 이해된다.

이곳에서의 생활도 3주면 끝날 것이고, 그것마저 눈 깜짝할 새에 가버릴 것이다. 25년 동안 나는 1년간 고독의 생활을 하면 모든 것을 이해 가능한 것으로 만들고 내 삶의 체계를 세워줄 답을 찾을 수 있을 거라고 믿어왔다. 지금 그 답을 얻지 못하면 다시는 고요한 성찰의 기회를 얻지 못할 것이다. 하지만 내가 찾는 살아 있음과 평화와 아름다움과 사랑은 결코 저 밖에 있는 것이 아니라 언제나 지금 여기에 있다는 것을 깨닫는다.

내가 할 수 있는 만큼은 준비를 마친 것 같다. 이제 내가 할 수 있는 것은 열린 마음으로 신의 음성, 그리고 전환과 통찰을 기다리는 것뿐이다. 조용히 현재의 순간으로 돌아가고 돌아가면서 장애물들을 물리치기 위해 노력한다.

대부분의 시간을 안경을 쓰지 않고 지내니 코가 살아난다. 안경이 없으니 모든 것이 좀 더 직접적으로 다가온다. 오늘 저녁에 카약을 타고 돌아다니면서 세상이 매 순간 새롭게 창조되는 느낌을 받았다. 이곳에서 대지를 어머니로 느낀 적은 거의 없었는데, 카약을 타고 바다를 돌아다니니 비로소 그런 느낌이 든다.

개구리가 울고, 나는 그 울음소리를 듣는다. 생이 생을 부른다. 나 역시 생에 속해 있다고 말해준다. 이러한 순간에는 타인이 내 경험에 관심이 있을지, 내가 그들에게 가르쳐줄 것이 있는지는 상관이 없다. 내가 아는 것이 없다는 사실을 점점 더 인정하게 된다. 그런 깨달음을 박사 논문으로 전환시키기는 어렵겠지만, 그것 역시 상관없다. 이 깨달음에 훨씬 더 큰 가치가 있다.

여기서는 아무것도 들어맞지 않는다. ……체계란 것이 아예 없다. 자연은 그저 존재한다. 살아 있다고 느끼려면 세상을 매순간 처음인 것처럼 바라보아야 한다. 기록하고 분류하고 비교하기 시작하는 순간 나는 자연을 사는 것에서 개념적인 마음으로 되돌아간다. 아무것도 모르겠다고 느끼는 것이 당연한 일이다.

살아 있다고 느끼기 위해서는 죽음을 받아들여야 한다는 말이 아니다. 생과 사는 하나의 과정이다. 죽음을 부인해도 생은 죽음과 함께 간다.

2002년 1월 16일

한 달 넘게 쉬엄쉬엄 연을 만들고 있다. 사이프러스 나무로 살을 만들고, 투명한 비닐을 덧대고, 45년 전의 기억을 더듬으면서 올바른 각을 잡아 구부리려고 애썼다. 1주일 전에 마침내 연이 하늘을 날았다. 연을 만드는 것은 아버지가 어린 나에게 뭔가를 가르쳐준 몇 안 되는 행복한 기억 중 하나였기 때문에, 공중에 연을 날리는 것은 내게는 무척 중요한 일이었다. 아버지 본인도 1900년대 초반에 연 만드는 기술을 배웠는데, 당시에는 연을 날리는 것이 소년들의 삶에 매우 중요한 한 부분이었다.

지난주에 연과 낚싯대를 들고 바람이 거센 곳으로 가서 꼬리의 길이도 다양하게 해보고 연줄도 다양한 방법으로 매달아 보았지만 어떻게 해도 소용이 없었다. 연이 제멋대로 날아다니는 바람에 나는 점점 속상하고 화가 났다. 마침내 바위에 세게 부딪쳐 살이 부러지더니 날아가 버렸다. 뭐 진짜 날아갔다는 건 아니지만. 아하! 살을 좀 더 구부려봐야겠다.

연을 고친 뒤에 크고 긴 꼬리를 붙여 안정감을 준 다음 장대에 매고 하늘 높이 풀어주었다. 얼마나 재밌던지! 줄을 감았다 풀었다 하니 자유를 찾아

싸우는 물고기처럼 연이 강한 바람을 타고 공중으로 솟구쳤다 내려왔다 했다. 휘몰아치는 바람의 복잡한 패턴들이 보였다. 이따금 너무 과격하게 내려가다가 바다로 빠지기 직전에 가까스로 멈출 때도 있었다. 그러다가 정말로 물속에 빠지면 해변으로 천천히 끌어당겼다. 그때 이후로 바람과 놀려고 종종 곳으로 나간다.

연을 날리면서 지난 몇 달 동안 바람과 나의 관계가 얼마나 많이 변했는지 생각한다. 처음 왔을 때는 바람을 나를 파괴하려는 의도를 지닌 악한 힘으로 느꼈다. 세상에 나를 내맡기기 위해 노력하자 바람은 강력한 스승이 되었다. 비는 친절과 사랑에 대해, 바람은 수용과 내 마음속에서 부인하는 악마들을 내가 어떻게 세상에 투사하는지에 대해 가르쳐주었다. 두 달 전에 갈매기와 콘도르들이 맹렬한 바람에 높이 나는 것을 보면서 문득 나도 그곳에서 함께 놀고 싶어 한다는 사실을 깨달았고, 그때부터 연을 만들어 날려야겠다는 생각이 순간순간 들곤 했었다.

2002년 1월 17일

자꾸만 탐욕에 사로잡힌다. 물건에 대한 것이 아니라 경험에 대한 탐욕이다. 있는 그대로의 세상과 그저 함께 있다는 사실만으로는 부족하다는 생각이 들 때는 붙잡을 수 있고 가져갈 수 있는 뭔가 특별한 것을 원한다. 더 나은 성격, 지혜, 특히 나를 완전하게 만들어줄 철저히 충만한 경험을. 문제는 내가 실제로 그것을 붙잡았다는 것을 알기 위해서는 진행 중인 현재의 흐름에서 빠져나와 지금 일어나고 있는 일과 과거의 경험 또는 읽은 내용을 통해 갖게 된 기대들을 비교해 보아야 한다는 사실이다. 하지만 그렇게 하는 과정은 내가 갈망하던 경험으로부터 스스로를 차단하는 결과를 낳는다. 생의 흐름에 속해 있고 싶은 바로 그 욕망 때문에 내가 이미, 그리고 언제나 여기에 있다는 사실을 보지 못한다.

야생지의 고독 속으로 들어가는 것은, 모든 사람이 사용하지만 당신은 오래전에 잊어버려 완전히 딴 나라의 것으로 느껴지는 언어를 쓰는 곳에서 공부를 하는 것과 같다. 당신도 배워야 할 중요한 것이 있다는 것은 알지만 이해하지는 못한다. 듣고 또 들으려면 인내가 필요하다. 자연의 소리를 들으면서 나는 그것을 개념적인 사고의 언어로 바꾸어, 내가 내 머리로 이해한다는 것을 알고 싶어 한다. 하지만 자연의 언어는 인간이 만드는 개념으로는 번역될 수 없다. 마음이 부드러워져서 내 주변과 내 안에 있는 사랑과 평화에 마음이 열리면 내가 듣고 이해했다는 것을 깨달을 뿐이다.

텅 빈 아침, 슬픔에 잠겨 내가 이곳에 찾으러 온 것—궁극의 충만한 경험—을 끝내 얻을 수 없을 거라는 생각에 빠진다. 그 감정 또한 직접적이고 실제적인 내 경험의 흐름 속 일부로 만들면 풍요롭고 완전한 느낌이 든다. 생의 상실을 느끼는 것은 다른 모든 감정을 배제한 채 오로지 그 감정에만 사로잡혀 있을 때다.

정신으로 향한 길을 초월적이고 내재적인 것으로 느끼면서 새벽이 올 때까지 별빛 아래 앉아 있었다. 여기서 초월이란 천국처럼 어디 다른 곳을 의미하지 않는다. 있을 다른 곳이 없기 때문이다. 내가 대체로 내재한다고 여기는 정신의 측면은 어쩌면 바로 여기 어디에나 모든 것 속에 존재함으로써 초월적이며, 실재하는 물질 그 자체는 아닐지도 모른다. 어쩌면 진정한 내재성은 정신이 물질의 세계가 될 때 생기는 것인지도 모른다.

이틀 전에 외로움이 밀려들면서 어머니가 그리워졌다. 살아계실 때는 마음을 완전히 열지 못했고 돌아가신 뒤에는 정말로 슬퍼하지 못했다는 사실에 당혹감이 엄습했다. 내 속의 뭔가가 깨지는 것 같았고, 나는 알몸으로 비와 바람 속으로 뛰쳐나갔다. 팔을 휘젓고 내 좌절과 고통을 울부짖으며 곶의 바위들을 성큼성큼 돌아다녔다. 마침내 그 감정들이 깨끗이 배출된 후 나는 오두막으로 돌아가 한참을 오들오들 떨었다. 누가 봤다면 미친 사람인 줄 알았겠지만 내게는 자연스러운 일로 느껴졌다. 일종의 원시적 소리 지르기 자가 치료법이랄까.

그날 늦게 나는 숲속에서 잠들라는 부름을 느끼고 옷을 따뜻하게 껴입은 뒤 황혼녘에 캣 몰래 숲속으로 걸음을 옮겼다. 어둠 속에서 숲을 기어 올라가 숲의 바닥에서 10피트 높은 곳에 쓰러져 있는 나무의 거대한 뿌리에 자리를 잡았다. 날벌레나 비를 예상했지만, 날벌레도 나타나지 않았고 비도 오지 않았다. 적당히 편안한 상태로 잠이 들었다. 밤중에 깨어나 즐거운 비전을 보았고 마음 깊은 곳으로 여행을 떠났다. 새벽녘에 집으로 돌아와 다시 잠을 청했다.

한편으로는 이곳에서의 내 일을 완수했다고 느끼지만, 어떻게 보면 이제 시작에 불과하다. 진정 해야 할 일은 심오하고 꾸준한 수행을 통해 긴장을 풀고 몸과 마음과 영혼에서 생기는 것은 무엇이든 그것과 함께하는 것이다.

연을 들고 곶에 가서 낚싯대에 부착한 뒤 300야드 정도로 줄을 풀었다. 하늘 높이 솟은 연은 반투명의 작은 형체로 변했고, 이따금 구름 속으로 사라졌다. 나는 바람을 낚기 위해 하늘에서 낚시를 했고 연은 상상속의 미끼였다. 잡음과 놓음의 궁극적인 형태.

새벽에 섬에서 이곳 북쪽으로 돌아왔다. 그제 황혼녘에 밖으로 나가 맑은 밤하늘과 반달 아래 잠을 청했다. 어젯밤 하늘은 구름이 잔뜩 끼어 있었고 바람이 불기 시작했다. 침낭도, 취침용 패드도 없었지만 바위 사이에서 비닐 조각으로 최대한 몸을 보호했다.

하루의 대부분을 대체로 바깥이나 포치에서 보내지만, 나 자신이 오두막의 보호와 편안함에 너무 길들어 있는 것이 아닌가 하는 생각이 든다. 그래서 지금은 될 수 있는 한 많은 시간을 밖에서 보낸다. 이곳에 온 것은 야생지의 오두막에 머물기 위해서가 아니라, 자연의 밀물과 썰물에 합류하기 위해서였다. 하지만 날씨가 너무 강렬해서 애초의 계획보다 실내에서 더 많은 시간을 보냈다. 추위와 캣을 모두 차단한 채로.

이따금 나는 항상 집이 없었던 느낌이 들곤 하지만 사실은 전혀 그렇지 않다. 지금까지는 집이 없음과 애착 사이를 주기적으로 오간다. 자유롭고 편안하게 떠돌아다닐 때는 그 생활을 즐기며 안에 갇혀 사는 얽매인 삶을 두려워한다. 그러다가 육체적, 심리적, 감정적 편안함과 보호가 아주 매력적으로 보이는 순간이 찾아오고, 그러면 다시 새로운 관계와 새로운 직업, 새로운 삶 속으로 뛰어든다. 그리하여 균형감을 잃고 나 자신을 단단히 잡아매지만, 결국에는 초조함을 느껴 나를 묶은 사슬을 또다시 끊는다.

이것이 마치 분리된 두 개의 세계관과 성격으로 느껴진다. 그 하나는 안전함과 나 자신의 보금자리와, 친구, 연인, 동료의 존중을 원한다. 그런 마음일 때는 집 없이 혼자 돌아다닌다는 생각이 온갖 두려움이나 불편함과 더불어 두려움을 안겨준다. 하지만 일단 떠나면 저 바깥에 있는 것이 좋으며, 내가 두고 떠난 위로와 관계들은 그 중요성을 잃는다. 그때 중요한 방식으로 저 바깥이라는 것은 존재하지 않음을 깨닫는다. 내가 어디에 있든 충분히 좋다.

최초의 빛과 최초의 새 울음. 곳 근처 숲에 있는 은밀하고 아름다운 곳에서 방금 돌아왔다. 어제 캣 몰래 빠져나오기 전에 비가 거세게 내렸고 돌아온 지금도 그렇지만, 밤중에는 가벼운 소나기만 몇 차례 내렸다. 한번은 캣이 나를 찾으러 와서 컴컴한 숲속에서 사냥할 때 내는 그르렁 울음소리를 냈다. 혼자 있고 싶어서 쥐 죽은 듯 가만히 있었다. 녀석이 나를 찾지 못하기를 바라면서. 그랬다. 녀석이 어슬렁어슬렁 점점 가까이 다가오자 목 뒤의 머리털이 곤두서면서 먹잇감이 되는 기분을 맛볼 수 있었다. 어쩌면 녀석의 울음소리에 대한 내 반감은 유전적인 뿌리가 있는 건지도 모른다.

녀석은 노련한 사냥꾼이 되었다. 어제 내가 무심코 풀밭에서 놀던 새 한 마리를 푸드덕 날아오르게 했더니 녀석이 그 새를 낚아채러 3피트 가까이 허공으로 뛰어올랐다. "안 돼!" 고함을 지르자 녀석도 놓아주었다. 새는 멀리 날아갔다. 아까 전에 녀석이 조수 웅덩이에서 잡아 올린 게 분명해 보이는 1피트 길이의 물고기를 뜯어 먹는 것을 보았다. 최근에는 설치류 동물을 또 한 마리 잡았다. 몇 달 전 어느 아침 포치에 쥐의 잔해가 떨어져 있는 것을 보기 전에는 이 섬에 설치류가 산다는 사실도 모르고 있었다.

어젯밤에는 머릿속에 떠오른 이미지들과 비전들의 근원을 탐색했다. 새벽이 다 될 때까지 서늘한 초조함을 느끼고 토막잠을 잔 것 외에는 아무 일도 일어나지 않았다. 그 순간 의심과 두려움을 넘어……무의 공간으로 들어갔다. 보이는 것도, 아무 느낌도 없었다. 내 몸이 부유하는 것 같았고, 나는 계속 집중할 수 있는 힘을 청했다. 이동이 일어났다. 탐색에서 마음을 연 기다림으로. 그러자 사랑과 생이 쏟아져 들어왔다.

캣이 내게 기대어 쉰다는 것을 느끼면 고요한 기쁨이 온다. 나는 여기에 고양이를 자신의 무릎에 앉힌 한 남자를 앉힌다. 마음을 열면 나는 포치에 앉은 고양이/남자가 되고, 이어서 야생지에 있는 고양이/남자/포치가 된다.

드디어 나는, 잠시뿐일지라도 흐르는 만물이 된다.

지난밤 또 숲에서 보냈다. 이번에는 소형 써마레스트 패드를 들고 갔고, 비를 맞지 않도록 머리 위에 비닐 후드를 설치했으며, 오리털 파카 위에 비옷을 입었다. 한밤 내내 가볍게 비가 내렸고, 나는 잠을 설쳤다.

존재론적으로 영성이 실제로 존재한다는 증거는 없다. 투사된 것인지도 모른다. 하지만 나는 뭔가를 경험하고 그것을 이따금 영성이라 부른다. 그 실재성을 부인하면 마찬가지로 세상의 물리적 실재성도 부인할 수 있다. 영성이 존재론적으로 존재함을 인정하는 것은, 물질을 믿는 것처럼, 취향과 균형의 문제다.

여러 달 동안 맹렬한 바람 속을 날아오르는 콘도르에 대해 느끼는 기분을 표현하기 위해 뭔가를 만들고 싶었다. 마침내 하늘에 연을 날리자 수전에게 선물할 좀 더 근사한 연을 만들고 싶어졌다. 연을 줄 수 있을지, 심지어 그녀를 다시 볼 수 있을지도 모르면서. 흰색 방수천으로 연을 만든 뒤에 새의 깃털을 붓 삼아 검은 콘도르를 멋지게 그려 넣었다.

폭풍우 치는 아침. 앉은 채로 나 자신이 지금 속으로 잠겨드는 것을 느낀다. 내가 세상이 되는 경험 속으로, 살아 있음 속으로. 뭔가를 찾아 혹은 어딘가로 가기 위해 종종 서두르곤 했지만 내가 찾으려고 한 것은 언제나 내게 있었다. 내가 생이다. 내가 세상이다.

부단히 움직이면서 우리는 어디에 도달하려고 하는가? 별들에게? 하지만 앞으로 영원히 그렇겠지만 우리는 언제나 별들과 함께 있었다. 더 나은 삶을 향해? 우리가 추구하는 삶의 질은 추구하는 도중에 상실되고 만다. 갖지 않은 것을 얻기 위해 노력하고 이미 가진 것을 외면한다면 진정 우리는 역행하는 것이다. 우리가 간절히 갈망하는 것을 우리는 언제나 갖고 있었다.

생의 의미와 이유는 무엇인가? 다만 이것. 생은 그 자체의 의미다. 생에는 얻어낼 뭔가도 없고, 뭔가를 가져갈 다른 곳도 없다. 우리는 회오리바람의 깔때기 끝에서 빙빙 돌면서 뭔가 초조하게 찾고 있다. 맹렬한 바람을 잦아들게 하고 흐르는 우주의 지금 속으로 다시 들어가라.

작은 마음과 큰마음, 어둠과 빛

일지에서 나는 '작은 마음'과 '큰마음'이라는 표현을 썼지만 정의를 내리지는 않았다. 큰마음은 딱 잘라 말할 수 있는 것이 아니다. 작은 마음은 좀 더 쉽겠지만 어떤 정의도 불확실하다. 나는 작은 마음을 다음의 의미로 사용했다. 나 자신을 저 바깥의 외부 세계로부터 고립되어 있는 분리된 실체로서 인식하고 방어하는 습관화된 에고 중심적인 방식, 혹은 세상이 내가 원하는 대로여야 한다는 주장을 고수하는 고통스런 경험, 혹은 현재의 순간에 머물러 있지 않으면서 다른 생각들을 자꾸 떠올리는 것.

큰마음과 깨달음의 추구

경험론적으로 작은 마음에서 큰마음으로의 이동은 한 상태에서 다른 상태로의 이동이 아니라, 정적이고 엄격한 구조적 인식으로부터, 그 본질이 신비와 자유인 열린 흐름의 인식으로 들어가는 것을 말한다. 이 같은 열림의 경험은 '초심자 마음' 혹은 '모르는 마음'이라 불리는데, 작은 마음의 개념적인 구분에 예속되지 않기 때문이다.

어떤 때는 의식이 크게 열리면서 온 세상을 '저 바깥'이 아니라 내 속에서 감지하게 되며 나는 우주와 하나가 된다. 또 어떤 때는 내가 미미하고 연약하게 느껴진다. 그저 지구상에 더불어 사는 숱한 존재 중 하나다. 나는 모래알갱이처럼 작아지고 무한한 우주의 극미한 일부가 된다. 모든 일이 내 안에서 일어난다는 말이 아니라, 내가 모든 것의 일부이므로 나머지 존재와 깊은 동질감을 느낀다는 말이다. 나는 이런 경험들을 큰마음이라고 부른다.

내가 고독 속에서 시간을 보내는 한 가지 이유는 작은 마음에서 큰마음으로의 이동 과정을 탐구하고, 그 이동을 조정하고 가르치는 법을 배우기 위해서다. 일지에 답을 찾지 못한다고 썼을 때, 그 실패는 이동을 의지대로 촉진시키는 방법과 말로 설명하는 방법을 배우지 못했음을 의미한다.

어려운 점은 내가 답을 발견하거나 그 속으로 스며들면 그 답이 사라져버린다는 것이다. 깨달음은 작은 마음의 관점에서 볼 때는 도달해야 할 특정한 상태다. 하지만 큰마음의 관점에서 깨달음이란 개념—뭔가 얻어야 할 것으로서—은 더 이상 의미가 없다. 개념적인 구조로부터 자유로운 큰마음에서는 깨달음이 깨닫지 못함과 구분되지 않는다.

경험론적으로 작은 마음은 큰마음의 부분집합 같다. 내가 작은 마음이 큰마음의 부분집합이라고 말할 때는 큰마음은 본래적이고 작은 마음은 파생적임을 암시한다. 하지만 우리는 단순히 우리 자신을 분리된 개인으로 보는 데 더 익숙한 것 같고 흐르는 우주와 하나가 되는 경험을 대부분 상실했으므로, 인식의 이동에 대해서는 매우 불길한 느낌을 갖는 것 같다.

작은 마음이 큰마음의 부분집합이라면 우리가 작은 마음 속에 있다고 생각할 때도 우리는 언제나 큰마음 속에 있게 된다. 우리는 이미 그리고 언제나 깨달음을 얻은 상태에 있지만 대체로는 그 사실을 인식하지 못한다. 따라서 깨달음―큰마음에로의 이동―은 단순히 눈을 뜨고 이미 그리고 언제나 존재하는 것을 보는 것이다.

작은 마음에서 큰마음으로의 신비한 이동은 지금 여기서만 일어날 수 있다. 이 순환성이 영적 수행을 도전과 좌절의 경험이 되게 한다. 우리가 지금 여기서 (작은 마음을) 받아들이고 더 이상 추구하지 않는다면 우리는 현상에서 정체된다. 하지만 우리가 해탈을 추구하며 지금 여기의 가치를 낮게 평가한다면 그 행위 자체로 말미암아 우리는 우리가 찾는 것으로부터 차단된다. 큰마음의 평화는 선물로서 찾아오며 깊은 감사의 느낌을 안겨준다.

해탈, 깨달음, 큰마음으로의 이동에 대한 설명이 불교 지도자마다 똑같지는 않다. 어떤 사람은 단 한 번 갑작스레 찾아오는 번쩍이는 전환의 순간에 초점을 두며, 그 순간에 의식을 영원히 바꿔놓는 깨달음에 이른다고 한다. 또 어떤 사람은 보다 점진적인 관점을 제시한다. 의식은 극도로 단기적인 마음속 순간들의 연속이라서 끊임없이 발생하고 소멸하는 것이라고 말하는 것이다. 탐욕과 반감, 미혹으로부터 자유로움을 경험하는 매순간이 깨달음의 순간이 된다. 수행을 하면 해탈의 순간을 더 자주 경험하게 된다.

그럼에도 불구하고 나는 이따금 깨달음의 영원한 상태를 상상하며 그 순간이 안겨줄 쾌락을 갈망한다. 평정은 배우기 힘들고, 쾌락에 대한 집착은 쉽게 포기되지 않는다. 큰마음에서 오는 기쁨과 사랑, 평화, 경이가 내 삶의 영원한 상태여서는 안 될 타당한 이유가―실상이 그렇지 않다는 사실만 제외한다면―없는 것 같다. 하지만 삶에서 어떤 경험이 일어나든 그것과 함께 있겠다는 마음 또한 매우 만족스러운 것이며, 때로는 평정 그 자체도 기쁨과 사랑, 평화, 경이의 세계를 열어준다.

어둠과 빛을 받아들이는 것

어둠과 빛은 심지어 서로를 창조하며 빛을 아는 것은 어둠이 존재하기 때문이라고 말하기는 아주 쉽다. 하지만 그런 추상적인 지식대로 살기란 훨씬 힘든 일이다. 지식으로 고통을 쾌락에 대한 대위법으로서 인식하기는 충분히 쉽지만, 고통이 개인의 문제가 되면 달라진다. 내면에 햇볕이 드는 날에는, 어두운 구름과 비가 윤택한 삶을 위해 필요하다는 생각을 태연히 받아들일 수 있지만, 우울이 심장을 으스러지게 껴안는 날에는 절망 너머는 보이지 않고 그 어느 것에도 만족을 느끼지 못한다.

빛의 경험은 어둠의 경험보다 믿지 못할 것으로 보인다. 빛은 드물게 찾아오며 잠깐 있다 사라지는 선물이지만, 어둠은 언제나 기다리고 있다. 하지만 이러한 생각을 더 자세히 들여다보면 여기에는 빛이 어둠보다 더 좋은 것이라는 암묵적인 판단이 포함되어 있음을 알 수 있다. 내가 어둠을 받아들이는 것은 어쩔 수 없기 때문이며, 어둠을 받아들이면서는 그것이 빛으로 전환될 거라는 희망을 품는다. 나는 어둠을 빛의 부재로 보지만, 빛이 어둠의 부재라는 사실은 좀처럼 인식하지 못한다. 하지만 나는 밤의 위로를 사랑하며 밤의 품 안에서 부드러운 편안함을 느낀다.

정신적 깨달음의 여행에 있어서 유혹적인 덫 하나는 절정의 경험에서 오는 쾌락과, 평정에서 오는 조용한 기쁨을 혼동하는 것이다. 평정을 버리라는 가장 큰 유혹은 고통이 아니라 정신적 쾌락에서 온다. 경이와 명쾌함이 내 인생에서 영원하기라도 할 것처럼 좋은 것으로 느껴진다. 그래서 쾌락의 반짝이는 수면을 항해하기 위해 평정의 고요한 깊이를 버린다. 하지만 어쩔 수 없이 또 다른 폭풍이 몰려오고, 그러면 나는 또다시 감정의 파도에 사로잡힌다.

내가 평화를 경험하는 것은 오로지 내면의 조수가 그 자체의 자연 리듬에 따라 밀려오고 빠져나갈 때다. 그러한 평정은 깊은 고통과 깊은 쾌락을 모두 조절한다. 극단의 감정적 순환을 경험하는 것 자체에는 아무런 문제가 없다(그러한 순환이 불필요한 고통을 만드는 것이 아니라면). 하지만 폭풍이 위협적으로 나를 휩쓸어버리려고 할 때는 평정에서 오는 평화와 안정에서 대안을 찾을 수 있음을 기억하는 것이 좋겠다.

영원히 큰마음으로 사는 것이 가능할까? 모르겠다. 그러한 질문은 어쨌거나 요점을 빗나가는 것이다. 경험적으로만 답을 알 수 있는 질문에서 개념적인 답을 찾는 꼴이다. 매순간 있는 그대로를 경험하는 연습을 한다. 어둠이 있다면 어둠이 있는 것이다. 빛이 있다면 빛이 있는 것이다.

2
0
0
2
년

2
월

진리는 길이 없는 땅이다.

― 크리슈나무르티, 오두막 문에 붙여놓은 글귀

생이 나를 어디로 데려갈지 궁금하다

2002년 2월 1일

곶 근처에서 나흘간 캠핑한 후 방금 돌아왔다. 이틀은 비가 왔고 이틀은 맑았다. 침낭을 쓰는 대신 비옷을 입은 채로 이틀 밤은 숲속 구석진 곳에서, 또 이틀 밤은 바닷가에서 잠을 청했다. 요리용으로 조그만 모닥불을 피웠고, 뭔가를 하기보다는 그저 존재하면서 대부분의 시간을 보냈다. 계속 실외에 있으니 오두막에 있을 때보다 바다와 하늘과 숲에 좀 더 긴밀히 연결되어 있다는 느낌이 들었다.

세 번째 날 아침에는 마음의 충동으로 아버지의 반지와 엄마의 남은 유골재를 바다로 떠나보냈다. 또한 지난 5년 동안 착용하고 있던 부적을 죽은 나뭇가지에 매달았다. 내가 떠날 때까지, 그리고 떠난 뒤에도 계속 바람 속에 머물러 있을 것이다. 반지는 아름다운 사자 머리 모양으로, 눈에는 루비, 이

빨에는 다이아몬드가 박힌 것이다. 아버지는 돌아가시기 전까지 거의 50년 동안 그 반지를 끼고 계셨다. 부적과 반지는 내게 가장 소중한 물건들이었기 때문에 헤어졌다고 생각하니 아직도 가슴이 아프다. 하지만 이곳에서 아주 많은 것을 받았으니 나도 보답으로 뭔가 소중한 것을 주고 싶었다. 그리고 비로소 어머니와 아버지 두 분을 모두 내 가슴으로 초대한 기분이 든다.

스테인즈 반도의 암벽은 얼굴들로 가득하다. 지난 몇 달 동안 특히 세 개의 얼굴이 현실감 있게 다가왔다. 그것들이 내 마음의 투사라는 것을 인식하고 있지만, 본능적으로 나는 그것들을 돌 속에서 사는 존재로 경험한다. 하나는 입술이 두툼한 관능적인 여자다. 욕망, 황홀, 그리고 생의 경이에 대한 엑스터시를 상징한다. 또 다른 얼굴은 심통 난 노인이다. 반감과 판단의 어두운 측면을 보여준다. 세 번째는 고대의 현자다. 차분하고, 인내심 있고, 조용한 모습이다. 끊이지 않는 비바람에 노출된 그 얼굴은 심원한 평정을 드러내 보인다. 나는 매일 곳에 가서 이 세 얼굴과 바람에게 절을 한다.

그런 식으로 보면 더는 흙의 땅이 보이지 않고, 바위와 나무와 폭포의 형상과 짜임새에서 내가 만들어낸 얼굴들만 보인다. 비인간의 자극이 내 의식 속에서 눈과 코와 입이 되어버려 그것을 놓아주기가 힘들다. 혼자의 시간이 끝으로 다가가면서 나는 그 얼굴들을 다시 마음 안으로 걷어 들이고 암벽들에게 다시 그것들의 원래 모습을 돌려주기 위해 노력한다.

이 인격화를 통해 나는 내가 나 자신의 이미지를 어떻게 형성하고―경험의 흐름에서 특정한 성질들을 추출해냄으로써(그리고 그것에 맞지 않는 것은 무시해버림으로써)―그것을 어떻게 나라고 믿는지를 분명히 볼 수 있게 되었다. 서로에게 이렇게 하면서 우리는 더 큰 집단적 사회 현실을 만들어낸다. 마음으로 이러한 이미지들을 만들어내는 것을 바라보는 것보다 훨씬 더 힘든 것이 습관을 깨고 흐름 속으로, 불확실한 살아 있는 세상 속으로 돌아가는 것이다.

어제로 1년이 끝났다. 참으로 굉장한 한 해였다. 아직도 나는 이따금 어디가 되었든 생의 바람이 육체적, 심리적, 정신적으로 나를 데려가는 곳을 떠돌고 싶은 내면의 동요를 느낀다. 그 마음을 결코 완전히 놓아버리지 못할 것이다. 이런 의심과 후회와 함께 이곳에 앉아 있으면서 나는 이 순간 이 마음을 놓지 못하게 가로막는 것이 바로 이 고질적인 근심임을 깨닫는다. 그리고 놓아준다. ……내맡김과 동시에 내면의 뭉친 가슴이 흐르는 지금 속으로 녹아든다. 나는 이 순환이 한동안 내게 계속될 것임을 감지하며, 마음을 의심과 슬픔에 여는 법을 배운다.

이 한 해의 마지막 사흘을 보내러 오웬 섬의 후미로 보트 캠핑을 다녀왔다. 그 과정에 모든 노력을 다하고 싶었다. 멋진 시간이었다. 처음 이틀 밤낮은 폭풍우가 몰아쳤지만, 보트 위로 비닐 가리개를 쳐서 젖지 않았다. 겉보기는 우아함과 거리가 멀었고 바람이 불면 덜거덕거렸지만, 나는 그 안에서 아늑했고 오두막과 캣으로부터 떨어져 있을 수 있어서 기뻤다.

둘째 날에는 내가 정박한 후미로 돌고래 떼가 몰려왔다. 이곳에 처음 도착했을 때 나를 따라 들어왔는데, 지금 다시 돌아와 나하고 (실제로는 모터 보트와) 같이 놀자고 꾄다. 그것들은 끊임없이 수면 밖으로 온몸을 드러내며 솟구쳐 올랐다. 똑바로 혹은 아치를 그리며 솟구치다가 몸을 비틀며 등으로 착수한다. 참으로 아름다운 향응이다. 그래도 모터를 작동시키지 않았더니 그것들도 포기하고 돌아갔다.

폭풍우가 지나간 뒤에는 흐리고 고요했다. 날벌레들이 기승을 부리기에 완벽한 날씨다. 방충제를 뿌려 다수를 쫓아냈고 일부는 죽였으며 몇 마리는 내 살을 물도록 놓아두어 내가 섭취한 식량을 공유했다. 정말 고요한 마음으로 집중하지 않으면 그것들을 형제 생명체로서 잘되라고 빌어주기는 힘들다.

카약을 타려고 물줄기를 따라 내려갔다. 얼마나 아름답고 평화로운 곳인지. 가파른 암벽들이 투명한 바다로 내리닫고, 옹이진 나무들이 구불구불한 수로를 따라 점점이 흩어진 작은 섬들에 매달려 있다. 떠나기 전에는 안전한 오두막을 두고 떠난다는 사실에 걱정했지만 역시 오기 잘했다는 생각이 들었다. 패티를 그곳에 데려가고 싶다. 패티가 원한다면 내가 보트를 수로 어귀에 정박시켜놓고 있는 동안 혼자 카약을 태워 보내 그곳에서 잠시 시간을 보내게 하고 싶다.

그날 밤은 고요했고, 눈을 뜨자 조용한 새벽이 다가와 있었다. 나는 앉은 채로 침묵 속에, 그리고 저만치 흐르는 실개울의 희미한 속살거림에 흠뻑 젖어 있었다. 그 순간 나는 이곳에서의 내 시간이 완성에 이르는 기분을 느꼈다. 좋을 때가 있으면 나쁠 때도 있을 것이고, 기쁨과 평화, 의심, 두려움, 반감도 계속되겠지만, 그 모든 것이 우주의 흐름의 일부이며 내 삶의 바탕이 될 것이다.

깨달음이 무엇인지는 확실히 모르겠지만, 그런 순간들이 있었다고 믿는다. 그렇다면 깨달음이란 내가 가질 수 있는 것이 아니다. 그것은 나를 세상에 내맡기는 과정이다. 투명한 종소리처럼, 내가 한 손으로 치는 손뼉 소리를 들을 수 있는 시간도 있었고, 모든 것의 신성함을 느낄 수 있는 시간도 있었다. 그 소리는 진정 얻을 것은 아무것도 없다는 사실을 가슴으로 기억할 때 들리는 소리다. 내가 찾고 있는 것은 이미 내게 있다.

집으로 돌아가는 길에 해협을 건너 강치들을 보러 갔지만 그것들은 가버리고 없었다. 도중에 새끼 네 마리를 거느린 한 쌍의 버터벨리 오리와 마주쳤다. 다가가자 어른 오리들은 날개를 퍼덕이며 바다 건너 줄행랑을 쳤고—아빠 오리는 가던 방향으로, 엄마 오리는 곧장 앞으로—새끼들은 물속에 잠수했다. 오리도 모두 제 살 길을 찾는다. 해안선과 켈프 서식지를 쳐다보고 또 쳐다보았지만 새끼들을 다시는 볼 수 없었다. 어떻게 그렇게 사라져버렸을까? 어쩌면 그것들은 일렉트론처럼 불연속적인 존재라서 이 물리적인 세상에 튀어나왔다가 다시 들어갔다가 하는지도 모른다. 가장 인색한 설명인 것 같지만, 정말로 모르겠다. 그저 모른다고 말할 수밖에.

다시 돌아와, 땀막을 세우고 별빛 아래 땀을 흘린 뒤 이메일을 확인했다. 패티는 잘 지내는 것 같다. 해군과 약속을 잡아 15일에 여기 도착할 예정이란다. 혼자 9일간을 더 있을 수 있어서 기쁘다.

오늘부터 새로운 해가 시작된다. 생이 나를 어디로 데려갈지 궁금하다. 회색의, 비 오고 바람 부는 날이다. 그리고 나는 초조하다.

다
시

사
회
로

인간이 만든 최고의 인공작품에서
나는 자연의 자연스러움과 무기교성,
완전한 자기 버림을 어떻게 발견할 수 있을 것인가?
이것이 최근 내 앞에 놓인 가장 큰 문제다.
— D. T. 스즈키

다시 사회로

조금 전에 사이렌 소리를 듣고 깜짝 놀랐다. 사이렌은 망각된 소리였다. 여기 도시에서 나는 소리에 둘러싸여 있다. 자동차 경적 소리, 엔진 부르릉거리는 소리, 개 짖는 소리, 사람들의 웅성거리는 소리가 다른 모든 소리를 분절하면서 사방에 깔려 있다. 인간이 만들어낸 소리는 섬의 바람과 물이 연주하는 음악 소리와는 무척 다르다. 캣의 창의적인 야옹 소리만이 부재할 뿐이다. 강아지 같던 녀석이 그립다. 캣은 지금 텍사스에서 패티의 식구들과 함께 살고 있다. 그 집에서 황태자처럼 어슬렁거리고 있을 것이다.

바깥은 춥고 잿빛이다. 겨울이 다가오고 있고, 나는 작은 펜션의 아늑한 부엌에 앉아 있다. 하루 숙박료가 4달러인 내 방은 난방이 되지 않는다. 관광시즌이 끝났기 때문에 나는 이곳의 유일한 손님이다. 얼마나 오래 머물지는 모르겠지만, 이 조용한 변두리 도시를 떠나 산티아고의 시끌벅적한 소음으로 서둘러 돌아갈 이유는 없다. 하지만 바깥은 춥고 잿빛이며, 북쪽의 따스함이 나를 부르고 있다.

2주도 더 전에 섬을 떠난 이후 처음으로 단식을 시작했는데, 두통이 생긴다. 운동을 게을리 했더니 어깨가 딴딴히 뭉치면서 욱신거린다. 서서히 명상과 감사와 운동으로 이루어진 나날의 일과를 다시 시작하고 있다. 그리고 아마도 손님들이 로비에 남겨두고 간 가벼운 잡지를 읽는다. 그중에서도 〈GQ 매거진〉을 읽는다. 브리트니 스피어스의 종교적 성향이 지닌 사회적 중요성에 대한 분석을 열심히 읽고 있는데 성당의 종소리가 들렸다. 성당에 걸어가 부활절 미사에 참석했다.

오늘은 부활절, 진정 즐거운 날이지만, 나는 고독과 슬픔에 빠져 허우적거리고 있다. 고독 속에서 나는 종종 상상 속의 사회에 속해 있었는데 지금은 사람들 사이에 혼자 앉아 또다시 고독을 갈망하고 있다니 참 알 수 없는 노릇이다. 비록 여기 도시에서 지인들과 따뜻한 만남을 가졌지만 여전히 단절되고 차단된 느낌이다. 패티가 그립다. 수전도 그립다. 수전은 우리의 관계를 끝내기로 결심했고, 비록 우리 사이에 아무 약속도 없었지만, 나는 마음이 아프고 화가 난다. 아, 인생은 흘러간다.

마지막으로 일지를 기록한 뒤 몇 주가 지났고, 그 이후로 많은 일들이 일어났다. 패티가 섬에 도착하기 전에는 무척 보고 싶었지만 한편으로는 고독의 생활이 끝나간다는 사실이 아쉽기도 했다. 하루하루 손꼽아 헤아렸지만 시간은 금세 지나갔다. 나는—충분히 타당한 이유로—더 이상 혼자가 아니게 되면 중심에서 이탈하여 마음이 흐트러지지나 않을까, 걱정이 되었다. 아아! 이제는 고독과 사회의 삶을 통합하는 방법을 배워야한다.

섬에서 보낸 마지막 달

위성전화로 약속한 날짜에 칠레 해군이 패티와 함께 적당히 거친 바다에 나타났고, 나는 보트를 타고 그녀를 맞으러 나갔다. 해군이 떠난 뒤, 이곳에 대한 느낌을 대충 알려주기 위해 패티와 함께 바다를 여기저기 돌아다녔다. 그러고는 캣이 기다리고 있는 해안으로 갔다. "와, 이거예요? 또 다른 인간인가? 난 한 사람만 있는 거라고 생각했죠." 캣이 패티에게 적응하기까지는 며칠이 걸렸지만, 그 둘은 곧 좋은 친구가 되었다. 오두막 안에서 말소리가 흘러나오자 녀석은 더 이상 포치에서 음울한 소리로 울지 않았다. 얼마나 다행인지.

패티가 온 뒤 이틀째 날, 우리는 보트를 타고 스테인즈 반도를 따라 오후의 유람을 떠났고 황홀한 일몰을 지켜보았다. 다음날은 동쪽 해협을 건너고 물줄기를 거슬러 안데스 산맥의 발치까지 올라갔다. 캠프에서 멀어지자 모터가 심각하게 말썽을 부리기 시작했다. 어설프게 만지작거리다가는 모터가 아예 꺼질까봐 계속 탈탈거리면서 집으로 무사히 돌아가기만을 바랐다. 다행히 날씨가 괜찮아서 모터가 완전히 꺼지기 전에 느릿느릿 해변으로 돌아올 수 있었다. 그 뒤로 며칠 동안 여기저기 손을 보았지만 모터는 두 번 다시 작동하지 않았다.

패티가 이 지역을 더 많이 구경할 수 없다는 사실이 안타깝긴 했지만, 내가 캠프 멀리로 나가곤 했던 이전의 몇 달 동안 모터가 완전히 망가지지 않은 것은 천만다행이었다. 나중에 푸에르토나탈레스에 도착해서 기계공에게 가져갔더니 헤드개스킷이 망가졌다고 했다. 모터가 그 1년을 견뎌냈다는 사실이 오히려 놀라웠다.

패티가 비디오카메라를 가져왔다. 푼타아레나스에서 다큐멘터리 영화제작팀 한 무리를 만났는데, 그들이 패티가 이곳에 온다는 이야기를 듣자 비디오카메라를 사가라고 부추긴 뒤 그 사용법을 알려주었다고 했다. 그 한 해 동안 비디오를 찍는다는 생각은 해본 적이 없었는데 지금 생각하니 완벽한 일인 것 같다. 섬에서의 생활을 그려내는 또 다른 방법일 수 있으며, 나 자신을 다른 관점에서 바라보게 하는 거울 역할을 하는 것 같다.

우리는 촬영을 시작했다……기보다는, 패티가 촬영을 시작했고 나는 말을 하기 시작했다. 솔직히 나는—카메라가 작동하든 안 하든—거의 입을 다물지 않았다. 패티는 그 사실을 놀랍게 생각했는데, 내가 절반쯤 벙어리 은둔자가 되어 있거나 적어도 처음 한 주 정도는 거의 대화를 하지 않을 거라고 예상했기 때문이다. 그런데 오히려 신이 나서 떠드는 수다쟁이를 발견한 것이다. 패티는 카메라를 다루는 데 천부적인 재능을 갖고 있었다. 구도와 앵글을 잘 잡았고 예리한 안목이 있었다. 화면 전환이 매끄럽고 줌에 능했다. 나는 지나치게 개입하지 않으려고 노력했지만 결국은 그 프로젝트를 감독하다시피 하고 말았다. 다행히도 무엇을 녹화할지에 대해서 우리의 의견은 일치했다. 캣은 어설픈 배우가 되었다. 어느 장면에나 다 들어가려고 했다. 아니, 내가 가는 곳은 어디든 졸졸 따라다녔다는 말이 더 맞겠다. 녀석은 줄곧 따라다니면서 자신의 존재를 끊임없이 각인시켰다.

패티가 온 처음 며칠 동안은 날씨가 굉장히 따뜻하고 화창했다. 그건 곤란했다. 1년 동안 일지에 날씨가 사납다는 말만 썼는데 비디오 영상에 비치는 날씨는 오로지 따뜻하고 화창하기만 하다니. 하지만 그 일시적 고요는 1주일도 못 가서 끝났고, 비바람이 다시 몰아치기 시작했다.

카메라 앞에 서는 일은 흥미로웠다. 처음에는 더없이 자연스럽게 느껴졌다. 어떻게 나올까, 어떻게 보일까에 대한 걱정 없이 그냥 나오는 대로 이야기했다. 하지만 하루하루가 지나면서 미묘한 변화가 일어나기 시작했다. 자기 이미지를 걱정하는 배우처럼 느껴지기 시작한 것이다. 이 변화와 맞물려 안정되어 있던 중심성의 감각을 잃기 시작했고, 텅 빈 공허감이 들면서 실재감이 사라지기 시작했다. 더욱이 이 변화가 일어난 것은 나 자신의 삶을 그려내는 배우 노릇을 한지 채 몇 시간도 되지 않았을 때였다.

두 가지 질문이 생겼다. 첫 번째 질문은 명확하다. 무대 안팎에서 끊임없는 조명을 받는 직업 배우들은 자기 내면의 실재감을 어떻게 관리하느냐 하는 것이다. 두 번째 질문도 그것만큼 분명할 수 있지만 좀처럼 물어보는 사람이 없다. 우리의 인생에서는 우리가 항상 '무대 위'에 있기 때문이다. 질문은 이것이다. 사회의 소용돌이 속에서 살면서 어떻게 하면 그 춤에 사로잡혀 우리 내면의 리듬을 놓치는 일을 피할 수 있을까?

한 가지 대답은 우리가 생활의 거의 모든 측면을 조금씩 줄여 사는 것이다. 돈을 줄이고, 흥분을 줄이고, 동료의 존중을 줄이고, ……그렇게 하면 누가 혹은 무엇이 더 많이 원하고 왜 그러는지 탐구할 여유가 생긴다. 자신의 불꽃을 지키는 것은 한편으로는 이러한 탐구에 의해서다.

3월 1일에는 촬영의 대부분을 마쳤고, 15일에 우리를 데리러 오겠다는 해군의 연락도 받았다. 아아, 그날이 되면 생활은 크게 달라질 것이다. 우리는 며칠 더 편안히 지낸 뒤에 짐을 싸기 시작했다.

오두막을 그대로 두고 싶은 마음의 유혹도 없지 않았다. 그냥 짐만 꾸려서 떠나는 것이 육체적으로 감정적으로 훨씬 편했다. 헤르만도 이 지역 전체에서 유일한 피신처가 될 테니 다른 사람을 위해서라도 남겨두는 게 좋겠다고 제안했었다. 고생스럽게 지은 집을 허무는 것은 고통스러운 일이 되겠지만 다른 사람이 그곳에 쉽게 올 수 있다는 생각은 마음에 걸렸다. 내게 힘들었던 일이었으니 원래대로 해놓고 떠나야 할 것 같았다. 더욱이 인류의 헤게모니를 확장하고 싶지는 않았다. 나는 방문자로 와서 손님으로 머물렀다. 그 섬을 될 수 있는 한 내가 처음 왔을 때와 똑같이 해두고 싶었다. 바다와 하늘과 산들을 다시 그것들과 그곳에 사는 생물들에게 돌려주고 싶었다. 그 섬을 이름 없는 섬으로 남겨두고 싶었다.

하루는 곶에 갔을 때 패티에게 스테인즈 반도의 암벽들에서 얼굴을 찾아낼 수 있겠느냐고 물었다. 패티가 찾아낸 얼굴들도 그동안 내가 절을 하던 그 얼굴들이었다. 나는 그 존재들이, 비록 내 마음의 투사라는 것을 알고 있었지만 본능적으로는 얼마나 실재로 느껴졌는지에 대해 말했다. "어떻게 그걸 알아요?" 그 질문에 생각의 흐름이 멈칫했다. 내가 그것을 정말로 어떻게 아느냐고? 많은 애니미즘 문화에서 그런 얼굴들은 단순히 실재의 존재들로 받아들여진다. 그런 가능성을 부인하는 것은 과학적인 이성의 마음이다.

섬을 떠나려니 처리해야 할 일이 많았다. 캣이 끼어들지 못하게 쫓아내면서 당장 필요하지 않은 것은 몽땅 방수처리를 해서 포치에 옮겨두었고, 오두막을 허물었다. 그러고는 임시 깔판 위에 텐트를 세운 다음 그 전체에 방수천을 덮었고, 포치를 헐었다. 그 일을 하는 내내 날씨가 좋지 않았고, 비가 그친 적도 별로 없었다. 목재가 너무 젖어서 불에 타지 않으면 해군이 도착하는 날에도 일이 마무리되지 않을까봐 걱정했지만, 다행히 꼭 필요한 순간에 거의 이틀간 비가 오지 않았다.

내가 오두막과 뒷간의 바닥, 지붕, 골조를 운반할 때 패티는 불이 꺼지지 않게 지켰다. 패티는 스포츠 브라와 반바지만 입고 있었는데, 무섭게 타오르는 불꽃의 열기에 온몸이 땀으로 흠뻑 젖고 벌겋게 익어서 미련한 농사꾼 아낙이나 지옥 신의 앞잡이 같아 보였다. 파도가 밀려들어왔다 나가자 전부 다 쓸려가고 숯 덩어리만 남았다.

태울 것은 다 태운 뒤 그 장소를 돌아다니며 못이나 나사를 그러모았다. 남은 것은 지난 한 해 동안 해변에서 주워 올린 비닐 쓰레기를 담은 열 개의 커다란 나일론 봉투와 임시 텐트를 덮은 방수천뿐이었다. 먼지를 뒤집어쓰는 고된 작업이었다. 그 일을 끝내려고 패티와 나 자신을 들들 볶다시피 했지만 패티는 단 한 번도 불평하지 않았다. 서로 신경이 날카로워진 적도 몇 번 있었지만, 우리가 처한 상황과 내가 섬에서 혼자 1년을 살았다는 점을 감안해 서로 잘 극복해나갔다. 패티는 언제나 나를 보살펴주고, 나도 패티에게 잘해주려고 노력했다.

작별 선물로 바람이 방향을 바꾸더니, 날마다 남쪽에서 무섭게 불어와 무방비한 우리의 피신처를 매섭게 때렸다. 바람에 이리저리 휘둘리면서도 해군이 오기 전에 준비를 끝내기 위해 우리는 계속 일을 해야 했다.

섬에서 보낸 마지막 날

칠레국립공원관리국에서 해군이 정오에 도착할 거라는 이메일을 보내왔다. 그때쯤이면 우리도 떠날 준비를 다 끝냈을 것이다. 그날 아침으로 남겨둔 일은 방수천을 걷고, 프로판가스 탱크를 분리하고, 텐트를 정리하고, 임시 깔판을 해체하는 일이었다. 8시경에 착수하면서 시간은 충분하다고 생각했다. 하지만 9시가 되자 저 멀리 해군의 배가 넘실거리며 나타났다. 또 한차례 폭풍우가 오는 중이므로 그 전에 푸에르토나탈레스에 도착할 예정이라고 했다. 상륙한 부대의 책임장교는 1시간 20분 뒤에는 섬을 떠나야 한다고 했다. 자신이 하달 받은 명령은 패티와 나, 그리고 중요한 짐을 실어오는 것이었다며, 나머지는 두고 가야 한다는 것이었다. 나는 해변에 쌓아둔 것을 전부 다 치울 때까지는 떠나지 않을 것이며, 서두르면 시간 내에 끝낼 수 있을 거라고 말했다.

군인들은 대단했다. 우리는 서둘러서 방수천과 임시 깔판을 해체하고, 그 전부를 해안에서 4분의 1마일 떨어진 해군의 배로 운반했다. 그러는 동안에도 장교는 계속해서 쓰레기는 두고 가야 한다며 시간이 날 때 와서 가져가겠다고 말했다. 나는 그럴 수 없다고 버텼다. 우리의 언쟁은 좀 더 긴장되고 대치적이 되었고 나는 급기야 그것을 전부 실어가지 않으면 나도 가지 않겠다고 딱 잘라 말했다. 장교도 나와 패티, 그리고 중요한 짐을 실어오라는 명령은 어길 수 없다는 말을 되풀이했다.

패티는 훌륭했다. 나더러 하고 싶은 대로 하라면서, 내가 이곳에 남으면 자기가 다시 와서 나를 데려갈 방법을 찾아보겠다고 했다. 그들이 나를 여기에 두고 떠나면 식량과 캠핑 장비가 이미 배에 실린 뒤이므로 나는 심각한 곤란에 빠지게 된다는 사실을 알고 있었다. 장교는 자신의 상관이 무전을 쳐서 나를 배에 데려오면 직접 말을 나누겠다고 했다면서 해변에 둔 짐은 자기네가 다 옮기겠다고 말했다. 그는 모든 짐을 남김없이 옮기겠다고 약속했지만, 떠나기 직전에 나는 해변이 말끔히 치워지기 전에 떠나는 것은 큰 실수라는 사실을 깨달았다.

상황이 난처해졌다. 나는 급기야 양손을 내밀면서, 그의 입장을 존중하지만, 신과 자연과 나 자신과 국립공원관리국에 한, 떠나기 전에 해변을 치우겠다는 약속도 존중해야 한다고 말했다. 그렇게 하지 않으면 내 프로젝트 전체의 의미가 없어지는 것이라고 말했다. 해변이 치워지기 전에 나를 데려가려면 수갑을 채우는 방법밖에는 없다고 했다. 그러자 그가 물러섰다. 이번에는 내가 타협할 차례였다. 우리는 그 상황을 만족스럽게 해결할 수 있었다. 텐트 깔판으로 쓴 2×4인치 목재들은 원목이었으므로 그냥 두고 오는 데 동의했다. 대신 빨리 썩을 수 있도록 그 목재들을 나무 밑에 묻었다.

배에 오르자 사령관은 우리를 공손히 맞았고, 나는 심려를 끼쳐서 미안하다고 말했다. 모두 진정되었고, 우리는 길을 떠났다. 패티가 웃으면서 말했다. "사회에 다시 돌아온 걸 환영해요." 나는 캣을 넣을 박스를 만들었고, 선원들은 녀석을 짐과 함께 둬야 한다고 말했다. 갑판 아래는 어두컴컴하고 시끄럽겠지만 나는 반박하지 않았다. 녀석은 아마 당시 벌어졌던 일에 얼마간 겁을 집어먹었을 것이다.

해변에서의 대치는 대체로 오해로 말미암은 것이었고, 칠레 해군과의 의사소통 전체로 보자면 아주 작은 부분에 불과했다. 그들의 지원이 없었다면 섬으로 떠났다가 다시 사회로 돌아오는 일이 굉장히 힘들었을 것이다. 푸에르토나탈레스에 도착하기 직전에 그들은 미안하다면서 칠레 법에 의하면 해군의 배에 타는 사람은 1인당 하루에 16달러를 내야 한다고 했다. 나와 내 짐을 섬에 내려놓고, 패티를 섬으로 데려오고, 우리와 우리의 짐을 다시 실어가는 데 든 총비용은 64달러였다. 실제로 폭풍우는 발생하지 않았고, 푸에르토나탈레스로 돌아가는 여행은 매우 순탄했다. 우리는 캄캄해진 뒤에 도착했다. 선원들이 짐을 부두에 부린 뒤, 비올 경우를 대비해서 방수천으로 덮어주었다. 우리는 모두 지쳐 있었다.

멘토의 죽음과 9.11

2월에 패티가 섬에 왔을 때 내가 떠나 있는 1년 동안 바깥세상에서 일어난 소식들을 들고 왔다. 패티와 내가 처음으로 알게 된 수행모임의 지도자 드닐 에이모스가 지난봄에 타계했다고 했다. 그는 멘토로서, 그리고 힘과 위안의 원천으로서 우리의 삶에 큰 영향력을 미친 존재였다. 패티도, 나도 오래도록 그를 가깝게 느끼고 있었고, 상황이 정말로 나빠지면 언제라도 그를 찾아갈 수 있다고 생각했다. 하지만 이제 그가 세상을 떠났으니, 세상에 구멍 하나가 뚫린 기분이다.

그 한 해 동안 날마다 그를 생각하면서 사랑과 친절의 명상을 했는데, 그의 죽음에 대해 지금까지 모르고 있었다니 묘한 기분이 들었다. 횃불이 나도 모르게 꺼져버린 느낌이었다. 드닐이 살아 있는 동안은 세상에서 정신적 수행을 지속할 책임을 그에게, 그리고 그와 동류의 사람들에게 지울 수 있었다. 하지만 이제는 우리 자신이 그 책임을 떠맡아야 할 시간이었다. 고독 속에서 배운 중요한 사실 하나는, 비록 정신적 깨달음이 우리 각자에게 발현된다 할지라도 정신적 바탕이 없다면 우리의 생은 얼마나 헛되고 공허한가 하는 것이었다.

패티는 2001년 9월 11일에 일어난 사건에 대해서도 알려주었다. 그 소식은 내게 큰 영향을 미치지 않았다. 그 무렵에는 인류의 모든 행동이 먼 수평선의 희미한 얼룩 이상으로 느껴지지 않았기 때문이다. 도시에서, 심지어 이 글을 쓰고 있는 작은 변두리 도시에서도, 그 섬은—그리고 인간이 아직 흔적을 남기지 않은 지구상의 외진 구석구석은—멀고 약간은 비현실적인 장소로 느껴진다. 한때는 존재했으나 이제는 사라져가는 유물 같다. 하지만 그 섬에 있을 때는, 특히 마지막 몇 달 동안은 그 외진 자연이 나의 세상을 형성하는 태고의 중심이었다. 인간사회의 그 모든 광적인 활동—도시, 고속도로, 공해, 끊임없이 거품을 쏟아내는 뉴스 보도들—이 오히려 천상의 꿈처럼 느껴졌다.

그래서 그렇게 많은 건물들 중에서 유령 같은 빌딩 두 채가 파괴되었다는 소식도 거대한 우주의 끊임없는 맥박 속에서는 큰 의미를 띠지 못했다.

네트워크로 연결되어 있는 사회로 돌아온 후, 9.11 참사가 일어난 뒤 5개월이 넘도록 그 소식을 듣지 못한 지구상의 몇 안 되는 교양인으로서, 나는 그 사건에 어떤 특유한 관점을 갖고 있는지에 대한 질문을 종종 받았다. 모르겠다. 하지만 지난 2주간 인터넷에서 읽은 미국 정치 논평의 상당 부분이 내게는 낯설게 느껴진다. 1년을 고독 속에서 보내면서 정치를 포함한 많은 일들에 대한 인식이 바뀐 것 같다. 지금은 이전보다 훨씬 폭넓은 견해를 갖게 되었다.

매일 3천 명이 넘는 사람들이, 피할 수 있었던 기아와 예방할 수 있었던 질병으로 사망한다. 아마도 미국에서는 매달 그보다 더 많은 사람들이 총상으로, 흡연으로, 마약으로, 알코올로, 적절한 의학치료의 부재로 사망할 것이다. 이 죽음들은 대체로 주목되지 않으며, 대부분의 사람들에게는 9.11사태만큼이나 비현실적으로 다가온다. 9.11사태 이후의 대중 공포를 불필요하게, 지나치게 극적으로 부풀린 데는 뉴스 미디어의 책임이 크다.

5개월이 지나 그 참사에 대해 알게 되자 처음에는 왜 그렇게 많은 사람들이 공황상태에 빠져 있었는지 이해가 되지 않았다. 그러다 당시에는 무슨 일이 벌어지고 있으며 앞으로 일이 어떻게 흘러갈지 아는 사람이 아무도 없었다는 점을 깨달았다. 핵전쟁이나 대량학살이 일어날 수도 있었던 것이다.

내 생각에 대중의 불안이 극도로 심해진 것은 사람들이 그들의 기본전제 중 하나를 의심하게 되었기 때문인 것 같다. 현대의 사회구조는 좀 더 현실적이며, 불가피하고 끊임없이 변화하는 삶과…… 죽음을 통제할 수 있다는 믿음이었다. 그런데 어느 날 모든 것이 이전보다 훨씬 위험하게 느껴졌다. 야생지에서 내가 무방비로 노출되어 있다는 사실을 인정하려고 애쓸 때 나도 그와 똑같은 불안을 느꼈다.

정치적 스펙트럼의 반대편인 이곳 남부 칠레에서 내가 가장 많이 들었던 견해는 모든 테러 행위는 끔찍하지만 미국도 죄가 없지는 않다는 것이었다. 각계각층의 사람들이 오랫동안 미국이 자국의 경제적 이익을 위해 제3세계 주권국가들의 내부 정치에 개입해왔음을 지적했다. 그 개입은 때로는 우호적이었지만, 때로는 극악무도한 독재자들을 지지하는 형태가 되기도 했다. 미국의 해외정책이 다른 많은 나라의 정책보다 더 나쁘다는 말은 아니지만, 그렇다고 해서 더 나은 것도 아니다. 하지만 우리 시대에 미국을 더 특별하게 만드는 가장 주요한 차이점은 그 의지를 실행하는 미국의 유례없는 권력일 것이다.

육체적, 감정적, 심리적 안전에 대한 갈망 때문에 우리는 마음속의 두려움과 증오, 잔인성을 우리가 악으로 규정한 다른 존재에게 투사한다. 적대적인 문화들 사이에 흔히 보이는 폭력 관계는, 각각이 자기 문화를 결백하고 평화를 사랑하는, 심지어 거룩한 종교라고 순수하게 믿고서, 자기 문화를 파괴하려고 하는 다른 문화로부터 스스로를 지켜내려고 하기 때문에 형성되는 것이다.

9.11에 관계된 문화 집단들의 집단적 투사를 보면서 나는 나 자신의 어두운 그림자를 바람에 투사하여 그것을 악의적인 것으로 경험했던 과정을 인식하게 된다. 이 무의식적인 과정을 꿰뚫어볼 수 있었던 것은 심리적 방어를 늦추고 나 자신을 무방비 상태로 드러냈을 때였다. 그렇게 하는 것은 정말로 바람이 나를 파괴하려고 한다고 믿었기 때문에 굉장히 무서운 일이었다.

하지만 바람에 대한 내 개인적인 인식의 이동과, 서로 다른 문화들이 평화롭게 공존하기 위한 집단적인 인식의 이동 간에는 차이가 있다. 본능적으로 바람이 나를 공격하려 한다고 느꼈을 때도 인지적으로는 그럴 리가 없다는 것을 알고 있었다. 사람 사이에서는 반드시 그렇지는 않다. 우리는 때때로 악의적으로 공격적이며, 때로는 지나간 잘못에 대해 복수를 한다.

뒤로 한 걸음 크게 물러서서, 현재 진행 중인 갈등에서 우리가 처한 우리 '자신의 입장'에서 빠져나와, 우리가 사우디나 아프간 (혹은 이라크) 사람들이 되고 그들이 우리가 되었다고 생각하고 그 상황을 상상해보자. 어렵지만 매우 유익한 일이다. 온갖 상황에도 불구하고 우리는 더불어 생의 흐름에 속해 있다는 사실을 떠올리게 될 것이다. 하지만 슬프게도, 우리는 엉뚱한 길을 선택하고 있는 것 같다.

세상이 9.11 이후 급변했는가? 아마 심리적으로는 많은 사람들이 그렇게 느꼈을 것이다. 아직 부정하는 사람이 많겠지만, 좋든 싫든 이제 미국은 세계를 지배하면서 무사할 수는 없게 되었다. 문제는 미국이 국제사회의 파트너로서 자진하여 참여할 것인가, 아니면 비명을 지르고 버둥거리면서 끌려갈 것인가 하는 것이다. 세상에는 우위를 차지하는 국가가 있고 열위에 놓이는 국가가 있게 마련이라고 믿는 사람들에게는 내 견해가 터무니없이 순진한 소리로 들릴 수도 있다. 최고 우위에 있다면 더 좋아야 할 것이다. 물론 그럴 수도 있겠지만 지배의 대가는 크다. 투사된 두려움과 자기네가 정의라는 믿음에 눈멀고, 자기네의 개인적인 신념이 진리라고 확신한 채, 각 분야의 세속적, 종교적 광신자들은 국제적 협력이 불가능하다고 주장하지만, 그래도 나는 시도할 가치가 있다고 믿는다.

내가 아는 한 칠레 남부의 생활은 내가 고독 속으로 들어가기 전과 별반 달라진 게 없다. 9.11 테러 소식을 접하지 않았다면 지금의 세상과 이전의 세상 사이에 달라진 점을 알아채지 못했을 것 같다. 또한 당연하게도, 바다와 하늘과 바람, 오렌지색 부리 버터벨리 잠수 오리들에게도 세상은 달라지지 않았다.

해군이 패티, 캣, 그리고 나를 부두에 내려주었고, 우리는 차를 잡아타고 패티가 섬에 오기 전에 머물던 펜션으로 갔다. 그곳에서 열흘간 머물렀다. 캣은 시내나 교통에 대한 경험이 전혀 없었고, 나는 혹시라도 녀석이 길을 잃거나 차에 치여 죽을까봐 녀석을 문 안에 가둬두었다. 섬을 마음대로 돌아다니면서 사냥하고 낚시하고 완전한 자유를 누렸다는 사실을 고려하면 아주 얌전히 잘 지냈다.

캣을 국립공원관리국 사람들에게 넘겨줄까, 아니면 텍사스에 데려가 달라고 패티에게 부탁할까를 놓고 많이 고민했다. 국립공원에서는 캣을 도로가 없는 외진 곳의 생태계 학습장으로 데려가고 싶어 했다. 하지만 녀석은 스페인어도 모르고 그 지역 관습도 몰랐기 때문에 결국 나는 새로운 환경에 잘 적응하기를 바라면서 패티에게 보내기로 결심했다. 여행용 우리를 구입했고 예방주사를 맞혔으며 필요한 허가증을 받았다.

시내 생활은 캣에게만 힘들었던 것은 아니었다. 나한테도 힘들었다. 할 일도 많았을 뿐더러, 비록 푸에르토나탈레스는 작은 도시였지만 그곳에서 나는 사람과 차들의 소용돌이 속에서 소음으로 두들겨 맞는 기분이 들었다. 하지만 따뜻한 샤워와 아이스크림의 맛있는 쾌락 또한 있었다.

지난 화요일에는 버스를 타고 푼타아레나스로 가서 제법 괜찮은 호텔에 투숙했다. 캣을 욕실에 가두어놓는 조건으로 투숙을 허락받았다. 혼자 갇히자마자 녀석은 울기 시작했다. 녀석을 달래기 위해 뭔가 몸을 누이고 냄새 맡을 것이 있도록 바닥에 내 코트를 깔아주었다. 밤중에 발작을 일으켜서 그랬는지, 아니면 그 상황에 대한 전반적인 불만의 표시인지 몰라도 녀석은 작별 선물로 코트 위에 소변을 보았다. 목요일 아침에는 공항에 가서 패티와 캣에게 작별인사를 한 뒤, 시내로 나와 짐을 산티아고로 보내는 일로 운송업체와 상담을 했고, 작년에 헤어진 지인들을 방문했으며, 도시의 거리를 배회하면서 남은 하루를 보냈다.

패티는 지도상에 이름이 없기 때문에 그 섬을 솔레다드라고 부른다. 오웬 섬 바로 남쪽에 위치하고 있어서 나는 이따금 그 섬을 오웬의 아들로 생각한다. 하지만 대체로는 그 섬을 내 언어보다 그 자체의 언어로 기억하고 싶다. 그곳은 그 자체의 장소이므로 인간이 붙인 이름은 없는 편이 더 낫다.

2002년 5월 11일, 라 울티마 에스페란사

나는 조용한 외톨박이로 배를 탔으며 사람들과 어울리고 싶은 마음은 그다지 없다. 그 많은 사람들 틈에서 나 자신으로만 있는 기분이 썩 좋지는 않다. 푸에르토나탈레스의 해변에서 바다와 산들과 하늘을 바라보고 앉아 있으면 평화와 자기수용이 금세 다시 흘러들곤 했다. 하지만 푸에르토나탈레스는 저만치 사라졌다. 하루하고 절반만큼 남쪽으로 흘러갔다. 나비맥 호페리를 타고 라 울티마 에스페란사 해협을 통과해 푸에르토몬트 시를 향해 북쪽으로 가는 중인데, 도착하려면 이틀 더 남았다. 한 시간 전에 내 인생의 1년을 보낸 섬으로 이어지는 수로를 지나쳤지만, 잠이 든 바람에 놓쳐버렸다. 하지만 야생의 섬들과 수로들 사이를 지나가는 경험은 역시 근사하다.

푸에르토나탈레스는 들어가기는 쉬웠지만 떠나기는 힘들었다. 그곳에서 보낸 지난 2주 동안 내가 정말로 좋아하는 몇 사람들을 만났고, 패티를 공항에 데려다준 뒤에 묵었던 펜션의 주인인 루벤과 호비나와 가까워졌다. 내가 되풀이해서 배우는 교훈은 나 자신과 타인의 약점을 받아들이고 용서하라는 것이다. 언젠가는 완전히 익힐 수 있을까?

푸에르토나탈레스에서 보낸 마지막 며칠 동안 드디어 두 개의 궤짝에 짐을 꾸렸다. 남은 식량은 적십자에 보냈고, 보낼 마음이 없는 나머지 물건들을 다 팔아치울 만큼의 행운은 없었다. 배터리 하나를 30달러에 팔았고, 나머지는 이 페리의 승선권과 맞바꾸었다. 루벤에게는 달걀과 전화통화를 조건으로 곡괭이와 삽을 주었고, 작년에 찾아낸 찌낚시 도구를 맡겨서 이곳에 다시 올 이유를 남겨두었다. 운송회사에서 짐을 산티아고로 보내는 데 책정한 비용이 매우 낮았으므로 그곳에서 밴쿠버까지는 500~600달러 정도면 될 것이다.

푸에르토나탈레스 낚시클럽을 따라 두 번 낚시를 하러 갔다. 처음에는 미끄러운 바위밭을 허우적거리며 걸어가 대양에서 연어를 잡았다. 나를 제외한 모두가 물고기를 잡았다. 나는 미끼마저 물지 않아서 내가 캐나다 낚시클럽의 평판을 망치는 것이 아닌가 하는 생각까지 들었다. 두 번째는 차가운 바람이 정면으로 불어오는 어느 호숫가에 송어를 잡으러 갔다. 열여덟 명이 호숫가에 다닥다닥 붙어 앉아 낚싯줄을 던진 뒤 감아올렸다. 내 왼쪽에 앉은 사람이 근사한 놈을 낚았다. 내 오른쪽 사람도 근사한 것을 낚았다. 하지만 이번에도 나는 입질 한 번 없었다.

절반쯤 물속에 빠져 절반쯤 젖은 채로 오슬오슬 떨면서 이런 집단 낚시는 정말 싫다며 혼잣말을 하는데, 깜짝이야, 물고기가 낚싯줄에 걸렸다. 낚싯대와 릴이 매우 가벼운 것이라 끌어올리는 데 힘깨나 써야 했다. 한 시간 뒤에 또 한 마리가 물렸고 이번에도 근사한 놈이었다. 마음속에서 이 물고기는 놓아주라는 소리가 들렸다. 남자들 사이에서는 낚시가 경쟁적인 사회활동이라 웃음거리가 되겠지만 나는 그 내면의 소리를 따랐다. 낚시꾼들은 누가 가장 큰 물고기를 잡았는지 경쟁하느라 잡은 물고기는 모조리 보관하고 무게를 잰다. 잡은 물고기는 직접 먹거나 이웃에게 준다.

그들은 해가 지기 전에 낚시를 끝내고 떠났지만 나는 호수와 하늘을 보듬은 채 혼자 머물렀다. 해가 언덕 너머로 떨어졌다. '한 번만 더 던지고 나도 그만둬야겠다.' 하고 생각하는데, 깜짝이야, 이번에 걸린 놈은 앞서 두 놈보다 훨씬 힘이 셌고, 다 끌어당겼다 싶으면 번번이 달아나곤 했다. 마침내 끌어올려 붙잡는 데 성공했다. 송어는 각각 6파운드가 넘었고, 전에 잡은 것보다 훨씬 컸다. 캠프로 돌아오는 데 아직 빛이 남아 있어서, 이전에 캠핑한 사람들이 버리고 간 쓰레기들을 잔뜩 집어왔다. 참 뿌듯한 날이다.

나는 남부에서 작은 유명인사가 되었다. 신문이나 라디오, 텔레비전에서 인터뷰 요청을 해왔다. 최초의 인터뷰는 내가 푸에르토나탈레스로 돌아오는 것을 기다리고 있던 푼타아레나스 일간지 기자가 했다. 지난봄에 나에 대한 이야기를 들은 뒤로 그는 1년 동안 칠레국립공원관리국과 간간이 연락을 취하면서 내 생존여부를 확인했다고 했다. 그의 기사는 그 1년이 어떤 시간이었는지에 대한 본질과 의미를 제대로 파악한 것이었다. 지역 텔레비전과 라디오 방송국들도 나를 초청하여 긴 시간 동안 인터뷰를 했고, 전국지 〈엘 메르쿠리오(El Mercurio)〉에서는 1면 기사로 다루어주었다.

바로 그날 산티아고의 〈레비스타 카라스(Revista Caras)〉라는 잡지사로부터 독점기사로 다루고 싶다는 내용의 이메일을 받았다. 사람들은 칠레에서 유명해지려면 〈카라스〉가 가야 할 길이라고 말해주었다. 모두가 그 잡지를 읽는다는 것이다. 하지만 깊이가 얕고 진부한 이야기가 될 가능성이 컸다. 기자는 기사의 제목을 '난파당한 남자의 이야기'로 하고 싶다고 했다. 난파되어 어쩔 수 없이 고독 속에서 생존해야 하는 것과 자유의사로 고독을 선택한 것 사이에는 별 상관이 없으니 얼토당토않은 제목이었다.

하지만 나도 머리가 있는 사람이다. 기자가 정확한 기사를 써주기를 바라느니 내가 직접 스페인어로 글을 써서 넘겨주면 된다.

아무래도 캣이 죽은 것 같다. 패티의 집을 나간 게 1주일도 더 되었다고 한다. 녀석이 그립다. 내 생활방식으로 보건대 패티에게서 녀석을 찾아올지도 확실치 않았지만, 그래도 그리운 건 그리운 거다. 발작이 일어나서 죽었는지 코요테에게 물려죽었는지. 혹시 기다리는 데 지쳐서 나를 직접 찾아 나선 건 아닐까. 북아메리카가 녀석을 삼켜버린 기분이다. 나까지 삼켜버리지나 않을지 모르겠다.

녀석이 없었다면 그 1년이 어땠을까 모르겠다. 녀석은 내 고독의 생활을 구성하는 아주 중요한 부분이었고, 나는 녀석과의 상호작용에서 아주 많은 것을 배웠다. 내게는, 어떤 면에서, 캣과의 관계가 다른 어떤 인간과의 관계보다 더 강렬했다.

지금까지 그토록 많은 감정 에너지를 쏟아 부었는데 결국은 그 대상을 잃고 말았다. 하지만 캣과 함께 나눈 것에 대해서는 기쁨을 느낀다.

2002년 5월 13일, 푸에르토몬트

지난밤에 페리가 부두에 도착했지만 우리는 모두 배에서 하룻밤 더 잘 수 있었다. 내 짐을 실은 트럭을 타고 산티아고에 곧장 갈 수도 있었지만 그러지 않기로 했다. 주역으로 산티아고로 곧장 가는 게 좋은지 물어보았는데 부정적인 답이 나왔다. 중요한 충고다. 내가 인정받고 싶은 욕망에 점점 빠져들고 있음을 알겠다. 그렇게 되면 현재의 순간에서 사는 평화와 기쁨을 잃게 될 것이다.

지금은 또다시 익명의 나로 돌아왔다. 나는 그저 벤치에 앉아 공책에 글을 쓰는 한 명의 관광객이다. 섬에서 종종 느꼈던 침울은 이제 더 이상 느껴지지 않지만, 여기서는 나를 생의 밀물과 썰물의 일부로서 받아들이는 것이 더 힘들다. 오늘 아침에는 근처 시내의 캘버리 언덕으로 가서 십자가의 길을 돌았다. 그리스도에 대해 이전보다 훨씬 더 강한 공감과 존중, 그리고 감

422

사를 느꼈다. 그는 자신의 길을 용기 있게 끝까지 따랐다. 나는 어떤가? 나의 길에도 고통과 상실이 아로새겨져 있는가?

그리고 100년 전에 이곳에 정착한 독일인들이 지은 작은 성당을 찾아갔다. 어머니가 자라나신 곳 근처인 블랙포레스트에 있는 성당을 본떠 만든 것이라 한다. 성당은 닫혀 있었다. 지나가던 노부인이 아침 미사 때만 열린다고 말해주었다. 상관없다. 노부인의 친절한 검은 눈동자를 들여다보는 것만으로 내가 찾던 평화를 얻을 수 있었다. 우리는 그처럼 쉽게, 그리고 종종 부지불식중에 서로에게 그런 선물을 준다.

푸에르토몬트는 아마 1만 년은 더 되었을 친절하고 오래된 항구다. 하룻밤만 묵을 계획이었는데, 또 한차례 감기가 붙으려고 벼르는 것 같고, 비도 와서 떠날 엄두가 나지 않았다. 아마도 내일은 떠날 것이다.

어제는 소도시 푸콘(온천이 있다!)으로 가는 버스 시간을 확인하러 가는 도중 시에스타 시간에 마침 공사장을 지나가게 되었다. 모든 사내들이 축구를 하고 있었다. 웃음소리가 끊이지 않았는데, 상당수가 고무부츠를 신고 있었지만 열심히 달리면서 저마다 기량을 뽐내고 있었다. 한 사람은 앞치마 스타일의 비옷 바지를 입고 있었고, 또 한 사람은 공을 헤딩할 때마다 야단스레 야구 모자를 벗었다.

어젯밤에는 부두 옆의 생선시장에서 조개 차우더를 먹었다. 대합조개, 홍합, 전복, 따개비가 든 차우더 큰 그릇이 3달러였다. 내가 그곳의 유일한 손님

이어서, 요리하고 서빙하는 아리따운 14세 소녀와 이야기를 나눌 수 있었다. 매일 하루에 8시간씩 일하고 한 달에 150달러를 받으며, 학교에도 다닌다고 했다. 아버지가 직업을 못 구해서 자기가 번 돈은 모조리 가족에게 준다고 했다.

이곳에 다시 오니 얼마나 낯선지. 1년 반 전에 묵었던 같은 집과 같은 방에 들었다. 주기가 한 바퀴 돌았는데도 아무것도 변한 것이 없는 것 같다. 소스라치게 놀란다. 사물은 실제로 변하는 일이 결코 없다는, 후퇴의 공포가 들고 일어난다. 섬에서 얻은 통찰과 전환은 벌써 저만치에 있는 것 같다.

푸에르토몬트에서 버스를 타고 푸콘으로 이동해 시내에서 그리 멀지 않은 근사한 온천에 가서 한참 동안 몸을 담그고 있었다. 맑은 하늘 아래 수증기가 나는 물속에서 오랜만에 따뜻하고 편안한 휴식을 취하니 정말 기분이 좋았다. 섬에서 다치고 오들오들 추웠을 때 그런 행복을 간절히 바라던 기억이 났다.

푸콘에서 산티아고까지는 버스로 장장 12시간이 걸렸고, 버스를 타고 가는 동안 이제는 남아메리카의 절경을 뒤로 한 채 떠나야 한다는 사실이 비로소 실감났다. 마지막 300마일은 특히 지루했고, 고속도로 옆으로는 광고판이나 공장이 종종 나타났다. 도중에 버스가 고장 난 바람에 길가에서 다른 버스를 기다리는데 한 남자가 말을 붙였다. 대화가 시작되자 그는 금세 신문기사를 기억해냈다. 잠시 동안은 유명해진다는 사실이 재미있게 느껴졌음을 인정할 수밖에 없다.

산티아고 버스 정류장과 거리는 사람들로 넘쳐났다. 신경이 예민해졌고 복잡하다는 기분이 들었다. 도둑들도 조심해야 했다. 이곳 도시에서 위협을 느끼지만, 미끄러운 바위밭이나 거친 바다에서 조심해야 하는 것과 별반 다르지 않다. 생존 기술과 주변 세상에 늘 촉각을 곤두세우고 있어야 하는 것에 대한 문제다.

이제 새 공항 보안검색 절차에 익숙해져서 구멍 있는 양말을 신으면 곤란하다는 것도 알게 되었다.

산티아고에서 한 달 보름을 보내면서 사회적인 일들로 바쁜 때도 종종 있었지만 때로는 혼자 조용히 지냈다.

국립공원관리국 본부와 캐나다 대사관, 그리고 한 대학교에서 강연을 했다. 또한 여러 가정에 초대받아 식사를 하면서 그 고독의 1년에 대해 말해주었다. 하지만 많은 시간을 혼자 방에서 케이블 TV로 영화를 보거나 거리를 쏘다니고, 혹은 인터넷 카페에서 이메일을 보내고 받으면서 시간을 보냈다.

〈레비스타 카라스〉에 내 이야기가 실렸는데, 성찰적이고 종합적이며 정확했다. 기자와 합의하기를, 기사가 완성되면 발행하기 전에 먼저 나한테 보여주기로 했었다. 일부를 대폭 수정해달라고 요구했고, 내가 찍은 사진들도 함께 실려서 전체적으로 훌륭했다.

나는 또한 칠레의 실직에 관한 장편 애니메이션 영화를 만든다는 굉장한 미치광이를 만났다. 그 사람도, 함께 영화를 만드는 사람들도 모두 실직자였다. 그는 자신의 편집 장비를 쓰게 해주었고, 나는 섬에서 함께 찍은 30시간 분량에서 패티가 6시간 분량을 추려내어 텍사스에서 보내온 것을 보면서 다시 25분을 추려내 비디오를 제작했다.

산티아고에서의 마지막 2주는 펜션에서 나와서 거기서 만난 아름다운 여인과 함께 지냈다. 친절하고 사려 깊은 여자였으며, 친밀함을 나눈다는 사실은 서로에게 기쁨을 주었다. 많은 시간을 혼자 보내지 않을 수 있어서 기뻤고, 캐나다에서 다시 만날 수 있기를 바란다. 떠나는 것은 가슴 아픈 일이었지만, 떠날 시간이 되었고, 나는 북쪽의 마이애미로 날아갔다. 도중에 2주 동안 도미니카공화국에 있으면서 스쿠버다이빙을 했고, 10년 동안 못 만난 친구들을 만났다. 아, 마침내 다시금 따뜻함을 느낀다!

내일은 텍사스로 가서 패티와 시간을 보내고 그녀의 아이들을 만날 것이다. 그러고는 어떤 일이 기다리고 있을지 모르는 밴쿠버로 간다. 살 장소를 찾고 차에 시동이 걸리는지 확인하고, 다시 생활의 실타래들을 엮어갈 것이다. 박사학위 논문을 써야 한다는 작은 문제도 남아 있다.

많은 비밀을 파고들면서 우리는 알 수 없는 것은 믿지 않게 된다.
그럼에도 불구하고 그것은 잠자코 가만히 기다린다.
—H. L. 멘켄

처음 밴쿠버에 도착했을 때는 낯선 도시처럼 느껴졌다. 살 곳도 없었고 어디 가야 적당한 집을 구할 수 있을지도 감감했다. 때마침 조용한 이웃동네에 사는 한 남자를 만났는데 자기 집 뒤뜰에 작은 트레일러가 있다고 했다. 돈을 조금 내고 한 달에 10시간씩 일해 주는 대가로 그곳에서 살게 해주었다. 욕실은 지하실의 것을 썼고 짐은 창고에 보관했다. 나한테는 완벽한 조건이었다.

그런 다음 닷산 스테이션왜건을 확인하러 갔다. 칠레로 떠나기 전에 연료안정화제를 첨가했고 방수천을 덮어두었지만, 사실 습한 기후에서 거의 2년이나 세워져 있었던 셈이다. 겉에는 이끼가 자라고 있었고 안에는 곰팡이가 잔뜩 슬어 있었다. 카뷰레터도 망가져 있어서 다시 손봐야 했다.

텅 빈 은행 잔고의 삶으로 돌아왔다고 생각하고 있었지만, 학기말에 장학금으로 3,500달러가 들어오는 것을 잊고 있었다. 하지만 그것으로 오래 버틸 수는 없었다. 그때, 알뜰하게 살면 그 다음 해와 1학기는 더 버텨줄 만큼의 연구장학금을 받게 되었다. 그 무렵이 되면 박사 과정이 끝났기만을 바라는 심정이었다.

하지만 고독의 1년을 주제로 어떤 논문으로 쓸 수 있을지에 대해서는 감이 잡히지 않았다. 900쪽에 달하는 일지 원본의 일부는 이미 타이핑 되어 있었지만, 3분의 1 가까운 분량은 스프링노트에 손으로 휘갈겨 쓴 것이었다. 텍사스에 갔을 때 패티가 용감하게도 스프링노트에 쓴 글을 옮겨주겠다고 제안했고, 실제로 아무 실수 없이—나 자신도 내 글씨를 판독하기 힘든데— 그 일을 해주었다. 압도적인 분량이었다.

1년 동안 그냥 쓰기 시작하면 된다고 끊임없이 스스로를 타일렀지만 저항 감과 무기력이 상상력과 에너지를 옭아맸다. 어떤 차원에서 보면 아직 쓸 준 비가 되어 있지 않았다. 머릿속은 혼자 지낸 1년 동안 일어난 일을 계속 정 리하고 있었다. 나는 또다시 절반의 은둔자가 되어 긴 시간을 연구실에 처박 혀 있었다.

심지어 논문지도위원회에 학문적으로 수용 가능한 박사논문의 최소 요건 을 알려달라는 요청까지 했다. 그들은 그 요청을 거절하며, 내가 내면의 부 름을 따라 자유를 얻기 위해 오랫동안 열심히 노력했으니 이제는 나 자신을 믿어야 한다고 말해주었다. 그들은 박사논문 통과에 대해 걱정하지 말고 가 슴으로 쓰라고 북돋아주었다. 뭐든 내가 원하는 대로 쓰면 된다고 재차 안 심시켜주면서, 그 글이 박사학위의 가치가 있다는 것만 납득시켜주면 된다고 했다. 그 말이 선물처럼 고마웠지만 그래도 어떻게 시작할 수 있을지 막막했다.

과학과 칠레 삿갓조개들의 느린 춤

한편 나는 삿갓조개 연구를 다시 시작했다. 그 데이터는 어떻게 처리하면 되는지 알고 있었다. 간단한 컴퓨터 프로그램을 이용해 그래프에 매일 변화한 썰물 때의 삿갓조개 위치를 점으로 표시했다. 처음에는 알듯 말듯 했지만 일부 삿갓조개들의 연속적인 위치 변화가 확실한 기하학적 패턴을 나타내자 점점 흥미와 흥분이 더해갔다. 마치 이동 방향을 정하기 위해 지구의 자장(磁場)을 이용하는 것처럼 보였다. 삿갓조개들이 제멋대로 바위에 남긴 것 같은 자취에서 패턴을 찾아내자 마음이 몹시 흥분되었다. 이제껏 아무도 발견하지 못한 뭔가를 찾아낸 것이 아닌가 하는 생각마저 들었다.

하지만 그 순간 불현듯 상황이 이해되었다. 패턴이 생긴 원인이 분명해지면서 힘이 빠지고 실망감이 밀려왔다. 나 자신의 방법론이 문제였다. 비바람이 부는 남쪽 바위밭에서 삿갓조개의 위치를 측정할 때 측정치를 물통 뚜껑 숫자판에 그은 가장 가까운 눈금으로 반올림한 것이다. 뿐만 아니라 숫자판 중심에 부착한 끈에 그은 눈금도 가장 가까운 수치로 반올림했다. 이 이중 반올림이 데이터에 명백한 기하학 패턴의 인공물을 탄생시킨 것이다. 아뿔싸! 반올림한 측정치를 상쇄하기 위해 무작위 요소를 가미하자마자 그 기하학적인 패턴은 사라졌다.

마음이 얼마나 기꺼이 규칙적인 패턴을 생성해내고 그것을 세상에 투사하는지, 또 그러한 표면상의 패턴을 '발견하는' 것을 얼마나 흥미로워하는지 생각하면 참 재미있다. 과학자들은 그런 인공적인 사실들을 찾기 위해 자신들의 방법론과 데이터를 의식적으로 검토하지만, 심층적인 차원에서는 마음이 끊임없이 무의식적으로 패턴을 생성하고 투사하고 있다. 이 과정은 어느 정도의 예측을 허용하기 때문에 실질적으로 유용하지만, 세상에서 신비로운 경이를 경험하는 것을 망쳐놓을 수도 있다.

흔히 우리가 뭔가(예컨대 삿갓조개라는 종)를 뭉뚱그려 범주화하려고 할 때 개체의 근원적인 실재성은 상실된다. 나는 삿갓조개 하나하나가 매일 보이는 행위의 특유성에 매료되었다. 삿갓조개는, 일정하게 반복되는 패턴이나 모든 개체에 공통된 패턴을 따르기보다는, 각각 묵묵히 저 할 일을 하는 것 같았다.

나는 삿갓조개들이 매우 느린 무형의 수중 댄스를 추는 것 같다고 생각했다. 학회에서 통계 분석 결과와 컴퓨터 시뮬레이션을 발표했지만, 특별히 흥분하는 사람은 없어 보였다. 비와 바람 속에서 진짜 삿갓조개들과 시간을 보내지 않고 화면으로 그래프와 움직이는 점들만 보는 것으로는 큰 감흥이 일어나지 않는 것 같았다.

고독 후의 우울

사회로 돌아오는 것이 어려웠느냐는 질문을 종종 받았다. 워낙에 그런 과정에 익숙해 있어서 예전만큼 힘들지는 않았다고 대답했다. 그럼에도 불구하고, 처음에는 의식하지 못했지만, 서서히 우울함에 빠져들고 있었다. 고독 속에서 무엇을 배웠고 무엇을 배우지 않았는지가 혼란스러웠다. 그 혼란은 내가 찾고자 하는 답을 찾지 못할 수도 있다는 데 대해 섬에서 느꼈던 의심과 좌절과 불안, 뭔가 타인과 공유할 답이 있어야 한다는 강박중의 연장선상에서 오는 것이었다.

누가 됐든 나는 불확실과 의심, 고통을 초월했다고 공언하는 사람들은 믿지 않는 경향이 있다. 그보다는 여행길에서 오르막과 내리막을 모두 경험했다고 말하면서 자신이 찾은 부분적인 지혜를 공개적으로 공유하는 사람들을 더 많이 인정한다.

결국 나는 성적관계의 부재와 지지부진한 박사논문 때문에 괴로워하다가 정신과 상담을 받기 시작했다. 어쩌면 마음의 작용에 대한 공식 훈련을 받은 사람이, 나 스스로는 보고 받아들이지 못한 것을 보게 하는 데 도움이 될지도 모른다는 생각에서였다. 밴쿠버의 내 공간에서 느끼는 칠레 남부는 물리적으로도, 심리적으로도 아주 멀었다.

브리티시컬럼비아대학교 정신건강센터의 친절한 치료사가 한동안 나와 대화를 주고받은 뒤에 전문적인 도움을 받는 것이 좋겠다고 말했다. 그 치료사로부터 전문적인 도움을 받고 있다고 생각했는데 아니었나 보다. 나를 어느 정신과 의사에게 소개시켜주었는데, 그 사람은 40분 동안 상담을 하더니 강박적이고 억압적인 완벽주의에서 자유로워지려면 장기간의 상담치료와 강력한 약물 처방을 받는 것이 좋겠다고 의심의 기색 없이 말했다.

그 의사의 치료를 거부하고 약물 처방은 가급적 하지 않는 다른 의사를 찾아갔다. 1주일에 한 번, 3년 정도 상담했고, 그 과정에서 많은 치유가 되었다. 나 자신이 알아내지 못한 것을 새로 알게 되지는 않았지만, 또 내 고민을 혼자서 처리하지 못한다는 사실에 실망도 했지만, 의사의 긍정적인 시선이 꾸준히 거울 역할을 하면서 서서히 자기비난의 마음을 누그러뜨릴 수 있었다.

고독 속에서 궁극의 답을 찾지는 못했지만, 그러지 못한 데 대한 슬픔도 여전했지만, 내 문제들을 너무 심각하게 생각해서는 안 된다는 사실은 더 자주 상기할 수 있었다. 천천히 우울의 먹구름이 걷혔고, 가슴과 머리의 움직임 속에 고요하고 광활한, 더 부드러운 감각이 자라났다.

내 이야기를 하다

칠레에서 찍어온 사진들을 정리하면서 많은 시간을 보냈다. 1년 동안 결과물을 보지 못한 채 사진만 찍었는데 아름다운 이미지들이 많아서 매우 기뻤다. 내 연구를 공유하고 다른 사람들에게 고독의 경험을 불러일으키도록 대학과 밴쿠버 주변의 여러 장소에서 슬라이드 쇼의 프레젠테이션을 시작했다.

내 연구는 명백히 비전통적인 것이어서 흥미로운 반응들이 많았는데, 대부분이 긍정적인 것이었다. 슬라이드 쇼를 보러 온 사람들 중 한 사람이 강연에서 가장 감명 깊었던 점은 내가 보편적인 답을 주려 하지 않고, 오히려 내 여행을 공개적으로 나누면서 듣는 사람이 스스로 탐험을 떠날 수 있는 여지를 만들어준 것이었다고 했다. 조카들의 도움을 받아 만든 웹사이트를 통해 모르는 사람들이 이따금 경험을 함께 나누어주어서 고맙다는 이메일을 보내왔다.

2003년 봄의 어느 날, 조용히 연구실에 앉아 있는데 전화벨이 울렸다. 브리티시컬럼비아대학교 행정실이었다. 1년간의 고독에 대해 들었다고 말하면서 대학신문에 인터뷰 기사를 실을 수 있겠는지 물어왔다.

미디어의 관심은 얼마 안 있어 사라질 일시적인 거품이라는 걸 알고 있었기에 너무 진지하게 받아들이지는 않았다. 사람들은 이렇게 말했다. "신문, 라디오, 텔레비전 할 것 없이 어디나 나오던데요. 이제 유명인사가 다 됐어요." 그러면 웃어넘기며 대답했다. "잠시 왔다 사라지는 명성인걸요. 곧 잠잠해지겠지요." 하지만 생각보다 오래갔다. 그렇다고 미디어의 집중적인 관심이 내 사적인 생활이나 관계를 바꿔놓지는 않았다. 살아가는 경험에는 별다른 차이를 만들지 못하는데도, 우리 문화가 대중의 인지도에 그토록 큰 가치를 두고 있다는 것은 이상한 일이다.

인터뷰는 재미있고 흥미로웠지만 때로는 실망스러웠다. 40분간 진행된 텔레비전 프로그램은 고독으로의 여행을 진지하게 생각해볼 기회를 제공했고, 15분 토크쇼에서는 창문을 살짝 열어 보일 수 있었지만, 대체로는 4~8분간의 맛보기로 그쳤다. 인터뷰 준비에는 시간과 노력이 필요했으며, 짧게 편집된 영상은 전희만 많고 만족감은 크지 않은 원나잇스탠드의 느낌으로 다가왔다. 몇 분 분량으로 편집되는 인터뷰를 위해 1시간 동안 인터뷰를 해야 했다. 그것이 미디어라는 것을 알고 있었지만 그래도 실망이 되는 건 어쩔 수 없었다.

학문적 신용

며칠 뒤에 논문지도위원 중 한 명인 칼 레고를 만나 아침을 먹었다. 내 연구는 명백히 쓸데없는 짓거리니 대학에서 인정해주어서는 안 된다고 생각하는 사람도 있음을 알고 있었으므로 나는 여전히 침울함에 빠져 있었다. 그는 커피를 마시고 있다가 너털웃음을 터뜨렸다. 커피가 코에서 나오지나 않을까 염려될 정도였다. 그의 웃음이 나를 더욱 당혹스럽게 했다. 그는 마침내 웃음을 멈추더니 이렇게 말했다. "축하합니다! 브리티시컬럼비아대학교에서 지금까지 받았고 앞으로도 주어질 모든 박사학위의 가치를 혼자 힘으로 망쳐놓고 있는데요." 나는 그 말을 흘려보내려고 노력하면서 잠자코 팬케이크를 먹었다.

그해 동안 도저히 떨쳐버릴 수 없었던 생각 하나는 박사논문을 피하고 싶은 마음이었다. 미디어와 많은 인터뷰를 하고, 이메일을 보낸 사람들에게 일일이 답장을 하고, 프레젠테이션을 하고, 홈페이지 만드는 일에 노력을 쏟아부었지만 진정 중요한 일인 야생지에서 보낸 고독의 1년에 대한 깊고 종합적인 이야기는 아직 시작도 못하고 있었다. 마침내 마음을 흩트려 놓던 일들이 그 유혹적인 힘을 잃기 시작했고, 나는 마음을 다잡고 논문을 쓰기 시작했다.

일단 시작한 뒤에는 2년 가까운 시간을 꾸준히 논문에 매달렸다. 때로는 열정과 흥분의, 때로는 지겹고 더딘 시간이었다. 컴퓨터 앞에 앉은 채 마음과 머리를 가라앉히는 데만 몇 시간을 보낸 적도 꽤 있었다. 오후에는 학교에 가서 집중력이 좋아지는 밤늦게까지 있었고, 주변에 아무도 없어지면 그제야 집으로 돌아왔다. 내가 무엇을 쓰고 있는지 논문지도위원회에 제대로 설명할 수 없었지만, 나 자신에게도 어렴풋한 내면의 비전을 따라 논문을 창조해야 한다는 사실을 알고 있었다.

2004년 2월 14일, 신문에 야생지에서의 고독에 대한 내 이야기가 실린 직후 홈페이지를 통해 이런 이메일을 받았다. "방금 당신의 이야기를 읽었습니다. 대부분의 박사학위 소지자들처럼 당신도 괴짜가 아니면 별종이군요. 어느 쪽인지는 모르겠지만, 내 생각에는 별종입니다." 너무 신랄한 논평이라 논문에 포함시키고 싶은 마음을 억누를 수가 없었다. 그래서 감사하다는 내용의 답장을 보냈다.

2005년 봄에 드디어 논문지도위원회에 내가 쓴 것을 보여줄 수 있었다. 다시 시작할 엄두가 나지 않았으므로 퇴짜를 맞으면 어떻게 할지에 대해서는 아무 생각도 나지 않았다. 그들은 좋다고 했다. 우리는 함께 논문을 다듬으면서 최종 구두심사를 준비하기 시작했다.

11월에 구두심사를 마친 뒤, 깊은 야생지 고독이 미치는 육체적, 감정적, 심리적, 정신적 영향에 대한 다학제적 연구로 마침내 박사학위를 받았다. 구두심사는 즐거웠다. 패티가 텍사스에서 날아왔고, 많은 사람들이 참석해서 내 혁신적인 연구 접근법을 지지해주었다.

몇 주 뒤에 논문 심사위원 중 한 명과 만나 맥주를 마시면서 그녀가 구두심사 때 제기한 흥미롭고 도전적인 질문들을 토론했다. 대화 도중 브리티시컬럼비아대학교의 교수들 중 몇 퍼센트가 내 논문에 퇴짜를 놓았느냐고 물어보았는데―논문의 수준 때문이 아니라 그것이 박사논문에서 기대되는 요건에 어긋난다는 이유로—그녀는 웃으며 이렇게 대답했다. "당신이 졸업한 게 대단한 기적이에요."

되돌아보며

야생지에서의 1년을 되돌아보면 무엇이 보이는가? 그 1년 동안 광활한 공간감이 발달했고 시간이 확장되었다. 얼마 후에는 시계와 달력을 치우고 산과 바다에 뿌려지는 햇살의 차이, 밤과 낮의 달라지는 길이, 달과 조수의 참과 기움, 내리는 비와 겨울의 눈에 따라 살았다. 내면의 리듬을 깨뜨리는 사회적 일과의 잦은 방해 없이 종종 내리 몇 시간, 내리 몇 주 동안 연속성의 느낌을 받곤 했다. 하지만 매달 초에는 생존 확인 이메일을 보냈고, 이것은 흘러가는 나날의 구두점이 되어주었다. 따라서 내면과 외부 세상의 흐름에 더 깊이 빠져들게 되면서도 문화적 시간은 여전히 존재했다.

사회적 활동에 관여해 있을 때는 느끼지 못한 강렬한 경험의 순간이 있었다. 감각들이 좀 더 예민해졌고 아름다움에 대한 인식은 한층 통렬하게 직접적이 되었다. 때로는 세상과 내가 생동적으로 살아났다. 속도를 늦추고 지금 여기로 거듭거듭 돌아오는 자유와 함께 내 마음도 차분해졌고, 경험할 수는 있지만 정의할 수는 없는 신비한 존재를 보는 눈이 열렸다. 나는, 그리고 다른 모든 것은 그 존재에 속해 있으며, 또한 그 존재 자체인 것이다. 고독의 침묵 속에서 나는 세상이 지금까지도, 그리고 앞으로도 언제나 신성하다는 것을 상기했다.

비인간의 세계와의 교류는 사람들과 나의 습관적인 관계에 견줄 만했다.

436

우리는 대체로 자연 속에서 사는 것을 시끌벅적한 사회적 삶으로부터의 평화로운 휴식이라고 믿지만, 그것은 우리의 갈등이 우리의 삶을 따라잡을 만큼 자연 속에 오래 머무는 일이 좀처럼 없기 때문이다. 오래 머물면 사회에서 대처해야 했던 온갖 일들이 비인간의 세계에서도 나타난다. 결국은 고독 속으로 우리 자신을 함께 데려가는 것이다.

이 점이 특히 여지없이 드러났던 것은 캣과의 관계에서였다. 고양이를 데려가지 않았다면 세상의 다른 측면이 좌절과 분노와 죄의식을 불러일으켰을 것이다. 다른 사람과 함께 갔다면 캣에게 쏟아낸 감정들이 고스란히 그 사람에게 돌려졌을 것이다. 하지만 그것이 전부는 아니다. 캣과 함께한 시간을 돌이켜보면서 녀석이 내게 심오하고도 끔찍한 선물을 주었다는 사실을 깨달았다. 우리의 우정에서 캣은 나를 내 속의 맹렬하고 길들지 않은 장소로 데려갔다.

바람과 비와 나의 관계는 달랐고, 그 한 해 동안 계속 변했다. 처음에는 바람이 내가 하고 싶은 것을 하지 못하게 가로막는 위협이자 적으로 느껴졌다. 가끔은 바람에서 단순한 악의가 아니라 적극적인 적의가 느껴졌고, 두려움이 내 고독의 마음을 채웠다. 하지만 내 욕망과 두려움을 나 자신에게서 분리하기 시작하자 바람을 더 열린 마음으로 맞아들일 수 있었고, 내가 기대하지 않은 방식으로 바람이 나를 형성하도록 내버려둘 수 있었다. 바람은 서서히 나의 스승이 되어갔고, 나는 바람을 욕하는 대신 존경하게 되었다. 학생이 준비가 되면 스승이 나타난다는 말이 있다. 하지만 스승들은 언제나 존재하고 있으되 발달 단계에 따라 우리가 그들의 가르침에 열려간다고 말하는 것이 더 맞을 것 같다.

　바람이 나를 내맡기라고 가르쳤다면, 비는 나더러 사랑하라고 가르쳤다. 처음에는 빗소리가 성가시게 들렸지만, 하루하루 지나면서 수백 시간, 어쩌면 수천 시간을 포치 지붕에 떨어지는 빗소리를 듣게 되었다. 그러자 빗소리와 물소리는 집중력을 키워주고 나를 내면으로 데려가는 주문이 되어주었다. 가만히 앉아 귀를 기울이면 종종 더없는 행복감이 솟아났다. 사랑은 깨달음만큼이나 근본적인 것임을, 열린 가슴은 열린 머리만큼 중요하다는 사실을 배웠다. 사랑이 없다면 충분치 않다. 관계는 어떤 상황에서도 가능하며 피하는 것은 불가능하다는 사실도 배웠다. 관계들의 성질은 바꿀 수 있겠지만, 관계가 없다면 나는 존재함을 멈춘다.

　내 관계들의 성질은 내 내면적 태도와 성향이 외부적으로 발현된 것이다. 세상과 나 자신과 상호작용하면서 나는 자꾸만 힘과 통제의 위치에 있으려고 했다. 내 의지를 행사하려고 했고, 상황을 내가 원하는 방식으로 만드는 데 열중했다. 나는 이러한 태도가 일으킨, 그리고 아직도 가끔 일으키는 엄청난 고통을 서서히 인식하게 되었다. 내 요구들에 대한 긴장을 늦추고 세상과 나 자신을 있는 그대로 받아들이기 시작했다.

　나는 이미 그리고 언제나 신비로운 존재의 일부라는 사실과 그 신비에 나 자신을 여는 법을 배우는 일은 세상을 있는 그대로 받아들이는 것만큼이나 내면의 평화에 중요했다. 고독 속에서 나는 해야 한다고 해서 마음대로 할 수는 없다는 사실을 서서히 받아들이기 시작했다. 통제에서 신뢰와 내맡김으로의 이동은 내 정신적 여행의 중심이었다.

이 이동에는 반감과 욕망에 있어서의 노력도 포함된다. 고통스러운 생의 면면을 기꺼이 경험하고 내가 욕망하는 경험은 자제하려고 할 때 나는 세상을 통제하려는 마음을 늦출 수 있었다. 싫어하는 것은 추구하고 좋아하는 것은 피해야 한다는 말은 아니다(때로는 이것이 유용할 때도 있지만). 하지만 나는 습관적으로 싫어하는 것은 피하고 좋아하는 것은 적극적으로 추구한다. 이런 반사적 조건화에서 조금씩 벗어나고 경험의 영역으로 들어오는 것은 무엇이든 함께함으로써 내 삶에 평화와 광활한 공간감이 생겨난다. 싫어하는 것도 조금씩 받아들이고 좋아하는 것은 조금씩 멀리하면서 광적이고 중독적인 내 행동도 줄어들기 시작했다.

야생지에서 혼자 1년을 지낼 때도 그랬고 그 경험에 대해 쓸 때도 그랬지만, 나는 내가 아는 것이 없다는 사실을 점점 더 분명히 깨닫게 된다. 나는 확실한 답을 찾지 못했다. 그 때문에 때로는 탐험에서 실패한 것처럼 박탈감을 느낀다. 그런 의심에 사로잡히면 다른 사람들은 확실한 답을 찾았는데 나는 왜 못 찾았는가 하는 의문이 생긴다. 하지만 긴장을 풀고 믿음을 가지면 그들의 확실함은 개념적인 환상에 불과하다는 것을 알게 된다.

추구한 답은 찾지 못했고, 결국 '모든 것은 미스터리'라는 점점 짙어지는 내 느낌을 저주도 했고 존중도 했지만, 발견한 통찰도 많았고, 잠정적이고 부분적이며 아마도 일시적인 답들도 제법 찾아냈다. 그 답들 중 일부는 말로 표현할 수 없지만 일지의 행간에 스며있기를 바란다. 매일의 생활을 통해 서서히, 때로는 눈에 띄지 않게 찾아온 예기치 못한 가슴의 답들이다.

미스터리를 받아들이고 난 후에는 비非기계적인 세계관에 지나치게 경도

된 적도 있었다. 하지만 물리적 환경의 규칙성에 바탕을 둔 생존의 실용주의 또한 언제나 존재했다. 예측 능력 없이는 동지가 지나가면, 밤이 지나가면, 폭풍우가 지나가면 태양이 돌아온다는 사실을 알지 못했을 것이다. 나무가 탄다는 것도, 불을 피우는 방법도, 유목을 찾을 수 있는 장소도 몰랐을 것이다. 저녁거리로 붉돔도 잡지 못했을 것이다.

여러 면에서 나 자신은 미스터리로 남아 있었지만, 내 내면의 리듬감은 발견할 수 있었다. 작은 마음에서 큰마음으로의 의식 이동을 의도적으로 통제하는 법을 배우지는 못했지만 왜 그런지에 대한 통찰은 얻었다. 자유를 갈망하는 작은 마음의 실체는 의식의 이동을 강제로 일어나게 하려고 할 때 작은 마음에 더욱 집착하게 된다. 느긋한 마음으로 내맡김의 필요성을 받아들이면 나 자신이 열리고 전환이 일어난다. 기쁨, 평화, 경이의 경험은 선물이지 받아야 할 보상이 아니다. 나는 지금, 나 자신에게 줄에 맞춰 행진하라고 명령하기보다, 춤을 추는 법을 서서히 배워가고 있다. 이 변화에는 주의와 겸손, 인내가 요구된다.

야생지에서 나는 계속해서 큰마음의 깨달음을 지니고 살아갈 수 있을 거라고 생각했지만, (경험적으로) 그런 일은 일어나지 않았다. 어쩌면 일부 신비주의자들은 가능하고, 혹여 미래의 나도 가능할지 모르지만, 실상은 조수의 흐름 같은 밀물과 썰물의 순환주기가 있다는 것이다. 나는 어떤 문제에 있어서는 통제력을 유지하기 위해 애쓰지만, 또 어떤 문제에 있어서는 세상의 흐름에 나 자신을 내맡긴다.

* * *

종종 사람들에게 어떻게 지내냐고 물어보는데, 그 답은 대체로 '바쁘다'이다. 이는 끊임없이 요구되는 육체적 활동과 더불어 심리적 스트레스가 이어지는 상황을 일컫는 것 같다. 나는 이런 느낌이 현대 문화에 만연해 있는 것은 아닌가 하는 의구심이 든다. 뭔가 꼭 해야 하는데 그걸 끝낼 만큼 충분한 시간이 없다는 느낌을 지닌 채 우리는 얼마나 오랫동안 살아온 것인지 궁금하다.

우리는 종종 그 어떤 것보다 행동에 높은 가치를 두는 것 같지만, 우리도 다른 모든 존재들처럼 휴식과 회복이 필요하다. 우리 문화에 만연한 우울이 우리 자신에게 조용한 시간을 주려 하지 않는 우리의 태도와 연관이 있지 않나 생각해본다. 사회적으로 생산적인 활동을 하면서 항상 바쁘게 지내야 한다고 생각하다 보면, 내면을 돌아보며 우리 자신과 오롯이 함께 있는 시간을 내지 못하게 된다. 내면을 돌아보려면 시간이 필요하고 생산성과 사회적 지위도 낮아질 수 있다. 행동하는 것이 나쁘다는 말이 아니라, 우리 중 다수가 균형감을 많이 잃었고 우리의 행동도 고요와 지혜에서 온 것이 아니라는 말이다.

우리 중 다수는, 끝없는 성장은 가능할 뿐 아니라 바람직하고 필요한 것이라는 경제학적 세계관에 사로잡혀 있다. 이는 지구가 본질적으로는 성장이 제한된 닫힌 체계라는 근본적인 생태학적 현실을 무시하거나 부인하는 관점이다. 우리 행위의 많은 부분은 생태학적으로 파괴적이며, 우리가 일으킨 문제를 고치기 위해 무엇을 해야 할지에 대한 의견도 분분하다. 많은 사람들은 우리 스스로의 행동계획이 바로 그 해결책이라 생각하지만, 과도한 인간의 행위 그 자체가 기본 문제라는 해석도 가능하다.

지구는 치유되어야 하지만 우리는 그 일을 일어나게 할 수 없다. 우리의 노력이 오히려 상처를 더 깊게 만드는 일도 비일비재하다. 하지만 우리가 물질에 대한 요구를 조금만 늦추고 재생산의 속도를 줄일 수 있다면 지구는 자가 치유를 할 수 있을지도 모른다. 어쩌면 우리는 비물질적인 조건에서도 성취감을 얻을 수 있을 것이고, 우리가 찾는 것이 우리가 항상 갖고 있던 것임을 알게 될 것이다. 행위와 욕망을 줄이는 것이 종종 사회적으로 받아들이기 어렵거나 미심쩍은 일로 여겨지기 때문에 이 일은 어려울 수도 있다.

우리의 문화는 지나치게 진보에 초점이 맞춰져 있어서 우리 중 상당수는 우리의 생을 지금 여기 있는 그대로 경험하지 않는 일이 빈번하다. 하지만 세상은 언제나 매순간 정확히 있는 그대로 존재할 것이다. 이 단순한 사실을 부인하려고 애쓰면서 우리가 얼마나 많은 시간과 에너지를 소비하는지 생각하면 참으로 놀랍다.

이론적으로는 우리도 지구의 생물학적 시스템에 의존하지만, 경험적으로는 그러한 시스템에서 소외되어 있다. 우리는 지구를 실용적인 혹은 윤리적인 이유에 의거해 보호해야 하는 이방인처럼 취급하지만, 우리 개개인이 비인간의 생명체들을 가족으로, 지구를 우리의 집으로 경험하기 시작할 때까지는, 우리의 생존과 기쁨, 소속감에 필요한 변화도 이룰 수 없는 것 같다.

생태계에 속해 있는 실제적 경험은 심리적, 정신적 치유를 일어나게 할 것이며, 우리의 파괴적인 행동 패턴에 대한 심오한 함축성을 보여줄 것이다. 나는 경제적, 법률적 해결책뿐 아니라 정신적인 전환도 필요하다고 생각한다.

지금 속으로

칠레 남부의 섬으로 떠난 것도 벌써 6년 전의 일이다. 또 다른 긴 이야기를 시작하는 첫 문장처럼 들리기도 하지만, 지금까지 야생지에서 1년간 혼자 생활한 뒤 다시 돌아온 이야기를 했다. 이제는 끝없이 움직이는 경험의 바다에 경계선을 그어야 할 시간이다.

논문 심사 이후의 1년은 힘들었다. 학생들이 졸업 후에 종종 느끼는 감정은 확실히 나이와는 무관한 것 같다. 몇 살에 졸업을 하건 동일한 질문이 들고 일어난다. 이제부터는 뭘 하고 살지? 돈은 어떻게 벌지? 어디서 살지? 어쩌면 당연하게도, 확실한 대답은 찾지 못했다.

패티는 아직 동부 텍사스에서 살고 있고, 나는 북부 캘리포니아의 외진 구석에서 지난해의 대부분을 보낸 뒤 지금은 밴쿠버로 돌아와 있다. 지금은 바다에서 두 블록 떨어진 작은 아파트에서 살면서 의식의 전환에 대한 온라인 강좌를 하고 있다. 여전히 살림살이는 쪼들리지만 집수리를 해주면서 살아갈 만큼 돈을 벌고 글을 쓴다.

아직 친밀한 육체관계를 맺게 된 사람은 없지만, 친구들과는 깊은 우정을 유지하고 있으며, 패티와는 여전히 긴밀한 결속감을 느낀다. 종종 늦은 밤까지 일하면서 많은 시간을 혼자 보낸다. 내 고독 속에서 나는 대체로 편안하며 때로는 즐겁기까지 하다. 나 자신을 세상의 일부로 경험하지만 때로는 여전히 고립의 감정들과 씨름한다. 그런 순간에는 벽 하나가 나를 타인들에게서 분리해놓은 것 같다. 그 벽은 내가 다가가 기대고 나 자신과 내 주변 사람들을 측은지심으로 대할 때 해체되기 시작한다. 내 삶은 고요하고 평화롭다. 나는 땅에서 더 가볍게 걷는 법과, 생이 내 다음 갈 곳으로 나를 데려가 줄 거라고 믿는 법을 배우고 있다.

모든 것이 신성하고 살아 있다는 것과, 정신적인 깨달음은 도시에도 머문다는 것도 알고 있지만, 내 가슴은 여전히 야생지의 고독을 갈망한다. 나는 나무들을 콘크리트 빌딩보다 더 살아 있는 것으로 보고, 새들의 노래를 삑삑거리는 기계음보다 더 아름다운 소리로 듣는다. 나는 세상을 내가 원하는 대로가 아니라, 있는 그대로 받아들이는 연습을 계속하고 있다. 그것으로 충분하다.

1. 지참물

읽거나 참조한 책

- H. G. 웰스(H. G. Wells), 《돌로레스에 대하여(Apropos of Dolores)》
- 스튜어트 카우프만(Stuart Kauffman), 《혼돈의 가장자리(At Home in the Universe)》
- 장자, 《대표글 모음(Basic Writings)》
- 토머스 무어(Thomas Moore), 《영혼의 돌봄(Care of the Soul)》
- 크리슈나무르티(Krishnamurti), 《삶에 대한 주석(Commentaries on Living)》
- 에드워드 애비(Edward Abbey), 《태양이 머무는 곳, 아치스(Desert Solitaire)》
- 매리 올리버(Mary Oliver), 《드림 워크(Dream Work)》
- 니콜라스 미호빌로비치(Nicolas Mihovilovic), 《하늘과 침묵 사이(Entre el Cielo y el Silencio)》
- 콜먼 바크스(Coleman Barks), 《루미 대표시선(Essential Rumi)》
- 아이작 싱어(Isaac Singer), 《모스카트 가(Family Moskat)》
- 미하이 칙센트미하이(Mihaly Csikszentmihalyi), 《몰입(Flow)》
- 윌리엄 톰슨(William Thompson), 《가이아(Gaia)》
- 피터 프랜스(Peter France), 《삶을 가르치는 은자들(Hermits)》
- P.G.우드하우스(P.G. Wodehouse), 《자네는 얼마나 옳은가, 지브스(How Right You Are, Jeeves)》
- 리처드 빌헬름(Richard Wilhelm), 《주역(I Ching)》
- OMC, 《존슨 서비스 매뉴얼(Johnson Service Manual)》
- 앨런 와츠(Allan Watts), 《자연, 남자, 그리고 여자(Nature, Man and Woman)》
- 루퍼트 셸드레이크(Rupert Sheldrake), 《생의 신과학(New Science of Life)》
- 켄 윌버(Ken Wilber), 《무경계(No Boundary)》
- 파울로 프레이리(Paulo Freire), 《억눌린 자의 페다고지(Pedagogy of the Oppressed)》
- 세바스천 융거(Sebastian Junger), 《퍼펙트 스톰(Perfect Storm)》
- P.G.우드하우스, 《여어! 지브스(Right Ho, Jeeves)》

- 골드스타인 & 콘필드(Goldstein & Kornfield), 《지혜의 마음을 찾아서(Seeking the Heart of Wisdom)》
- 켄 윌버, 《성, 생태학, 영성(Sex, Ecology, Spirituality)》
- 필립 코치(Philip Koch), 《고독-철학적 마주침(Solitude: a philosophical encounter)》
- 앤서니 스토어(Anthony Storr), 《고독-자신으로의 회귀(Solitude: a return to the self)》
- 《성 요한 앰뷸런스 야생지 가이드(St. John's Ambulance Wilderness)》
- 웨인 메리(Wayne Merry), 《응급처치 매뉴얼(1st Aid Manual)》
- 애니 딜러드(Annie Dillard), 《돌에게 말하는 법 가르치기(Teaching a Stone to Talk)》
- 조지프 골드스타인(Joseph Goldstein), 《통찰의 경험(The Experience of Insight)》
- 켄 윌버, 《영성의 눈(The Eye of Spirit)》
- 마크 엡스타인(Mark Epstein), 《생각하는 사람 없는 생각들(Thoughts without a Thinker)》
- 데이비드 베르너(David Werner), 《의사가 없는 곳에서(Where there is no Doctor)》

공구

- 해머, 톱, 끌, 큰 곡자, 목수용 자, 연필들, 엑사토Exacto 칼들, 스냅라인, 추, 서폼Surform 포켓 대패, 굽은 손잡이 타래송곳, 핸드드릴, 소켓 세트, 스패너, 박스엔드 렌치들, 바이스그립, 펜치들, 철판가위, 사이드커터들, 줄자, 쇠톱과 예비 톱날들, 스크류드라이버들, 활톱들과 예비 톱날들, 벌채용 만도, 도끼와 예비 손잡이, 손도끼, 수평자, 원더바, 프라이 바, 칼, 스테이플 건, 줄칼, 주걱칼, 사포, 컴어롱 & 도르래들, 체인톱, 예비 체인, 체인 줄칼 2개, 예비 플러그들, 체인 오일, 가솔린과 2사이클 오일, 곡괭이, 삽, 모종삽, 슬링샷과 볼 베어링

건축 자재

- 덕테이프 5개, 테플론Teflon 테이프 1개, 마스킹테이프 1개, 코킹 튜브 6개, 슈구/마린 구프 Marine Goop 튜브 4개, 크레이지Crazy 접착제, 고무 접착제, 목재용 접착제, 에폭시Epoxy 5분 접착제, 페인트 용해제, 아세톤, WD - 40 방청제
- 20′철근: 1/2″과 1/4″
- 내구성이 강한 흰색 폴리에틸렌 방수천(지붕과 벽에 씌움)
- 투명 비닐: 6 mil×10′×100′(지붕, 뒷간, 장작더미, 텐트 등에 씌움), 4 mil×10′×50′(오두막의 실내에 사용), 규격마다 충분한 양의 못: 1″에서 4″, 스테이플 심 2000개: 1/4″& 3/8″ 길이, 못을 지탱하는 용도로 쓴 튼튼한 비닐, 다양한 치수의 강철사, 스네어 철사, 창문으로 쓴 4×4′ 플렉시글

라스, 3′×3′가는 스크린 망, 리클라이닝 체어를 만드는 데 쓴 5′캔버스 천

- 5′× 8′×5/8″ 합판 4장(바닥), 5′×8′×1/4″프레스보드 4장(지붕, 문), 5′×8′×3/8″ 합판 1장(선반, 탁자, 침대), 선반 자재로 운송 궤짝을 사용함.
- 1″×2″×8′ 목재 12개(선반, 탁자 틀 등), 1″×3″×8′ 목재 16개(일반적 용도), 2″×2″×12′ 목재 50개(서까래, 간주, 골조), 2″×4″×8′ 목재 6개(귀퉁이 기둥),
- 2″×4″×10′ 목재 20개(마룻보 & 마루장선), 2″×4″×12′6개(그 외)

야외용 장비

- 텐트, 나침반, GPS 유닛 2개, 해도, 지형도, 지도 넣는 튜브
- 보트, 땜질용 자재, 접착제, 늑판 휠, 언더보트용 롤러
- 선외모터 2개, 호스가 달린 가솔린 깡통, 마운트 브래킷, 익스텐션 핸들
- 대체 부품(플러그, 스타터로프, 버팀목, 시어핀, 일렉트로닉 브레인, 코일, 연료 펌프), 기어 풀러, 스타터로프, 사이펀 호스, 깔때기
- 어댑터 달린 2피트 펌프들
- 55갤런들이 드럼통 2개, 5갤런들이 용기 6개, 가솔린 140갤런
- 2사이클 오일 23갤런
- 닻 2개, 체인, 밧줄 다량, 도르래들
- 카약, 패들 2개, 좌석, 땜질용 자재, 구명조끼 3개, 가슴장화
- 다이빙 마스크, 물갈퀴, 스노클, 고무 잠수복과 여분의 재료, 장갑, 스페어 건, 쇼핑백, 낚시용구: 무거운 낚싯대와 릴 각각 2개, 가벼운 송어 낚싯대와 릴 각각 1개, 낚싯바늘 다량과 다양한 크기의 낚시추, 루어, 예비 테스트 낚싯줄 20파운드, 그물, 갈고랑이, 생선 칼, 끝이 뾰족한 펜치들, 손저울, 릴 오일, 용구들, 예비 로드가이드, 장비 운반용 방수가방, 게 잡이용 덫을 만드는 재료, 낚시 허가증

오두막 비품

- 공기 밀폐 장작난로, 12′ 굴뚝 파이프, L자형 파이프 2개, 댐퍼, 굴뚝 캡, 난로 접합제
- 프로판가스 요리용 스토브, 프로판가스 램프, 호스와 부속품들, 100파운드들이 프로판가스 탱크 3개
- 조절기, 예비 맨틀, 그릴, 라이터 6개, 양초, 신문, 프라이팬 2개, 작은 냄비 2개, 큰 냄비 1개, 뚜껑들, 접시 씻는 그릇, 목욕용과 세탁용의 목욕통,

• 플라스틱 물통 2개, 빗물을 받는 40갤런들이 플라스틱 드럼통, 플라스틱 튜브, 접는 물통, 음식물 저장용 용기
• 포크 2개, 나이프, 테이블스푼, 티스푼, 주걱, 큰 숟가락, 깡통따개, 잘 드는 칼
• 접시 2개, 그릇, 컵(보온용), 보온병
• 설거지와 세탁용 비누, 녹색 수세미 4개, 금속 수세미, 접시 닦는 행주, 수건과 행주
• 다량의 음식물 보관용 비닐봉투, 지프록 봉투, 쓰레기봉투, 직물 플라스틱제 자루, 알루미늄 포일
• 두루마리 화장지 40롤, 종이타월 6롤
• 정수필터와 정수용 첨가제
• 의자, 빗자루
• 세면도구: 면도칼, 거품비누, 비누, 샴푸, 치약, 거울, 손톱 깎기, 칫솔, 치실
• 종이, 공책 6권, 펜 12자루, 전천후용 공책, 자, 매직 마커, 놀이용 카드, 가위
• 자명종, 손목시계, 벨크로 밴드, 온도계, 기압계, 우량계
• 바느질 용구: 바늘, 실, 나일론 실, 단추, 지퍼, 고무줄, 땜질용 재료, 가죽, 고무
• 다량의 나일론 끈, 플라스틱제 끈 실, 끈

옷과 침구

• 튼튼한 바지 6벌, 긴소매 플란넬 셔츠 5벌, 티셔츠 6벌
• 모 양말 6켤레, 면 양말 6켤레
• 펠트 라이너 2켤레, 털 부츠 1짝
• 방문객을 맞기 위한 좋은 셔츠와 바지 1벌
• 스웨터 2벌, 따뜻한 셔츠 2벌, 후드 달린 스웨트셔츠
• 긴 내의 2벌
• 화학솜 코트, 오리털 파카, 보온용 방한복, 화학솜 조끼
• 목 스카프 2장, 목 워머, 벙어리장갑 3켤레, 고무장갑 2켤레
• 목장갑 2켤레
• 챙 넓은 모자, 야구모자 2개, 챙 없는 양모 모자 2개, 비옷 후드
• 값싼 테니스 슈즈, 가벼운 하이킹 부츠 2켤레
• 가벼운 고무부츠 1켤레, 정글 부츠 1켤레
• 내구성이 좋은 비옷, 가벼운 고텍스 비옷, 방수 스프레이
• 의족용 울 양말 6짝, 의족용 면 양말 6짝, 겔 라이너 4짝

- 써마레스트 패드 2개, 오리털 침낭
- 시트 2장, 담요 2장, 베개 2개, 수건

응급처치 비품

- 응급처치 관련 책들
- 의족 수리 도구: 섬유유리 천과 합성수지, 여분의 의족, 예비 소켓 라이너, 가죽, 합성 접착제, 예비 가죽끈, 리벳, 앨런Allen 렌치
- 알코올, 요오드, 항생 크림, 코티존 크림, 과산화수소, 생리식염수, 항진균 크림, 항진균 구강세 척제, 조비락스Zovirax 크림, 인공눈물, 바셀린, 빅스 바포러브Vicks VapoRub, 선크림, 방충제, 아몬드 오일
- 오일 드릴러 핸드크림, 백밤 피부연고, 리니먼트제, 캅사이신 크림, 관절염 크림
- 통증: 이부프로펜 1,200알, 타이레놀 400알, 타이레놀-3 100알, 국소마취주사제, 모핀 주사제, 오라젤 연고
- 알약: 매일 1정씩 먹을 만큼의 비타민제, 비타민 C, 칼슘, 철분, 포타슘, 아연, 마그네슘, 제산제, 완하제, 이모디엄 지사제, 베나드릴 항히스타민제, 클라리틴 항히스타민제, 멀미약, 신스로이드 갑상선호르몬제, 항생제(상처, 내장, 귀와 인후 이상)
- 상처: 세컨드 스킨, 나비모양 반창고, 다양한 크기의 거즈, 면봉, 압박붕대, 1회용반창고, 반창 고, 위생 안대
- 기타: 외과용 메스와 날, 봉합 용구, 핀셋, 확대경, 외과용 장갑, 허리 마사지용 고무공들, 운동 용 풀리, 물찜질 팩 도구

전자제품과 전기용품

- 위성전화와 안테나
- 노트북컴퓨터 2대(이메일 전송용, 일지 기록용)
- 풍력발전기, 안테나용 20′×2″ 쇠파이프, 케이블, 턴버클
- 태양전지판 50와트짜리 2개, 전압조정기, 12V~110V 인버터
- 12볼트 딥 사이클 배터리 2개, AA 충전지 12개, 충전기
- 절연용 다선 전기선: 12게이지, 14게이지, 16게이지
- 퓨즈들, 앨리게이터 클립들, 배터리 리드선 커넥터들, 전선 커넥터들 등
- 소형 12볼트 형광등 케이스와 형광등 2개, 12볼트 백열전등 소켓들과 전구들

• 전기 이발기, 자전거 플래시 라이트들(야간에 바닷가에 나갔을 때 캠프 위치를 표시하기 위해서)
• 헤드램프 2개와 전구들, 녹음기와 녹음테이프들

사진 장비

• 카메라, 각종 렌즈들, 렌즈 청소 도구들과 티슈, 렌즈후드, 케이블릴리스
• 스트로브, 라이트미터, 삼각대, 배터리들
• 컬러슬라이드와 필름 40통 정도(100 & 200 ASA)
• 쌍안경 2개(하나는 방수 10x, 또 하나는 콤팩트 8x), 예비 렌즈들

식량

• 쌀 100kg ｜ 오트밀 30kg ｜ 렌즈콩 10kg ｜ 완두콩 10kg ｜ 강낭콩 10kg ｜ 검은콩 28kg ｜ 파스타 20kg ｜ 밀가루 20kg ｜ 베이킹파우더 1kg ｜ 설탕 20kg ｜ 소금 7kg ｜ 후추(그 밖의 양념) 1kg ｜ 팝콘 5kg ｜ 말린 과일: 건포도, 살구, 무화과, 사과, 복숭아, 자두 20kg ｜ 벌꿀 6kg ｜ 라드 7kg ｜ 피넛버터 7kg ｜ 전유 분말 13kg ｜ 잼 2kg ｜ 케첩 1kg ｜ 토마토페이스트 5kg ｜ 너무 달지 않은 초콜릿 14kg ｜ 코코아 분말 1.5kg ｜ 초콜릿 푸딩 믹스 2kg ｜ 감자 20kg ｜ 양파 10kg ｜ 베이컨 7kg
• 훈제육 5kg ｜ 치즈 8kg ｜ 마늘 2kg ｜ 인스턴트커피 1kg ｜ 원두커피 간 것 4kg ｜ 올리브, 피클, 절인 양배추 각각 1통｜ 식용유 11리터 ｜ 식초 3리터 ｜ 레몬주스 5리터｜ 간장 4리터｜ 핫소스 2리터｜ 리큐르 3리터｜ 차 100티백 ｜ 허브차 120티백 ｜ 분말 수프 30패키지｜ 부용 큐브12박스

2. 비용(미국 달러)

하드웨어, 전기용품, 연료

• 캐나다

홈디포: 일반 용품 $95 ｜ 커네이디언 타이어: 일반 용품 $80 ｜ 기타 하드웨어 $85 → 소계 $260
• 칠레

일반 하드웨어와 여러 가지 전기용품 $425 ｜ 배터리들 $105 ｜ 닻 $15 ｜ 목재 $260 ｜ 가솔린 $300 ｜ 석유 $25 ｜ 프로판가스 $90 → 소계 $1,220 → 합계 $1,480

장비

• 캐나다

보트와 부품들 $2,110 | 선외모터와 부품들 $1,275 | 선외모터 수리(칠레) $270 | 카약 $85 | 체인톱 $85 | 쌍안경 $260 | 렌즈들 $230 | 다이빙 마스크 $85 | 나침반 $45 | GPS $160 | 위성전화 $2,320 | 위성전화 에어타임 $200 | 태양전지판들 $550 | 풍력발전기 $535 | 전기용품 $195 | 활톱 $20 | 도끼 등 $20 | 장작난로와 굴뚝 파이프 $125 | 방수천 $60 | 중고 캠핑장비(비옷, 텐트, 파카, 써마레스트, 침낭, 방수 가방들) $520 | 바지, 셔츠 등 $115 | 우천용 장화 $30 | 가슴장화 $60 | 요리용 스토브 $30 → 합계 $9,385

식료품

• 칠레

치즈 $30| 밀가루 $5 | 설탕 $10 | 쌀 $40 | 식용유 $5 | 말린 과일 $75 | 고양이 사료 $5 | 피넛 버터와 초콜릿 $60 | 오트밀 $30 | 콩류와 렌즈콩 $50 | 꿀 $15 | 코코아 $5 | 레몬주스 $5 | 케첩 $2 | 양념류. $15 | 분말 수프 $20 | 라드 $10 | 커피 $30 | 분말 우유 $50 | 화장지 $15 | 초콜릿 푸딩 $10 | 파스타 $20 | 오일과 식초 $15 | 리큐르 $55 | 훈제육 $120 | 감자, 양파, 마늘 $20 | 기타 $105 → 합계 $822

여행경비

• 밴쿠버-산티아고 $1,200 | 산티아고-푼타아레나스 왕복 $110 | 푼타아레나스-푸에르토나탈레스 3회 왕복 $35 | 해군 배 $60 | NAVIMAG 호 페리 $25 | 산티아고-마이애미 $435 | 마이애미-밴쿠버 $470 | 칠레 비자와 입국세 $415 | 도미니카공화국 여행 $270

화물 운송 및 관세

• 밴쿠버-푼타아레나스 $875 | 푼타아레나스-밴쿠버 $1,220 | 푼타아레나스-푸에르토나탈레스 $145 → 합계 $5,260

의약품

• 캐나다

상해보험 $245 | 예방주사 $70 | 응급처치 안내서 $25 | 물 치료 $15 | 약과 비타민 $375 → 소계 $730

• 칠레

약과 비타민 $23 ｜ 세면도구 $24 ｜ 물리치료 $25 ｜ 치과 $176 ｜ 고양이 $13 → 소계 $260 ｜ 합계 ｜ $990

음식 및 숙박

식사를 포함한 숙박: 푼타아레나스 $10.50/하루×40일 = $420

숙박: 푸에르토나탈레스 $4.50/하루×40일 = $180

숙박: 산티아고 $10.50/하루×50일 = $525

식사

• 푸에르토나탈레스 $4/하루×40일 = $160 ｜ 산티아고 $7/하루×50일 = $350 ｜잘못 계산했을 가능성 10%: $165 → 합계｜ $1,800

이메일과 전화 통화

• 칠레

이메일: 푼타아레나스 $220 ｜ 전화: 푼타아레나스 $270 → 합계 $490

• 기타

패티에게 준 여행 선물 $670 ｜ 알레한드라에게 준 선물 $35 ｜ 공중 $5 ｜ 낚시면허 2통 $15 ｜ 이발 4회 $25 ｜ 낚시도구 $10 ｜ 해도 $65 → 합계 $825

• 시청각

카메라 수리 $55 ｜ 삼각대 $25 ｜ 비디오카메라 $300 ｜ 비디오테이프 $85 ｜ 텔레비전 $120 ｜ 녹음기 $55 ｜ 녹음테이프들 $20 ｜ 필름 $470 ｜ 사진 현상 $535 → 합계 $1,665

• 총 경비 = $22,720

고독을 선택하다

아무도 살지 않는 외딴섬에 혼자 산다. 여기까지 들으면 당연하게도 난파당한 로빈슨 크루소의 이미지를 떠올릴 것이다. 텁수룩하고 나달나달하고 초췌한 이미지. 비문명의 자연 앞에 무방비로 내팽개쳐진 문명인. 여기에 1년간이라는 조건을 덧붙이면 아마도 그 사람이 1년 뒤에 운 좋게 구조되었나 보다 생각할 것이다. 하지만 여기에 '일부러,' '의도적으로,' 혹은 '원해서'라는 말을 덧붙이면 고개가 갸웃거려진다. 왜? 뭐 하러? 일단 그런 상황은 현란하고 요란한 현대 문명을 살아가는 현대인에게는 많이 생소하고 어색하다. 어떤 이유에서든 사람이 싫어서 아예 외부로 향한 문을 걸어 잠가버린 사람이나, 벅적거리는 도시가 싫어 깊숙한 산속에 숨어버린 사람은 차라리 있을 수 있겠다. 그런데 1년 후에 돌아오겠다고 했단다. 사람 사는 사회에 염증이 난 건 아닌 것 같다. 머리를 식히고 마음을 쉬게 하는 것이 목적이라면 굳이 이런 식일 필요는 없다. 그런데 왜 이런 결심을 했을까? 그것도 어렵게 다른 나라 비자를 받고, 간신히 해군의 배를 빌리고, 영양을 고려한 1년 치 식량을 마련하고, 바다를 돌아다닐 보트와 오두막을 지을 자재, 방수천, 가솔린, 심지어 노트북컴퓨터와 풍력발전기까지 챙기는 번잡함과 성가심을 감수하고서?

'고독을 탐구하기 위해서.' 일단 읽자. 사변적으로 생각하기 시작하면 한없이 복잡하다. 저자가 생각한 고독과 내가 생각한 고독이 다를 수 있고, 저자가 탐구한 것이 실은 고독이 아니라 고독을 배경 삼은 광활한 우주 전체일 수도 있다. 어쨌거나 저자가 택한 방식을 보는 시선에는 크게 두 가지가 있을 수 있겠다. 아, 나도 1년 정도라면 그렇게 살아보고 싶다는 동경과, 그런 미친 짓이 어디 있느냐는 몰이해(사실 어깨 통증에도 불구하고 진통제를 먹지 않고 버틸 때는 그런 생각이 안 든 것도 아니다). 그 양 극단 사이에 여러 갈래의 견해들이 있을 것이다. 저자의 방식에 나 자신을 대입해보기도 할 것이다. "나라면 어땠을까."

뜬금없지만 이 책을 접했을 무렵 나를 사로잡고 있던 단어는 질풍노도였다. '슈트름 운트 드랑'이라는 생소한 독일어를 접한 뒤 혼란으로 가슴 벅찼다가 의식하지 못한 채로 묻어버린 것은 까마득한 과거의 일이다. 그 단어가 불쑥 튀어나온 건 우연한 대화에서였다. "그러게, 평온한 이십대였는데 삼십대는 오히려 혼란스럽네, 그래, 난 십대나 이십대가 아니라, 오히려 삼십대가 질풍노도의 시대 같아." 나 같은 심정의 사람이 많지는 않겠지만, 그날의 느닷없는 자각 이후 적당한 사람만 만나면 질풍노도의 삼십대라며 투정처럼 말하고 다녔다. 그렇게 말하는 내 가슴속에 또 하나 툭 던져진 돌멩이가 있었으니, 바로 불혹이다. 어려서부터 세뇌되어 오긴 했지만 항상 송구스럽게 느껴졌던 말이다. 요란하고 아찔한 이 시대에는 어쩐지 어울리지 않는 구닥다리 말 같다. 배우 김명민이 드라마에서 혼잣말로 한 "마흔이라. 더 확고해지기는, 임마. 다 흔들리는데."라는 대사가 이 시대에는 훨씬 어울린다. 흔들림 없는 삶이란 결코 현실화될 수 없는 저 높은 이상의 상태 같다. 그러니까 그 불혹이 일으킨 파문과 질풍노도가 맞서 있던 무렵이었다. 말 그대로의 질풍노도를 배경으로 한 남자가 인간이라고는 살지 않는 곳에 혼자 1년을 살아보겠다며 일부러, 그것도 불혹이 훨씬 넘은 나이에 캐나다에서 칠레 남부의 외딴섬으로 떠났다고 했다.

정리해보자. 2001년 2월에 저자는 쉰넷의 나이로 고독의 길을 떠났고, 같은 해 7월 24일에 생일을 맞으면서 고독 속에서 쉰다섯이 되었다. 모아둔 재산도 없었고, 떠나는 데 필요한 경비도 간당간당했다. 떠나기 직전에 사랑하게 된 여자도 있었지만 그 관계가 그의 발목을 붙잡지는 못했다. 교통사고로 의족을 착용하게 된 바람에 스쿠버다이빙 일을 그만두고 마흔의 나이에 늦깎이로 대학 공부를 다시 시작하게 되었다지만, 그의 인생 전환점들이 딱히 인간지사 새옹지마라며 고개를 주억거릴 만큼은 아니다. 그의 처지를 살펴보면, 우리 대부분이 그렇듯, 떠날 이유보다 떠나지 않을 이유가 훨씬 많다. 하지만 어떤 사람은 떠나고 어떤 사람은 한 발짝도 떼지 못한다.

저자의 한 달 한 달을 따라가다 보니 그 1년의 생활에도 발단, 전개, 위기, 절정, 결말이란 것이 있다. 2001년 9월 23일, 기어코 먼 빙하로 여행을 떠났을 때, 조마조마하던 갈등이 끝난 것처럼 클라이맥스에 이르렀다는 기분이 들었다. 물론 그렇다고 해서 그가 찾던 답을 찾은 것은 아니다. 그 답의 추구는 그 후로도 계속 이어졌고 앞으로도 그러할 것임을 저자도 알고 독자도 안다. 그의 1년에 클라이맥스가 있었듯이, 언제 끝날지 모르는 삶이지만, 어쩌면 우리의 한 해 한 해에도 그런 클라이맥스의 순간이 있을 것이다. 클라이맥스가 끝나면 결말을 향해 달리고, 결말이 끝나면 다시 시작을 향해 달린다. 빙하 여행으로, 다시 사회로, 다시 새로운 목적지로. 우리의 마음은 알게 모르게 언제나 무언가를 향해 달린다.

고독 속으로 떠난다는 건 참으로 야릇한 문제다. 고독의 생활을 하기 위해 인간 세상을 버린다는 것은 마음속에 인간 세상이 들어와 있지 않다면 불가능한 일이다. 버린다는 것은 가지고 있을 때에만 가능한 일이며, 역설적이지만 고독을 선택한다는 것은 오히려 인간 세상을 마음속으로 가져오는 일이기도 하기 때문이다. 저자의 일지를 하루하루 읽고 번역하는 과정에서 나는 상상 속에서 새로운 고독을 경험했다. 도중에 일어나는 생각의 변화는 사람마다 다르겠지만, 독자 역시 비슷한 경험을 할 것이다. 모쪼록 이 책이 독자의 깊은 공감을 끌어내기를 바란다.

정연희

456